A NUVEM

A NUVEM

ROB HART

TRADUÇÃO DE
ADRIANA FIDALGO

1ª edição

EDITORA RECORD
RIO DE JANEIRO • SÃO PAULO
2022

CIP-BRASIL. CATALOGAÇÃO NA PUBLICAÇÃO
SINDICATO NACIONAL DOS EDITORES DE LIVROS, RJ

H262n

Hart, Rob, 1982-
  A nuvem / Rob Hart; tradução de Adriana Fidalgo. – 1ª ed. – Rio de Janeiro: Record, 2022.
  23 cm.

  Tradução de: The Warehouse
  ISBN 978-65-55-87353-5

  1. Ficção americana. I. Fidalgo, Adriana. II. Título.

21-73328

CDD: 813
CDU: 82-3(73)

Camila Donis Hartmann – Bibliotecária – CRB-7/6472

Título em inglês:
The Warehouse

Copyright © 2019 by Rob Hart

Texto revisado segundo o novo Acordo Ortográfico da Língua Portuguesa.

Todos os direitos reservados. Proibida a reprodução, no todo ou em parte, através de quaisquer meios. Os direitos morais do autor foram assegurados.

Direitos exclusivos de publicação em língua portuguesa somente para o Brasil adquiridos pela
EDITORA RECORD LTDA.
Rua Argentina, 171 – Rio de Janeiro, RJ – 20921-380 – Tel.: (21) 2585-2000, que se reserva a propriedade literária desta tradução.

Impresso no Brasil

ISBN 978-65-55-87353-5

Seja um leitor preferencial Record.
Cadastre-se no site www.record.com.br e receba informações sobre nossos lançamentos e nossas promoções.

Atendimento e venda direta ao leitor:
sac@record.com.br

Para Maria Fernandes

"Tenho pena do homem que quer um casaco tão barato que o homem ou a mulher que produz o pano ou o molda em uma peça morra de fome no processo."

— Benjamin Harrison,
presidente dos Estados Unidos, 1891

1.
PROCESSO SELETIVO

GIBSON

Bem, eu estou morrendo!

Muitos homens chegam ao fim da vida e nem percebem que chegaram lá. As luzes simplesmente se apagam um dia. E aqui estou eu, com uma data limite.

Eu não tenho tempo para escrever um livro sobre a minha vida, como todo mundo vem me aconselhando a fazer, então isso terá de bastar. Um blog parece bem apropriado, não? Ultimamente, não tenho dormido muito, e isso me mantém ocupado à noite.

De qualquer forma, dormir é para pessoas sem ambição.

Pelo menos, estou deixando algum tipo de registro escrito. Eu quero que vocês escutem isso por mim, não por alguém atrás de dinheiro, dando suposições com meias-verdades. Em meu ramo de trabalho, posso dizer uma coisa a vocês: suposições raramente são baseadas na verdade.

Espero que seja uma boa história porque acredito que eu tenha vivido uma vida muito boa.

Você deve estar pensando: Sr. Wells, você vale 304.9 bilhões de dólares, o que o torna o homem mais rico dos Estados Unidos, e a quarta pessoa mais rica do planeta Terra, então é claro que viveu uma vida boa.

Mas, meu amigo, a questão não é essa.

Ou, melhor ainda, uma coisa não tem nada a ver com a outra.

Eis a grande verdade: eu conheci a mulher mais linda do mundo e a convenci a se casar comigo antes de eu ter um tostão. Juntos, criamos uma menininha privilegiada, de fato, mas desde cedo ensinamos a ela o valor do dinheiro. Ela diz "por favor" e "obrigada", e com sinceridade. Eu já vi o sol nascer e se pôr. Já fui a partes do mundo das quais meu pai sequer ouviu falar. Conheci três presidentes e, respeitosamente, disse a todos eles como poderiam fazer melhor o seu trabalho... E eles seguiram os meus conselhos. Fiz uma partida perfeita de 300 pontos no boliche do bairro, e meu nome ainda está naquele placar até hoje.

Houve períodos difíceis ao longo do caminho, mas, agora, sentado aqui, com os meus cachorros deitados a meus pés, minha mulher, Molly, dormindo no quarto ao lado, minha garotinha, Claire, em segurança e com o futuro encaminhado, é fácil achar que eu esteja satisfeito com tudo que conquistei.

É com grande humildade que considero a Nuvem o tipo de feito do qual posso me orgulhar. É o tipo de conquista que a maioria dos homens não consegue realizar. Os privilégios da minha infância desapareceram há tanto tempo, é como se eu quase não pudesse recordá-los. Ganhar a vida e criar raízes em algum lugar não costumava ser tão complicado. Depois de um tempo, se tornou um luxo e, então, uma utopia. Conforme a Nuvem crescia, eu me dei conta de que poderia ser mais que uma loja. Poderia ser uma solução. Poderia dar alento a esta grande nação.

Lembrar às pessoas o significado da palavra *prosperidade*.

E foi o que fez.

Demos empregos às pessoas. Demos produtos acessíveis e assistência médica a elas. Geramos bilhões de dólares em impostos. Lideramos a iniciativa de reduzir as emissões de carbono, desenvolvendo medidas e tecnologias que vão salvar este planeta.

Fizemos isso priorizando a única coisa que importa nessa vida: a família.

Eu tenho minha família em casa e minha família no trabalho. Duas famílias diferentes que amo de todo o coração, e eu ficarei triste em deixá-las para trás.

O médico diz que me resta um ano de vida, e ele é um ótimo profissional, então confio no julgamento dele. E eu sei que a notícia logo vai vazar, portanto imaginei que seria melhor eu ser a pessoa a contar para vocês.

Câncer de pâncreas, estágio 4. Estágio 4 significa que a doença se espalhou para outras partes do meu corpo. Principalmente minha coluna, pulmões e fígado. Não tem estágio 5.

O lance com o pâncreas é o seguinte: ele fica escondido lá atrás no abdômen. Na maioria dos casos, quando se nota algo de errado, é como fogo em mato seco, ou seja, tarde demais para fazer algo a respeito.

Quando o médico me contou, usou um tom de voz sério e colocou a mão em meu braço. E eu pensando: *Lá vamos nós. Hora da má notícia.* Então ele disse o que tinha de errado comigo e minha primeira pergunta, juro, foi: "Pra que diabos *serve* um pâncreas?"

Ele riu, eu ri, o que ajudou a aliviar um pouco a tensão. O que veio a calhar, porque as coisas desandaram segundos depois. Caso estejam se perguntando, o pâncreas ajuda a digerir os alimentos e a controlar a glicose no sangue. Agora eu sei.

Só me resta um ano. Por isso, amanhã de manhã, eu e minha mulher vamos pegar a estrada. Vou visitar o máximo de NuvensMãe que puder nos Estados Unidos.

Quero agradecer. É impossível cumprimentar cada pessoa que trabalha em cada NuvemMãe, mas com certeza vou tentar. Parece bem mais legal do que ficar sentado em casa esperando a morte.

Como sempre, vou viajar de ônibus. Voar é para os pássaros. Além do mais, já viram quanto custa voar hoje em dia?

Vai levar um tempo, e, no decorrer da viagem, creio que me sentirei mais cansado. Talvez até um pouco deprimido, porque, apesar do meu bom humor, é duro para um homem escutar que vai morrer e só seguir adiante. Mas recebi muito amor e generosidade em minha vida, e tenho de fazer o que posso. Do contrário, vou passar todos os dias do próximo ano sentado e me lamentando, e isso não pode acontecer. Molly acabaria me estrangulando só para apressar as coisas!

Já faz uma semana desde o diagnóstico, mas algo no ato de escrever torna tudo mais real. Agora não tem como voltar atrás.

Enfim. Chega disso. Vou passear com os cachorros. Um pouco de ar fresco vai me fazer bem. Se vir meu ônibus passando, deem um tchauzinho. Sempre me sinto bem quando as pessoas fazem isso.

Obrigado por lerem, e logo voltaremos a conversar.

PAXTON

Paxton colocou uma das mãos na vitrine da sorveteria. O painel com cardápio pendurado na parede prometia sabores artesanais. Biscoitos Graham, marshmallow de chocolate e fudge de pasta de amendoim.

De um lado da sorveteria havia uma loja de ferragens chamada Pop's, e do outro, uma lanchonete com letreiro cromado e neon que ele não conseguia saber o que dizia. Delia's? Dahlia's?

Paxton estudou toda a extensão da rua principal, de uma ponta a outra. Era tão fácil imaginar a rua fervilhando com pessoas. Toda energia que havia ali. Era o tipo de cidade capaz de despertar a sensação de nostalgia em uma primeira visita.

Agora, era um eco desaparecendo sob a luz do dia.

Ele se voltou para a sorveteria, o único comércio na avenida que não estava tapado por tábuas gastas de madeira. A vitrine estava muito quente na parte onde o sol batia e parecia coberta por uma camada de sujeira.

Ao olhar para o interior, para as pilhas empoeiradas de canecas de alumínio espalhadas e bancos vazios e geladeiras desligadas, Paxton queria sentir algum tipo de pesar pelo que aquele lugar devia ter significado para aquela cidade.

Mas ele tinha chegado a seu limite de tristeza quando saltou do ônibus. Só pelo fato de estar ali sentia a pele prestes a explodir, como um balão muito cheio.

Paxton jogou a mala sobre o ombro e se juntou à multidão que se arrastava pela calçada, pisando a grama que brotava das rachaduras no concreto. Ainda havia pessoas saindo pela parte de trás do ônibus, gente mais velha, pessoas com lesões que as impediam de se locomover tão bem.

Quarenta e sete pessoas tinham saltado do ônibus. Quarenta e sete pessoas, sem contar com Paxton. Mais ou menos na metade da viagem de duas horas, quando não havia mais nada no celular para distraí-lo, ele contou. Homens troncudos, com as mãos cheias de calos típicas de trabalhadores temporários. Funcionários administrativos corcundas, atrofiados pelos anos curvados sobre teclados. Uma menina que parecia ter no máximo 17 anos — baixa e curvilínea, com longas tranças de cabelo castanho que iam até a cintura, a pele cor de leite —, usava um terno lilás antigo, dois tamanhos maior que ela, o tecido desbotado e surrado por causa de anos de uso e lavagens. Uma nesga de etiqueta laranja, como as usadas em brechós, despontava do colarinho.

Todos carregavam bagagem. Malas de rodinha detonadas, sacolejando na calçada irregular. Bolsas presas às costas ou penduradas nos ombros. Todos suavam devido ao esforço. O sol fritava a cabeça de Paxton.

A temperatura devia estar passando dos 38 graus. O suor escorria pelas pernas de Paxton, se acumulava nas axilas, deixando a roupa colada à pele. Por essa razão que ele tinha escolhido calça preta e camisa branca, para disfarçar o suor. O homem de cabelo branco ao seu lado, que parecia um professor universitário recentemente desempregado, usava um terno bege que estava da cor de papelão molhado.

Se tivesse sorte, o centro de triagem estaria próximo e gelado. Ele só queria chegar lá. Dava para sentir na língua: a poeira soprando de campos arruinados, que deixaram de ser férteis e não eram mais capazes de germinar nenhum grão. O motorista do ônibus havia sido cruel ao deixá-los no limite da cidade. Ele provavelmente estava se mantendo perto da interestadual para economizar gasolina, mas ainda assim...

A fila adiante se moveu, virando à direita no cruzamento. Paxton acelerou. Ele queria parar e pegar uma garrafa de água na bolsa, mas a parada na sorveteria tinha sido uma displicência. Agora havia mais pessoas à sua frente que atrás.

Conforme se aproximava da esquina, uma mulher o ultrapassou, esbarrando em seu ombro com tanta força que ele quase tropeçou. Ela era mais velha, asiática, com uma juba branca na cabeça e uma bolsa de couro no ombro, e avançava com determinação até a frente do bando. Mas o esforço se provou demasiado e, em poucos metros, ela tropeçou, caindo de joelhos.

As pessoas ao seu redor desviaram, abrindo espaço, mas não pararam para ajudá-la. Paxton sabia por quê. Uma voz fraca em sua cabeça gritou *Continue andando,* mas é claro que ele não podia simplesmente deixar ela ali, então a ajudou a se levantar. O joelho da mulher estava avermelhado, um longo rastro de sangue, preto de tão grosso, escorria pela perna até o tênis.

Ela o encarou, deu um mínimo aceno com a cabeça e se foi. Paxton suspirou.

— De nada — disse, não alto o suficiente para que ela ouvisse.

Ele olhou para trás. As pessoas estavam começando a alcançá-lo, andando com ânimo renovado, talvez pela visão de alguém caído no chão. Havia cheiro de sangue no ar. Paxton ajeitou a bolsa novamente e seguiu em ritmo acelerado, dirigindo-se com determinação para a esquina. Ao dobrá-la, viu um grande teatro com marquise branca. O estuque da fachada estava em ruínas, deixando à mostra partes de tijolos desgastados pelo tempo.

Letras neon de vidro quebradas estavam dispostas de forma desigual no topo da marquise.

R-I-V-R-V-I-E.

Paxton imaginou se tratar de *Riverview*, muito embora não parecesse haver nenhum rio nos arredores, mas, de novo, talvez já tivesse existido. Estacionada do lado de fora do teatro, via-se uma unidade de ar-condicionado motorizado; o veículo moderno zumbia, bombeando ar gelado para o prédio através de um tubo selado. Paxton seguiu a multidão na direção da fileira de portas abertas. Conforme se aproximava, as portas nos cantos se fecharam, restando algumas ainda abertas no centro.

Ele avançou os últimos degraus quase correndo, focado nas portas do meio. Ao atravessá-las, outras mais se fecharam. O sol desapareceu e o ambiente resfriado o envolveu como um beijo.

Paxton estremeceu, olhou para trás. Viu a última porta se fechar e um homem de meia-idade, com um mancar evidente, ser deixado sob o sol escaldante. A primeira coisa que o homem fez foi murchar. Ombros caídos, bolsa jogada no chão. Então, a tensão retornou à sua coluna e ele deu um passo adiante, estapeando a porta. Ele devia estar usando um anel, porque houve um estalo alto, como se o vidro fosse quebrar.

— Ei! — gritou, a voz abafada. — Ei. Vocês não podem fazer isso. Eu cheguei até aqui.

Clique, clique, clique.

— Ei.

Um homem usando uma camisa cinza com os dizeres *Contratação Relâmpago* em branco nas costas se aproximou do candidato rejeitado e colocou uma das mãos no ombro dele. Paxton não conseguia fazer leitura labial, mas supôs que o funcionário repetia o mesmo que fora dito à mulher barrada no ônibus. Ela era a última pessoa da fila, e as portas se fecharam na sua cara, então um homem com uma camisa da ContrataçãoRelâmpago apareceu e disse: "Não existe último lugar. Você tem que querer trabalhar na Nuvem. Pode se candidatar de novo daqui a um mês."

Paxton deu as costas para a cena. Não tinha mais espaço para a própria tristeza... certamente não tinha para a de qualquer outro.

O saguão estava cheio de homens e mulheres com camisas da ContrataçãoRelâmpago. Alguns tinham pinças e pequenos sacos plásticos, com sorrisos alegres e amistosos estampados no rosto. Cada candidato recebeu instruções para permitir que uma pessoa de cinza arrancasse alguns pelos e os colocasse em um saco plástico. Então, eles pediam que o candidato escrevesse no saco, com um marcador preto, seu nome e CPF.

A mulher coletando as amostras de Paxton era rechonchuda e bem mais baixa que ele. Ele se curvou para que ela conseguisse alcançá-lo, fazendo uma careta quando alguns pelos foram arrancados pela raiz, depois escreveu seu nome no saco e o entregou a outro homem, que aguardava para despachar o material. Quando Paxton cruzou a soleira do saguão para o interior do teatro, um homem esquelético, com um bigode volumoso, lhe entregou um pequeno tablet.

— Sente-se e ligue o aparelho — instruiu ele, a voz ensaiada em um tom monótono desinteressado. — A entrevista vai começar em breve.

Paxton ajeitou a bolsa no ombro e avançou pelo corredor, cujo chão estava gasto até quase o contrapiso. O lugar cheirava a canos velhos e mal vedados. Ele escolheu uma fileira na frente e foi até o centro dela. Quando estava acomodado no assento duro de madeira, com a mala ao seu lado, uma série de estalos altos na parte de trás do teatro ecoou conforme as portas se fechavam.

Sua fileira estava vazia, exceto por uma mulher negra de cachos castanhos bem-definidos presos em um coque bagunçado no alto da cabeça. Ela usava vestido de alcinha caramelo, rasteiras combinando, e estava sentada mais para o canto da fileira, perto da parede do teatro, onde o papel de parede bordô estava manchado com marcas de umidade. Paxton tentou fazer contato visual, sorrir para ela, querendo ser educado, mas também desejando ver melhor seu rosto. Ela não o notou, então ele voltou a atenção para o tablet. Pegou uma garrafa de água da bolsa, bebeu metade e pressionou o botão na lateral do aparelho.

A tela ganhou vida, grandes números piscando no centro.

Dez.

Então 9.

Depois 8.

Quando chegou ao zero, o tablet vibrou e brilhou, e os números foram substituídos por uma série de espaços em branco. Paxton equilibrou o tablet no colo e se concentrou.

Nome, informações de contato, breve histórico profissional. Tamanho da camiseta?

A mão de Paxton ficou pairando sobre *Histórico profissional*. Ele não queria dizer o que havia feito antes, nem a sucessão de eventos que o levara até um teatro caindo aos pedaços em uma cidade destruída. Porque fazer isso seria o mesmo que admitir que a Nuvem tinha destruído sua vida.

De qualquer forma, o que iria escrever?

Será que saberiam quem ele era?

Caso não, isso era melhor ou pior?

Paxton percebeu que, de fato, havia espaço para mais tristeza ao pensar em se candidatar àquele emprego com o cargo de CEO no currículo.

Sentiu um embrulho no estômago e se contentou com a prisão. Quinze anos. Tempo suficiente para provar sua lealdade. Era como ele definiria, se lhe perguntassem: lealdade. Se alguém quisesse saber sobre a lacuna, aqueles dois anos entre a prisão e o agora, só então ele lidaria com o assunto.

Assim que preencheu todos os campos, a tela seguinte apareceu.

Já roubou alguma coisa?

Abaixo, havia duas opções. Verde, Sim, e vermelho, Não.

Ele esfregou os olhos, o brilho da tela os fazia doer. Lembrou-se de quando tinha 9 anos, quando estava do lado do expositor de revistas em quadrinhos na loja de conveniência do Sr. Chowdury.

O gibi que Paxton queria custava quatro dólares, e ele só tinha dois. Ele poderia ter voltado para casa e pedido à mãe o dinheiro, mas, em vez disso, esperou, as pernas tremendo, até que um homem entrou e pediu um maço de cigarros. Quando o Sr. Chowdury se abaixou para pegar os cigarros embaixo do balcão, Paxton enrolou a revistinha, segurou colada à perna, pondo-a fora de visão, e saiu da loja.

Andou até o parque, se sentou em uma pedra e tentou ler a história em quadrinhos, mas não conseguia se concentrar para entendê-la. As ilustrações pareciam borradas e confusas enquanto ele pensava obcecadamente no que tinha feito.

Infringido a lei. Roubado de alguém que sempre fora gentil com ele.

Levou metade do dia para tomar coragem, mas voltou à loja de conveniência. Ficou parado do lado de fora, esperando até ter certeza de que não havia mais ninguém lá dentro; então levou o gibi até o balcão, como se fosse um bicho morto. Explicou, entre lágrimas e catarro, que estava muito arrependido.

O Sr. Chowdury concordou em não chamar a polícia, ou pior, a mãe de Paxton. Mas toda vez que ele ia à loja depois daquilo — e era a única loja que dava para ir andando, então não tinha outra escolha —, podia sentir os olhos do senhor em suas costas.

Paxton leu a pergunta de novo e tocou no quadrado vermelho que dizia Não, embora fosse uma mentira. Era uma mentira com a qual poderia conviver.

A tela piscou e uma nova pergunta surgiu.

Você acha que é moralmente aceitável roubar em determinadas circunstâncias?
Verde Sim, vermelho Não.
Aquela era fácil. Não.

Você acha que é moralmente aceitável roubar sob quaisquer circunstâncias?
Não.

Se sua família estivesse passando fome, você roubaria um pedaço de pão para alimentá-la?

Resposta verdadeira: provavelmente.

Não.

Você roubaria do seu trabalho?

Não.

E se você soubesse que não seria pego?

Paxton desejou que existisse uma opção Não-vou-roubar-nada-
-por-favor-prossiga.

Não.

Se soubesse que alguém roubou algo, você o denunciaria?

Ele quase tocou Não, tendo se acostumado com o movimento repetitivo do dedo, então moveu a mão e pressionou Sim.

E se a pessoa o ameaçasse com violência, ainda assim a denunciaria?

Sim. Com certeza.

Já usou drogas?

Essa foi um alívio. Não só pela mudança de assunto, mas porque
Paxton podia responder com sinceridade.

Não.

Você já consumiu álcool?

Sim.

Quantas doses de álcool toma por semana?

1-3.

4-6.

7-10.

11+

Sete a dez seria provavelmente uma resposta mais exata, mas Paxton escolheu a segunda opção.

Depois daquilo, as perguntas mudaram.

Quantas janelas existem em Seattle?
10.000
100.000
1.000.000
1.000.000.000

Urano deveria ser considerado um planeta?
Sim
Não

Há processos judiciais em demasia.
Concordo totalmente
Concordo em parte
Não tenho uma opinião
Discordo em parte
Discordo totalmente

Paxton tentou analisar cada questão com devida atenção e cuidado, mesmo sem ter certeza do que tudo aquilo significava, embora acreditasse se tratar de alguma espécie de algoritmo — algo que revelaria a essência de sua personalidade com base em sua opinião sobre astronomia.

Respondeu às perguntas até perder a conta. Então a tela ficou branca e continuou assim por um bom tempo, tanto que ele se questionou se fizera algo de errado. Ele olhou em volta à procura de ajuda, mas, sem sucesso, voltou a encarar o tablet, onde havia mais texto.

Obrigado pelas respostas. Agora pedimos que faça um rápido depoimento. Quando o cronômetro aparecer no canto inferior esquerdo, a gravação vai começar e você terá um minuto para dizer por que quer trabalhar na Nuvem. Tenha em mente que você não precisa usar o minuto completo. Uma explicação clara e direta será suficiente. Quando sentir que terminou, toque no círculo vermelho na parte inferior da tela para interromper a gravação. Você não terá uma segunda chance de gravar sua resposta.

O rosto de Paxton refletia à sua frente, distorcido pela inclinação da tela, a pele em um tom acinzentado por causa da iluminação. O cronômetro apareceu no canto inferior esquerdo.

1:00

Então:

:59

— Eu não sabia que seria preciso falar hoje — justificou Paxton, com o melhor sorriso de "isso-é-uma-piada", mais exagerado do que pretendia. — Acho que diria que, ah, vocês sabem, está difícil conseguir um emprego hoje em dia, principalmente na minha idade, e entre isso e procurar um lugar para morar, cheguei à conclusão de que seria meio que perfeito, né?

:43

— Quer dizer, eu realmente quero trabalhar aqui. Acho que, ah, é uma oportunidade incrível para aprender e crescer. Como diz o comercial de vocês, "A Nuvem é a solução para qualquer necessidade". — Ele fez que não com a cabeça. — Desculpe, não sou muito bom em falar de improviso.

:22

Tomou fôlego.

— Mas eu sou trabalhador. Tenho orgulho do que faço e prometo me dedicar ao máximo.

:09

Paxton tocou no círculo vermelho e seu rosto desapareceu. A tela ficou branca. Ele xingou baixinho por ter se atrapalhado. Se soubesse que um vídeo faria parte do processo seletivo, teria ensaiado.

Obrigado. Por favor, aguarde enquanto os resultados da entrevista são computados. No fim do processo, sua tela ficará verde ou vermelha. Se vermelha, lamentamos, você não passou no teste antidrogas ou não atingiu os padrões exigidos pela Nuvem. Você deve sair do prédio e esperar um mês antes de se candidatar novamente. Se verde, então, por favor, fique e aguarde novas instruções.

O tablet ficou preto. Paxton ergueu a cabeça, olhou em volta e viu todo mundo erguendo a cabeça e fazendo o mesmo. Ele trocou um olhar com a mulher em sua fileira e encolheu os ombros. Em vez de retribuir o gesto, ela pousou o tablet no colo e pegou um pequeno livro na bolsa.

Paxton equilibrou o tablet nos joelhos, sem saber se preferia que a tela ficasse verde ou vermelha.

Vermelho significava sair dali e ficar parado no sol até outro ônibus chegar, se é que algum estava a caminho. Significava passar o pente-fino em anúncios à procura de empregos com salários que mal garantiam sua sobrevivência, e em classificados de imóveis por um apartamento que estaria ou fora de seu orçamento ou tão decrépito que seria inabitável. Significava estar mergulhado de novo naquele poço de frustração e emoção em que vinha chafurdando nos últimos meses, mal conseguindo manter a cabeça para fora.

Quase parecia preferível trabalhar para a Nuvem.

Paxton escutou algumas fungadas às suas costas. Ele virou e viu a mulher asiática que o empurrara mais cedo, cabeça baixa, as feições banhadas em luz vermelha.

Paxton prendeu a respiração enquanto sua tela acendia.

ZINNIA

Verde.

Ela pegou o celular e fez uma varredura na sala. Nada no radar. Assim que chegassem à NuvemMãe, ela teria de cessar qualquer comunicação, afinal sabe-se lá o que eles seriam capazes de captar? Ser descuidada com as transmissões era pedir para ser pega. Ela digitou uma mensagem para atualizar seu status: *Oi, mãe, boas notícias! Consegui o emprego.*

Guardou o telefone na bolsa e deu uma geral no saguão. Parecia que o número de pessoas que ficaram era maior que o das que foram embora. Duas fileiras para trás, uma jovem com terno lilás e longas tranças de cabelo castanho soltou um gritinho e sorriu.

O teste não tinha sido difícil. Apenas um idiota seria reprovado. A maioria das respostas nem mesmo importava, ainda mais quando se chegava à seção de perguntas aleatórias. Janelas em Seattle? O tempo de resposta era tudo. Quem respondesse muito rápido, estava se atropelando e tentando se livrar daquilo. Quem demorava a responder, deixava a desejar em sua habilidade de raciocínio. E então, o vídeo. Na verdade, ninguém assistia a eles. Até parece que havia uma equipe para isso. Era tudo digitalização facial e de áudio. As pessoas precisavam sorrir. Fazer contato visual. Usar palavras-chave, como *paixão* e *trabalho duro* e *aprendizado* e *amadurecimento*.

A chave para passar no teste era o equilíbrio. Mostrar apenas o necessário para eles verem que você tinha pensado nas respostas.

Isso, e passar no teste antidrogas.

Não que ela fosse uma usuária assídua, exceto por um pouco de maconha para relaxar, e havia mais de seis meses desde a última vez que se permitira tal prazer, então o THC já tinha sido eliminado de seu organismo há tempos.

Ela olhou para a direita. O bobão sentado a oito assentos de distância atendeu aos requisitos. Inclinou a tela verde em sua direção e sorriu. Ela se rendeu e respondeu com um pequeno sorriso. Era melhor ser educada. Pessoas grossas chamavam atenção.

O modo como ele a olhava, como se agora fossem amigos... ele iria sentar ao seu lado no ônibus. Tinha certeza disso.

Enquanto aguardava novas instruções, ela observou aqueles que não tinham passado se dirigirem à porta. Andando penosamente pelos corredores, temendo o retorno ao calor do dia. Ela tentou demonstrar um pouco de compaixão por eles, mas descobriu que era difícil se sentir mal por não terem sido escolhidos para um trabalho de corno.

Não que ela não tivesse coração. Ela tinha. Não havia dúvida. Se colocasse a mão no peito podia senti-lo bater.

Depois que o espaço dos rejeitados ficou livre e as portas foram fechadas novamente, uma mulher usando uma camisa polo branca, com uma logo da Nuvem no lado direito do peito, foi para a frente do auditório. Tinha uma coroa de cabelos dourados, que parecia ter sido fiada em um tear, e ergueu sua voz melódica para ser ouvida no espaço amplo.

— Pessoal, podem, por favor, pegar suas coisas e nos acompanhar até a saída dos fundos? Um ônibus nos espera lá. Se preferirem adiar seu processo seletivo por alguns dias, por favor, procurem um gerente imediatamente. Obrigada.

Todos se levantaram ao mesmo tempo, os assentos retráteis voltando à posição inicial, como uma saraivada de tiros. Zinnia engachou a bolsa ao ombro, pegou a mala de ginástica, seguiu a fila até os fundos do teatro, acompanhando a multidão conforme atravessava um vigoroso e brilhante retângulo de luz branca.

Ao se aproximar da porta, um grupo de pessoas em camisas da ContrataçãoRelâmpago apareceu. Elas se moviam com determinação, as expressões sérias, analisando as pessoas que passavam. Zinnia sentiu um embrulho no estômago, mas continuou caminhando, com cuidado para não chamar atenção.

Quando alcançou a barreira de funcionários, um deles se aproximou e ela hesitou, pronta para escapar. Tinha uma rota de fuga traçada. Envolvia bastante correria e mais um bocado de caminhada. E ela deixaria de ser paga.

Mas o homem estava focado na pessoa à sua frente: a menina de terno lilás e tranças compridas. Ele segurou o braço dela, tirando-a da fila tão bruscamente que a fez soltar um gemido. As pessoas continuaram a passar, os olhos grudados no chão, andando depressa, desesperadas para se desvencilhar da confusão. O time da ContrataçãoRelâmpago conduziu a menina para longe, usando palavras como *falsificado* e *currículo* e *inapropriada* e *barrada*.

Ela se permitiu dar um sorriso.

Pisar do lado de fora foi como abrir um forno durante o cozimento. Um ônibus com o motor ligado aguardava no meio-fio, grande e azul, no formato de um projétil, o topo coberto de painéis solares. Estampado na lateral, a mesma logo da camisa polo da mulher: uma nuvem branca, intercalada com outra nuvem, azul, por trás. Esse ônibus era mais limpo que o modelo sucateado a diesel que os havia trazido à cidade, que fizera um som semelhante a um choro quando o motorista dera a partida.

O interior também era mais bacana. Lembrava-a do de um avião. Duas fileiras de três assentos, tudo bonito, plastificado e firme. Havia telas na parte de trás dos encostos de cabeça. Jogados de forma aleatória sobre cada assento, panfletos e fones de ouvido descartáveis, ainda dentro do plástico. Ela se dirigiu para o fundo, sentando-se ao lado da janela. O ar ali dentro era frio, mas o vidro parecia uma frigideira.

Ela olhou seu celular e viu que responderam a sua mensagem.

Parabéns! Boa sorte. Papai e eu vemos você no Natal.

Tradução: prossiga como planejado.

Houve um som abafado ao seu lado. A sensação de uma presença deslocando o ar. Olhou para cima e viu o rosto do bobão do teatro. Ele sorria de um modo que parecia querer convencê-la de que era uma pessoa agradável. Era pouco eficaz. Ele passava a impressão de gostar de calça caqui e cerveja light. Parecia o tipo de pessoa que julgava importante expressar os sentimentos. Usava o cabelo repartido no meio.

— Esse lugar tá ocupado? — perguntou ele.

Ela repassou as possibilidades em sua mente. Seu método preferido era entrar, sair, fazer pouco estardalhaço e o mínimo de vínculos pessoais possível. Mas ela também sabia que coisas tão básicas quanto interação social poderiam afetar sua pontuação. Quanto mais resistisse à socialização, mais arriscava se destacar, ou pior, ser demitida. Administrar tudo aquilo ia significar fazer alguns amigos.

Talvez essa fosse uma boa hora para começar.

— Ainda não — respondeu ela ao pateta.

Ele guardou a bolsa no bagageiro no alto e se sentou no assento do corredor, deixando um assento entre os dois. Ele cheirava a suor seco, como todo mundo. Como ela também.

— E aí... — começou ele, varrendo os olhos pelo ônibus, que estava repleto de sons de plásticos sendo movidos e amassados, de conversas sussurradas, tentando desesperadamente tornar o vácuo entre eles menos desconfortável. — Como uma mulher que nem você acabou num lugar desses?

Assim que soltou a frase, abriu um sorriso aflito, percebendo como aquela pergunta soara idiota.

Mas havia algo mais profundo. Um desdém dissimulado por trás das palavras. *Como você conseguiu foder com tudo também?*

— Eu era professora — respondeu ela. — Quando o sistema de ensino de Detroit foi sancionado no ano passado, decidiram que, em vez de um professor de matemática em cada escola, podiam ter um professor de matemática por distrito, usando videoconferência nas salas de aula. Costumavam ser quinze mil professores. Agora são menos de cem. — Ela deu de ombros. — E eu não sou um deles.

— Eu fiquei sabendo que está acontecendo a mesma coisa em outras cidades — comentou ele. — O orçamento dos municípios está congelado em todos os lugares. Faz sentido como uma medida de contenção de despesas, né?

Por que ele entende de orçamento de municípios?

— Daqui a alguns anos a gente volta a discutir isso, quando as crianças não conseguirem resolver uma simples operação matemática — argumentou ela, erguendo uma das sobrancelhas.

— Desculpa. Não quis ofender. Que tipo de matemática você ensinava?

— O básico — respondeu ela. — Na maior parte do tempo, trabalhava com crianças pequenas. Tabuada. Geometria.

Ele assentiu.

— Eu era meio que um nerd da matemática.

— E o que você fazia, antes daqui? — perguntou ela.

Ele fez uma careta, como se alguém tivesse enfiado um dedo em suas costelas. Zinnia quase chegou a se arrepender de perguntar, porque provavelmente ele ia despejar alguma ladainha triste em cima dela.

— Eu era agente penitenciário — respondeu ele. — Em uma penitenciária privada. Centro Correcional de Nova York.

Ok, pensou ela. Orçamentos municipais.

— Mas depois disso... — continuou ele. — Você já ouviu falar do Ovo Perfeito?

— Não — admitiu ela.

Ele abriu as mãos no colo, como se estivesse prestes a fazer uma demonstração, mas então as fechou de novo quando viu que estavam vazias.

— Era um negócio em que você enfiava um ovo e colocava no micro-ondas, e aquilo preparava o ovo cozido perfeito, no ponto exato que você desejasse, dependendo do período de cozimento. Vinha com uma pequena tabela de especificações de tempo. E, então, quando ficava pronto, a casca saía inteira ao abrir. — Ele a encarou. — Você gosta de ovos cozidos?

— Na verdade, não.

— Você pode não achar, mas um utensílio que facilitasse... — Ele olhou além dela, pela janela. — As pessoas gostam de utensílios de cozinha. E o Ovo Perfeito ficou bem popular.

— O que aconteceu? — perguntou ela.

Ele olhou para os sapatos.

— Eu tinha pedidos de todos os cantos, mas a Nuvem era a minha maior conta. Acontece que eles insistiam em descontos pra poder cobrar menos. O que, no início, não parecia tão ruim. Eu simplifiquei a embalagem, cortei gastos. Montávamos em minha garagem. Éramos eu e mais quatro pessoas, mas chegou a um ponto em que os descontos estavam tão grandes que eu não tinha mais nenhum lucro. Quando me recusei a descer mais o preço, a Nuvem suspendeu a nossa parceria, e os meus outros compradores não foram o bastante pra compensar.

Ele hesitou, como se quisesse dizer mais, porém não o fez.

— Eu sinto muito — sussurrou ela, sem qualquer sinceridade.

— Tudo bem — disse ele, encarando-a com um sorriso, as nuvens carregadas se dissipando. — Acabei de ser contratado pela empresa que destruiu o meu ganha-pão, então ponto pra mim. A patente está pendente. Quando for aprovada, devo vender pra eles. Acho que é o que esperam afinal, me tirar da jogada e apresentar a versão deles.

Estava quase se compadecendo, mas a atitude do homem a deixou irritada. Ela se ressentia da maneira como ele se colocava. Derrotado, choroso, como todos aqueles pobres coitados que não conseguiram o trabalho de corno. Azar o seu, cara. Aprenda alguma habilidade que não envolva ser babá de criminosos ou cozinhar ovos no micro-ondas.

— Bem, pelo menos isso — disse ela.

— Obrigado — agradeceu ele. — Ei, é a vida, sabe? Se algo não der certo, continue tentando. Você tem vontade de voltar a dar aulas? Soube que as escolas locais são bem boas.

— É... eu não sei — replicou ela. — Sinceramente, só queria ganhar um pouco de dinheiro, sair do país por um tempo. Fazer um pé-de-meia, ensinar inglês em algum canto, Tailândia. Bangladesh. Qualquer lugar que não seja aqui.

As portas do ônibus se fecharam. Ela fez uma prece silenciosa de agradecimento pelo assento entre ela e o bobalhão ter continuado vazio. A mulher de voz melódica se levantou na frente do ônibus e acenou. A maior parte das conversas de primeiros contatos sussurradas parou, e cabeças levantaram.

— Ok, pessoal, estamos quase saindo — avisou ela. — Por favor, coloquem seus fones de ouvido. Há um vídeo de apresentação a que gostaríamos que vocês assistissem. A viagem vai durar aproximadamente duas horas. Tem um banheiro lá atrás e água aqui na frente se alguém precisar. Depois do vídeo, por favor, deem uma olhada nos panfletos e, quando chegarmos, vocês vão conhecer o esquema de acomodação. O vídeo começará em três minutos. Obrigada!

Um cronômetro regressivo apareceu nas telas dos encostos de cabeça.

3:00

2:59

2:58

Ambos estenderam o braço para o assento do meio, onde haviam largado os panfletos e fones de ouvido. Suas mãos se tocaram, e a embalagem plástica amassou. O bobão parecia encará-la, então, só por garantia, ela tomou cuidado para não fazer contato visual, embora pudesse sentir a pele esquentar onde ele a tinha tocado.

Perto, mas não tão perto.

Entre, faça o serviço, saia depressa.

— Não vejo a hora do vídeo acabar — comentou ela. — Queria muito tirar uma soneca.

— Não é má ideia.

Enquanto conectava o plugue na entrada embaixo da tela, mais uma vez se perguntou quem a contratara.

A primeira ligação e toda a comunicação subsequente tinham sido anônimas e codificadas. A oferta a pegou de surpresa. Ela poderia se aposentar. Na verdade, depois de entregar seu material genético, ela teria de se aposentar. Por mais que doesse deixar alguém arrancar seu cabelo e a conectar a um banco de dados, depois disso não faria diferença. Ela poderia passar o restante da vida em alguma praia do México. Uma enorme e linda praia, sem leis de extradição.

Aquela não era a primeira vez que trabalhava para um patrão anônimo, mas era definitivamente o maior trabalho do tipo. E não era de sua conta, mas não conseguia deixar de especular quem a contratara.

A maneira de responder à pergunta "quem" era expandi-la um pouco para: quem se beneficiaria? O que não reduzia as opções. Quando o rei agoniza, todo o reino é suspeito.

— Me desculpa — disse o bobão, interrompendo sua linha de raciocínio. — Eu devia ter me apresentado. — Ele estendeu a mão sobre o assento vazio. — Paxton.

Ela observou a mão por um instante, antes de estender a própria. O aperto do homem era mais forte do que imaginara, a mão misericordiosamente livre de suor.

Ela se lembrou de seu codinome para aquela missão.

— Zinnia — disse ela.

— Zinnia — repetiu ele, assentindo. — Como a flor.

— Como a flor — concordou ela.

— Prazer.

Foi a primeira vez que ela o dissera em voz alta para alguém além de si mesma. Gostava da sonoridade. Zinnia. Soava como uma pedra polida quicando na superfície de um lago calmo. Era a sua parte favorita de cada novo trabalho. Escolher um nome.

Zinnia sorriu e virou o rosto para a frente, colocando o fone no ouvido assim que o cronômetro chegou a zero e o vídeo começou.

BEM-VINDOS

Uma cozinha bem equipada, típica de casas do subúrbio. Balcões em inox brilhando sob a luz do sol que atravessava grandes janelas de sacada. Três crianças, duas meninas e um menino, correndo pela tela, rindo, brincando de pega-pega com a mãe, uma jovem de cabelos castanhos, descalça, usando suéter branco e calças jeans.

A mãe para e se vira para a câmera, colocando as mãos na cintura, falando diretamente com o público.

Mãe: "Eu amo meus filhos, mas às vezes eles dão muito trabalho. Só arrumá-los para sair pode levar uma eternidade. E depois dos Massacres da Black Friday..."

Ela hesita, leva a mão ao peito, fecha os olhos e parece à beira das lágrimas, antes de abri-los de novo e sorrir.

"...depois disso, a simples ideia de ir às compras me aterroriza. Sinceramente, se não fosse pela Nuvem, não sei o que faria."

Ela sorri, doce e tranquila, do jeito que uma mãe deve sorrir.

Corta para o menino no chão, o rosto contorcido de dor, segurando o joelho, arranhado e em carne viva. A criança geme.

Criança: "Manhêêêêêêêê."

Corta para um homem de camisa polo vermelha, pulando de algum lugar alto. Ele é esbelto, bonito, loiro. Parece criado em laboratório. A câmera dá um zoom no objeto em sua mão: uma caixa de curativos adesivos.

Ele dispara, correndo entre dois enormes corredores em um armazém gigantesco, as prateleiras abastecidas ordenadamente com uma grande variedade de itens.

Canecas e papel higiênico e livros e sopa. Sabonete e roupões e laptops e óleo automotivo. Envelopes e brinquedos e toalhas e tênis.

O homem para em frente a uma fila de esteiras transportadoras, coloca os curativos em uma caixa azul e a empurra pelas esteiras.

Corta para um drone zumbindo em um brilhante céu azul.

Corta para a mãe, abrindo a caixa de papelão com a logo da Nuvem. Ela pega a embalagem do curativo e retira um, que coloca no joelho da criança. O menino sorri e beija a mãe no rosto.

A mãe vira para a tela.

Mãe: "Graças à Nuvem, estou preparada para qualquer imprevisto. O mesmo serve para as horas boas, sempre posso contar com a Nuvem."

O homem de camisa polo vermelha reaparece, dessa vez com uma caixa de chocolates debaixo do braço. Ele sai correndo de novo. A câmera não o acompanha. Ele fica cada vez menor entre os corredores imensos, até dobrar à direita e sumir, sobrando apenas as prateleiras homogêneas debruçadas sobre o chão vazio, se alongando a distância.

Corta para uma tela em branco. Um homem magro e mais velho aparece. Está usando jeans, uma camisa social branca com as mangas dobradas e botas de cowboy marrons. Cabelo grisalho cortado à escovinha. Ele para no centro da tela e sorri.

Gibson: "Oi. Eu sou Gibson Wells, seu novo chefe. É um prazer dar-lhes as boas-vindas à família."

Corta para Wells percorrendo os corredores gigantescos, dessa vez com homens e mulheres de vermelho movendo-se com pressa à sua volta. Ninguém parece notá-lo, como se fosse um fantasma em um canto.

Gibson: "A Nuvem é a solução para qualquer necessidade. Um respiro nesse mundo agitado. Nossa meta é ajudar pessoas e famílias que não podem ir até uma loja, ou não moram perto de uma, ou não querem correr riscos."

Corta para uma sala dividida por enormes mesas cobertas com tubulação azul, semelhante a bombas de ar industriais, nas quais, quando os funcionários em camisas polo vermelhas lançam os itens na superfície, estes são envoltos em espuma, que logo seca como papelão.

Eles fixam etiquetas e um adesivo com a logo da Nuvem nos pacotes e os colocam em uma série de roldanas, que se movem sem parar em direção ao teto.

Wells ainda está perambulando, os funcionários andando com rapidez e precisão, indiferentes a ele.

Gibson: "Aqui na Nuvem, acreditamos em um ambiente de trabalho seguro e protegido, onde vocês podem ser os senhores do próprio destino. Temos uma ampla variedade de cargos disponíveis, desde preparadores de pedido — aqueles belos sujeitos de vermelho — a empacotadores e equipe de apoio..."

Corta para um cômodo gigantesco cheio de cubículos, todos usando camisas polo amarelo-canário e fones de ouvido, consultando pequenos tablets presos a suas mesas. Todos sorrindo alegres, colocando o papo em dia com velhos amigos.

Gibson: "... a assistentes..."

Corta para uma cintilante cozinha industrial onde os funcionários em polos verdes preparam refeições e esvaziam latas de lixo. Ainda sorrindo, alegres. Wells está usando uma rede de cabelo, cortando uma cebola ao lado de uma pequena mulher indiana.

Gibson: "... a equipe de TI..."

Corta para um grupo de homens e mulheres em camisas polo marrons examinando as entranhas expostas de um terminal de computador.

Gibson: "... aos gerentes..."

Corta para uma mesa com um grupo de homens e mulheres em brilhantes polos brancas, segurando tablets enquanto discutem algo muito importante. Wells se afasta para o lado.

Gibson: "Na Nuvem, avaliamos seu conjunto de habilidades e os colocamos na função mais apropriada para todos."

Corta para um apartamento arrumado, digno de um catálogo, onde um jovem coloca a filha nos ombros enquanto mexe uma panela de molho no fogão.

As paredes exibem decalques em letra cursiva que dizem AME e INSPIRE. O sofá é macio e moderno. A cozinha versátil é grande o bastante para acomodar quatro pessoas cozinhando juntas e tem vista para uma sala de estar rebaixada, perfeita para um coquetel.

A imagem de Wells some, mas sua voz continua.

Gibson: "Porque a Nuvem não é apenas um ambiente de trabalho. É um lar. Acredite, quando seus amigos e familiares os visitarem, vão querer trabalhar aqui também."

Corta para uma autoestrada congestionada, os carros parados, a fumaça do escapamento deixando o céu cinzento.

Gibson: "Os americanos gastavam em média duas horas para ir e voltar do trabalho. São duas horas jogadas no lixo. Duas horas de carbono bombeado na atmosfera. Todo funcionário que escolhe morar em nossos conjuntos residenciais pode chegar do local de trabalho à sua casa em menos de quinze minutos. Quando mais tempo você tiver, mais tempo terá para passar com a família, ou ter um hobby, ou apenas desfrutar de um merecido descanso."

Corta para uma montagem de cenas curtas: fregueses passeando em corredores de mármore branco, cercados por lojas de marca. Um médico pressionando um estetoscópio no peito de um rapaz, sob a camisa. Um casal jovem comendo pipoca, a luz da tela do filme piscando em seus rostos. Uma mulher mais velha correndo em uma esteira.

Gibson: "Oferecemos de tudo, de entretenimento a serviços de saúde e bem-estar, fora educação do mais alto padrão. Enquanto estiverem aqui, jamais vão querer ir embora. Quero que isso pareça um lar. Um lar de verdade. É por isso que, embora sua segurança seja prioridade, vocês não vão ver câmeras por todo canto. Isso não é jeito de se viver."

Corta para a tela branca. Wells está de volta. O cenário desapareceu, e ele está de pé no vazio.

Gibson: "Tudo o que vocês veem aqui, e muito mais, estará à sua disposição quando começarem na Nuvem. E podem ter certeza de que seu emprego está garantido. Apesar de alguns de nossos processos serem automatizados, não acredito em contratar robôs. Um robô jamais irá reproduzir a destreza e raciocínio crítico de um ser humano. E no dia em que conseguirem... não fará diferença para nós. Acreditamos na família. Essa é a chave para administrar um negócio de sucesso."

Corta para uma vitrine tapada, o vidro coberto com tábuas de madeira. Wells caminha na calçada, olha para a loja, faz que não com a cabeça e vira para a câmera.

Gibson: "As coisas andam difíceis. Não há dúvidas disso. Mas já enfrentamos adversidades antes e vencemos, porque é o que fazemos. Conquistamos e perseveramos. É meu sonho colocar os Estados Unidos de volta nos trilhos, e é por isso que tenho trabalhado com seus representantes locais para garantir que tenhamos nosso espaço e habilidade para crescer, de modo a levar um salário digno a um número maior de americanos. Nosso sucesso começa com vocês. Vocês são a engrenagem que mantém a economia em movimento. Quero que saibam que, às vezes, o trabalho pode ser duro, ou parecer repetitivo, mas jamais se esqueçam de como é importante. Sem vocês, a Nuvem não é nada. Se pensarem bem, na verdade..."

A câmera dá zoom. Ele sorri e abre os braços, como se estivesse convidando o espectador para um abraço.

Gibson: "... eu trabalho para vocês."

Corta para uma mesa em um restaurante. Sentados ao redor, uma dúzia de homens e mulheres, a maioria obesos. Os homens seguram charutos, o ar carregado de fumaça cinzenta. A mesa está coberta de taças vazias e pratos com restos de filé.

Gibson: "Algumas pessoas vão dizer que lutam por vocês. Não é verdade. O trabalho deles é lutar por si mesmos. É enriquecer com o trabalho duro de vocês. Na Nuvem, estamos do seu lado, pra valer."

A câmera se afasta, mostrando Gibson parado em um pequeno apartamento.

Gibson: "Vocês devem estar se perguntando: o que acontece agora? Quando chegarem à Nuvem, lhes será designado um quarto e um NuvRelógio."

Gibson levanta o pulso para mostrar um pequeno quadrado de vidro com uma resistente pulseira de couro.

Gibson: "Seu NuvRelógio será seu melhor amigo. Ele os ajudará a se locomover pelo estabelecimento, abrir portas, pagar pelas coisas, fornecer orientação, monitorar sua saúde e batimentos cardíacos e, mais importante, auxiliá-los no trabalho. E, quando chegarem a seus quartos, vão encontrar mais alguns mimos..."

Ele levanta uma pequena caixa.

Gibson: "A cor da camisa de vocês vai determinar onde cada um irá trabalhar. Ainda estamos processando as informações do teste, mas tudo já estará definido quando vocês chegarem ao quarto. Assim que entrarem, deixem suas coisas e deem uma volta. Familiarizem--se. Amanhã é a orientação, na qual lhes será apontado alguém do setor para inteirá-los sobre tudo."

Ele abaixa a caixa e pisca para a câmera.

Gibson: "Boa sorte e bem-vindos à família. São mais de cem NuvensMãe espalhadas pelos Estados Unidos, e costumo visitá-las de tempos em tempos. Então, se me encontrarem passeando em sua unidade, sintam-se à vontade para dar um oi. Estou ansioso por conhecê-los. E lembrem-se: me chamem de Gib."

GIBSON

Agora que já esclarecemos todo o lance deprimente, a melhor maneira de começar talvez seja revelando como eu entrei nesse negócio em primeiro lugar, certo?

Só tem um problema: eu não sei muito bem. Acredito que criança alguma no planeta queira administrar a maior empresa de varejo eletrônico e armazenamento digital do mundo quando crescer. Quando eu era criança, queria ser astronauta.

Vocês se lembram da sonda Curiosity? Aquela que mandaram para explorar Marte, lá em 2011? Eu amava aquela coisa. Eu tinha uma maquete tão grande que dava para colocar nosso gato de estimação em cima e carregá-lo pela sala de estar. Passado todo esse tempo, ainda me lembro de coisas sobre Marte, como a montanha mais alta do sistema solar, que fica lá — O Monte Olimpo —, e como um objeto que pesa quarenta e cinco quilos na Terra pesava apenas uns dezessete por lá.

Excelente plano de emagrecimento, na minha opinião. Mais fácil que cortar carne vermelha.

Então, eu estava convencido de que seria a primeira pessoa a pisar naquele planeta. Passei anos estudando. Não era como se eu quisesse muito ir. Eu só queria ser o primeiro. Mas, quando cheguei ao ensino médio, alguém já havia conseguido, e aí esse sonho foi por água abaixo.

Não que eu fosse recusar se alguém me oferecesse a viagem, mas a magia da coisa meio que se perdeu. Existe uma grande diferença entre ser a primeira pessoa a fazer algo e ser a segunda.

Enfim, o tempo todo que eu fingia saltitar por um planeta alienígena, eu já estava no caminho que me traria aonde estou hoje. Porque o que me atraía, de verdade, sempre foi cuidar das pessoas.

Na cidade onde eu cresci havia essa mercearia, cerca de um quilômetro e meio da nossa casa. Coop's. As pessoas costumavam dizer que, se o Sr. Coopper não vendia, provavelmente você não precisava.

O lugar era uma maravilha. Não muito grande, como se espera de uma loja, apenas o suficiente, e tudo ficava empilhado até o teto, como se o equilíbrio dependesse de cada item. Você podia pedir ao Sr. Cooper qualquer coisa velha, que ele a encontrava na hora. Às vezes precisava cavoucar no fundo das prateleiras, mas ele sempre tinha o que você desejava.

Com 9 anos, minha mãe passou a me deixar ir à loja sozinho, então, obviamente, eu sempre me oferecia. Para qualquer besteira. Eu corria até lá. Ela falava que precisava de pão de forma, e eu já saía pela porta, antes que ela tivesse a chance de dizer que podia esperar.

Minhas idas e vindas chegaram a tal ponto que logo comecei a fazer entregas para a vizinhança. O Sr. Perry, da casa ao lado, me via sair e me parava, pedindo que comprasse um creme de barbear ou qualquer outra coisa para ele. Ele me dava o dinheiro e, na volta, me deixava ficar com o troco. Isso acabou virando um negócio lucrativo. Depois de um tempo, eu estava nadando em revistas em quadrinhos e guloseimas.

Mas querem saber qual foi o grande momento? O momento que mudou tudo? Tinha um menino no meu quarteirão. Ray Carson. Era uma criança grande, forte como um boi, e meio reservado, mas bem legal. Então, um dia, saí da loja carregado de compras — provavelmente com umas seis ou sete paradas antes de voltar para casa — e a sensação era de que os meus braços iam cair.

Ray estava apoiado na parede da loja, comendo uma barrinha de chocolate, daí eu perguntei para ele:

— Ray, não quer me dar uma mão? Eu te pago.

Ray respondeu que sim, claro, ele ia me ajudar; afinal, que criança recusaria um dinheirinho para gastar?

Eu dei algumas sacolas a ele, e entregamos tudo mais rápido do que se tivesse feito tudo sozinho. No fim, peguei todas as gorjetas e dei um pouco para o Ray, que ficou bem feliz, então continuamos com aquilo. Eu recebia as encomendas e fazia as compras; ele me ajudava a carregar e entregar tudo. Logo passei de guloseimas e quadrinhos para videogames e miniaturas de foguete. Os bacanas, aqueles com milhões de partes que nunca pareciam estar todas na caixa.

Depois de um tempo, algumas crianças notaram como o Ray Carson estava se dando bem e perguntaram se podiam trabalhar para mim também. Então que sim, e logo as pessoas que viviam na minha quadra não precisavam mais sair de casa.

E isso fez com que eu me sentisse bem. Era legal ver minha mãe poder se sentar e pintar as unhas em vez de correr de um lado para o outro, como uma lunática, o que ela fazia na maioria dos dias, por causa de mim e do meu pai.

As coisas estavam indo tão bem que uma noite decidi que iria levar os meus pais para jantar.

Fomos ao italiano do lado do Coop's. Vesti uma camisa social branca e uma gravata preta que comprei especialmente para a ocasião, embora não soubesse dar o nó. Queria surpreender a minha mãe ao descer a escada usando aquilo, mas acabei chamando-a no andar de cima para amarrá-la para mim. Quando ela me viu parado ali, tentando acertar o nó, achei que seu rosto fosse explodir.

Então saímos e fomos andando, pois a noite estava agradável. Meu pai fazia graça o tempo todo, achando que, quando a conta chegasse, eu entraria em pânico e ele teria de intervir para salvar a noite. Mas eu já havia consultado o cardápio on-line e sabia que teria o dinheiro.

Pedi frango à parmegiana. Minha mãe pediu frango ao marsala, e meu pai, fazendo um grande estardalhaço, escolheu um prato com carne vermelha e frutos do mar. Quando a conta chegou, eu peguei o porta-conta e calculei a gorjeta — 10 por cento, porque os drinques dos meus pais demoraram e o garçom se esqueceu de trazer mais pão como havíamos pedido, e, segundo meu pai, a gorjeta é a recompensa por um trabalho bem-feito.

Coloquei o dinheiro no porta-conta e deixei o garçom levá-lo, disse a ele que ficasse com o troco, e meu pai ficou apenas sentado, a carteira na mão, a expressão no rosto como se, sei lá, um gato tivesse acabado de pilotar a sonda Curiosity ou coisa assim. Ali estava eu, 12 anos de idade, pagando o jantar do meu pai em um restaurante com velas na mesa.

Depois que o garçom se foi, antes de sairmos, meu pai me deu um tapinha no ombro, olhou para a minha mãe e disse:

— Nosso garoto.

Me lembro desse momento perfeitamente. Tudo sobre ele, até o mínimo detalhe. O modo como a vela fazia uma luz laranja dançar na parede atrás de meu pai. A mancha roxa na toalha branca, do vinho derramado de sua taça. A expressão suave de seus olhos, que ele só exibia quando estava sendo muito sincero sobre algo. A maneira como sua mão pesou em meu ombro.

— Nosso garoto — disse ele.

Nossa, aquilo foi uma coisa e tanto. Fez-me sentir como se tivesse realizado algo especial. Como se, mesmo criança, eu pudesse cuidar deles.

Acho que é isso. Começou com a necessidade de agradar meus pais. Embora, talvez, esse seja o motivo por trás das ações da maior parte das pessoas. Seria de uma desonestidade brutal dizer que não tem nada a ver com a vontade de ter uma vida confortável, juntar um pouco de dinheiro, ser bem-sucedido. Todos querem isso. Mas, para simplificar, parece que tenho a necessidade de agradar.

Eu me lembro, anos e anos mais tarde, estávamos inaugurando nossa primeira NuvemMãe. Começamos de forma bem humilde, com aproximadamente mil pessoas, mas foi uma coisa muito importante na época; era a primeira instalação moderna de trabalho com moradia nos Estados Unidos.

Meu pai compareceu. Foi uma viagem difícil, já que ele estava bem doente àquela altura e minha mãe havia falecido alguns anos antes, mas ele foi mesmo assim, e lembro que, depois de cortarmos a fita, eu e ele demos uma volta pelo dormitório para que eu pudesse lhe mostrar tudo.

Assim que terminamos, ele deu um tapinha em meu ombro e disse:

— Nosso garoto.

Muito embora a mamãe não estivesse lá.

Ele morreu alguns meses depois, e sinto muitas saudades dos dois, mas se existe um lado bom desse câncer corroendo minhas entranhas é que, ao menos, vou revê-los em breve. Estou com os dedos cruzados para ir pro mesmo lugar em que eles estão!

Então, é isso que tem ocupado os meus pensamentos. Tem muito mais sobre o que falar, porém nunca havia articulado, de fato, essa parte inicial. Mas agora o fiz, e é legal ver tudo isso registrado. Amanhã, Molly e eu vamos chegar à NuvemMãe nos limites de Orlando. Foi a décima segunda que construímos, mas a primeira na escala que adotamos agora, então é bem especial para mim, mas, de novo, todas são.

E eu sei que as pessoas querem que eu anuncie quem vai me substituir. Precisei desligar meu telefone porque não parava de tocar. Logo mais abordarei o assunto. Não vou morrer amanhã, ok? Então... todos os repórteres aí fora, tomem um drinque, respirem fundo. Ainda tenho controle total da diretoria e vou anunciar meu sucessor aqui, no blog, portanto ninguém vai ganhar uma manchete exclusiva.

Isso é tudo por ora. Obrigado por lerem. Depois de desabafar tudo isso, estou muito animado para sair deste ônibus e esticar as pernas e explorar um pouco.

PAXTON

Migrações em massa continuam a acontecer em Calcutá, na Índia, onde mais de seis milhões de pessoas vivem em áreas costeiras que, nos últimos anos, ficaram abaixo do nível do mar...

A imagem ilustrando o texto mostrava um grupo de pessoas à deriva em um bote improvisado, feito a partir de destroços. Dois homens e uma mulher. Três crianças. Todos eles com a pele tão seca quanto o deserto. Paxton fechou o navegador de seu celular.

O céu escureceu. Ele pensou que talvez uma tempestade se aproximasse, mas, quando se inclinou sobre a silhueta adormecida de Zinnia para olhar, o ar lhe pareceu cheio de insetos. Grandes enxames pretos se moviam para a frente e para trás no céu.

A rodovia também estava cada vez mais movimentada — haviam ficado sozinhos por muito tempo, percorrendo lugares remotos, mas então uma carreta sem motorista passou por eles, o estrondo impedindo Paxton de cair no sono. Os caminhões apareceram com mais frequência depois disso, um a cada dez minutos, depois cinco, agora talvez a cada trinta segundos.

O horizonte à frente era uma linha reta com uma única caixa grande despontando ao fundo. Ainda muito longe para discernir os detalhes. Ele se recostou no assento, pegou os panfletos sobre os sistemas de crédito, ranking, acomodação e saúde. Ele os leu duas vezes, mas era muita informação. As palavras estavam todas se embaralhando diante de seus olhos.

O vídeo de apresentação continuava sendo exibido em *looping*. Devia ter sido gravado anos antes. Paxton sabia qual era a aparência de Gibson Wells. O homem estampava as notícias praticamente todos os dias, e o Gibson no vídeo estava mais alto, o cabelo menos grisalho.

Agora ele estava morrendo. *O* Gibson Wells. Era como ser informado de que a cidade de Nova York iria acabar com a estação Grand Central. Apenas pegá-la e jogá-la fora. Como as coisas iriam funcionar sem ela? A grandiosidade da questão ofuscava sua raiva.

Ele não conseguia parar de pensar sobre o que Wells dissera no fim do vídeo. Sobre visitar as NuvensMãe de todo país. Wells ainda tinha um ano de vida. Quantas ele visitaria? Paxton tinha chances de encontrá-lo? Confrontá-lo? O que diria a um homem que valia trezentos bilhões de dólares e achava que ainda não era o bastante?

Ele enfiou os panfletos na bolsa e pegou uma garrafa de água, abrindo a tampinha de plástico. Separou o único panfleto que fazia seu peito doer de ansiedade.

Aquele sobre atribuição de cargos segundo o sistema de cores.

Vermelho era para preparadores e despachantes, o enxame de pessoas responsáveis por mover as mercadorias de um lado para o outro. Marrom, para o suporte técnico; amarelo, para atendimento ao cliente; verde, para serviços de alimentação e de limpeza, e outras funções bizarras. Branco era para gerentes, embora ninguém começasse nesse nível. Também havia outras cores, ausentes no vídeo, como roxo para professores e laranja para a área de drones.

Qualquer um serviria, mas o que ele queria mesmo era o vermelho.

Temia o azul. Azul era para seguranças.

Vermelho significaria muito tempo de pé, mas seu condicionamento físico aguentava o tranco. Droga, ele até poderia perder um pouco da barriga pochete.

Mas sua experiência era em segurança. Não era no que ele tinha se formado. Tinha diploma em engenharia e robótica. Mas, quando não conseguiu emprego ao sair da faculdade, e ficou desesperado, ele respondeu ao anúncio de vagas de uma prisão e acabou trabalhando lá por quinze anos, carregando um porrete retrátil e spray de pimenta enquanto economizava e tentava lançar o próprio negócio.

Naquele primeiro dia no Centro Correcional de Nova York, ele estava tão assustado. Achava que entraria em um lugar onde havia homens cobertos de tatuagens, que afiavam suas escovas de dente até virarem punhais. Mas na verdade eram apenas milhares de menores infratores, não violentos. Delitos com drogas, multas de estacionamento pendentes e descumprimento no pagamento de hipotecas ou de empréstimos estudantis.

Seu trabalho era, basicamente, dizer às pessoas onde ficar e quando voltar para as celas ou pegar algo que deixaram cair no chão. Ele odiava. Odiava tanto que, certas noites, ao chegar em casa, ia direto para a cama, afundava a cabeça no travesseiro, um vazio no peito, o restante do corpo desfalecendo.

O último dia, aquele em que entregou o aviso prévio de duas semanas e seu supervisor deu de ombros e apenas lhe disse que fosse para casa, havia sido o melhor de sua vida. Ele prometera que nunca mais retornaria a um lugar em que precisasse seguir ordens.

E ainda assim.

Conforme o ônibus se aproximava, Paxton folheou o panfleto e releu a seção de segurança. Pelo visto, a Nuvem tinha o próprio time, designado para cuidar da triagem e das questões de qualidade de vida, e, no caso de crimes de verdade, entrar em contato com as autoridades locais. Ele olhou pela janela, para os campos vastos passando. Ele imaginou como seriam as autoridades locais.

O campus da Nuvem surgiu quando o ônibus chegou em um pequeno aclive, provendo uma vista espetacular dos arredores.

Um conjunto de prédios jazia à frente, mas, no centro, estava a origem dos drones que zumbiam ao cruzar o céu, uma única estrutura, tão grande que não era possível olhá-la por completo, apenas em etapas. A lateral voltada para Paxton era quase perfeitamente lisa e plana. Serpenteando pela grama, tubos ligavam o gigante aos prédios menores que o circundavam, e a arquitetura tinha um quê de brutal e infantil — tudo arrumado às pressas depois de ter sido jogado do céu por uma mão descuidada.

— Atenção, pessoal — disse a mulher de polo branca, responsável pelos comunicados até então, se levantando.

Zinnia ainda estava apagada, então Paxton se inclinou e chamou:

— Ei. — Como ela não se mexeu, ele colocou um dedo em seu ombro e aplicou uma leve pressão até que ela acordasse. Ela se sentou, assustada, os olhos arregalados. Paxton ergueu as mãos, mostrando as palmas. — Desculpa. Hora do show.

Ela inspirou fundo pelo nariz, assentiu, balançou a cabeça como se tentasse repelir um pensamento solto.

— Temos três dormitórios na NuvemMãe: Carvalho, Sequoia e Bordo — continuou a mulher. — Por favor, ouçam com atenção enquanto leio a lista de arranjos de acomodação.

Ela começou a listar uma série de sobrenomes.

Athelia, Carvalho
Bronson, Sequoia
Cosentino, Bordo

Paxton esperou sua vez, no fim do alfabeto. E então: Carvalho. Ele repetiu para si mesmo: Carvalho, Carvalho, Carvalho.

Ele se virou para Zinnia, que revirava a bolsa à procura de algo, sem ouvir.

— Pegou o seu? — perguntou Paxton.

Ela fez que sim com a cabeça, sem olhar para Paxton.

— Bordo.

Que pena, pensou Paxton. Havia algo em Zinnia de que ele gostava. Ela parecia atenciosa. Solidária. Ele não pretendia lhe contar sobre a história do Ovo Perfeito, mas descobriu que, ao fazê-lo, ao dizer em voz alta, fora capaz de aliviar um pouco da pressão, como se estivesse soltando um pouco de ar de um balão. Ajudava o fato de ela ser bonita, mesmo de um jeito incomum. O pescoço suave e longo, os membros esbeltos lhe lembravam uma gazela. E, quando ela sorria, o lábio superior arqueava em uma curva exagerada. Era um belo sorriso, e ele queria vê-lo com mais frequência.

Talvez Bordo e Carvalho ficassem perto um do outro.

Um pensamento lhe ocorreu. Ele queria dizer que havia sido repentino, mas não foi. O pensamento havia pegado o ônibus com ele e sentado atrás dos dois até agora. Tudo estava prestes a mudar. Um novo emprego e um novo lugar para viver, tudo ao mesmo tempo. Uma mudança sísmica na paisagem de sua vida. Ele se viu dividido entre a vontade de chegar logo e a vontade de que o ônibus desse meia-volta.

Paxton disse a si mesmo que não seria por muito tempo. Que aquela seria somente uma parada temporária, como a prisão deveria ter sido. Só que desta vez ele seguiria o plano.

O ônibus seguiu até o prédio mais próximo, um grande caixote, com uma entrada enorme que engolia a pista. Dentro, a estrada se dividia em várias faixas. Quase todas repletas de carretas em uma cuidadosa coreografia sob escâneres de metal que se situavam ao longo de toda a rodovia. Paxton não via nenhum caminhão vindo da direção oposta. Devia ter uma rota alternativa.

O ônibus desviou para a direita, para sua faixa exclusiva, longe dos caminhões, e acelerou, ultrapassando o tráfego retido, depois encostou em um aglomerado de ônibus semelhantes, parados em um estacionamento. A mulher que estava liderando o grupo se levantou de novo e disse:

— Ao descerem do ônibus, vão receber seus relógios. Isso deve levar alguns minutos, então o pessoal do fundo pode relaxar por um tempinho. Logo todos estarão liberados. Obrigada e bem-vindos à NuvemMãe!

As pessoas no ônibus se levantaram e pegaram suas bagagens. Zinnia continuou sentada, olhando para a paisagem pela janela que era composta basicamente por outros ônibus, mas só via o topo do teto deles, o calor do sol ondulando rente às superfícies escuras dos painéis solares.

Paxton cogitou convidá-la para sair, talvez beber alguma coisa. Seria bom conhecer algumas pessoas. Mas Zinnia era bonita, talvez bonita demais para ele, e Paxton não queria estragar o primeiro dia com uma rejeição. Ele se levantou, pegou a mala, deu um passo para o lado e a deixou ir na frente.

Do lado de fora do ônibus estava um homem alto, com o cabelo grisalho preso em um rabo de cavalo impecável e de polo branca. Ao seu lado, uma mulher negra, com uma bandana roxa na cabeça, segurava uma caixa. O homem fazia uma pergunta, tocava a tela do tablet, então estendia a mão para a caixa e dava a cada pessoa alguma coisa. Uma após a outra. Quando chegou a vez de Paxton, o homem perguntou seu nome, verificou o tablet e lhe deu um relógio.

Paxton se afastou do grupo para examiná-lo. A pulseira era escura, cinza-escuro, quase preta, com um fecho magnético. No verso da pulseira, via-se uma série de discos de metal. Quando ele a colocou no pulso e apertou o fecho, a tela ligou.

Olá, Paxton! Por favor, coloque o polegar sobre a tela.

A mensagem foi substituída pelo contorno de uma digital. Paxton pressionou o dedo contra a tela e, após um instante, o relógio vibrou.

Obrigado!

Então:

Use seu relógio para chegar a seu quarto.

Em seguida:

Você foi designado para Carvalho.

Ele seguiu a fila de pessoas até uma série de escâneres corporais, operados por homens e mulheres que usavam camisas polo azuis e luvas de látex da mesma cor.

— Nada de armas — gritou um dos homens de azul, enquanto as pessoas colocavam as malas, uma após a outra, no escâner e passavam pelas máquinas, erguendo os braços e permitindo que o aparelho girasse ao seu redor, antes de sair e pegar as bagagens.

Depois dos escâneres, havia uma plataforma elevada com vista para um conjunto de trilhos, e na frente deles, algumas catracas. Em cada uma delas, ficava um pequeno disco preto espelhado, com uma luz branca ao redor da circunferência. As pessoas aproximavam seus NuvRelógios na frente do disco e a luz ficava verde, produzindo um som reconfortante e agradável. Um pequeno e caloroso *ding*, que parecia dizer: *Vai ficar tudo bem.*

Paxton chegou à plataforma e encontrou Zinnia, então parou ao seu lado e observou conforme ela mexia no relógio, passando os finos dedos nele.

— Não gosta de relógios? — perguntou ele.

— Hmm? — Ela ergueu a cabeça e semicerrou os olhos, como se tivesse esquecido quem ele era.

— Foi mal. Foi só uma observação. Parece que você não gosta de usar ele.

Zinnia estendeu o braço.

— É leve. Quase não consigo sentir.

— Isso é bom, né? Se a gente tiver que ficar com ele o dia todo.

Ela fez que sim com a cabeça quando um trem elétrico no formato de um projétil parava na estação. Ele se movia em silêncio, sobre trilhos magnéticos, e parou com a mesma leveza de uma folha caindo no chão. O grupo embarcou, se apertando no espaço lotado. Havia uma série de barras amarelas para as pessoas se segurarem, e alguns assentos preferenciais na lateral, que podiam ser baixados, mas ninguém se sentou neles.

Paxton foi afastado de Zinnia pela força da multidão, e, quando se acomodaram e as portas se fecharam, ela estava do outro lado do vagão, todos amontoados, ombro a ombro. Corpos pressionados contra o dele, cheirando a suor, loção pós-barba e perfume, uma mistura tóxica naquele espaço confinado. Ele queria morrer por não ter falado nada com Zinnia. Àquela altura, parecia muito tarde.

O trem disparou por túneis escuros antes de irromper na luz do sol. Algumas curvas bruscas quase derrubaram as pessoas.

O veículo desacelerou, e as grandes janelas fumês cintilaram. A palavra *CARVALHO* apareceu em letras brancas como fantasmas, sobrepostas sobre a paisagem. Uma fria voz masculina ecoou, anunciando a estação.

Paxton seguiu a multidão e acenou de leve para Zinnia, dizendo:

— Nos vemos por aí? — Soou mais como uma pergunta do que ele gostaria; queria ter soado mais ousado. Mas ela sorriu e assentiu.

Saindo do bonde, havia uma estação subterrânea em azulejos, com três escadas rolantes no meio, e, de cada lado, uma escada de degraus. Uma das escadas rolantes não estava funcionando, e cones laranja foram colocados na subida, como dentes. A maioria optava pela escada rolante, mas Paxton colocou a mala no ombro e enfrentou os degraus. No topo, ficava um espaço vazio de cimento com uma série de elevadores. Uma parede inteira era ocupada por uma tela enorme, exibindo o vídeo de apresentação do ônibus.

Quando a mãe colocou um curativo adesivo no joelho do filho, o pulso de Paxton vibrou.

10º andar. Quarto D

Eficiente, pelo menos. Ele seguiu para os elevadores e viu que não havia botões do lado de dentro, apenas outro disco rodeado por um círculo de luz. Conforme as pessoas passavam os pulsos na frente do disco, o número dos andares aparecia na superfície do vidro. Paxton aproximou o pulso, e o número 10 surgiu.

Ele foi o único a sair no décimo andar. Quando as portas se fecharam, ficou surpreso com o silêncio do corredor. Era bom, depois de horas de conversa, vídeos, o ônibus, a estrada e a proximidade forçada com estranhos. As paredes eram de concreto e pintadas de branco, as portas, de verde-floresta e uma pequena placa indicava a direção dos banheiros e dos números dos apartamentos. O alfabeto começava na outra ponta do corredor, ou seja, tinha uma longa caminhada pelo chão de linóleo, os sapatos rangendo na superfície espelhada.

Na porta com um D, ele ergueu o pulso até a maçaneta, e houve um clique sonoro. Paxton abriu a porta.

O quarto parecia mais um corredor abarrotado que um apartamento. O chão era do mesmo material resistente do corredor, as paredes também. Logo à direita ficava a cozinha: um balcão com um micro--ondas embutido na parede, uma pequena pia e um fogão elétrico. Ele abriu um armário e encontrou uma louça de plástico vagabunda. À esquerda, portas de correr, que ele abriu e se deparou com um armário longo e estreito.

Logo depois do balcão e do armário de correr, havia um futon embutido na parede da esquerda, com gavetas na parte de baixo. O colchão era de um material liso que parecia plástico, do tipo que você compraria para uma criança que ainda faz xixi na cama. Havia um pequeno cartão na ponta do futon, explicando que você podia transformá-lo em uma cama.

Pendurada na parede em frente à cama havia uma TV, debaixo da qual colocaram uma mesinha de centro tão estreita que mal cabia uma xícara. No fim do quarto, filtrando a luz do sol que entrava no cômodo, ficava uma janela de vidro fosco, com uma persiana.

Paxton pousou a mala perto de uma série de caixas, lençóis dobrados e um travesseiro anêmico. Ele parou ao lado do futon e quase conseguiu tocar ambas as paredes com a ponta dos dedos.

Sem banheiro. Ele se lembrou das placas no corredor indicando os toaletes e suspirou. Banheiros coletivos. Era como se estivesse de volta à faculdade. Pelo menos, ele não tinha um colega de quarto.

O pulso de Paxton vibrou.

Ligue a TV!

Ele viu um controle remoto sobre o futon, se sentou e ligou a televisão, que estava em um ângulo que o obrigava a inclinar a cabeça para trás. Uma mulher pequena, de camisa polo branca e com um sorriso radiante estampado no rosto, aparecia em um quarto não muito diferente do de Paxton.

— Olá — cumprimentou ela. — Bem-vindo à apresentação do alojamento. Depois de ler o material disponível, imagino que você já saiba que upgrades de quarto são possíveis, mas por ora vai ficar aqui. Providenciamos o básico, e você pode ir às lojas se quiser comprar qualquer coisa de que precisar. Durante sua primeira semana na NuvemMãe, você tem direito a um desconto de dez por cento em itens de casa e de bem-estar. Após uma semana, você tem desconto de cinco por cento em qualquer item comprado no site da Nuvem. Os banheiros ficam no fim do corredor; masculinos, femininos e de gênero neutro. Se precisar de algo, por favor, fale com seu conselheiro local, que mora no apartamento R. Agora, largue suas coisas, dê uma volta e conheça sua família Nuvem. Mas, primeiro, talvez queira experimentar sua cama. — Ela bateu palmas. — Há um trabalho e uma camisa esperando por você.

A tela ficou preta.

Paxton encarou a caixa em cima do colchão. Não a notara quando entrou, muito embora estivesse ali, bem na cara dele. Não a notara, porque não queria notá-la.

Vermelha. Por favor, que seja vermelha.

Sério, qualquer coisa menos azul.

Ele pegou a caixa e a colocou no colo. Sua mente o levou de volta à prisão. Pouco tempo depois de conseguir o emprego, leu sobre o experimento da prisão de Stanford. Um grupo de cientistas deixou alguns homens em um ambiente que simulava uma prisão, onde uns eram os prisioneiros e outros, os guardas. Embora fossem indivíduos comuns, eles levaram seus papéis a sério, os "guardas" se tornando autoritários e cruéis, os "prisioneiros" se submetendo as regras às quais não precisavam, de fato, se submeter. Aquilo fascinou Paxton em diferentes níveis, sendo o mais profundo a noção de que, mesmo em um uniforme, sempre se sentiu mais como um dos prisioneiros. A autoridade era um sapato largo desconfortável, que machucava seu pé e ameaçava sair se ele desse um passo muito grande.

Então, evidentemente, quando abriu a caixa, viu três camisas polo azuis.

Estavam dobradas com cuidado, o material macio como o de roupa esportiva.

Ficou sentado ali por um bom tempo, encarando as blusas, antes de tacá-las na parede e cair de costas no futon, deixando a atenção vagar para a textura áspera do teto.

Ele cogitou deixar o quarto, sair, para algum lugar, qualquer lugar, mas não conseguiu. Pegou os panfletos que trouxera do ônibus e releu o sistema de pagamento. Quanto mais cedo pudesse escapar, melhor.

PAGAMENTOS NA NUVEM MÃE

Bem-vindo à NuvemMãe! É provável que tenha algumas dúvidas sobre nosso sistema de pagamento. Tudo bem — pode ser mesmo um pouco confuso! Abaixo, segue uma visão geral de como nosso sistema funciona, mas, se precisar de mais informações, fique à vontade para marcar uma hora com um gerente bancário no prédio da Administração.

A Nuvem é cem por cento livre de papel — e isso inclui dinheiro. Seu NuvRelógio, que utiliza a mais moderna tecnologia de comunicação por campo de proximidade, está programado para você, e você apenas. Somente é ativado quando estiver preso e em contato com sua pele, então recomendamos que só a tire à noite, para carregá-lo.

Seu relógio pode ser usado em qualquer transação na NuvemMãe. Como funcionário, você tem direito a uma conta especial em nosso sistema bancário, que pode usar enquanto trabalhar aqui. Se um dia deixar a Nuvem, você pode continuar com sua conta conosco —

somos certificados pela Corporação Federal Depósitos Assegurados, e seus fundos estão disponíveis através de qualquer caixa eletrônico.

Seu salário é pago em créditos — um crédito equivale a aproximadamente 1 dólar, sujeito a uma pequena taxa de conversão de algumas frações de centavo (acesse o portal do banco on-line para os últimos valores de conversão) — e será depositado em sua conta toda sexta-feira.

Taxas, assim como um valor modesto referente a aluguel, plano de saúde e transporte, serão descontadas do salário bruto. Como você sabe, por conta do Ato de Moradia do Trabalhador Americano e da Regulamentação da Moeda Digital, você não ganha uma remuneração mínima, mas recebe o dinheiro de volta de várias maneiras — através de acomodação e plano de saúde generosos, e através do uso ilimitado do sistema de transporte da empresa, assim como nosso fundo de pensão condizente.

Seu saldo começa em zero, mas você pode utilizar qualquer outra conta para transferir o dinheiro, sujeito a uma modesta taxa de operação (acesse o portal do banco on-line para ver as últimas taxas aplicáveis). Também oferecemos uma ajuda temporária àqueles que não têm nenhuma reserva, numa base de crédito, para que possam se organizar nesse primeiro momento. Por favor, entre em contato com nosso departamento financeiro para mais informações.

Graças ao Ato de Responsabilidade do Trabalhador, você pode ser descontado pelas seguintes infrações:

- Danos à propriedade da Nuvem
- Chegar atrasado ao trabalho mais de duas vezes
- Não atingir as metas mensais estabelecidas por um gerente
- Negligência da própria saúde

- Ultrapassar os dias de licença médica determinados
- Perder ou estragar seu relógio
- Conduta imprópria

Além disso, você pode receber créditos adicionais por:

- Bater suas metas mensais por três meses ou mais
- Não usar dias de licença médica por seis meses ou mais
- Fazer um check-up a cada seis meses
- Fazer limpeza dentária uma vez ao ano

Ainda, você receberá um aumento de 0,05 crédito por cada semana que mantiver uma avaliação de cinco estrelas. A nota deve se manter por toda a semana para que o aumento ocorra de fato.

Sua conta também funciona como um cartão de crédito. Se ficar no negativo, ela não é bloqueada, de modo que você consegue utilizá-la normalmente. Qualquer crédito recebido, enquanto estiver no vermelho, vai direto para o pagamento dos juros (acesse o portal do banco on-line para as atuais taxas de juros), e só depois para a conta principal.

Você também está convidado a se juntar ao nosso programa de aposentadoria, pelo qual, após alguns anos, estará qualificado para uma redução de vinte horas em sua jornada semanal, assim como moradia subsidiada e um desconto de vinte por cento em qualquer item comprado na loja da Nuvem.

Gerentes bancários estão disponíveis de 9h às 17h no Admin para ajudá-lo com quaisquer dúvidas que possa ter. Você também pode acessar sua conta a qualquer instante pelo portal on-line do banco, nos NuvQuiosques espalhados pela NuvemMãe, ou pelo navegador da televisão de seu apartamento.

ZINNIA

Zinnia passou o dedo sobre a tela do relógio. Tão lisa que chegava a ser escorregadia. Ela o prendeu, o fecho magnético estalando contra a fina membrana de pele da parte interna do pulso.

Carregue à noite. Fora isso, não o tire, porque ele fornece dados monitorados de saúde, abre portas, registra suas avaliações, te passa tarefas, processa transações e, provavelmente, uma centena de outras coisas necessárias a alguém na NuvemMãe.

Poderia muito bem se passar por uma algema.

Em sua mente, ela recitou um parágrafo do manual do NuvRelógio que havia elevado sua pressão arterial alguns milímetros.

NuvRelógios devem ser usados fora dos quartos o tempo todo, e foi programado apenas para você. Devido à sensibilidade da informação pessoal armazenada em cada NuvRelógio, um alarme soará — audível e também no sistema de segurança da Nuvem — se ficar desligado por muito tempo, ou se outra pessoa estiver usando seu relógio.

Ela olhou para a porta. Na parede interna havia um disco — até mesmo para sair, era preciso aproximar a pulseira. Provavelmente para garantir que as pessoas não saíssem sem elas, já que serviam como chave para tudo, do elevador ao apartamento, e até para os banheiros.

Não se tratava apenas de usá-lo ou não — aquilo estava rastreando sua localização. Entre na seção errada e, certamente, um pequeno sinal apareceria na tela de um quarto escuro. Alguém seria alertado.

Ela olhou para as polos vermelhas que tinha tirado da caixa sobre sua cama, ainda chateada que não fossem marrons.

Zinnia sabia sobre os relógios, claro. E pensou que havia decifrado o algoritmo de atribuição de cargos da Nuvem, dando as respostas e a experiência pessoal que a colocaria no time da tecnologia. Que, por sua vez, teria lhe fornecido amplo acesso ao que ela precisava.

Agora, nem tanto.

Restavam a ela três opções:

Primeira, violar o relógio para adulterar o dado de localização. Não era impossível, mas também não era algo que ansiava. Ela era boa, mas talvez não tão boa.

Segunda, encontrar uma maneira de andar pela Nuvem sem o relógio. Só que não seria capaz de abrir nenhuma porta. Nem mesmo poderia sair do próprio quarto.

Terceira, ser transferida para manutenção ou segurança, já que essas funções possuíam maior acesso. Embora nem soubesse se aquilo era possível.

Ou seja: aquele trabalho seria bem mais complicado.

Então por que não começar já, com um teste de intrusão?

Ela se ajoelhou perto do disco na parede. Passou os dedos sobre ele. Cogitou abri-lo, mas pensou que talvez isso disparasse algum tipo de alarme. Ela aproximou o relógio para abrir a porta, então manteve o pé na soleira enquanto se inclinava na direção do carregador do NuvRelógio. Colocou o relógio na fonte, depois, saiu para o corredor.

Ela ficou parada ali um instante, até se dar conta de que parecia esquisito ficar ali, de pé, então foi para o banheiro. Ao chegar lá, um homem robusto com tatuagens tribais nos antebraços de camisa azul saiu do elevador. Ele parou a uma distância segura de Zinnia e fez um gesto com as mãos como se quisesse dizer *Acalme-se*. Parecia que ele sabia que sua aparência podia assustar as pessoas.

— Senhorita? — chamou ele, sua voz ligeiramente apática. — A gente não pode sair do quarto sem o NuvRelógio.

— Desculpa. Primeiro dia.

Ele abriu um sorriso radiante.

— Acontece. Deixa que eu abro a porta do seu quarto, senão vai acabar ficando presa do lado de fora.

Zinnia o deixou acompanhá-la pelo corredor. Ele mantinha distância em sinal de respeito. Na porta, o segurança aproximou o relógio do disco, que ficou verde. Então ele se afastou, como se um tigre estivesse escondido atrás da porta. Foi fofo.

— Obrigada — agradeceu ela.

— Sem problemas, senhorita — disse ele.

Ela o observou andar pelo corredor e voltou para o quarto. Foi até o estojo de maquiagem e pegou o batom vermelho que nunca tinha usado. Desaparafusou a base e revelou um detector de radiofrequência do tamanho e forma de seu polegar. Ela pressionou o botão na lateral, e uma luz verde piscou, indicando que estava carregado.

Zinnia o percorreu por cada superfície do cômodo. A luz ficou vermelha na televisão e na luminária, onde imaginava que ficaria, mas em nenhum outro lugar. Nada nos tubos de ventilação nem nos armários.

Em seguida, abriu a porta e escaneou o batente. A luz ficou vermelha na fechadura. Havia algo ali, acoplado ao metal fino da trava. Escâner térmico? Detector de movimento? Ela pegou o NuvRelógio no carregador e a colocou no pulso. Verificou a porta outra vez. Nada de luz vermelha. Devolveu o relógio ao carregador. Luz vermelha.

Pronto, ela tinha resolvido a questão. Parecia justo supor, então, que o foco do problema era a porta. Algum tipo de sensor que identifica-va quando Zinnia saía do quarto sem o relógio. Se pudesse deixar o NuvRelógio no carregador e achar outra saída, tudo estaria resolvido.

Olhou ao redor e o quarto lhe pareceu ainda menor, como uma casinha de boneca. Ela ia conseguir. Primeiro, uma pequena missão de reconhecimento. Ela colocou o relógio e seguiu a passos lentos pelo corredor vazio até o banheiro. Escolheu a porta de gênero neutro — metade homem, metade mulher de saia —, onde viu uma longa fila de pias, vasos sanitários e urinóis. Um dos cubículos estava ocupado, e um pequeno par de tênis ficava visível pelo vão inferior. Provavel-mente uma mulher, pelo tamanho e estilo.

Zinnia foi até a pia e abriu a torneira. A bica parecia meio bamba no apoio. Ela deu um puxão e a coisa quase se soltou. Passou para a pia ao lado e jogou um pouco de água no rosto. Olhou para cima e viu que o teto do banheiro tinha forro.

Ótimo.

No caminho para o elevador, ela cruzou com uma moça bonita, que parecia uma animadora de torcida, e era delicada também, o que fazia a polo marrom destoar na silhueta esbelta. O cabelo, da mesma cor da camisa, estava preso em um rabo de cavalo, tão apertado que parecia doloroso. Ela mirou os grandes olhos de desenho animado em Zinnia e disse:

— Nova no andar?

Zinnia hesitou. A lei de amenidades sociais exigia que ela oferecesse clichês em troca.

— Sim — respondeu Zinnia, se forçando a sorrir. — Cheguei hoje de manhã.

— Bem-vinda — disse a garota, esticando a mão. — Eu sou a Hadley.

Zinnia apertou a mão da menina; era frágil, como um pequeno pássaro.

— E como está indo até agora? — perguntou a jovem.

— Tudo bem — respondeu Zinnia. — Você sabe, é muita coisa, mas estou me acostumando.

— Bom, se precisar de qualquer coisa, estou no Q. E tem a Cynthia no V. Ela é, tipo, a chefe do andar. — A garota abriu um sorriso sugestivo. — Sabe como é. Nós, garotas, temos de ficar juntas.

— É assim que funciona?

Hadley piscou. Uma, duas vezes. Em seguida assentiu e alargou o sorriso, na esperança de que o brilho desviasse a atenção da coisa não dita solta no ar, e Zinnia registrou aquilo em sua mente como potencialmente interessante.

— Bem, foi um prazer te conhecer — disse a menina, dando meia-volta com as fofas sapatilhas vermelhas.

Zinnia disse depois:

— Foi bom te conhecer também. — E se virou para o elevador, ainda na defensiva, tentando entender o que, de fato, havia acontecido, e, quando estava a meio caminho do saguão, chegou à conclusão de que a garota estava sendo apenas simpática e que era melhor se acalmar.

Quando chegou ao térreo, Zinnia parou na frente de uma grande tela de computador autossuficiente, que exibia o mapa de todo o campus.

Os dormitórios ficavam dispostos em uma linha reta, de norte a sul: Sequoia, Bordo, Carvalho. A norte de Sequoia, havia uma construção em formato de gota, chamada Entretenimento, que, segundo a indicação do mapa, abrigava restaurantes, cinemas e um monte de outras baboseiras para as pessoas se anestesiarem ali.

O trem rodava em *looping*, parando em cada um dos três dormitórios. Os dormitórios também eram interligados por corredores de lojas, de modo que ficava possível ir do Carvalho, em uma das extremidades, ao Entretenimento, na outra, pelo que o mapa chamava de calçadão. Parecia ter um quilômetro e meio.

Em seguida, o trem circundava mais dois prédios — em um deles ficavam a administração, banco e escolas, o chamado Admin; no outro, os cuidados com saúde, o Assistência. Depois, o trem passava pelo armazém principal, antes de retornar ao Chegada, prédio onde saltaram do ônibus, e finalmente voltava aos dormitórios.

O mapa também mostrava alguns trajetos de emergência. Cada instalação tinha várias áreas médicas, todas ligadas diretamente ao Assistência. Ainda havia um sistema completamente independente que levava os funcionários da manutenção pelos parques solar e eólico até o limite da propriedade, onde ficavam os centros de processamento de água, lixo e energia.

Exatamente aonde ela precisava ir.

Zinnia se virou e foi andando, decidida a ir até o Carvalho, então voltar para o Entretenimento. Familiarizar-se com o calçadão, pelo menos. O saguão do Bordo era simples, com o chão de piso de concreto polido. Zinnia descobriu portas para a lavanderia, assim como para a academia, que era bem equipada — pesos livres, aparelhos e esteiras. Ninguém a estava usando.

O calçadão era sofisticado como um aeroporto, tinha um pé-direito alto, com alguns elevadores, e escadas rolantes e em espiral. Lojas de conveniência, farmácias, uma delicatéssen, um salão de manicure e um spa para pés ficavam distribuídos por toda a sua extensão. Vários spas para pés, cheios de pessoas usando camisas polo vermelhas, marrons ou brancas, esparramadas em lounges cheios de espreguiçadeiras enquanto mulheres em blusas verdes trabalhavam em seus horrendos pés expostos. Havia imensas telas de projeção embutidas nas paredes, a saturação de cores tão distorcida que doía os olhos, anunciando joias, celulares e lanches.

Tudo era em concreto polido e vidro, explorando a sensação do azul, e Zinnia tinha a impressão de que toda a aparência exterior daquele lugar exalava violência. Ela subiu a escada e foi andando pela balaustrada de vidro, os painéis planos perfeitamente cristalinos, e sentiu um embrulho no estômago, como se fosse cair. Fosse esse o caso, ela ficaria gravemente ferida no chão implacável. Zinnia passou por uma escada rolante em manutenção, com os dentes dos degraus arreganhados, homens de camisas polo marrons de pé nas suas entranhas, não exatamente tentando consertá-la; parecia que estavam apenas descobrindo como ela funcionava, enquanto longas filas de pessoas se formavam no elevador.

Ela passou pelo último dormitório e virou numa curva de noventa graus para um corredor que levava ao Entretenimento. Lá, Zinnia viu muitas telas de projeção e restaurantes com comidas um pouco mais ecléticas que os sanduíches e sopas dos corredores anteriores. Tacos, churrasco e lámen, todas as fachadas com banquinhos e cardápios restritos, todas com metade da ocupação e com fregueses comendo de cabeça baixa.

Ela parou no lugar dos tacos e se sentou no bar. Um mexicano corpulento ergueu as sobrancelhas, e ela perguntou em espanhol se ele tinha *cabeza*. O homem fez uma carranca e balançou a cabeça em negativa, apontando para o pequeno cardápio acima de sua cabeça. Galinha, porco e, claro, carne bovina que custava o quádruplo do preço dos outros itens. Zinnia se decidiu por três tacos de porco, e o mexicano se pôs a trabalhar, jogando a carne pré-cozida em uma chapa de aço inoxidável para prepará-la, adicionando algumas tortilhas de milho.

Zinnia tirou o dinheiro do bolso e colocou sobre o balcão, o suficiente para pagar a conta, mais um extra, conforme o cozinheiro enfiava a carne nas tortilhas, junto com um bocado de cebola picada e coentro. Ele colocou o prato à sua frente, com um pequeno disco preto. Ele fez que não com cabeça para o dinheiro e disse que não tinha troco. Zinnia o ignorou, disse que ficasse com ele. O homem sorriu e assentiu, pegando o dinheiro do balcão, olhando em volta rapidamente e o colocando no bolso.

— *Es tu primer día?* — perguntou ele.

— *Sí* — respondeu Zinnia.

Ele sorriu, os olhos mais suaves, como um pai que havia recebido notícias desconcertantes sobre o filho.

— *Buena suerte* — desejou, assentindo com a cabeça de leve.

Ela não gostou do modo como ele disse aquilo. O homem lhe deu as costas, e Zinnia caiu de boca nos tacos. Não era o melhor que já comera, mas estava bom para o Meio da Porra de Lugar Nenhum. Quando terminou, deslizou o prato pelo balcão e acenou para o cozinheiro, que acenou de volta e lhe deu outro sorriso aflito. Então ela perambulou pelo corredor até que se viu em um enorme saguão.

O Entretenimento cheirava a água fresca corrente. Filtros de ar trabalhavam sem cessar. Lembrava um pouco um shopping center ou, pelo menos, como os shopping centers costumavam ser antes de saírem de moda. Como quando ela era criança e parecia que tudo que pudesse desejar estava em um só lugar. Havia três níveis, um sobre ela e outro abaixo, acessíveis por um emaranhado de elevadores e escadas rolantes. Lojas e boutiques abraçavam as paredes, passarelas cruzavam um vão. Grande parte era ocupada por um cassino. No teto, uma série de painéis de vidro filtrava a imagem do céu, um azul-escuro discreto.

Havia um pub inglês e um restaurante de sushi — sushi, com certeza, até parece que teria peixe fresco no meio do nada. E um NuvBurguer, que tinha fama de ser muito bom e tinha uma carne que não custava o mesmo que um jantar completo.

Além de comida, havia um fliperama retrô e uma sala moderna de realidade virtual. E também um cinema, um salão de manicure, um de massagem e uma loja de doces. As áreas de descanso ao longo do andar estavam lotadas de pessoas. Outras mais entravam e saíam das lojas.

Ela passou por uma delicatéssen e sentiu uma leve pontada no estômago. Ainda estava com fome. Uma fruta cairia bem. Algo fresco. Ela entrou e perambulou pelos pequenos corredores, viu algumas embalagens de comida processada e bebidas no refrigerador, mas nada de maçãs nem de bananas. Ela saiu. Continuou andando até passar em frente ao fliperama. Abandonou sua busca por fruta e entrou no labirinto de máquinas brilhantes e barulhentas.

Todos os jogos tinham pequenos discos de metal na frente. Ela procurou por uma máquina que aceitasse moedas, mas não encontrou nenhuma, então voltou ao corredor e achou um NuvQuiosque. Eles ficavam espalhados por todos os cantos. Zinnia podia ver outra meia dúzia de onde estava.

Ela logou no portal do banco, que solicitou que a aproximação do relógio. A tela se acendeu — *Bem-vinda, Zinnia!* —, e ela acessou sua conta externa, depositando créditos na conta Nuvem. Ela transferiu $1000 e acabou com $994,45. Enquanto agia, examinou o NuvQuiosque — igual a um caixa eletrônico, grande e pesado e de plástico, com uma tela sensível ao toque. Nenhuma porta de acesso visível.

Havia um painel na parte inferior da máquina, provavelmente com pelo menos uma entrada USB, ou alguma outra tecnologia com que poderia brincar, mas Zinnia identificou alguns desafios como: abrir o painel, evitar que a tecnologia de comunicação por campo de proximidade registrasse seu relógio, fazer sem que ninguém visse. Ainda assim, talvez fosse uma boa opção para conseguir a brecha de que precisava.

Zinnia rolou a tela e descobriu que o salário médio para preparadores era de 9 créditos por hora, o que provavelmente seria algo entre 8 e 9 dólares. Assim que terminou a operação, com o relógio já carregado com uma quantia de dinheiro, voltou ao fliperama, perambulou mais um pouco pelos corredores vazios, até que encontrou o que procurava.

Pac-Man. A versão clássica. Lançado primeiro no Japão, em 1980. O nome japonês era Pakkuman. *Paku-paku* era a reprodução do som de uma boca abrindo e fechando em rápida sucessão. Zinnia gostava de videogames, e aquele era seu favorito.

Ela aproximou seu NuvRelógio do disco e começou a jogar, guiando a pequena forma amarela pelo labirinto, comendo pontos brancos conforme fugia de fantasmas em cores pastel, sacudindo o *joystick* da esquerda para a direita, o som das batidas na máquina ecoando alto, como se ela fosse capaz de quebrá-la.

Aparentemente, a máquina, e tudo ao seu redor, era alimentada pelo sol e pelo vento.

Aparentemente.

O termo técnico para o que fazia era "inteligência competitiva". O romântico era "espionagem industrial". Ela se infiltrava nos sistemas de segurança mais protegidos, nas empresas mais sigilosas, e saía com seus segredos mais preciosos.

E era boa nisso.

Mas nunca antes trabalhara na Nuvem. Sequer cogitara a ideia. Aquilo era como escalar o Everest. Muito embora, pelo andar da carruagem, fosse apenas uma questão de tempo. A Nuvem engolia os concorrentes com tanta rapidez que logo não haveria mais a necessidade de espionar alguém. Ela costumava descolar um serviço a cada poucos meses, e era mais que o suficiente. Nos últimos tempos, tinha sorte se conseguisse um trampo por ano.

Ainda assim, quando aceitou aquele, havia julgado não ser nada de mais. Talvez um erro de cálculo da parte de alguém. Mas então ela examinou as fotos de satélite. A área quadrada dos parques solares. As especificações dos painéis fotovoltaicos. O número e a potência das turbinas eólicas. E se deu conta de que seus empregadores estavam certos: parecia não ter como a Nuvem produzir a quantidade de energia necessária para gerir um lugar como aquele.

Um dos motivos para a Nuvem ser isenta de taxas eram suas iniciativas sustentáveis. A empresa tinha de satisfazer os padrões de *benchmarking* energético exigidos pelo governo a fim de se qualificar para abono tributário. Portanto, se aquilo fosse verdade, se a infraestrutura no local não fosse suficiente para produzir a energia necessária para mantê-lo, a Nuvem estava usando alguma outra fonte. Provavelmente, uma nada ecológica. O que significava que eles poderiam perder milhões — talvez bilhões.

O fantasma laranja estava em sua cola. Zinnia moveu o Pac-Man para cima e para baixo nos corredores da tela, a maioria já limpos, tentando despistá-lo e evitar os outros, até que alcançou a maior bolinha brilhante que virava o jogo. Os fantasmas ficaram azuis, e ela partiu para o ataque.

Então, quem se beneficiava?

Não que ela precisasse saber disso para fazer seu trabalho. Mas a pergunta a intrigava. Podia ser alguém da mídia ou dos grupos bem-intencionados do governo, sempre aporrinhando a Nuvem em relação a suas práticas de trabalho ou ao monopólio do varejo on-line. Havia anos, os jornais vinham tentando infiltrar pessoas naquelas instalações, mas os algoritmos e os currículos sempre os eliminavam. Zinnia levara um mês para construir uma história falsa, com uma base sólida que atendesse ao padrão exigido.

Mas ela chegou à conclusão de que era mais provável que fosse uma das tradicionais redes de hipermercado, com a intenção de fazer com que a Nuvem baixasse a crista. Recuperar um pouco do espaço perdido após os Massacres da Black Friday.

Zinnia se viu com a tela quase limpa, apenas alguns pontos no canto superior esquerdo ainda por devorar. Foi atrás deles.

O que importava era somente isso: uma construção daquele tamanho, com tantas pessoas, demandava 50 megawatts por hora para operar. E a capacidade dos parques solares e eólicos era de 15, talvez 20. A conta não batia. Ela só tinha de descobrir o que estava acontecendo de estranho. Ou seja, teria de se infiltrar na infraestrutura da Nuvem. Zinnia tinha alguns meses para conseguir isso e, até lá, estava por conta própria. Sem comunicação com seus empregadores. Nem mesmo pelo aplicativo codificado de seu celular. Ela não fazia ideia do que a Nuvem podia fazer ou não.

Zinnia guiou o Pac-Man por outro corredor, mirando aqueles últimos pontos, os fantasmas a encurralando. Tentou uma guinada rápida para a esquerda, mas sabia que não conseguiria a tempo. Dentro de segundos, estava presa, e o fantasma laranja trombou com o Pac-Man, e o pequeno orbe amarelo emitiu um som — um assobio seguido por um estalo de bolinha de sabão estourando —, depois murchou e desapareceu.

2.
ORIENTAÇÃO

GIBSON

Eu me lembro de muitos dias na Nuvem, mas aquele de que eu me lembro com mais carinho é o primeiro. Isso porque foi o mais difícil. Cada dia depois dele foi um pouco mais fácil.

As pessoas achavam que eu era louco de fundar essa empresa. Um monte de gente talvez nem se lembre de que, naquela época, tinha outra empresa que fazia algumas das mesmas coisas que fazemos agora, mas em menor escala. O problema era que os interesses deles eram muito mundanos.

Desde menino, eu era obcecado pelo céu. A vastidão dele. Como se tivéssemos esse recurso gigantesco em cima da gente todos os dias e não o usássemos de fato. Claro, aviões voavam para cá e para lá, mas parecia haver um potencial tão maior.

Ainda bem jovem, eu sabia que o futuro estava na tecnologia de drones. O ar e as estradas foram entupidos por esses caminhões gigantes, tomando espaço, cuspindo veneno. Se conseguíssemos resolver a questão dos caminhões, muitos outros problemas se resolveriam por tabela. Congestionamento nas estradas, poluição, mortes em acidentes de trânsito.

Vocês têm ideia do custo do tráfego? Há cerca de dez anos, quando alcançou proporções epidêmicas, seria algo como uns US$ 305 bilhões ao ano em perdas diretas e indiretas. Isso de acordo com o Instituto de Pesquisa Econômica e Empresarial.

Mas o que isso significa? Perdas incluem o tempo gasto no trânsito, o preço do combustível, o impacto no meio ambiente, a manutenção de estradas, as mortes por acidente de trânsito. Transporte público ajuda, mas só até certo ponto. Mesmo quando eu era mais novo, grande parte da nossa infraestrutura de transporte coletivo já estava desmoronando, e o custo para consertá-la era astronômico. Todos nos lembramos de quando o sistema de metrô de Nova York enfim ruiu. Aquela cidade jamais foi a mesma.

A solução era colocar drones no céu para muito mais que jogos e diversão.

Eu me lembro do meu primeiro drone. Uma coisinha pequenininha que não conseguia subir mais que 30 metros sem despencar e cair. Obviamente, não consegui carregar muitas coisas. Mas, conforme o tempo passava, e conforme o mecanismo era aperfeiçoado e os drones conseguiam carregar mais peso, comecei a explorá-los, e então investi em uma empresa que os construía — para minha sorte, logo antes de a empresa deslanchar, por isso acabei lucrando uma grana boa.

A empresa se chamava WhirlyBird. Eu odiava o nome, mas eles fizeram algo muito inteligente. Em vez de aceitar os drones como eram, pensaram, se fôssemos desenhá-los hoje em dia, sabendo o que sabemos, como os faríamos melhores?

Começaram do zero. Reorganizaram o modo como os motores eram dispostos. Experimentaram novos materiais. Componentes mais leves. Tecnologia mundialmente inovadora, segundo o *New York Times*. E eu me sentia orgulhoso para caramba de fazer parte desse empreendimento.

A partir daí, foi um intenso trabalho de persuasão com a Administração Federal de Aviação para descobrir como manter drones e aviões no ar ao mesmo tempo sem que um batesse no outro. Drones não voam tão alto, mas não queríamos atrapalhar a decolagem nem o pouso.

E, para ser sincero, aquilo foi difícil pra burro. Não tanto a parte da colisão — os meninos e meninas na WhirlyBird desenvolveram uma tecnologia de detecção bem bacana. O problema era, bem, vocês sabem que começamos com entregas terrestres, mas, quando quisemos transformar o processo de entrega da Nuvem em algo majoritariamente à base de drones, tivemos de trabalhar com o Governo Federal. E podemos dizer que foi um pesadelo. Anos e anos de problemas. Até que enfim fizemos um acordo para controlar a AFA. Nós a privatizamos, contratamos pessoas competentes... e a melhoramos.

É possível construir um prédio financiado pelo governo no mesmo tempo que leva para desenvolver uma centena de propriedades privadas, por conta de uma diferença fundamental: investidores privados querem ganhar dinheiro, enquanto os governos desejam manter as pessoas empregadas. O que significa protelar as coisas ao máximo.

Mas, enfim, muita gente acha que batizei a minha empresa de Nuvem por conta da imagem que os drones formam ao saírem dos centros de tiragem, essas grandes nuvens de máquinas voando com pacotes para cá e para lá. Mas escolhi Nuvem como uma mensagem pessoal.

O céu não era mais o limite.

Portanto, de volta àquele primeiro dia, éramos eu e Ray Carson — sim, Ray, comigo desde o primeiro dia. Além de ter uma boa coluna, Ray era um verdadeiro nerd em tecnologia, muito mais que eu, por isso foi de grande ajuda, capaz de traduzir qualquer coisa, mesmo quando só possuía três sílabas. Então o nomeei meu vice-presidente. Éramos eu, ele e mais uma galera. A primeira coisa que tivemos de fazer foi assinar um acordo com algumas empresas, convencê-las a nos deixar entregar suas mercadorias. Se conseguíssemos boas empresas e fizéssemos um bom trabalho, eu sabia que outras viriam.

Alugamos um prédio comercial no centro, não muito longe de onde eu cresci, o que era importante para mim, porque eu queria manter uma conexão com a minha cidade natal. Não queria esquecer as minhas origens.

Então aparecemos no escritório e o lugar está vazio. Juro, depois de todos esses anos, eu ainda tenho certeza de que o corretor disse que o escritório estaria mobiliado. Não era um espaço muito grande — nem mesmo muito bonito —, mas era alguma coisa, e não teríamos muito trabalho para decorá-lo. Mas entremos no prédio e estava totalmente vazio. Nada além de paredes e pisos e fios pendurados onde as lâmpadas costumavam ficar. Era para a empresa anterior, uma firma de contabilidade antiga, ter deixado as coisas.

Levaram até mesmo as malditas privadas!

Então eu resolvi ligar para o corretor, um verdadeiro sacana cujo nome eu gostaria de lembrar, porque adoraria expor ele na internet agora. Ele me jurou de joelhos que não, nunca disse que o lugar estaria mobiliado. E isso aconteceu na minha juventude, quando eu era um pouco mais vigoroso mas, acho que poderia dizer, mais facilmente enganado também. Não fiz nenhum acordo escrito, trocamos apenas um aperto de mãos.

O que aparentemente, para esse cara, não valia nada.

Então ali estávamos eu e Ray e quase uma dúzia de pessoas, paradas, sem ter muito o que olhar a não ser todo aquele espaço vazio. E foi aí que Renee roubou a cena. Renee era uma ex-militar, a mais esperta e durona deles. Se você falasse para ela que algo era impossível, ela soltava uma risadinha fofa e então respondia: "Faça com que seja possível." Aprendi muito com ela.

Ela pegou o telefone, ligando para Deus e o mundo, tentando providenciar tudo de que precisávamos. Depois de todo o dinheiro que depositei no prédio e no licenciamento e em um monte de despesas iniciais, eu tinha quase que torrado todo o meu lucro inesperado do investimento na WhirlyBird. Eu estava contando com a Renee. E ela descobriu um colégio nas redondezas, fechando por conta da fusão com outra escola do distrito, com vários móveis empilhados do lado de fora para serem retirados.

Muita sorte! Eu não sou o tipo de cara que precisa de coisas chiques. Não preciso de uma mesa sofisticada com regulagem de altura e que faça meu café e me diga que estou bonito. Tudo de que preciso é um telefone, um computador, um bloco de notas, uma caneta e um lugar para me sentar. Fim da lista.

Eu e Ray e alguns dos outros caras fomos até a escola, e, de fato, havia uma pilha enorme de coisas. Pegamos tudo. Àquela altura, eu não queria ser exigente. Não sabia sequer do que iriamos precisar das coisas que estavam lá. Qualquer coisa que pudermos carregar, vamos levar para ver se tem algum uso, pensei comigo.

Tinha umas mesas de professor, monstros de metal que pesavam toneladas, mas não o suficiente para todo mundo. Achamos várias carteiras; daquele tipo que você levanta o tampo para guardar coisas dentro. Pegamos muitas dessas. E o que fizemos foi alinhá-las e amarrá-las de três em três.

Nós as batizamos de trigêmeas. Peguei uma para mim. Parecia importante que eu não ficasse com uma daquelas grandes mesas velhas. Eu não queria passar a ideia errada sobre como eram as coisas, como se eu precisasse de tratamento especial. Se dependesse de mim, todos teriam ficado com uma das trigêmeas, mas Ray simplesmente se apaixonou por uma daquelas mesas grandes que rebocamos. Ele gostava de colocar os pés para cima quando estava pensando, então decidi que deixaria ele ficar com a mesa.

Ainda tenho minha trigêmea, guardada no porão de casa. E é por isso que, quando visitar um de nossos escritórios corporativos, vocês vão ver que todo mundo trabalha em uma. Nada de tábua de mogno de dez mil dólares, talhada de uma única árvore especialmente para nós. Com o tempo, passei a apreciar sua aparência. Acho que é um bom lembrete. Continue humilde. Ninguém precisa de uma mesa elegante, a não ser alguém que queira que as pessoas achem que ele é mais importante do que, de fato, é.

Também encontremos muito material de informática descartado. Tínhamos esse garoto trabalhando para nós, Kirk, um verdadeiro prodígio. Ele basicamente pegou toda aquela tralha e construiu uma grande rede Frankenstein de computadores para que pudéssemos começar.

Eu acredito que era o que precisava ter acontecido. Foi nosso primeiro teste de verdade.

Tecnicamente, o primeiro teste foi eu ter a ideia, convencer um número de pessoas aceitável de que eu tinha conhecimento o bastante para colocá-la em prática. Mas aquele foi nosso primeiro teste físico. Um desses momentos em que um monte de gente jogaria as mãos para o alto e diria "tô fora". Minha equipe perseverou e encontrou uma solução para o problema.

Eu lembro que, depois que terminamos, já havia escurecido, e Ray e eu fomos até um bar que tinha ali perto, o Foundry, ao qual íamos de vez em quando. Ambos estávamos cheios de dor, nos arrastando até os banquinhos do bar como dois velhos, e tivemos a ideia de fazer um brinde. Pedir uma bela dose de uísque ou coisa parecida. Então peguei a carteira e vi que estava vazia — eu tinha pagado o almoço da equipe naquele dia. E os cartões de crédito estavam todos estourados.

Ray, Deus o abençoe, colocou o próprio cartão de crédito no balcão e pediu dois uísques com gelo. Mas os cartões dele também estavam quase no limite, então ele escolheu um uísque vagabundo, que tinha gosto de ácido de bateria em combustão.

Até hoje, o melhor drinque que já tomei na vida.

Antes de encerrarmos a noite cedo — acredite, não éramos exatamente boêmios, ainda mais quando tínhamos de trabalhar cedo no dia seguinte —, Ray deu uns tapinhas em meu ombro e disse:

— Eu acho que isso é o começo de alguma coisa.

Parece algo duro de dizer, ainda mais com a fé que tantos depositavam em mim na ocasião, mas não acreditei nele. Sentado naquele bar, pensando na minha carteira de colégio e na nossa rede de computadores, que bastava um vento mais forte e ela desligava, eu me sentia apavorado. Eu tinha convencido aquelas pessoas de que eu não era um louco, e agora elas dependiam de mim.

O Ray renovava a minha energia. Desde o início. Eu não tenho irmão nem irmã, mas eu tenho o Ray, que é quase a mesma coisa.

ZINNIA

Zinnia colocou o jeans e sua camisa polo vermelha. Em seguida, se sentou para calçar os sapatos e se deparou com duas opções não muito boas.

Ela trouxera um par de botas resistentes, porque pensou que entraria para a equipe de técnicos de informática, e um par de sapatilhas tão baixas que eram praticamente meias. Ela gostava delas porque conseguia enrolá-las e enfiá-las na bolsa, mas para um trabalho como aquele, que demandava andar e tempo em pé, elas não serviriam. Além do mais, o tornozelo ainda estava um pouco fraco, depois daquele escorregão no Barein, no mês anterior. Ela precisava de sustentação, por isso optou pelas botas.

Ela pegou seu NuvRelógio do carregador e o colocou no pulso. O relógio vibrou e na tela dizia: *Bom dia, Zinnia!*

Depois: *Seu turno começa em 40 minutos. Você deve sair em breve.*

As palavras foram substituídas por uma seta piscante que apontava para a porta. Ela se levantou, deu uma volta. A seta girou junto com ela, nunca deixando de indicar a porta. Ao sair para o corredor, o relógio vibrou contra seu pulso e a seta virou para a esquerda, indicando os elevadores.

Ela seguiu a seta até o trem, onde um imenso grupo de pessoas se encontrava. Havia um espectro de cores de camisas polo, a maioria vermelha. Um trem chegou à estação, pegou o máximo de pessoas possível e partiu. Zinnia observou outros dois. Quando conseguiu embarcar no quarto, o espaço se encheu até que ela estivesse colada às pessoas ao redor, todas na rotineira peregrinação para o trabalho, os cotovelos próximos ao corpo, alternando o peso do corpo conforme o movimento do vagão para não perder o equilíbrio.

A multidão desembarcando no armazém principal era, na maioria, jovem e em forma. Nada de velhos nem obesos, ninguém com alguma necessidade especial visível. Todos se encaminhando para o fim de uma longa fila que serpenteava em volta de uma grande sala, andando por linhas formadas por divisórias.

No fim havia três catracas, um conjunto de braços de metal giratórios que permitia a passagem de apenas uma pessoa por vez, depois que esta escaneasse seu relógio no disco na parte da frente da catraca.

Embutidos na parede, monitores de vídeo exibiam um vídeo curto que mostrava um homem se abaixando com as costas arqueadas para pegar uma caixa. Um alarme soou, e um X vermelho apareceu na tela. O mesmo homem dobrou os joelhos, mantendo a coluna reta, e escutou-se um *ding*, em seguida, um sinal de visto, em verde.

Depois, uma mulher andando sem pressa na direção de uma esteira transportadora. A tela congelou, e as palavras *Ande, não corra* surgiram.

Em seguida, um homem carregando uma caixa que parecia muito pesada para ele. *Comunique a um gerente se você é incapaz de levantar um objeto com mais de 10 quilos.*

A seguir, uma mulher escalando, como um macaco, a lateral de uma estante. Alarme. X vermelho. *Sempre use seu equipamento de segurança.*

Quando chegou a vez de Zinnia na catraca, ela passou e foi andando por um corredor até um espaço tão grande que se sentiu desnorteada ao tentar processá-lo.

Estantes se estendiam infinitamente. O interior do lugar tinha um horizonte. De onde ela estava, não conseguia ver as paredes externas, apenas as colunas de sustentação colossais, chegando à vastidão do teto, que era mais baixo do que imaginara. Três andares. Talvez quatro. As prateleiras tinham o dobro de sua altura e deslizavam pelo piso de concreto polido, rodavam e trocavam de lugar umas com as outras. Homens e mulheres de camisas polo vermelhas iam para cá e para lá apressadamente, separando pacotes. Esteiras transportadoras marcadas em amarelo serpenteavam por todo o lugar, as mercadorias navegando por elas.

Engrenagens de metal, o bater de pés e o suave zumbido do maquinário se fundiam criando uma sinfonia do caos. O cheiro era de óleo de motor, produtos de limpeza e algo mais. Aquele odor de academia. Um aroma de suor e borracha. Ali dentro estava frio e ligeiramente úmido. Zinnia parou e observou aquela grande máquina, dançando, alheia a ela, quase para si mesma.

Seu pulso vibrou. Outra seta. O relógio indicando que fosse para a frente, até que vibrou de novo, a seta mudando de direção, indicando a direita. Ela olhava para a frente e para o relógio no pulso, atenta para se desviar dos apressados em vermelho e das máquinas giratórias, tendo de parar a cada dez passos para deixar alguém passar, e assim não acabar de bunda no chão.

Ande, não corra uma ova. Depois de mais algumas curvas, ela se deu conta de que a vibração era diferente para cada direção. O lado do relógio mais perto do osso do pulso vibrava quando ela tinha de virar à direita. Para avançar ou recuar, era o topo ou a parte inferior. Levou um minuto, mas, assim que percebeu, não teve volta. Mais algumas curvas e ela constatou que podia se direcionar pelo tato, sem olhar para baixo.

— Bem legal, hein?

Ela se viu perto de uma parede distante, talvez uma estrutura independente no meio do armazém. Não sabia dizer. Apoiado na parede estava um jovem latino. Forte, antebraços torneados e cabelo preto cacheado.

— Miguel — apresentou-se ele, estendendo a mão. A pulseira de seu relógio era de tecido, verde-escura como folhas frescas. — Estou aqui para te ajudar a se ambientar.

— Zinnia — disse ela, retribuindo o gesto. A pele da mão do homem era áspera e calejada.

— Ok, *mi amiga*, parece que já pegou o jeito da navegação. Então vamos dar uma volta por aí enquanto eu te explico como as coisas funcionam por aqui. Daí podemos começar.

Zinnia ergueu o pulso.

— Isto é mesmo tudo pra gente, né?

— É a única coisa de que vai precisar pra se virar por aqui. Vem comigo.

Miguel se desencostou da parede e eles começaram a caminhar por sua extensão, a vastidão do armazém à esquerda, e à direita escritórios, salas de descanso e banheiros, intercalados por paredes cheias de monitores de vídeo exibindo um trecho do comercial ao qual haviam assistido na viagem de ônibus até ali.

A jovem mãe. Os curativos.

"Sinceramente, se não fosse pela Nuvem, não sei o que eu faria."

Havia cenas extras. Pessoas felizes e sorridentes trabalhando na Nuvem. Pessoas pegando mercadorias em caixas, colocando-as nas esteiras. De tempos em tempos, um depoimento de um cliente satisfeito.

Uma criança asiática em um dormitório.

"Jamais teria passado na prova se não tivesse recebido o livro a tempo."

Uma jovem negra em frente a uma casa caindo aos pedaços.

"Não têm livrarias ou bibliotecas no meu bairro. Se não fosse pela Nuvem, eu não teria nenhum livro."

Um homem branco, idoso, sentado em uma sala de estar antiquada.

"É difícil para eu ir até as lojas nos dias de hoje. Obrigado, Nuvem."

— Bem-vinda ao armazém — disse Miguel, abrindo os braços. — É assim que o chamamos. Todos esses bonitões são vermelhos. — Ele pegou o tecido da própria camisa. — Os de branco são os gerentes. Eles andam por aí e ficam de olhos nas coisas. Falando nisso, se você tiver algum problema, apenas aperte a coroa do relógio e diga *gerente*. Ele vai te levar ao mais próximo disponível.

Zinnia baixou o olhar para seu relógio. Imaginou se aquilo a ouvia apenas com a coroa pressionada. Provavelmente, não.

— Então, nosso trabalho é bem simples — continuou Miguel. — Sério, o relógio faz a maior parte do trabalho por você. Ele vai te direcionar a uma mercadoria. Você acha a mercadoria. Pega. Ele passará a coordenada para uma esteira específica. Você larga o item. Bum. Próximo. Você faz isso por nove horas. Dois intervalos de quinze minutos para usar o banheiro, mais meia hora de almoço.

— Não posso só ir ao banheiro? — perguntou Zinnia.

— Deixa eu te apresentar à linha amarela, *mi amiga.* — Miguel levantou o relógio, tocou no mostrador. Na parte inferior, do tamanho de um fio de cabelo, havia uma linha verde. — Não parece tão ruim agora, mas, assim que começar, isso monitora o seu progresso. Verde significa que você está cumprindo a meta. Se ficar pra trás, você entra no amarelo. Se ficar vermelha, sua classificação despenca. Então fuja do vermelho.

— Esse pessoal é mesmo obcecado por cores, né?

Miguel assentiu.

— Tem muita gente aqui que não fala uma palavra de inglês. Enfim, quanto a sua pergunta, se passar muito tempo no banheiro, você fica para trás. Melhor segurar. E sobre as pausas... — Ele hesitou. Ergueu uma das sobrancelhas como se precisasse dar ênfase ao que ia dizer. — Você tem meia hora de almoço. Mas, se estiver lá no fim do mundo, pode levar vinte minutos para chegar a uma das salas de descanso. O algoritmo é programado para evitar que isso aconteça, mas acontece. Meu conselho? As barras de proteína das máquinas automáticas quebram bem o galho. Sempre tenha uma com você. Melhor garantir as calorias.

— E água?

Miguel deu de ombros.

— Tem bebedouros em todo canto. Mantenha-se hidratada. Você ficaria surpresa, mas, mesmo com tanto espaço, isso aqui pode virar uma sauna às vezes. — Ele olhou para os pés de Zinnia e fez uma careta. — E compre uns tênis. Peça eles hoje à noite. Confie em mim. Essas botas vão ficar desconfortáveis em algumas horas.

— É, eu já imaginava — admitiu Zinnia. — Então, basicamente a gente pega as coisas e larga na esteira. E as encomendas maiores?

— É em outra seção do armazém — respondeu Miguel. — E você só entra lá depois que passar um tempo por aqui. O nível iniciante opera só com mercadorias até dez quilos. Espera...

Ele ergueu o braço, sem tocar em Zinnia, mas próximo o bastante para garantir que ela parasse de andar. Uma garota em uma camisa polo vermelha passou voando. Zinnia mal a registrou em sua visão periférica. O cabelo da garota parecia um chicote em seu rosto, e ela estava correndo, rápido, com algo embaixo do braço. O rosto quase roxo de tanto esforço, talvez com lágrimas. Ela chegou a uma esquina, dobrou-a e desapareceu.

— Onde é o incêndio? — perguntou Zinnia.

— O turno dela está acabando — explicou Miguel. — O algoritmo trabalha para que você tenha tempo suficiente de ir até a mercadoria, pegá-la e levá-la até uma esteira, tudo isso em um ritmo ágil e deter- minado, certo? Mas não funciona bem assim. Às vezes os besouros mudam as coisas de lugar. Às vezes os itens não estão armazenados na prateleira correta, então você perde tempo procurando por eles. Às vezes, no fim do expediente, você corre pra repor aquela linha. — Ele apontou para outro jovem, acelerando desembestado pelo corredor e desaparecendo. — Se ficar pra trás muitas vezes, sua avaliação despenca.

— Besouros? — perguntou Zinnia.

Miguel entrou em um dos corredores, gesticulando para que ela o seguisse. Ele a levou até uma estante, se abaixou e apontou para algo embaixo das prateleiras, para um pequeno domo amarelo sobre rodas, preso ao fundo da unidade. Então continuou apontando, ao longo do piso, para os adesivos com QR codes dispostos no concreto.

— Essas coisinhas amarelas que movem as estantes, nós as chamamos de besouros — respondeu ele. — Então... o que acha da gente fazer a nossa primeira preparação de pedido pra você ter uma noção?

— Claro.

Miguel levou o pulso à boca e pressionou a coroa.

— Treinamento preliminar completo, iniciando estágio dois.

O pulso de Zinnia vibrou. Outra seta. Miguel ergueu a mão no ar, palma para cima, e fez uma reverência.

— Primeiro as damas, *mi amiga.*

Zinnia deixou que a vibração do relógio lhe dissesse aonde ir. Ela entendia a importância de uma tecnologia de navegação que não envolvesse olhar para baixo. Com as estantes móveis, os vermelhos para cá e para lá e as esteiras transportadoras, era fácil virar picadinho se você não estivesse prestando atenção.

— Você tem um talento nato — elogiou Miguel.

— Então por que é você que está me treinando, e não um dos gerentes?

— Gerentes têm mais o que fazer — respondeu ele, em um tom que indicava não acreditar naquilo. — Esse é um programa voluntário. Você não ganha nada, a não ser uma ou duas horas sem correria. Eu gosto disso. Você é ótima. A maioria das pessoas só pega o lance da navegação no fim do primeiro turno.

Zinnia se desviou de uma estante conforme a unidade cortava seu caminho.

— Não parece tão difícil — disse ela.

— Você ficaria surpresa.

Provavelmente não, pensou Zinnia.

— Você trabalha aqui há quanto tempo? — perguntou Zinnia.

— Há quase cinco anos.

— E você gosta?

Longa hesitação. Zinnia o encarou. Miguel tinha uma expressão no rosto, como se estivesse mastigando algo mole e desagradável. Zinnia continuou observando-o, sem ceder, até que ele deu de ombros.

— É um trabalho. — Bastava como resposta. Ela imaginou que ia ficar por isso, mas então ele continuou: — Meu marido quer que eu faça a prova pra gerente. Tentar uma promoção. Mas eu gosto das coisas como estão.

Zinnia se perguntou sobre os gerentes. A proporção era absurda. Ela via centenas de pessoas em vermelho, mas apenas uma ou outra pessoa de branco, carregando um tablet, andando como se tivesse algo mais a fazer.

— Imagino que a gerência seja um pouco menos estressante — argumentou Zinnia.

— E eles ganham mais. Mas não sei... — Miguel encarava Zinnia, falando devagar. Escolhendo as palavras. — Eles têm esse programa, Coligação Arco-Íris, supostamente calcado no empoderamento de minorias. Aumentar o nosso status nos rankings. Diversidade. Não sei se é cem por cento verdadeiro. A maioria das pessoas que usa branco... elas combinam com as suas camisas, entende o que quero dizer?

Zinnia assentiu, com cumplicidade.

— Você é latina ou...? — perguntou Miguel, em seguida fez que não com a cabeça e baixou o queixo. — Desculpe, não devia ter perguntado.

Zinnia abriu um sorriso, como se dissesse: *Não se preocupe.*

— Minha mãe.

— Então devia pensar em se inscrever.

O relógio vibrou de novo, várias vezes, sem parar. Ela olhou para baixo, viu que dizia 8495-A. Viu o mesmo número na estante a sua frente.

— Ok — disse Miguel. — Agora toque o relógio.

Zinnia o fez, e os números mudaram.

Caixa 17.
Barbeador elétrico.

Em seguida, surgiu a imagem de um barbeador elétrico em uma embalagem de plástico.

— Dezessete? — perguntou Zinnia.

— No topo da estante móvel — respondeu Miguel. — Só um minuto... — Ele pegou algo no bolso. — Desculpa, devia ter te dado isso logo no início. Equipamento de segurança.

Zinnia o amarrou ao cinto e viu um mosquetão em uma das pontas da estante. Ela o puxou e um cabo grosso de náilon saiu ali de dentro. Era maleável e liso, e ela logo pensou em milhões de utilidades para ele. Como, por exemplo, não cair de bunda em Barein.

— Prenda isso aos ganchos enquanto sobe — orientou Miguel, pegando o mosquetão e fixando-o a um pedaço de metal curvo saliente, alguns centímetros acima da cabeça de Zinnia. Havia mais ganchos, subindo pela lateral da estante. — Mas, sendo sincero, dentro de alguns dias você vai parar de usar essa coisa. Toma muito tempo. Mas, se vir um gerente, coloque. Você pode receber uma advertência se não estiver usando o equipamento. Três advertências, e você perde um crédito.

Jesus, que sistema. Zinnia escalou a lateral da estante, usando as prateleiras como uma escada, e encontrou a caixa. Ela pegou a embalagem de plástico com o barbeador que havia aparecido no relógio e pulou para o chão. O relógio vibrou com uma carinha feliz.

— Acho que isso significa que eu fiz alguma coisa certa — declarou Zinnia, erguendo o pulso.

Miguel assentiu.

— Tudo é monitorado. O relógio avisa se você não pegar a mercadoria certa. O modo como estocam as coisas é bem inteligente. Geralmente eles não armazenam coisas que podem ser confundidas lado a lado. Ainda assim, erros acontecem. Agora...

O relógio vibrou outra vez, indicando Zinnia para longe da estante, na direção de outro longo corredor. Eles foram andando até alcançar uma esteira. O relógio vibrou repetidamente. Debaixo da esteira, havia cestos de plástico, empilhados um dentro do outro. Ela pegou um, colocou o pacote ali dentro, e o item foi levado, desaparecendo de vista.

— Vamos ao próximo — disse ele.

— É só isso?

— É só isso. Que nem eu disse, você é nova; nas primeiras semanas, tudo o que vai fazer é transportar coisas pequenas. Quanto mais tempo ficar aqui, o trabalho vai ficando mais complicado. Mercadorias mais pesadas, ou você é designada para estocagem. Ou seja, você carrega as mercadorias que chegam das docas pra estante apropriada. Um aviso: os besouros não deveriam se mexer quando alguém está preso à estante, mas como nem sempre usamos o equipamento de segurança... às vezes isso acontece, e é como montar um cavalo selvagem.

— E agora?

Miguel olhou para o próprio relógio.

— Tecnicamente, temos mais uma hora livre, pra que você possa fazer perguntas. O que acha de ir até uma sala de descanso, pegar uma água? Pausas são raras por aqui. Deve aproveitá-las sempre que puder.

— Claro — respondeu Zinnia. Ela preferia trabalhar, o tédio mental lhe permitiria refletir, mas imaginou que ele poderia dizer algo útil.

Miguel não estava exagerando sobre a distância até a sala de descanso. Eles levaram quinze minutos para achar uma. Ela não tinha o menor senso de direção, mas ele parecia conhecer o caminho. Na metade do trajeto, Miguel explicou que bastava ela dizer *sala de descanso* para o relógio, e o dispositivo lhe mostraria a mais próxima.

Eles chegaram a uma sala, quase vazia. Havia uma fileira de máquinas de venda automáticas em uma das paredes, duas delas em manutenção, e uma série de mesas planas, com bancos aparafusados.

Na parede, em uma escrita cursiva bem grande, lia-se: VOCÊ FAZ TUDO ACONTECER!

Miguel pegou duas garrafas de água da máquina e as colocou sobre a mesa. Quando Zinnia se sentou, ele deslizou uma delas em sua direção.

— Obrigada — agradeceu ela, abrindo a tampa de plástico.

— Nunca é demais lembrar — disse ele. — Beba água. É o que pega a maioria das pessoas. Desidratação.

Zinnia tomou um gole, a água tão gelada que fez seus dentes doerem.

— Mais alguma coisa que eu deva saber? — perguntou.

Miguel a encarou. Piscou algumas vezes. Como se ainda quisesse dizer algo, mas não tivesse certeza se podia confiar em Zinnia.

Ela tentou pensar em algo que dissesse *Ei, pode falar comigo,* mas Miguel disse:

— Beba água. Bata sua meta. Não reclame. Se se machucar, ignore. Quanto menos tiver de falar com os gerentes, melhor. — Ele pegou o celular, digitou algo e virou para que ela visse.

NUNCA diga a palavra sindicato.

Zinnia assentiu.

— Saquei.

Miguel apagou o texto do telefone.

— E o que achou do apartamento?

— A caixa de sapatos?

— Você tem que pensar verticalmente. Eu pego aquelas cestas de arame e as penduro no teto. Facilita na organização.

— Ainda está morando em um desses? — perguntou Zinnia. — Você não disse que era casado?

— A gente faz funcionar.

— Achei que pudéssemos pedir um upgrade.

— A gente pode — rebateu Miguel. — Mas é caro. Meu marido e eu... ele ferrou o tornozelo e agora trabalha no serviço de atendimento ao cliente... estamos economizando créditos. Ele é da Alemanha. A ideia é ir pra lá.

Zinnia assentiu.

— A Alemanha é legal.

Miguel inspirou fundo e soltou um longo e triste suspiro.

— Um dia...

Zinnia abriu um pequeno sorriso. Algo que ele poderia achar reconfortante, mas que também disfarçaria seu constrangimento. Ela tinha pena do homem, preso naquele trabalho de corno, sonhando em deixar o país quando havia uma grande probabilidade de que isso nunca acontecesse.

Miguel olhou para seu NuvRelógio.

— Acho que é isso. Se você se enrolar, diga *Miguel Velandres* pro relógio e ele vai me encontrar. E, como eu falei, pode escolher *gerente* para encontrar um dos de branco, mas quanto menos lidar com eles, melhor.

Eles jogaram as garrafas de água em uma lata de lixo abarrotada — um cartaz acima dizia, OBRIGADO POR RECICLAR! — e voltaram para o armazém.

— Pronta? — perguntou Miguel.

Zinnia assentiu.

Ele falou para o relógio.

— Orientação completa.

O pulso de Zinnia vibrou. Outra seta, convidando-a a ir para a frente.

Miguel levantou a mão.

— Não enrole. Nunca enrole.

Eles trocaram um aperto de mãos, e Zinnia se foi, deixando a gentil vibração do relógio guiá-la. Às suas costas, Miguel gritou:

— Não se esqueça, *mi amiga*. Arrume uns tênis.

PAXTON

Paxton estava sentado perto da parede dos fundos da sala de reuniões. Duas mulheres e quatro homens, todos vestindo camisas polo azuis, acomodados à sua frente, estavam separados dele por três fileiras de carteiras vazias.

As outras pessoas conversavam como já se conhecessem. Paxton não tinha certeza de como aquilo era possível, visto que estavam na orientação. Talvez fossem vizinhas.

Não estava nos planos de Paxton se isolar, mas havia sido o primeiro a chegar e se sentou no fundo. Os outros se juntaram e pegaram os assentos da frente, já perdidos na conversa, quase não o notando. Levantar e se aproximar deles poderia ser interpretado como desespero. Então Paxton ficou onde estava, observando as persianas fechadas cobrindo a grande janela que dava para a sala principal.

Era um centro de comando. Muitos cubículos. Muita gente de polo azul, falando ao telefone, mexendo em tablets presos às mesas. Todos espiavam sobre os ombros, como se alguém os estivesse vigiando. Telas cobriam as paredes, todas mostrando mapas e organogramas.

Uma silhueta passou pela janela, e a porta se abriu. Um homem, com o rosto parecido com a casca de uma árvore, entrou. O cabelo grisalho, com um corte rente e arrumado. O lábio superior estava escondido por um bigode espesso e volumoso. Usava uma camisa bege com as mangas enroladas e calça chino verde-floresta. Sem arma, apenas uma lanterna pesada pendurada no coldre do cinto. A estrela dourada presa ao peito brilhava de tão polida. Ele tinha a postura ereta e o olhar de águia de um verdadeiro oficial da lei. O tipo de pessoa que o incitava a se desculpar, mesmo sem ter feito nada de errado.

Ele foi até o atril e olhou ao redor da sala, fazendo contato visual com cada pessoa presente. Encarou Paxton por último, se demorou por um instante, então assentiu, como se as sete pessoas diante dele fossem aceitáveis.

— Meu nome é xerife Dobbs, e sou o responsável por esse condado — disse ele, como se tivesse outro lugar onde deveria estar. — Como xerife, meu trabalho é vir aqui quando temos um novo grupo de recrutas como vocês, e fazer duas coisas. Primeiro, devo empossá-los segundo o Decreto de Segurança e Proteção da NuvemMãe. — Ele acenou, como um mágico entediado. — Considerem-se empossados. Segundo — continuou —, devo explicar o que diabos isso quer dizer.

Ele deu um sorriso irônico. Permissão para relaxar o esfíncter. Algumas pessoas riram. Paxton, não. Mas abriu um pequeno caderno e escreveu no topo da página: *Xerife Dobbs*.

— Agora vocês devem estar se perguntando se podem prender alguém — disse Dobbs. — E a resposta é: na verdade, não. O que vocês podem fazer é deter. Se pegarem um criminoso... talvez alguém que tenha roubado alguma coisa, começado uma briga, que seja... vocês o levam até o Admin. O Decreto de Segurança e Proteção determina que dez oficiais da jurisdição local devem estar presentes no escritório o tempo todo para tratar de assuntos criminais. Mas dez pessoas não são o bastante para dar conta de tudo, então vocês são os olhos e ouvidos.

Deter. Olhos e ouvidos. Policiais de verdade cuidam das coisas graves.

— Na maior parte do tempo, as coisas são bem paradas — assegurou ele. — Porque... a verdade? Faça qualquer coisa errada na Nuvem e você está fora. Se forem flagrados roubando, recebem advertências suficientes para serem expulsos, e aí não são recebidos em nenhuma empresa associada à Nuvem nesses Estados Unidos, ou mesmo no restante desse maldito planeta verde. Não preciso falar que isso significa que as suas opções de emprego serão muito limitadas. O que significa que a maior parte das pessoas é esperta o bastante para não comer a carne onde se ganha o pão.

Faça merda e está fora. Isso mantém as pessoas na linha.

— Grande parte da responsabilidade de vocês envolve serem vistos — explicou Dobbs. — Circulem bastante, façam parte da comunidade. — Ele segurou o colarinho do uniforme cáqui. — Isso é uma linha de demarcação. É o motivo de usarem blusas polo. Queremos encorajar uma atmosfera amigável. Por isso vocês não ganham um uniforme chique.

Camisas são um símbolo de igualdade.

— A maioria de vocês foi escolhida porque possui algum tipo de experiência com aplicação da lei ou segurança no currículo — disse ele. — Ainda assim, cada lugar faz as coisas de um jeito, ou seja, teremos treinamentos e aulas teóricas. Duas vezes por mês. Hoje será a sessão mais demorada. Vocês vão ficar sentados assistindo a alguns vídeos sobre o que fazer em uma situação de conflito, caso suspeitem de que alguém esteja roubando etc. etc. Mas eu fiz pipoca, se isso ajudar.

Mais algumas risadas.

Dobbs parece ser ok.

— Agora, podem se encaminhar para o final do corredor e garantir um lugar — disse ele. — Eu já vou, e começaremos em alguns minutos. Mas antes... Tem algum Paxton aqui?

Paxton ergueu o olhar. Dobbs o encarou e sorriu.

— Você fica, filho, só por um instante — pediu ele. — Tenho uma pergunta pra você.

As outras seis pessoas na sala se levantaram, lançando olhares para Paxton no caminho para a porta, imaginando o que ele tinha de especial. Paxton também se perguntou o mesmo.

— Venha comigo — disse Dobbs, quando a sala ficou vazia.

Ele deu meia-volta e saiu. Paxton se levantou em um pulo, cambaleando para dentro do escritório, e seguiu Dobbs por uma porta nos fundos do cômodo, ao lado de um grande painel de vidro espelhado.

Paxton entrou na sala escura, mobiliada com uma mesa e duas cadeiras, algumas fotos e uns mapas da Nuvem. Cada um com um enfoque diferente. De relance, Paxton viu que um era do sistema de trânsito, outro da rede elétrica, um terceiro, topográfico, talvez? Nada mais. Era o tipo de escritório de alguém que não sentia a necessidade de manter um escritório.

— Sente-se — disse Dobbs, se jogando na cadeira de rodinhas gasta atrás da mesa. — Não quero deixar os outros esperando muito tempo, mas não deixei de notar sua experiência profissional. Você foi agente penitenciário.

— Isso — admitiu Paxton.

— Há um certo hiato de lá pra cá.

— Fundei uma empresa própria — disse Paxton. — Mas não deu certo. Você sabe, a economia é um esporte de contato.

Dobbs reconheceu o sarcasmo.

— Então, me diga uma coisa. Por que você virou um guarda?

Paxton se recostou na cadeira. Queria ter uma resposta melhor, algo como um chamado divino, mas aquilo seria mentira, então optou pela verdade.

— Eu precisava de um emprego. Vi um anúncio. Acabei ficando mais tempo do que pretendia.

— E como se sente estando aqui? — perguntou Dobbs.

— Sinceramente?

— Não tem resposta errada, filho.

— Minha ideia era uma camisa vermelha.

Dobbs sorriu, os lábios esticados.

— Veja bem, eu não tenho tempo pra sentar aqui e jogar conversa fora com você. Eu gosto que você não esteja louco pela vaga. Um trabalho como esse, quanto mais entusiasmo desperta, mais alerta eu fico. Algumas pessoas gostam um pouco demais da autoridade. É uma brincadeira para eles, um mecanismo de enfrentar as coisas, ou só um jeito de se vingar do mundo. Entende?

Paxton pensou em cada agente com quem trabalhara, os que sorriam demais ao golpear o bastão, que cutucavam e provocavam os prisioneiros mais frágeis, seus uivos e berros quando jogavam alguém na solitária.

— Sim — respondeu ele. — Sei exatamente o que quer dizer.

— Na prisão onde trabalhou, havia muito contrabando?

— Tínhamos alguns problemas com drogas — respondeu ele.

— Trabalhei sob as ordens de diferentes diretores. Alguns implementavam políticas de tolerância zero; outros faziam vista grossa, achavam que se os prisioneiros ficassem dopados seriam mais fáceis de controlar.

— Isso era verdade? — quis saber Dobbs.

Paxton escolheu as palavras com cuidado. Agora sentia como se estivesse sendo testado.

— Sim e não. Chapados na medida certa, são fáceis de lidar. Muito doidões, sofrem de overdose ou quebram tudo, o que também não é legal.

Dobbs se recostou na cadeira e juntou as mãos, pressionando a ponta dos dedos. A pulseira de seu relógio era de um material comum, como a de Paxton.

— Estamos com um probleminha aqui, e estou montando... não quero chamar de força-tarefa. Nada tão oficial. Apenas algumas pessoas para ficar de olhos e ouvidos abertos. Talvez para perguntar por aí, caso se encontrem na posição de ajudar.

— Qual o problema?

— Oblivion. Sabe o que é?

— Sei que é uma droga, mas só virou moda há pouco tempo. Depois que eu já tinha saído da prisão.

Dobbs olhou de relance para os azuis que aguardavam e deu de ombros, como se pudesse se dar ao luxo de falar mais alguns minutos.

— É uma versão modificada da heroína, que não causa dependência física. O motivo de a heroína ser tão atroz é que ela reprograma o cérebro. Faz com que seu corpo não consiga funcionar sem ela. Por isso que a abstinência é tão difícil. Oblivion oferece a mesma onda, mas sem o vício. Causa dependência psicológica, do mesmo modo que qualquer outra coisa prazerosa. Então algumas pessoas sofrem de overdose, mas não tantas. Ultimamente, temos visto um bocado por aqui. E, às vezes, ela não é destilada do jeito certo, e as pessoas adoecem só de tomar. Algumas morrem. A ordem lá de cima é que temos de acabar com essa merda. — Dobbs baixou o tom de voz. — E vou ser direto com você. O condado não pode mais dispor de nenhum oficial. Os chefes querem que eu lide com a situação usando o nosso pessoal de azul. Então, aqui estou eu. Preciso de algumas pessoas habilidosas que possam perguntar por aí... de modo descontraído. E alguém com experiência em contrabando pode ser útil.

— Por que descontraído? — indagou Paxton.

Dobbs o encarou por um instante antes de responder.

— Eu gosto das coisas descontraídas.

Paxton se reclinou na cadeira, sem saber o que dizer. Ele estava com a esperança de que Dobbs fosse lhe dizer que havia cometido um erro, que Paxton iria receber uma camisa vermelha e ser transferido para o armazém, onde poderia superar o estresse e, quem sabe, sair dali em pouco tempo. Agora estava sendo escalado para um trabalho extra, para uma função que nem queria, em primeiro lugar.

E mesmo assim, havia algo em Dobbs de que gostava. O homem falava com cuidado, clareza e respeito, três coisas em falta nos supervisores da prisão. Além disso, era bacana ser escolhido, como se Paxton tivesse alguma habilidade especial. Como se precisassem dele.

Dobbs abriu outro sorriso aflito, ergueu a mão.

— Não precisa tomar uma decisão agora. Sei que é pedir muito. É seu primeiro dia. O que eu sei é que você tem ficha limpa e presta atenção aos detalhes. Você foi o único ali dentro que tomou notas. Eu gosto disso. Então pense no assunto e, em um ou dois dias talvez, quando estivermos ajustando as coisas, voltamos a nos falar.

Paxton se levantou.

— É justo.

— Só para constar, um emprego assim dá margem a promoções — argumentou Dobbs. — Além do mais, você estaria fazendo um trabalho que importa de verdade, ajudando pessoas que precisam. Agora — ele acenou para o corredor —, vá até lá e se sente. Deixe-os cogitar por que diabos eu o chamei. Chego com a pipoca em um minuto.

VÍDEO DE TREINAMENTO DE SEGURANÇA

Um homem e uma mulher caminham de mãos dadas por um lindo campo de grama artificial verde. Acima deles, um domo de vidro filtra os raios de sol dourados através de painéis foscos.

Duas crianças, um menino e uma menina correm à frente dos adultos. Eles escolhem um lugar no gramado e esticam uma toalha de piquenique. O garoto para e acena para alguém. A câmera se vira para mostrar uma mulher de polo azul, andando por um caminho adjacente ali perto.

Corta para trabalhadores em polos vermelhas correndo para cima e para baixo com mercadorias embaixo do braço, à procura de esteiras rolantes. Homens e mulheres de azul aparecem e desaparecem entre as pilhas, invisíveis, como fantasmas, ou anjos da guarda, sem interferir. Protegendo.

Uma senhora em uma polo verde empurra um carrinho pelo carpete cinzento de um escritório, esvaziando latas de lixo. Ela para e cumprimenta um homem de camisa azul, que ri daquilo e lhe dá um abraço.

Narrador: Olá e bem-vindos ao primeiro de uma série de vídeos criados para ajudá-los a entender o seu papel como oficial de segurança

na NuvemMãe. Sem dúvida, vocês já foram empossados. Parabéns! Agora é hora de falar sobre o que isso significa.

Um jovem casal desce uma escada branca e bem iluminada, de mãos dadas.

Uma mulher de polo azul patrulha um corredor residencial.

Uma fila de pessoas espera para passar pelos detectores de metal a caminho do armazém. Trabalhadores de azul com luvas de látex azul-claro os convidam a entrar, um após outro.

Todos sorriem.

NA: Seu trabalho é garantir a segurança e a proteção dessa instalação, enquanto mantêm a atmosfera acessível, amigável e acolhedora para as pessoas que vivem e trabalham aqui. Vocês conseguem fazer isso por meio das patrulhas, de monitoramento, de observação e comunicação.

Um grupo de adolescentes joga videogame em um fliperama retrô. Eles parecem ser barulhentos, brincalhões. Mas param e cumprimentam um homem de camisa polo azul, que acena de volta.

São todos amigos.

NA: Essa série de vídeos abordará postura e comportamento ético, gerenciamento de crises, leis civis e criminais que dizem respeito à sua posição, e qual a melhor a maneira de auxiliar o xerife e seus oficiais. Primeiro e mais importante...

A tela fica preta. As palavras RESPEITO É CONQUISTADO aparecem em grandes letras brancas.

NA: Tratem as pessoas com dignidade e respeito, e elas responderão com dignidade e respeito. O simples uso de *senhor* e *senhora*

já ajuda muito. Seu objetivo principal deve ser sempre prevenção e dissuasão.

As palavras VIGILÂNCIA É TUDO aparecem.

VO: Mais uma vez, o objetivo principal deve ser sempre prevenção e dissuasão. E, para conseguir isso, devem estar atentos ao ambiente em que estiverem. Mesmo quando fora de serviço — se virem algo que mereça atenção, por favor, notifiquem os seguranças de plantão imediatamente.

Corta para a imagem de um homem se esgueirando por um corredor, como se estivesse fazendo algo de errado. Ele coloca o colarinho para cima e atravessa uma porta rapidamente, onde encontra um grupo de pessoas sentado ao redor de uma mesa pequena, no que parece um depósito reaproveitado.

NA: A Nuvem trabalha de forma incansável junto às autoridades e ao governo local para proporcionar um ambiente seguro de trabalho. Tratamento justo aos nossos funcionários é nossa prioridade número 1 — levamos toda sugestão e reclamação muito a sério. Se vocês suspeitam de que funcionários estejam se mobilizando fora dos canais tradicionais dos recursos humanos, por favor, notifiquem seu xerife local imediatamente.

Corta de volta para a família no piquenique.

Eles acenam para a mulher de azul. Ela avança pelo gramado artificial, e o garoto estende o braço e lhe dá um grande cookie com pedaços de chocolate.

A guarda aceita o cookie, se abaixa e abraça o menino.

NA: A NuvemMãe é um novo paradigma para a economia americana e, mais importante, para a família americana. Vocês são a primeira linha de defesa. Agradecemos pela responsabilidade que estão prestes a assumir.

A tela fica preta. As palavras PAPÉIS E RESPONSABILIDADES aparecem em grandes letras brancas.

NA: Agora, vamos à primeira parte da iniciação...

ZINNIA

O pé de Zinnia escorregou, e seu estômago se revirou. Ela conseguiu segurar a lateral da estante antes que caísse e rachasse a cabeça no chão.

Não demorou muito para que deixasse de usar o mosquetão. Perdia preciosos segundos para prender e desprender o fecho; não valia a pena. Estava mais preocupada com a linha amarela do que com uma queda.

Depois que a orientação com Miguel terminou, ela foi encarregada de pegar seu primeiro item. Um kit com três desodorantes. Ela caminhou rapidamente até a estante. Levou mais de dez minutos para chegar nela, atravessando o enorme armazém, se desviando de outros vermelhos e das unidades móveis. Quando deixou o pacote na esteira transportadora, a linha verde em seu NuvRelógio tinha ficado amarela.

O item seguinte era um livro. Ela disparou, andando um pouco mais depressa, as estantes dando lugar a uma biblioteca rotativa, títulos girando ao seu redor. Foi um pouco mais difícil de achar, devido ao modo como os livros estavam dispostos na estante, com a lombada para fora, mas ela o encontrou e o levou até onde precisava. A linha ainda estava amarela, mas havia melhorado um pouco.

O item seguinte: um engradado de seis latas de sopa, embrulhado em plástico.

Então: Despertador. Rádio para chuveiro. Livro. Câmera digital. Livro. Carregador de celular. Botas para neve. Óculos escuros. Bola medicinal. Bolsa carteiro de marca. Tablet. Livro. Sal esfoliante. Gola de inverno. Alicates. Babyliss. Seladora a vácuo. Luzes pisca-pisca. Pacote de canetas. Conjunto de três fouets de silicone. Fones antirruído. Balança digital. Óculos escuros. Vitaminas. Lanterna. Guarda-chuva. Alicate de pressão. Carteira. Termômetro digital para carnes. Petisco para cachorro. Boneca. Meias de compressão. Xampu. Livro. Pato de borracha. Relógio esportivo. Copo de transição. Amolador de facas. Bateria para furadeira elétrica. Porta-xampu. Caneca térmica. Prensa francesa. Fita métrica. Meias infantis. Marcadores. Cueiros. Joelheira. Cama para gato. Tesouras. Óculos escuros. Luzes pisca-pisca. Kit Dremel. Urso de pelúcia. Livros. Suplemento proteico. Aparador de pelos de nariz. Cartas de baralho. Pinças. Carregador de celular. Assadeiras. Pulseira. Canivete. Gorro de lã. Luz noturna. Pacote de segunda-pele masculina. Faca do chef. Tapete de ioga. Toalhas de mão. Luzes pisca-pisca. Cinto de couro. Secador de salada. Resma de papel. Cápsulas de fibra. Conjunto de espátulas. Livro. Moletom. Capa para tablet. Mixer. Fôrmas de biscoito. Tablet. Teclado. Carregador de celular. Bonecos de ação.

A cada item, os pés de Zinnia doíam um pouco mais. Logo foram os ombros, estalando na articulação, os músculos latejando. Ela parou algumas vezes junto da parede ou em um canto sossegado para afrouxar ou apertar as botas, procurando uma posição confortável que as impediria de acabar com seus pés. Mas a linha amarela era implacável. Se parasse muito tempo, Zinnia podia ver ela lentamente retrogredindo. Uma ou duas vezes, quando ela deu o máximo, a linha ficou verde, mas apenas por um instante.

O trabalho não exigia cérebro. Assim que pegou o ritmo do relógio, ela foi capaz de fazer o percurso das estantes até as esteiras de volta para os módulos em piloto automático. Eventualmente, ela se confundia na localização de algumas mercadorias, olhando entre as caixas, perdendo alguns segundos procurando a coisa certa. Mas, no geral, o sistema funcionava.

Ela se distraía da dor nos pés e da monotonia do trabalho revisando seu plano.

O objetivo era simples: entrar na usina de processamento de energia. Era fácil falar. Ela precisava invadir um prédio.

Na prática, aquilo era um pesadelo.

A construção ficava do outro lado do campus. A única maneira de chegar era através do sistema de trens ao qual não tinha acesso — era improvável que a licença de seu NuvRelógio autorizasse. Ela não tinha como ir a pé. Havia memorizado aquelas fotos de satélite nos mínimos detalhes. O terreno era plano. Havia muito espaço aberto entre os dormitórios e o prédio do armazém, e mais ainda pelos parques solar e eólico, antes que ela pudesse alcançar o centro de processamento. Toda tecnologia de vigilância da Nuvem podia se resumir a um velho sentado em uma varanda, com um garrafa de birita contrabandeada, e ainda assim ela não arriscaria. Seria muito fácil detectá-la.

O trem era sua porta de entrada. Ou, pelo menos, os túneis. Ela não estava tão preocupada em ser vista. Como Gibson dissera no vídeo, não existiam muitas câmeras no local. O problema era o maldito GPS amarrado a seu pulso.

Um problema de cada vez.

O relógio a lembrou de pegar um carregador de celular. Ela correu até a estante, foi até a esteira e procurou o próximo item, mas o relógio exibia uma nova mensagem.

Você tem direito a uma pausa de 15 minutos para usar o banheiro.

Zinnia estava no meio de uma vasta seção de produtos de saúde e beleza. Assim que parou de se mover, a delicada coreografia desmoronou. Ela pulou de um pé para o outro, desviando dos vermelhos que passavam por ela correndo, tentando se orientar, e descobriu que não conseguia.

Ela levantou a mão, pressionou a coroa e disse:

— Banheiro.

O relógio a impeliu a dobrar à esquerda, e ela riu para se distrair do leve sentimento de desgosto que sentiu com o fato de que, em algum lugar, agora havia um registro de que, às 11h15 de uma terça-feira, ela foi fazer xixi.

Levou quase sete minutos para chegar a um banheiro, e ela estava grata que só precisava fazer xixi. Ela entrou em um cômodo comprido — azulejos acinzentados, um longo espelho sobre as pias que estavam abarrotada de mulheres de vermelho, lâmpadas brancas tão fortes que luziam em azul. O local era perfumado com o odor de urina. Ela entrou em um dos poucos cubículos livres e deparou-se com o chão coberto de papel higiênico sujo, a privada com um escuro líquido amarelo e entupida de papel.

Ela suspirou, pairou sobre o assento, fez seu xixi, sem se incomodar com a descarga, porque, qual o sentido?, e foi para a bancada de pias, onde se esgueirou entre as vermelhas à procura de uma brecha, lavou as mãos e inclinou-se para perto do espelho.

Suas pálpebras estavam pesadas. Livre da distração da inércia, os pés gritavam. Zinnia cogitou tirar as botas, mas aquilo poderia ser ainda pior. Ela não queria ver o estrago. Em vez disso, saiu do banheiro e procurou um NuvQuiosque. Calculou que lhe restassem uns dois ou três minutos de intervalo. Pressionou a tela, que disse: *Bem-vinda, Zinnia!*

Ela procurou por *tênis* e escolheu o primeiro par que viu. Verde neon, como vômito alienígena, mas estavam em estoque. Ela não ligava, só não queria passar outro dia com aquelas botas.

Zinnia adicionou tachinhas e alguns tapetes grandes, estampados com mandalas, o tipo de decoração caleidoscópica que você encontraria pendurada na parede de um universitário que fumava maconha demais. Algo que a ajudasse a escapar do próprio quarto.

Não queria ter associado ao nome dela a última ferramenta da qual precisava.

Zinnia pediu que tudo fosse entregue em seu quarto e se afastou do NuvQuiosque.

Os NuvQuiosques. Primeiro de um processo de dois passos.

Toda a infraestrutura da Nuvem — da navegação dos drones até a orientação fornecida pelos relógios — era alimentada por uma rede de satélites própria. Impossível de hackear de fora. Zinnia tinha tentado algumas semanas antes, bisbilhotando o perímetro, apenas para ver o que aconteceria. Foi como tentar arranhar uma parede de concreto com as unhas. O único modo de acessar a rede era de dentro de uma instalação da Nuvem.

O que ela precisava era dos diagramas. Mapas. Qualquer coisa que expusesse as entranhas daquele lugar. O que tinha sido impossível de encontrar. Ela havia tentado aquilo também. Estudos de impacto ambiental. Registros de negócios. O departamento de imóveis local. Antigamente, para construir um lugar como aquele, era necessário preencher intermináveis pilhas de papelada. Mas graças a algo chamado Lei da Desburocratização, que teve Gibson Wells como pessoa responsável, grandes corporações foram eximidas de preencher tudo aquilo, porque era um "impedimento à criação de novos empregos".

Ela precisava entender se existia algum modo de circular sem ser descoberta. Se ela conseguiria encontrar uma porta dos fundos para a usina de processamento de energia. Túneis de acesso, grandes dutos, qualquer coisa. Mas não era tão simples quanto acessar um NuvQuiosque para conseguir o que queria. Primeiro, precisava destrinchar um pequeno trecho do código da Nuvem.

Seu pulso vibrou, a linha amarela de volta.

Sua taxa de preparação atual é de 73 por cento.

Então:

Ficar abaixo de 60 por cento resulta em um impacto negativo na sua Classificação de Funcionário.

Depois:

Lembre-se de beber água!

Em seguida:
Um número de caixa e módulo, e a foto de um livro.
Zinnia suspirou, deu meia-volta e disparou num trote.

GIBSON

Gostaria de falar um minutinho sobre o nosso sistema de classificação de funcionários.

Fiz muitas coisas controversas em minha carreira. Nem sempre eu estava certo, mas acertei mais que errei. Não se chega aonde cheguei de outra forma. De tudo o que fiz, isso foi o que mais me rendeu críticas.

Eu me lembro da primeira vez que apresentei a ideia, a Nuvem tinha por volta de dois ou três anos — as coisas estavam finalmente dando certo —, e percebi que precisava de algo que nos diferenciasse da manada. Algo que fosse, de fato, desafiar nossos funcionários a dar o máximo de si. Um rebanho é tão forte e rápido quanto o mais lento de seus integrantes.

Agora, para ter certeza de que estão acompanhando meu raciocínio, quero lhes contar uma história sobre a escola que eu frequentava: a Newberry Academy. Naquela época, havia diferentes tipos de escola. Escolas públicas, bancadas pelo governo; escolas privadas, em geral associadas a instituições religiosas; e escolas autônomas. A Newberry era autônoma. Uma escola autônoma recebe investimento público, mas pertence a uma companhia privada, portanto a escola não tinha de aderir a todas as maluquices determinadas pelas secretarias de educação.

Em geral, o que acontecia era que um bando de políticos, sem nenhuma experiência em educação, se reunia e inventava fórmulas que, supostamente, funcionavam para qualquer criança, em qualquer lugar. Mas as crianças não aprendem da mesma maneira. Vocês podem ficar surpresos ao descobrir que eu não ia bem nas provas. Costumava ficar tão nervoso que, na manhã das avaliações importantes, eu quase sempre achava que ia vomitar as tripas no caminho da escola.

Escolas autônomas colocavam o poder nas mãos dos educadores, a fim de que criassem programas pensados para as crianças nas salas de aula. Sem a necessidade de atingir um padrão ridículo — os únicos padrões que interessavam eram estabelecidos pelas pessoas na linha de frente, com a mão na massa. O tipo de sistema de que eu gosto. Não é nenhuma surpresa que seja esse o sistema de educação que temos hoje na Nuvem.

Enfim, na minha escola, quando recebíamos os boletins escolares a cada semestre, eles exibiam uma classificação por estrelas no topo. Claro, cinco estrelas significavam um ótimo trabalho, e uma estrela queria dizer que você estava bem encrencado. Normalmente, eu era um aluno quatro estrelas, mas às vezes caía para três.

Os professores e o diretor gostavam daquilo, porque era uma maneira prática de ver o desempenho de um estudante. Educação é algo complexo, importante e, é óbvio, os boletins eram muito mais longos, com pontuações e médias e comentários. Mas havia uma simplicidade nas cinco estrelas. Melhor do que *costumavam* fazer, dando letras às notas, associadas a sinais de mais e menos. Tudo aquilo era muito complicado. O que exatamente é um C+? Por que era A, B, C, D e F? Para onde foi o E?

As pessoas entendem o sistema de classificação por estrelas. Nós o vemos todo dia, quando vamos comprar algo ou assistir a um vídeo ou avaliar um restaurante. Por que não o importar para o sistema escolar? E foi de grande ajuda, pelo menos para mim. Pode acreditar, naqueles dias em que eu chegava em casa com três estrelas, meu pai sentava comigo e a gente tinha longas conversas sobre como era importante que eu me dedicasse mais. Mesmo quando eu chegava com quatro estrelas, e sabendo que ganhar cinco estrelas era quase impossível, ele queria que eu chegasse lá.

Quatro estrelas garantiam um sorvete. Meu pai me levava ao Eggsy's, perto da nossa casa, e comprava um sundae duplo de baunilha com fudge quente e marshmallow derretido e gotas de pasta de amendoim, então me perguntava:

— Como você pode melhorar?

Ele me perguntava o mesmo quando eu recebia três estrelas, eu só não tinha direito a sorvete.

Chegou a ponto de isso passar a ser minha meta: sempre levar cinco estrelas para casa, sabendo que, mesmo que eu não conseguisse, mesmo que só conseguisse quatro, ainda assim poderia me orgulhar. Na minha cabeça, três estrelas significava fracasso. O que nem era verdade! Três estrelas não era ruim. Não era considerado insatisfatório até que você ganhasse apenas duas. Mas conseguem entender o que isso fez? Me deu um objetivo e me encorajou a estabelecer padrões mais rigorosos para mim mesmo.

Então, quando estava em Newberry, um monte de escolas públicas estava em transição para autônomas, e ainda havia muitos contratos antigos com os quais os distritos precisavam lidar. Então, por exemplo, um sindicato teria negociado um ótimo acordo, no qual os professores podiam promover chacinas e incendiar o prédio, e ainda assim receber seus salários, com acréscimo nas férias.

E é esse o problema dos sindicatos, certo? O maior esquema que o mundo já viu. Antigamente, no tempo em que os trabalhadores eram explorados, quando se afundavam em buracos com condições desumanas, até faziam sentido. Mas estamos bem longe do incêndio da fábrica Triangle Shirtwaist. Esse tipo de coisa não acontece mais. Não tem como acontecer. Não com o sistema atual. O consumidor americano vota com seus dólares — se uma empresa é tão ruim assim, então ninguém vai comprar nada nem trabalhar nela. Simples assim.

A escola tinha um zelador, o Sr. Skelton. Costumávamos brincar, chamando-o de Sr. Esqueleto, por conta da idade. Ele parecia ter quase cem anos, e era uma cena meio triste vê-lo arrastar a vassoura pelo corredor, como se quase não estivesse conseguindo. A situação chegou a ponto de, na maioria das vezes, se alguma coisa acontecesse nas salas de aula, os próprios professores se encarregavam. Porque, se chamassem o Sr. Skelton, ele não iria aparecer até a mudança de turmas.

Ele era um remanescente. Era como costumávamos chamá-los. Pessoas que faziam parte de sindicatos que tinham negociado contratos confortáveis, e não tinham o menor incentivo à aposentadoria. Só continuavam trabalhando porque sabiam que nunca poderiam ser despedidos. Mesmo que fossem muito velhos para o trabalho, podiam apenas aparecer, pegar o pagamento e o seguro-saúde, e tudo mais. Era um ótimo emprego, se conseguisse um.

O mais provável era que esse sujeito, velho e relho, tiraria um tempo para si. Para desfrutar dos últimos dias de sua vida. Mas nem pensar. Ele só queria aproveitar o bilhete dourado. Pensei um bocado nisso quando estava construindo a Nuvem. Porque em uma companhia assim, é imensurável o número de pessoas trabalhando para você.

Sabe quantas pessoas trabalham na Nuvem? Juro, nem mesmo eu sei dizer. Não o número exato, com as subsidiárias e a rotatividade de funcionários em nossos centros de triagem, e o modo como incorporamos novas companhias todos os dias. Deve ser algo por volta de 30 milhões. É o que eu posso dizer.

Pensem nisso. Trinta milhões. Vocês podem pegar metade das principais cidades dos Estados Unidos e somá-las, e não está nem perto dessa quantidade de pessoas. E, quando se tem 30 milhões de indivíduos para gerenciar, é necessária a criação de um sistema para facilitar as coisas. Daí o sistema de classificação. É um modo claro e simples de medir desempenho. Porque um funcionário com duas ou três estrelas sabe que precisa se esforçar um pouco mais.

E não queremos todos ser cinco estrelas?

Se você é um trabalhador quatro estrelas, você está bem. Com três estrelas, talvez possa acelerar o ritmo. Duas, é hora de se dedicar e mostrar seu valor.

Por isso que uma estrela é demissão automática.

Todo dia que eu me levanto e vou trabalhar, eu dou o meu melhor. Tenho de exigir o mesmo de meus empregados. E não dou a mínima para o que o *New York Times* diz. Todos aqueles artigos escandalosos e delirantes sobre como estou fazendo isso ou aquilo com o trabalhador americano. Que estou "desvalorizando" ele. Que estou "simplificando demais um sistema complexo".

É isso que faço! Simplifico sistemas complexos. E tem funcionado bem até agora.

Eu dou a meus funcionários as ferramentas de que precisam para se tornarem senhores do próprio destino. E é uma via de mão dupla. Um funcionário de uma estrela não apenas abaixa a média, mas ocupa uma posição para a qual não está apto. Você não pediria a um físico que fizesse um vidro soprado. Ou a um açougueiro que programasse um website. As pessoas têm diferentes conjuntos de habilidades e talentos. Sim, a Nuvem é um grande empregador, mas talvez você não seja a pessoa certa para a gente.

Enfim, é isso. Não vou litigar toda a minha jornada na Nuvem de novo. Mas muitas pessoas me perguntam sobre isso, ou perguntavam, quando eu dava mais entrevistas, e é algo que queria botar para fora.

Fora isso, as pessoas têm me perguntado como estou me sentindo, e estou me sentindo ótimo. Estou tentando um novo tratamento para o câncer, que, segundo o meu médico, mostrou resultados promissores em ratos. Porém, não sou um rato, então não sei por que ele está tão confiante. Os efeitos colaterais não são tão ruins, só sinto um pouco mais de fome, mas, quando se está perdendo peso como eu, isso não é algo terrível.

Também quero falar sobre um boato que saiu ontem, em um desses blogs de negócios. Eu não vou nem citar o nome do blog, para não dar ibope para o site. Dizia que eu estava prestes a nomear Ray Carson para assumir a presidência.

Não posso ser mais claro: eu ainda não comuniquei a ninguém minha decisão final, porque ainda não tomei minha decisão final. A Nuvem está indo bem, tem uma diretoria e gerentes, e isso não vai mudar. Então, todos, por favor, mostrem algum respeito por mim e meus desejos e minha família.

Farei um pronunciamento sobre tudo isso muito em breve.

PAXTON

Ouviu-se um grito e uma batida do outro lado do escritório aberto. Paxton tirou os olhos da tela do tablet, onde estivera se familiarizando com a papelada dos vários incidentes dentro e nas redondezas da Nuvem — o que era preciso preencher quando alguém se feria, quando algo era roubado, quando alguém morria —, e espiou por cima da parede do cubículo.

Viu meia dúzia de azuis lutando com um verde. O verde era só pele e osso, com uma barba desgrenhada que batia no umbigo. Ele tentava fugir, até que um azul esguio, com o cabelo raspado, surgiu na multidão e lhe deu um soco no queixo.

O cara de barba caiu com força, e a figura azul cuspiu.

— É isso aí!

Paxton não sabia se era um homem ou uma mulher. O tom de voz parecia pertencer a uma mulher, mas o corpo delgado, o corte de cabelo curto e prático e a falta de curvas combinavam mais com um homem.

Depois de um instante, se deu conta de que a pessoa havia se afastado do homem jogado no chão e vinha em sua direção, e então estava no cubículo, perguntando:

— Você é o Paxton? Eu sou a Dakota.

O nome não ajudou, mas então Paxton notou a curva suave do pescoço, onde deveria haver um pomo de Adão, mas não tinha.

Ele se levantou, apertou a mão da mulher. A pulseira de seu relógio era de couro preto com tachas de metal no entorno.

— Prazer em conhecê-la — disse Paxton.

— Espero que sim — rebateu ela, erguendo uma sobrancelha. — Sou sua nova parceira. Vamos dar uma volta.

Dakota girou sobre os calcanhares e partiu. Paxton correu para alcançá-la, mantendo o ritmo dela conforme saíam da sala, para os desertos corredores de concreto polido do Admin.

— Qual o motivo da confusão?

Levou um minuto até que ela lembrasse, como se a explosão de violência tivesse sido um gesto passageiro, algo facilmente esquecido.

— O cara montou um punheta express em um dos salões de massagem.

— Você acertou ele com vontade.

— Isso te incomodou?

— Só se ele não merecia.

Ela riu.

— Algumas das meninas não estavam exatamente fazendo isso porque queriam, então o que você acha?

— Acho que devia ter acertado ele com mais força, então — disse Paxton, o que lhe rendeu um sorriso. — Não sabia que as pessoas tinham parceiros por aqui. Todos esses vídeos a que assistimos, os agentes de segurança apareciam sozinhos.

— Geralmente o trabalho azul é individual, a não ser em projetos especiais, ou lances de força-tarefa. — Dakota virou o rosto um pouco na direção de Paxton, examinando-o dos pés à cabeça. Aquela sobrancelha de novo. — Dobbs me disse que você é o homem que vai resolver nosso problema de contrabando.

— Eu ainda não concordei com isso...

Dakota sorriu.

— Claro que concordou.

Eles chegaram aos elevadores. Dakota passou o pulso pelo painel e cruzou os braços às costas, dando outra olhada em Paxton. Ele não sabia ao certo se ela estava interessada em conhecê-lo ou se o via como um inconveniente. Ela tinha a expressividade de uma folha de papel em branco.

— Então, para onde estamos indo? — perguntou Paxton.

— Caminhar um pouco — respondeu ela. — Esticar as pernas. Ouvi dizer que os vídeos de apresentação levam três horas agora.

— Eu não cronometrei, mas deve ter sido algo perto disso.

— Na maior parte, ensinam como tirar o rabo da reta — disse Dakota. — Não o seu, o da gerência. Se algo der errado, eles podem alegar que avisaram. Não é culpa deles, é sua.

Um elevador vazio chegou. Eles entraram, e Dakota apertou o botão do térreo, que os levaria à estação do trem.

— Não preciso te dizer isso, você trabalhou em uma prisão. Mas com o tempo você vai ver que existe o modo Nuvem de fazer as coisas e o modo certo de fazer as coisas. Às vezes são a mesma coisa, às vezes não — explicou ela, enquanto as portas se fechavam.

— É, eu estou familiarizado com esse conceito — comentou Paxton.

Eles saíram do elevador e andaram pelo corredor, dobrando a esquina e se deparando com uma multidão de pessoas alinhadas em uma longa fileira de quiosques junto à parede, onde podiam relatar seu problema — acomodação, dúvidas bancárias e afins — e ser direcionadas para o andar e sala apropriados.

Dakota não disse nada. Não parecia interessada em conversar. Ela andava, e Paxton a seguia. Algumas pessoas os observavam de relance. Ele entendia aquela dança. Dobbs chamava a camisa polo de um símbolo de igualdade. Não era. Não importava se o distintivo era de lata, ele ainda brilhava quando a luz incidia no ângulo correto.

Um trem desacelerou, e eles embarcaram. A multidão parecia se abrir para eles. Dakota continuava muda. Isso, Paxton também entendia. Se falassem, se conversassem como pessoas normais, seriam humanizados demais.

Paxton odiou a facilidade com que retomou essa lógica. Como se estivesse de volta ao complexo penitenciário.

Eles passaram de trem pelo prédio Assistência, depois pelo armazém e Chegada, enfim chegando ao saguão do Carvalho. Subiram pela escada rolante até o terminal do calçadão, por onde uma das linhas do trem vinha do Chegada em direção às instalações de processamento. Havia ainda áreas de carga e docas para expedição. Comida e mercadorias para as lojas ao longo do calçadão. Muitas destas mercadorias eram transportadas por carrinhos de golfe elétricos, com bases rolantes presas na traseira. Era um lugar grande e movimentado, trabalhadores de verde e marrom correndo de um lado para o outro, carregando produtos.

Dakota pigarreou.

— Bem aqui. Essa é a área problemática.

— Como assim?

— É por aqui que tudo entra — explicou ela. — Quer dizer, tecnicamente, tudo entra pelo prédio Chegada, mas, principalmente em pacotes grandes que são distribuídos para onde precisam ir. Nossa teoria é de que a droga entra por aqui. Talvez em carregamentos diferentes por vez. Pode ser um grupo de funcionários. Pode ser uma pessoa só. Tem muita coisa que a gente não sabe sobre o esquema. Mas meu instinto diz que tudo se resume a este lugar.

Paxton explorou um pouco, olhando nada em particular mas tudo em geral. Entendia por que aquele lugar poderia ser um bom ponto de entrada. Havia um monte de cantos e buracos. Alcovas onde carrinhos de golfe ficavam, portas que se abriam para o que ele julgava ser uma teia de corredores por trás das lojas. Havia mais de cem pessoas descarregando caixas, colocando-as em carrinhos. Seria necessário um exército para vigiar a coisa toda.

— Por que não instalam mais câmeras? — perguntou Paxton.

Dakota fez que não com a cabeça.

— Os mandachuvas não gostam. Eles ainda falam isso no vídeo, né? Dobbs comprou essa briga, mas é ordem direta do todo-poderoso. Ele diz que não são acolhedoras. Que deixariam as pessoas constrangidas.

Ela fez aspas imaginárias na última palavra e revirou os olhos de forma exagerada.

— Ah, tá. Aquelas pessoas que estão usando relógios de monitoramento por todo lado.

Dakota deu de ombros.

— Quando um de nós for o dono, poderá mudar as coisas.

Paxton avançou mais alguns passos, inspecionando o entorno.

— Remessas de alimento sempre foram populares. Tivemos um grande surto de heroína por um tempo. No fim, descobrimos que a droga vinha enterrada em potes de pasta de amendoim. Os cães não conseguiam farejar.

— Reviramos as entregas de mantimentos — disse ela.

— Me conta mais sobre a oblivion — pediu Paxton. — Como eu disse a Dobbs, eu nem sei o que é.

— É, ele comentou isso. — Ela olhou em volta, certificando-se de que estavam sozinhos. — Vem cá.

Dakota o levou até um canto quieto, perto de uma longa fileira de carrinhos de golfe sendo recarregados. Ela enfiou a mão no bolso e pegou uma caixinha de plástico, quase do tamanho de um selo, um pouco mais longa. Ela a abriu e tirou uma película. Esverdeada, retangular, um pouco menor que a embalagem. Uma daquelas pastilhas em folha.

— É isso? — perguntou Paxton.

Ela assentiu. Ele a pegou e virou do outro lado. Leve, fina e um pouco grudenta.

Dakota pegou a tira de volta, colocou na embalagem.

— Ingerida pela boca, vai direto para o sistema circulatório, pulando o trato gastrointestinal; assim evita a degradação.

— Como você sabe que as pessoas não estão simplesmente entrando com isso? Eu poderia ter trazido uns cinco quilos comigo ontem, quando cheguei.

Dakota riu. Não com ele, mas dele, e Paxton sentiu o sangue subir ao rosto.

— Farejadores. Instalados nos escâneres pelos quais você passou. Mais eficientes que cães, porque você nem sabe que eles estão lá. Acha que não pensamos nisso?

— E visitantes? Pessoas indo e vindo?

— Primeiro, todo mundo passa pelos escâneres, visitante ou morador — explicou ela. — Segundo, as pessoas não recebem muitas visitas por aqui. Você sabe quanto custa alugar um carro ou reservar um voo. Tipo, a minha mãe costumava me visitar uma vez ao mês quando eu comecei a trabalhar aqui. Agora a gente só se vê no Dia de Ação de Graças.

— E quanto à naloxona? Evita uma overdose de oblivion?

— O processo químico é diferente. Não existe uma maneira de evitar. Tenta acompanhar, ok?

O sangue que havia tingido seu rosto queimou.

— Achei que tinha me procurado porque queria uma outra opinião, certo? Então, sim, eu vou fazer algumas perguntas óbvias. Se estivesse progredindo por sua conta, você não estaria me pedindo ajuda. — As palavras soaram mordazes. Dakota hesitou. Os olhos um pouco arregalados. — Me desculpa — lamentou ele. — Passei do limite.

— Não, tudo bem — disse Dakota, o lábio se curvando em um sorriso. — Venha, vamos dar mais uma volta.

Eles foram em silêncio por um tempo, até que se tornou tempo demais, então Paxton perguntou:

— O que você fazia antes?

— Uns bicos, na maior parte. Trabalho de segurança noturno, porque era tranquilo e sobrava tempo para eu ler. Acho que é por isso que acabei aqui — disse ela.

Eles seguiram para o calçadão, onde havia um constante fluxo de pessoas de um lado para o outro. Paxton vislumbrou umas poucas polos azuis espalhadas, nas lojas e na passarela acima. Algumas o viram e lhe deram um pequeno aceno com a cabeça.

— Para ser sincero, eu não queria trabalhar na segurança — confessou Paxton. — Queria trabalhar no armazém. Na verdade, queria qualquer cor, exceto azul.

— Como assim? — indagou Dakota.

— Eu não era muito fã do trabalho.

— Aqui é bem diferente de uma prisão — argumentou Dakota. — Provavelmente. E, olha, eu entendo. Quando eu cheguei, também não estava muito animada. Mas vou dizer uma coisa, tem suas vantagens.

O modo como ela pronunciou *vantagens* fez soar como se rimasse com *sigilo*. Paxton sabia o que aquilo queria dizer. A prisão tinha vantagens. O contrabando não acabava no lixo — geralmente ia para casa com o guarda que o encontrava. Na maioria das vezes, era dinheiro ou drogas.

Não que Paxton tivesse testemunhado algo. Mas ouvira histórias.

— Tipo? — perguntou ele.

— Se quiser uma folga, é bem mais provável que você consiga com o Dobbs que com algum branco aleatório — respondeu Dakota. — Ele cuida da gente, quando vê que estamos fazendo tudo certo.

Havia algo mais no tal "tudo certo". Claro que havia mais. Paxton sabia que ainda não havia merecido nada extra. Mas queria. Ficou surpreso com o desejo. Queria que Dakota gostasse dele. Queria que ela o respeitasse. Aprovação era uma coisa engraçada. Era como uma pequena pílula que se coloca na boca para fazer você se sentir melhor.

— Segurança! Segurança!

Os dois se viraram para a origem dos gritos: um senhor corpulento, em uma camisa polo verde, acenando para eles da porta de uma loja de conveniência. Dakota saiu em disparada, e Paxton a seguiu.

A loja era pequena. Lanches e artigos de higiene. Uma geladeira com bebidas ficava na parede dos fundos. Porta-revistas. O homem segurava o braço de um sujeito bem magro. O homem que era negro e aparentava ser bem jovem estava de camisa vermelha, lutando para se desvencilhar, mas o lojista era maior e mais pesado, além de ter uma pegada forte.

— O que aconteceu, Ralph? — perguntou Dakota.

— Peguei esse moleque roubando — respondeu o homem de verde, Ralph, se dirigindo a Dakota, mas lançando olhares desconfiados na direção de Paxton.

— Eu não roubei nada — protestou o garoto, dando um último puxão para se libertar, mas, assim que o fez, não fugiu. Apenas recuou alguns passos à procura de espaço.

— Ele escondeu um chocolate no bolso — acusou Ralph.

— Não — negou o menino, cada vez mais nervoso. — Não escondi, não.

— Revista ele — disse Ralph. Uma ordem.

O garoto revirou os bolsos voluntariamente. Estavam vazios. Ele olhou de Paxton para Dakota. Deu de ombros.

— Viu?

— Deve ter comido — argumentou Ralph.

— Então cadê a embalagem? — perguntou o garoto.

Dakota encarou Ralph, como se reiterasse a pergunta.

— Como diabos eu vou saber? — retrucou Ralph. — As crianças de hoje são espertas. Mas ele pegou o doce. Eu vi com os meus próprios olhos. Entrou aqui, agindo de modo suspeito.

O garoto desdenhou.

— Suspeito, sei. O que eu tenho de suspeito, além da minha cor de pele?

Ralph jogou as mãos para o alto, subitamente ofendido.

— Ei, ei, eu não sou racista. Não venha me acusar...

— Não é uma acusação — disse o garoto, quase gritando. — É a verdade.

Aquela era a hora. O ponto-chave em que as coisas melhoravam ou pioravam. O único modo de administrar o ponto-chave era a separação.

— Ei — disse Paxton, apontando para Ralph. — Você... se afasta enquanto resolvemos isso.

Ralph levantou as mãos e voltou ao balcão.

— Boa — sussurrou Dakota para Paxton, então assentiu para o garoto. — Você roubou o chocolate?

O garoto ergueu as mãos na altura do rosto, usando-as para pontuar suas palavras.

— Quantas vezes vou ter que dizer? Não.

— Ok, garoto, é o seguinte — disse ela. — O Ralph é velho e meio babaca. Ele vai insistir nisso e fazer um escândalo, então você pode acabar com uma advertência. O jeito é você transferir alguns créditos agora, e vamos dizer a ele que você pagou e convencê-lo a deixar pra lá.

— Então vocês querem que eu pague por um chocolate que não eu peguei porque esse velho racista é escandaloso? É isso que vocês querem?

— Não, eu quero que todos optemos pelo caminho mais fácil — respondeu Dakota. — O que significa que tudo isso acaba nos próximos dois minutos, ninguém é advertido e em um mês você nem vai se lembrar de quanto isso te custou. Sacou?

O garoto encarou Ralph atrás do balcão. O homem não parecia feliz. Nem Paxton. Mas ele entendia o raciocínio de Dakota. Às vezes você precisa fazer vista grossa para manter a paz.

Qual era a taxa de câmbio para um crédito?

— Isso não está certo — insistiu o garoto.

— Pode não estar certo, mas é o melhor pra todos, inclusive você — disse ela. — Têm outras mil lojas aonde você pode ir, que não são administradas por velhos desagradáveis. Então, vamos lá. Faça um favor a todos. Perca essa batalha, mas viva pra lutar a próxima.

O menino suspirou. Seus ombros caíram. Em seguida, foi até o balcão, tocou o relógio e o aproximou do disco, que ficou verde.

— Foi o que pensei — disse Ralph, triunfante.

O garoto já havia quase dado meia-volta, mas, com aquilo, parou. Cerrou o punho, baixou a cabeça e fechou os olhos. Cogitou seriamente acertar um soco na cara do velho. Paxton deu um passo adiante. Aproximou-se do garoto, para que apenas ele pudesse ouvi-lo, não Ralph.

— Não vale a pena — disse ele. — Você sabe que ele não vale a pena.

O garoto abriu os olhos. Franziu o cenho e esbarrou em Paxton com força ao sair da loja.

Dakota se virou para Ralph e suspirou.

— Você é mesmo um filho da puta, sabia disso?

Ele deu de ombros. Abriu um sorrisinho vitorioso.

— O quê?

Dakota saiu, e Paxton a seguiu.

— O garoto tinha razão, sabe? — disse ele, quando Ralph não podia mais ouvi-los.

— Você acha que ele seria o único que sofreria as consequências? Se eu tivesse detido Ralph e o garoto, você sabe o que iria acontecer? Dobbs sentaria comigo e diria — ela engrossou um pouco a voz: — "Tudo isso por um chocolate." — Sua voz voltou ao normal — E ele teria razão. É muito por poucos créditos.

— Então é assim que Dobbs gosta de trabalhar?

— Quando um incidente é registrado, gera um dado estatístico. Um dado estatístico se transforma em um relatório. Esses relatórios determinam muita coisa. Nosso trabalho é manter os números baixos.

Pense nisso como uma cota reversa. Quanto menos coisas tiver de levar pro escritório, melhor.

Eles andaram um pouco mais. Passaram para o segundo dormitório, pela seção seguinte do calçadão, e enfim para o terceiro. O relógio de Paxton vibrou.

Seu turno terminou. O próximo começa em 14 horas.

Dakota também estava olhando para seu relógio. Seus ombros relaxaram; provavelmente devia ter recebido a mesma mensagem.

— Você tem bons instintos — elogiou ela. — Separando os dois daquele jeito. Eu acho que você é uma boa pessoa pro cargo. Pense no que Dobbs disse, ok? Muito do trabalho envolve andar por aí, ser visto. Pelo menos a força-tarefa da oblivion é algo interessante.

— Eu vou pensar — garantiu Paxton.

— Ótimo. Vejo você amanhã então.

Ela deu meia-volta e partiu, sem esperar uma resposta. Enquanto Paxton a observava desaparecer na multidão, seu estômago roncou, então ele foi em direção ao Entretenimento, não muito certo do que queria comer, até encontrar um NuvBurguer. Havia algum tempo ele estava querendo experimentar. O NuvBurguer era famoso por ser um dos melhores e mais baratos hambúrgueres do país, mas só era possível comer um dentro das instalações de uma NuvemMãe.

Um hambúrguer cairia bem. Ele merecia um hambúrguer. Sequer conseguia se lembrar da última vez que comera um. Entrou no restaurante e foi saudado pelo aroma de carne grelhando e óleo de fritura. O lugar estava cheio, com a maioria dos assentos ocupada, mas em uma pequena mesa em um canto, com um lugar vazio à frente, estava Zinnia.

ZINNIA

Seu turno acabou. O próximo turno começa em 12 horas.

Zinnia olhou para o relógio e sentiu um pouco de alívio e ressentimento. Era assim que as pessoas viviam no mundo real? Ela estava acostumada com prazos. Aceitar os trabalhos sem planejamento. Mas aquilo, ter de bater ponto, ou pelo menos o relógio bater o ponto dela... Zinnia não gostava nada daquilo. Ela precisava de sete horas e meia de sono para funcionar direito. O que significava que teria quatro horas e meia de tempo livre, o que não parecia muito.

Gostaria de se encaminhar para a saída mais próxima?

Zinnia levou o relógio à boca e disse:
— Sim.
As vibrações a guiaram pelo armazém. Levou vinte minutos para achar uma saída. Ela passou pela porta, esperando achar algum tipo de corredor que desse no trem ou em um elevador, mas, em vez disso, se viu em uma sala não muito diferente daquela em que teve de ficar em uma fila para entrar. Uma longa fila de pessoas em ziguezague, e no fim, escâneres corporais. Homens e mulheres usando polos azuis e luvas de látex azul-claro indicavam os escâneres para as pessoas, orientando-as para que erguessem os braços, enquanto as máquinas giravam suas enormes lâminas ao seu redor.
— Posso passar?
Uma jovem asiática estava parada atrás de Zinnia, e ela se deu conta de que bloqueava a passagem.
— Claro, desculpa. — Assim que a mulher passou por ela, Zinnia acrescentou: — Hoje é meu primeiro dia. Essa é a saída?
A mulher assentiu, séria.
— Isso, passamos pelos escâneres na saída...

Zinnia suspirou. Seguiu a mulher e entrou na fila. Cinco minutos se passaram. Então dez. Passados dezoito minutos, Zinnia conseguiu chegar até o escâner. Levantou os braços acima da cabeça. As lâminas mecânicas giraram ao redor dela. Era uma máquina de ondas milimétricas, que disparavam radiação eletromagnética para criar uma imagem detalhada do que estava sob sua roupa. O homem do outro lado do escâner examinou a tela, assentiu e indicou que passasse. Zinnia olhou para trás, vislumbrou a própria silhueta no monitor. Conseguia distinguir vagamente a sombra dos mamilos e o tufo de pelos entre as pernas. Quando viu aquilo e depois o sorrisinho no rosto do segurança ao observar a imagem, fez com que quisesse dar um tapa no homem, um leve impulso formigando em seus dedos, como eletricidade estática.

Quando provou que não havia roubado nada, ela foi liberada, seguindo um longo corredor onde, no fim, havia uma curva que dava para a plataforma do trem. Enquanto aguardava ao lado de um jovem de cabelo preto e nariz fino, perguntou:

— É sempre assim?

— É sempre assim o quê? — perguntou ele, sem encará-la.

— Essa palhaçada — respondeu ela. — Esperar na fila por vinte minutos só pra sair.

Ele deu de ombros. Como se dissesse, *É o que há.*

— Esse tempo conta como horas pagas?

Ele riu, enfim a encarando. A pulseira de seu relógio era de borracha, laranja neon.

— Primeiro dia? — perguntou ele.

Ela assentiu.

— Bem-vinda à Nuvem — disse ele, assim que o trem chegou à estação. Ele abriu caminho para conseguir um lugar a bordo, e ela o seguiu, mantendo distância, porque o homem era um babaca sarcástico e Zinnia não queria mais falar com ele. Ela examinou o rosto das pessoas à sua volta. Todos pareciam mortos de cansaço. As pessoas se ajudavam a se manter de pé, ou pelo menos as que pareciam amigáveis serviam de apoio umas para as outras, e, quando o trem partiu, deslizando sobre os trilhos, algumas cambalearam com o movimento súbito.

Cada segundo passado no fedor daquele lugar fazia Zinnia querer desistir da missão. Era essa impressão... um cheiro, que entranhava na pele. O odor pungente era de gado esquecido em um curral, e a sensação era de que seus pés estavam enterrados em uma pilha de merda acumulada no chão.

Então, claro, o trem parou de repente no meio dos trilhos e um gemido coletivo escapou da multidão. Houve um tinido e uma voz masculina robótica disse:

— Para sua segurança, estamos retirando alguns detritos dos trilhos. O serviço do trem será retomado em breve.

Pela reação das pessoas — irritadas, mas resignadas com seus destinos —, parecia ser uma ocorrência comum. A mulher ao lado de Zinnia parecia amigável o bastante. Cabelo louro, óculos fofos, muitas tatuagens.

— O que foi isso? — perguntou Zinnia.

— Isso acontece algumas vezes por semana — respondeu a mulher.
— Vão limpar em um minuto. A gente não quer bater, né?

Não tão amigável assim, pelo visto. Mas Zinnia se lembrou de uma história com que se deparara, por acaso, em sua pesquisa: dez anos antes, houve um descarrilamento em uma NuvemMãe por causa de alguns forros de teto modular que caíram nos trilhos. Duas pessoas morreram. Os trens eram de levitação magnética, ou seja, eles não tocavam os trilhos efetivamente. Pairavam alguns milímetros acima deles, o que aumentava sua velocidade e diminuía o desgaste. Aparentemente, isso os tornou suscetíveis ao descarrilamento.

Alguns minutos depois, estavam em movimento de novo e ela saltou em sua parada, pegou o elevador, e logo depois já estava no apartamento. Ligou a luz. Uma caixa repousava na bancada. Ela congelou. Primeiro, porque se esquecera, por um instante, de que havia encomendado algumas coisas, e segundo, porque imaginava encontrar a caixa do lado de fora ou em algum outro lugar, disponível para retirada, não no balcão de sua cozinha, já que isso significava que alguém estivera em seu apartamento.

Ela conferiu o lugar, o que não demorou muito. Passou as mãos pelos lugares que não conseguia ver. Procurou em todos os armários, apenas para se assegurar de que nada mais fora deixado para trás. Em seguida, verificou a bolsa. Seu estojo de maquiagem estava intacto, e ninguém havia aberto o laptop, pois, se fosse o caso, os circuitos teriam fritado quando registrassem as digitais erradas.

Terminada a inspeção, ela se sentou na cama e tirou as botas. Seus calcanhares estavam em carne viva, sangrando, com camadas de pele morta acumulada. Alguns de seus dedos estavam com as juntas esfoladas. Tirar as botas, e depois expor as feridas, fez com que voltassem à vida e latejassem.

Ela encontrou um rolo fino de papel toalha em um dos armários. Molhou um punhado na pia e lavou os pés, as toalhas saíam em um tom rosado. Pegou um estojo de primeiros socorros da bolsa, aplicou uma pomada antibiótica na pele esfolada e colocou curativos nos pés.

Quando terminou, inspecionou seu trabalho, achou-o satisfatório e desembrulhou a caixa, colocando tudo de lado, exceto os tênis. Calçou umas meias e os experimentou para ver o tamanho. Precisavam ser amaciados. Ou seja: ela previa uma semana de pés machucados e doloridos, mas pelo menos eram melhores que as botas.

Ela desceu ao saguão, atravessou a alameda até o Entretenimento, pensando em comer alguma coisa. Enquanto caminhava, tomou nota dos NuvQuiosques. A localização, o quanto eram visíveis. A maior parte estava embutida nas paredes, mas todos tinham painéis de entrada no fundo, acessíveis com uma chave única e arredondada. Improvável que conseguisse uma cópia, mas era o tipo de fechadura que poderia violar com o tubo de uma caneta esferográfica afiado no formato certo.

Relativamente fácil.

O problema de verdade era plantar o dispositivo gopher, para procurar informações no servidor.

Independentemente do NuvQuiosque que escolhesse, haveria um registro de sua presença, graças ao relógio. Isso significava que teria de plantar o gopher enquanto estivesse sem o NuvRelógio.

Ela confiava na velha e boa engenharia social para se locomover. Não seria possível embarcar e desembarcar do trem sem o relógio, mas, no elevador, a educação prevalecia. Quando o elevador estava lotado, já a caminho do primeiro andar, ninguém passava o relógio para entrar.

Só precisava sair do quarto sem ele.

Para isso, faltava mais uma coisa. Ela perambulou pelas lojas até que achasse uma com um mostruário de ferramentas multiúso perto do caixa. Pareciam resistentes o suficiente para o trabalho.

Mas ela não gostou do homem à espreita atrás do balcão. Um babaca de camisa verde, que lhe lançou um olhar *Você não é branca, então acho que você vai roubar.* Por um instante, cogitou comprar apenas a ferramenta multiúso, mas pensou que qualquer coisa pela qual pagasse seria registrada e rastreada. Em algum lugar, enterrada no cérebro do computador da Nuvem, estava uma lista de tudo que consumira.

Continuava viva porque era cuidadosa.

Às vezes cautela era sinônimo de escolher o caminho mais difícil.

Além disso, ela não gostou da expressão no rosto do homem.

Então circulou pela loja, como se estivesse analisando, atenta a possíveis câmeras, e, não encontrando nenhuma, foi até um grande display de balas, chocolates e barrinhas de proteína nos fundos. Zinnia olhou para o homem e, em sua visão periférica, percebeu que ele nem escondia o fato de que a encarava.

Ela remexeu os doces, como se estivesse tentando escolher, a mão serpenteando, de modo a afrouxar o parafuso da prateleira com a ponta dos dedos, até que estivesse prestes a cair, e então pegou um pacote de balas de goma ácidas, que levou até o balcão.

— Aquela prateleira parece um pouco solta. A quarta de cima para baixo — comentou Zinnia.

Ele não se moveu. Olhou para o disco de pagamento. Ela pousou as balas perto do aparelho e aproximou seu relógio. O pagamento foi registrado, ele assentiu, impressionado, como se ela tivesse lhe provado que estava errado sobre todas as pessoas de cor. Ela abriu um sorriso como se dissesse *Vai se foder*, e ele se dirigiu até as estantes. Assim que o homem a tocou, a prateleira caiu, e, nesse momento, Zinnia pegou a ferramenta multiúso e a escondeu no bolso traseiro.

Ele se virou para ela, querendo culpá-la mas sem saber como; Zinnia apenas deu de ombros.

— Eu avisei.

A longa caminhada pelo armazém, somada ao fato de ter sacaneado aquele idiota, lhe abriu o apetite, então foi até o Entretenimento e examinou os diferentes andares e os letreiros luminosos brilhantes. O NuvBurguer lhe chamou a atenção. O apelo da carne barata era forte. As pernas estavam bambas, e a proteína seria bem-vinda.

O interior do restaurante estava limpo e lotado. Azulejos de metrô brancos com outros em vermelho, móveis de metal imitando madeira. Ela se sentou a uma mesa vaga no fundo, onde havia um tablet destinado aos pedidos. Zinnia se decidiu por um NuvBurguer com duas carnes, queijo, uma batata grande e uma garrafa de água. Quando seu pedido foi confirmado, ela passou o relógio para pagar, e a tela lhe informou que ele chegaria dentro de sete minutos.

Enquanto aguardava, ela ficou mexendo no relógio. Deslizando para cima e para baixo, da direita para a esquerda, pelas diferentes telas. Achou a de dados de saúde. Tinha dado cerca de 16 mil passos, ou o equivalente a 13 quilômetros. Aquilo a fez se arrepender de não ter pedido um milk-shake para acompanhar a refeição.

Alguns minutos depois, menos de sete, uma mulher latina rechonchuda, de camisa polo verde, colocou uma bandeja à sua frente. Zinnia sorriu e assentiu. A mulher apenas a ignorou e voltou para a cozinha.

124

Zinnia pegou o hambúrguer, embrulhado em papel de cera. Estava quente. Quase quente demais, mas ela estava faminta. Deu uma mordida e revirou os olhos. Fazia muito tempo que não comia carne vermelha — não valia o investimento —, mas não era só isso: estava bem-feita. Grelhada ao ponto, crocante, o queijo derretido na superfície irregular. Havia ainda um molho rosado, que lhe conferia um toque avinagrado, um contrapeso para a abundância de gordura. Antes mesmo de terminar, pegou o tablet e pediu outro, assim como um milk-shake. Treze quilômetros.

— Zinnia?

Ela olhou para cima, a boca cheia.

O pateta do ônibus.

Peter? Pablo?

— Paxton — disse ele, colocando a mão sobre a camisa polo azul. — Tudo bem se eu me sentar com você? As mesas estão todas cheias.

Ela mastigou. Engoliu. Pensou.

Não, queria ficar sozinha.

Mas aquela camisa. Um belo tom de azul. Aquilo poderia ser útil.

— Claro — respondeu ela, indicando o assento à sua frente.

Ele sorriu, puxou o tablet para si e tocou na tela, escolhendo seu pedido. Ele levantou o relógio, mas, antes de passá-lo, acenou para o hambúrguer.

— E aí? Está bom?

— Muito bom.

Ele assentiu, passou o relógio e se recostou na cadeira.

— Então, ficou com os vermelhos — constatou ele.

— É.

— E como é?

— Os meus pés estão sangrando.

Ele fez uma careta. Zinnia enfiou algumas batatas fritas na boca.

— Você deve estar feliz — comentou ela. — Ex-agente carcerário. Isso aqui deve ser moleza. É menos provável que acabe esfaqueado num lugar como este.

— Eu queria seu emprego. Saí da prisão por um motivo. Eu não amava o lugar.

Ela riu.

— Você ama pegar mercadoria de prateleiras?

— Não, mas... isso é uma parada temporária para mim.

— Bem, um brinde a isso — disse ela, levantando a garrafa de água, e logo depois tomou um gole.

A mulher de verde apareceu outra vez, carregando duas bandejas. Ela pousou a de Zinnia, então entregou a de Paxton. Tinha dois hambúrgueres, duas fritas e um milk-shake. Ele levantou o hambúrguer, deu uma mordida. Arregalou os olhos. Então engoliu a maior parte do que tinha na boca.

— Jesus! — exclamou Paxton.

— Não é?

— A última vez que eu comi carne vermelha foi em uma comemoração — admitiu ele. — Pedi um filé em um restaurante que custou os olhos da cara.

— Bem, isso é o que acontece quando você é dono das fazendas de gado e pode eliminar o atravessador — argumentou ela. — Vantagens em se trabalhar aqui, acho.

Ele assentiu.

— Certo. Vantagens.

Houve uma pausa na conversa, então Zinnia a preencheu com comida. Paxton a imitou. Os dois comeram, sem se encarar, mas varrendo os olhos pelo restaurante. Zinnia ficou pensando em tudo. Os seguranças provavelmente tinham acesso ilimitado. E ela podia manipular Paxton com um pé nas costas; ele era hétero e tinha um pênis.

Então, quando Paxton terminou de comer e limpou a boca com um guardanapo, encarou Zinnia.

— Não quero parecer abusado, mas não conheço ninguém aqui, e estava pensando se não estaria interessada em sair pra beber alguma coisa — convidou.

— Claro — respondeu ela.

3.
PERÍODO DE CARÊNCIA

GIBSON

O lance de estar perto do fim é que a gente começa a pensar no nosso legado. Essa é uma palavra e tanto.

Legado.

Quer dizer que as pessoas ainda vão continuar pensando na gente mesmo depois de morto, o que é algo bem bacana, né? Acho que todos queremos isso.

Também é uma coisa engraçada, já que não temos como controlar isso. Podemos tentar ao máximo construir uma narrativa. Uma história de quem somos e do que fizemos. Mas o fim cabe à história. Não importa o que eu escreva aqui. Vai fazer parte dos registros, mas pode não ser o fator decisivo no modo como as pessoas me veem.

Quero que as pessoas me vejam como um cara bom. Ninguém quer ser um vilão. Vejam o exemplo do velho e pobre Cristóvão Colombo. O homem descobriu a América, mas depois um bando de caras decidiu que não gostava de *como* ele descobriu a América. As pessoas dizem que ele e a tripulação trouxeram todo tipo de doenças que dizimaram os nativos. Como ele podia prever isso? Ele não partiu sabendo que o povo do Novo Mundo não seria capaz de lidar com coisas como varíola e sarampo.

É uma coisa triste pra caramba. Nunca é bom quando pessoas morrem, especialmente de doenças assim. Mas ele não fez de propósito, e acho que isso devia ser levado em consideração. E tem todas as outras coisas mais que falam do Colombo, sobre o que ele fez, e a quem, mas temos de nos concentrar no fim.

Ele encontrou a América. Não que ela estivesse perdida! Mas ele mudou a cara do mundo.

Às vezes, isso significa que ele teve de tomar decisões difíceis, e algumas pessoas simplesmente não entendem isso. E é por esse motivo que há alguns anos chegamos ao ponto em que as pessoas estavam destruindo todas as estátuas de Colombo que viam pela frente. O que acabou com a grande demonstração em Columbus, Ohio, e não preciso dizer a vocês como aquilo terminou. Acho que todos ainda somos assombrados pelas imagens.

Imagine como seria se pudéssemos tirar Colombo do convés de seu navio em 1492, assim que ele avistou terra. Aquela promessa de um novo começo. E então o transportássemos até o presente e lhe contássemos seu legado. Que ele viraria um vilão. Será que ele continuaria navegando? Ou daria meia-volta?

Eu não sei. E a Nuvem ainda não desvendou os mistérios da viagem no tempo (por mais que, e estou falando sério, eu tivesse uma divisão trabalhando nisso há alguns anos; afinal por que não, né?). Então sei que isso não vai rolar, pelo menos não nos meus poucos e últimos meses de vida.

Ainda assim, isso me faz pensar no meu próprio legado.

Existem duas coisas das quais me orgulho muito.

Já falei um pouco sobre como a Nuvem criou um modelo que tem como objetivo salvar o meio ambiente reduzindo a emissão de gases de efeito estufa, e como grande parte disso está relacionada com a redução do tempo de viagem até o trabalho. Mas não foi um fato isolado. Não foi só construir uma NuvemMãe e falar: "Pronto. Agora as coisas são diferentes."

Primeiro, tivemos de repensar a forma como construíamos as coisas. Sei que os Estados Unidos alegam ser um país pautado no capitalismo, mas era impressionante como eles dificultavam que os negócios decolassem. Por isso que muitas empresas americanas foram para o exterior. Se eles colocassem obstáculo atrás de obstáculo na nossa frente, por que começaríamos algo aqui? Por que simplesmente não procurar um lugar onde não existam obstáculos?

Imaginem um prédio de apartamentos. Suponham que ele tenha seis andares. Um monte de gente quer morar nesse prédio porque é bem legal. Mas cada vez mais pessoas querem se mudar para lá, e o dono pensa: por que não construir mais um ou dois andares? Então ele constrói os andares, e tudo bem. Crescimento é uma coisa boa. Ele ganha um pouco mais de dinheiro, pode sustentar melhor a família.

Mas vamos supor que a cidade esteja ficando lotada. Mais pessoas estão se mudando, e não é mais apenas uma questão de querer construir mais, ele *precisa* construir mais para atender à demanda. Vai além do lucro. Ele tem uma propriedade. Essa propriedade é valiosa. Eu diria que ele tem uma responsabilidade com a cidade como um todo. Uma cidade não cresce sem pessoas. Então ele acrescenta mais um ou dois andares. Mas o alicerce suporta apenas um determinado peso. Ele tem de lidar com a infraestrutura já existente.

Quanto maior o prédio fica, menor sua estabilidade.

Se subir demais, ele desmorona.

Isso porque estão tentando inserir novas necessidades em um modelo preexistente.

A coisa mais inteligente a fazer seria demolir o maldito prédio! Começar do zero! Observar as necessidades que existem no momento, analisar, de fato, as futuras necessidades, e construir a partir disso. Subir um prédio de trinta andares. Com um alicerce forte o bastante para expandir, caso seja necessário.

Pensem em todas aquelas cidades que se tornaram inóspitas porque as estradas foram construídas para atender cem mil pessoas, mas, então, o número aumentou para mais de um milhão. Como redes de esgoto se desgastam e entrem em colapso porque, de repente, o número de pessoas dando descarga em seus dejetos triplicou.

A questão é: às vezes temos de repensar como fazemos as coisas, em vez de tentar construir em um terreno irregular. Por isso fiz um lobby tão forte por leis que ajudassem os negócios a deslanchar, em vez de atravancá-los. Por exemplo, a Lei da Desburocratização. Antigamente, levava-se anos até se construir uma estrutura e inaugurar um negócio ali. Era preciso encomendar vários estudos e atender diversos requisitos, e a maioria deles não fazia sentido. Como em um estado, acho que era em Delaware, as pessoas tinham um estudo de impacto ambiental para uma agência, que custava muito dinheiro e levava algo em torno de seis meses. E havia *outra* agência que requeria um EIA, mas não dava para usar o mesmo para ambas. Era preciso encomendar duas coisas exatamente iguais — e arcar com o custo. Era, sobretudo, um modo de manter o emprego dos funcionários públicos.

E só Jesus na causa se tentassem construir alguma coisa sem um sindicato. Um enorme rato inflável seria colocado na frente da construção e haveria gritaria com qualquer um que tentasse atravessar a porta. Mas, se os empreendedores tentassem contratar um sindicato, acabavam pagando o quádruplo do preço de mercado, e o resultado não seria tão bom. O povo não se esforça quando tem estabilidade. Pessoas que batalham por seus salários, essas, sim, trabalham duro. Por isso eu apoiei a Lei de Liberdade de Assédio na Construção Civil. Agora vocês não veem mais aqueles ratos sindicais. Alguém o infla, a polícia pode recolhê-lo e depois colocá-lo no lixo, no lugar deles.

E a Regulamentação da Moeda Digital, que obrigou o governo a fazer com que a comunicação por campo de proximidade ficasse mais segura e acessível, a fim de que pudéssemos parar de imprimir e trocar tanto dinheiro.

A mais importante, sem dúvida, foi a Lei de Independência das Máquinas, que regulamentava as cotas de contratação assim como o número limite de vagas que qualquer negócio podia preencher com robôs. Essa foi a coisa mais controversa que eu já fiz, muito mais que o sistema de classificação de funcionários, porque muitos empresários ficaram bem irritados comigo. A verdade é que muitas coisas na Nuvem sairiam bem mais baratas se fossem feitas por robôs. Talvez me rendesse mais um ou dois bilhões. Mas, droga, eu quero ver gente trabalhando! Quero andar pelo armazém e ver homens e mulheres capazes de se sustentar.

Ela virou a maré de muitas coisas. No ano anterior à aprovação da Lei de Independência das Máquinas, a taxa de desemprego estava na casa dos vinte e oito por cento. Dois anos depois? Três por cento. Esses números aquecem o meu coração. Além disso, todos aqueles empresários mudaram de opinião quando viram que os incentivos fiscais eram bem vantajosos.

Cada uma dessas coisas facilitou o meu trabalho, me ajudou a expandir a Nuvem e deu às pessoas empregos bem remunerados. Tenho orgulho disso, não só por mim, mas por todos os outros negócios que ajudei.

Mas seria uma coisa bem triste se esse fosse o meu único legado, e fico feliz em dizer que não é.

Meu outro legado é minha filha, Claire.

Claire é nossa única filha. Eu nunca falei sobre isso, mas a Molly teve uma gravidez complicada, então decidimos que pararíamos em uma criança. Eu me lembro de quando ela nasceu e as pessoas me perguntavam se eu estava decepcionado por ser uma menina, e não um menino. E eu ficava tão irritado com isso. Aquela coisinha linda, a coisa mais perfeita do mundo, a representação física do amor que eu sinto pela minha mulher... como encontrar espaço para arrependimento no meu coração? Que tipo de pessoa pergunta isso, em primeiro lugar?

Claire foi uma criança abençoada. Ela nasceu na época que a Nuvem estava se consolidando, então nunca faltou nada a ela, mas nunca lhe dei nada de mão beijada. Assim que teve idade, eu a coloquei para trabalhar. No escritório, fazendo pequenos serviços. Até pagava a ela um dinheirinho. Não acho que estivesse violando nenhuma lei de trabalho infantil, mas não tenho certeza de nada.

O que eu queria incutir na Claire era que, na vida, nada vem de graça. Temos de lutar pelas coisas. E nunca quis que ela seguisse os meus passos. Queria que ela saísse mundo afora e criasse a própria história. Mas ela era tão esperta e tão interessada em como tudo funcionava na Nuvem, que não demorou muito para contratarem ela. Juro por Deus, ela fez isso com um nome falso, em uma filial onde ninguém a conhecia. Ela queria me mostrar que era capaz. Todos rimos um bocado daquilo que configurava um pequeno caso de fraude.

Depois disso, eu transferi a Claire para a matriz e nunca a tratei de um jeito diferente. Ela era avaliada como qualquer outro funcionário, e eu me certifiquei de que nada do que eu dizia, ou fazia, pudesse influenciar essa avaliação. E ela era uma funcionária quatro estrelas, ano após ano. Ela caiu para três em um certo ponto, mas foi no ano em que teve seu primeiro filho e ela não ia ao escritório com muita frequência, e esse tipo de coisa não tem como se evitar.

O importante é que criei uma mulher forte e inteligente. O tipo de pessoa que vai me dizer que estou errado mesmo em uma sala cheia de pessoas. O tipo de pessoa que vai receber uma investida imprópria com reprovação. O tipo de pessoa que tenho orgulho de chamar de minha. Ela me fez uma pessoa melhor de milhões de maneiras diferentes. Mas ela também fez da Nuvem uma empresa melhor.

PAXTON

Paxton espiou pela porta aberta da sala de Dobbs. Vazia. Aquilo era um alívio. Achava que devia ao homem uma resposta, sobre se juntar à força-tarefa, e ainda não tinha uma, mesmo que Dakota parecesse ter decidido por ele.

Ele estava procurando uma mesa vazia, sem saber o que fazer em seguida, quando deu meia-volta e um indiano com uma barba bem aparada, as maçãs do rosto bem definidas, apareceu na sua frente, quase como se tivesse se materializado do nada. A pulseira de seu NuvRelógio era do mesmo tom de azul que o da camisa polo. Ele batia em seu queixo e pigarreou daquele jeito que as pessoas fazem quando querem se afirmar.

— Você é o Paxton? — perguntou ele.

Do modo como o homem perguntou, Paxton não tinha certeza se devia responder a verdade, mas disse:

— Sim, sou eu.

— Vikram — apresentou-se o homem, sem estender a mão. — Sabe que não devia ficar parado por aí, né?

— Eu sei, mas ninguém me disse o que eu tenho que fazer...

— Ninguém precisa dizer o que você tem que fazer — argumentou ele, cruzando os braços.

O trem que seguia a linha de raciocínio de Paxton bateu em uma pedra antes de sair dos trilhos. Ele não sabia o que dizer. Gaguejou em resposta. Um leve sorriso se formou nos lábios de Vikram.

Então ele ouviu uma voz familiar.

— Pax. Pronto?

Ele viu Dakota parada a cerca de três metros. Os braços dela também estavam cruzados. Vikram a encarou e suspirou.

— Eu não estava sabendo que os novos recrutas podiam ficar de bobeira por aí o dia todo.

— E eu não sabia que você tinha sido promovido a cáqui — ironizou Dakota. Em seguida, deu um tapinha na cabeça e ergueu um dedo no ar, como se estivesse tentando se lembrar de algo. — Espera aí, não, isso não aconteceu. Então por que não deixa o meu novo parceiro em paz, Vicky?

Paxton recuou, dando espaço para o cabo de guerra. Vikram cerrou os punhos com força. Depois jogou as mãos para cima.

— O que diabos você acha que ele vai conseguir que a gente já não tentou?

— Acho que vamos ter que pagar pra ver — respondeu Dakota.

— Esse é o maior palheiro do mundo, e vocês estão procurando a menor agulha nele — disse Vikram, mais para Paxton do que para Dakota. — Mesmo que consigam, vai ser pura sorte.

— Vamos, ao trabalho — encorajou Dakota, dispensando-o.

Vikram se virou para Paxton.

— Eu tô de olho em você.

Vikram soou como um personagem daqueles filmes ruins, e Paxton teve de prender o fôlego para não rir. E o homem piorou tudo ao transformar a discussão em uma competição para ver quem piscava primeiro, como se instigasse Paxton a responder, então Paxton simplesmente comprimiu os lábios e endireitou um pouco os ombros. Havia tempo, tinha aprendido que as pessoas brigavam pela última palavra em uma discussão até que ela perdia o sentido. A melhor maneira de lidar com a situação era agir como se não se importasse em não ter a última palavra.

Funcionou. Vikram seguiu pelo corredor, os passos abafados pelo carpete cinza. As poucas pessoas que assistiam à cena voltaram para suas estações de trabalho.

— Vamos — chamou Dakota.

Ela o guiou até o trem, que os levou aos dormitórios, os dois em silêncio até que estivessem longe de bisbilhoteiros. Começaram seu passeio pelo calçadão, percorrendo um caminho longo e sinuoso entre bancos e quiosques.

— Então... — começou Paxton —... aquilo foi dramático.

— Dobbs colocou o Vikram na investigação da oblivion por um tempo — explicou ela. — O problema foi que o Vikram prometeu a lua e as estrelas. Disse que resolveria tudo num instante e, depois de alguns meses, tinha menos que nada. Então Dobbs o rebaixou pra fila de saída do armazém. Que é um dos serviços da segurança mais merdas que tem. Esse e o campo de drones.

136

— É, quando eu conversei com o Dobbs, ele mencionou algo sobre as pessoas com sede de poder ficarem fora do controle.

— Complexo de Napoleão, dos graves — disse Dakota. — Toma cuidado com ele. Ele acha que você foi escolhido pra ser o substituto dele. E isso não é verdade. Você chegou quando o Dobbs precisava de carne nova. Mas o Vikram vai te dedurar se achar que pode baixar sua bola e subir a dele.

— Que legal.

— Ele é um pé no saco, mas os recrutas gostam dele — revelou Dakota. — Ele trabalha duro, é agressivo, faz tudo como manda o figurino, então Dobbs não tem justificativa pra transferi-lo pra outro setor. Não que o Dobbs tenha pensado nisso. Não sei o que aquele cara pensa metade do tempo.

— Saquei, saquei — disse Paxton.

No segundo dormitório, ficou claro que a multidão havia diminuído. Nenhuma mudança de turno acontecendo. Paxton fez uma anotação mental da hora. Uma tentativa de mapear o fluxo do lugar. Era como examinar uma enorme máquina. Ele não sabia como nada daquilo funcionava, mas, se prestasse atenção por tempo o suficiente, poderia descobrir algo.

— Você tem alguma história boa da prisão? — perguntou Dakota.

— Não tem isso de boas histórias na prisão — respondeu Paxton. Eles caminharam em silêncio por um tempo. Então ela se desculpou.

— Foi mal.

Paxton suspirou.

— Não, tudo bem. É só o que as pessoas querem saber. Era um desses lugares em que as pessoas esfaqueiam os outros e estupram as feridas? Não. Eu trabalhava em uma instalação de segurança mínima, onde a maioria dos detentos cumpria penas civis. Os caras mais durões de lá não eram nem de longe tão marrentos quanto imaginavam. Tipo, aprendi horrores sobre resolução de conflitos, mas, no fim das contas, não era como aparece na televisão.

— Ah! — exclamou Dakota, sem se dar ao trabalho de esconder a decepção.

O que fez Paxton se sentir como se a tivesse decepcionado. Era um sentimento idiota, mas, ainda assim, ele se esforçou para tentar lembrar-se de alguma história. Havia uma da qual se lembrou quase instantaneamente. A que não fazia seu estômago se revirar.

— Tá bem — disse ele. — Tá bem.

E Dakota se endireitou.

— Todo dia, às seis em ponto, o alarme soava e todo mundo tinha que sair da cela pra contagem — disse ele. — E a gente tinha uma dupla de prisioneiros. O Titus e o Mickey. Caras mais velhos, meio estranhos, quase sempre na deles. Costumavam contar histórias de como iam fugir, mas ninguém acreditava neles. A gente devia ter acreditado. Porque um dia, na contagem, eles não estavam na fila. Entremos na cela e encontremos o Mickey enfiado num buraco, a bunda de fora, as pernas chutando o ar. Ele e Titus tinham cavado um túnel, e ele ficou preso.

— Espera... ele estava pelado?

— Pois é — respondeu Paxton. — Os dois vinham cavando o buraco e se livrando da terra pela descarga. Não consegui acreditar que ninguém percebeu, mas só tinha uma pessoa de guarda no bloco naquela noite, já que os detentos ficavam trancados nas celas. Era uma medida de contenção de gastos. Economia burra. Tinha que ter um guarda fazendo rondas pelo complexo. Ao que parece, Titus entrou primeiro, porque ele era um fiapo de gente e o buraco era estreito, então ele passou na boa. Nunca mais o vimos. Mickey, no entanto, era um pouco maior e não conseguiu passar. Então ele achou que, se tirasse a roupa, ela não iria agarrar em nada.

— Ele não era exatamente um gênio, era?

— Fica melhor — garante Paxton. — Então eu e o outro guarda fomos tirar ele de lá. Cada um pegou uma perna, nos preparamos e puxamos. Nós dois caímos pra trás. O outro cara acabou com uma concussão. Acontece que o Mickey já havia imaginado que o buraco pudesse ser muito estreito. Ele roubou um tabletão de manteiga da cozinha e se besuntou todo. Não queria correr nenhum risco.

Dakota soltou uma gargalhada profunda.

— Deus do céu!

Paxton riu um pouco com a lembrança.

— Então ele estava enfiado ali, preso, coberto de manteiga. Tivemos de lavar ele primeiro pra conseguir pegar nele. E, você sabe, em muitos momentos eu percebia que queria dar o fora daquele lugar. Encarar a bunda pelada de um homem em lágrimas enquanto eu dava um banho de esponja nele foi um deles.

Dakota riu de novo, um som alto e descontraído.

— Bem, sorte sua que a gente não tem essas coisas por aqui.

— Acho ótimo — disse Paxton.

Eles entraram no espaço abobadado do Entretenimento. Dakota parecia saber para onde estava indo, então Paxton a seguiu. Subiram por uma escada rolante, então outra, até que chegaram a um fliperama escuro, cheio de máquinas das antigas, com uma aparência detonada, mas que ainda funcionavam, a cacofonia e a pouca iluminação faziam o espaço parecer ainda mais vazio.

— O que estamos fazendo aqui? — perguntou Paxton.

Dakota não respondeu, apenas continuou em direção aos fundos, até uma máquina de Skee-Ball, uma área mais escura logo ao lado, onde Paxton pensou ter visto um movimento. Dakota estendeu o braço para o espaço e puxou um jovem com uma polo verde. Magricela, tufo de cabelo loiro, nada feliz de estar na luz. Ele levantou os braços em um movimento para proteger o rosto.

— Oi, Warren — cumprimentou ela.

— Eu não estou fazendo nada.

— Só se escondendo.

— Eu estava jogando Skee-Ball. Vi você chegar, e sabia que estava aqui pra me amolar. — Ele olhou para Paxton, indicando-o com o queixo. — Quem é o babaca tapado?

— Novo no time — respondeu Dakota. — Ex-carcereiro. Se eu fosse você, não fodia com ele. Já viu um bando de merda.

Uma sombra de medo apareceu nos olhos de Warren. Paxton entrou no papel e não falou nada. Deixou que a imaginação do rapaz trabalhasse.

— O Warren aqui é um traficante de oblivion — explicou Dakota. — Era isso o que ele estava fazendo. — Ela apontou para o canto. — Poucas pessoas vêm aqui, então ele usa o lugar pra contrabandear essa merda.

Warren ergueu as mãos, palmas à mostra.

— Não sei do que está falando.

— Se eu revirar seus bolsos, o que vou encontrar?

— Você não pode fazer isso.

— Quem disse? Quem vai dizer que não caiu do seu bolso? Quem vai dizer que não flagrei você com algo? — Ela olhou para Paxton. — Quem vai dizer?

O rosto de Paxton queimava. Ele deu de ombros. Passava a nítida impressão de *Não vi nada*.

Warren assentiu. Esvaziou os bolsos. Abriu um pequeno sorriso.

— Satisfeita? — perguntou ele.

— Sabe que não — respondeu Dakota. — E se eu revirar esse lugar? O que eu vou achar?

Warren olhou ao redor.

— Muitos eletrônicos, eu acho.

Dakota inspirou entre os dentes. Parecia prestes a fazer algo de que se arrependeria.

— Dá o fora daqui — disse ela, depois de uns segundos.

Warren deu meia-volta, desaparecendo entre as máquinas. Paxton e Dakota esperaram um minuto, saíram do fliperama e continuaram a andar, como antes, exceto pelas orelhas quentes de Dakota.

— Por que não colocamos alguém na cola de Warren? — perguntou Paxton. — Ou espremer a verdade do garoto? Deve ter um jeito de pressionar ele.

— O Dobbs não deixa — respondeu ela. — Ele manda a gente pegar leve.

— Por quê?

— Porque é como ele quer que as coisas sejam feitas.

— Ah, fala sério. O garoto é um bobão. Coloca ele numa sala e aumenta o termostato que ele amolece.

— É como ele quer que as coisas sejam feitas — insistiu Dakota.

— Enquanto isso, você está dando duro nos malandros. Nada de leve nisso.

A voz de Dakota soou como um chicote.

— Quando você estiver no comando, você manda.

— Tudo bem, tudo bem — disse Paxton, erguendo as mãos. — Você já verificou o relógio dele, cruzou referências de quem se encontrou com ele, certo?

Ela assentiu.

— Sempre que ele está no fliperama, está sozinho. Seja lá quem for seu cúmplice, descobriu um modo de sair escondido, ou está andando por aí sem relógio. Por isso que Dobbs está tão determinado em desvendar o esquema, além de querer expor a distribuição da oblivion. É óbvio que temos uma falha no monitoramento.

Paxton baixou o olhar para seu relógio, virou o pulso.

— É pra gente só tirar ele à noite — disse ele.

— É.

— Não dá pra andar por aí sem ele, com todas as portas e elevadores e pontos de acesso.

— Aham.

— Então como se burla isso?

— É o que eu queria saber.

— Algum palpite?

— Não — respondeu ela. — Se alguém tentar desarmar o relógio, tem um alarme. Se tirar do pulso por muito tempo sem colocar pra carregar, alarme. E cada relógio é programado pra cada um de nós, então não é como se pudessem trocar.

— Ajudaria se a gente descobrisse o ponto fraco.

— Ajudaria.

— Imagino que vocês já colocaram o pessoal de TI trabalhando nisso.

— De cima a baixo.

Paxton ajustou o relógio no pulso. Por um lado, tinha a sensação de que não ganhava para fazer tudo aquilo; mas, por outro, ele adorava a ideia de um mistério a ser desvendado. Pelo menos, quebrava a monotonia do dia.

Andaram um pouco mais. De volta pelo calçadão. Ele observou os vários azuis passando por eles e examinou seus rostos. Nenhum conhecido. Ninguém do escritório nem da sessão de apresentação. Havia muitas pessoas ali. Mais importante, nada de Vikram.

— O quanto devo me preocupar com o Napoleão? — perguntou Paxton.

— Vamos ver se ele continuará por aqui em alguns dias.

— Como assim?

— O Dia de Corte já está chegando.

— Eu não sei o que é isso.

Ela parou. Deu meia-volta.

— Caramba, eu achava que isso fazia parte da apresentação. Ok, então, no Dia de Corte, um monte de funcionários com baixa classificação recebe uma notificação de que foram demitidos. Costuma ser um dia movimentado pra gente. Muitos não querem ir embora. Às vezes algumas pessoas... Bem. — Ela hesitou, retomou o raciocínio. — É um dia movimentado.

— Entendi. Parece cruel.

— E é, mas não se preocupa — disse ela. — Você tem uma carência. No primeiro mês não podem te cortar.

— Isso é... bom — disse Paxton. Não tinha certeza se *bom* era a palavra certa, mas já era alguma coisa.

— Vem, vamos voltar — chamou Dakota. — Fazer alguns relatórios pra força-tarefa.

— Eu ainda não concordei em fazer parte disso.

— Concordou, sim.

E ela se foi, sem se virar para se certificar de que Paxton a seguia. Ele correu para alcançá-la.

ZINNIA

Pipeta para churrasco. Livro. Ração para gatos. Luzes pisca-pisca. Pó clareador dental de carvão ativado. Chinelos de pelo sintético. Webcam. Tablet. Pistolas-laser de brinquedo. Pau de selfie. Marcadores de texto. Fio de lã. Cápsulas de vitamina D. Luz noturna. Tesouras de poda. Termômetro para carne. Desumidificador. Óleo de coco.

Zinnia corria. Os novos tênis eram feios pra cacete, mas confortáveis, e, mesmo com os pés enfaixados e latejando, ela foi capaz de imprimir um pouco de velocidade conforme dançava entre as prateleiras e as esteiras transportadoras. Como se estivesse sendo guiada por uma mão invisível; o algoritmo, mantendo-a em segurança, movendo estantes e trabalhadores em conjunto. Ela fez do trabalho um jogo. Quantas vezes conseguia fazer a linha verde brilhar?

Cartucho de tinta. Tampa para grill. Pijamas. Brinquedo para cachorro. Saco de dormir. Tablet. Livro. Pincéis. Carteira. Cadarços. Cabo Micro USB. Travesseiro de viagem. Suplemento proteico. Filtro de linha. Formas de silicone. Óleos essenciais. Carregador portátil. Caneca térmica. Roupão de veludo. Fones de ouvido.

Quatro. Ela havia conseguido quatro lampejos verdes desde que começou, e antes da primeira pausa do xixi. Ela chegou ao limite e o ultrapassou. Ela conseguia fazer a linha ficar verde, mas por quanto tempo ela conseguia deixá-la verde?

Lixeira de metal aramado. Coleira antipulgas. Lápis de cor. Hub USB. Tablet. Hidratante. Termômetro digital infravermelho. Prensa francesa. Meias estampadas. Formas para gelo. Luvas de couro. Mochila. Livro. Lanterna para camping. Garrafa térmica. Máscara para dormir. Touca de lã. Botas.

A linha só ficava verde por alguns segundos, e cada segundo parecia uma conquista. Era como se ela tivesse feito algo de bom. Era aquele lampejo de cor, de amarelo para verde, amarelo, a cor da fraqueza; verde, a cor do poder. Dinheiro, natureza, vida. Aquela cor, naquele contexto, não tinha o menor valor, mas, ao mesmo tempo, era tudo o que ela queria. A correria fez o tempo voar, e a hora do almoço chegou rápido. Graças a Deus ela estava perto de uma sala de descanso, onde se enfiou e bebeu um pouco de água e pegou a barra de proteína no bolso traseiro, então se sentou a uma mesa vaga.

Enquanto mastigava a barra, PowerBuff de caramelo salgado, sua favorita, fornecida por uma loja do calçadão, seu relógio vibrou.

Estamos enfrentando um período de aumento da demanda. Estaria interessada em se voluntariar para um turno prolongado?

Ela olhou a mensagem. Pensou sobre o assunto. Em seguida, levou o relógio à boca e apertou a coroa.

— Miguel Velandres.

O relógio a guiou de volta ao armazém. Dez minutos mais tarde, ela viu Miguel segurando um pacote de canetas. Ela correu para alcançá-lo e acertou o passo com o do rapaz.

— Ei — disse ela.

Miguel se virou, hesitando por um segundo, tentando se lembrar de seu nome. Então seus olhos brilharam.

— Zinnia. Está tudo bem?

— Está sim. Só uma pergunta rápida.

— Tudo bem.

— O relógio me pediu pra fazer hora extra.

— Ah, sim. Definitivamente faça isso.

— Eles pagam por hora extra?

Miguel riu, colocou as canetas em um recipiente na esteira, deu um empurrão para enviá-lo.

— É estritamente voluntário. Mas pega bem. Conta pra sua avaliação de funcionário.

— Achei que fosse opcional.

— É opcional — disse ele, dando uma olhada rápida em seu NuvRelógio e disparando, à caça da próxima mercadoria. — É uma opção que você vai querer fazer. — Ele olhou em volta, certificando-se de que não havia ninguém por perto, e acenou para ela, como se quisesse que se aproximasse. — Funciona como uma proteção pra sua avaliação. Quanto mais você recusar essas horas, o efeito é o contrário.

O relógio de Zinnia vibrou outra vez.

Estamos enfrentando um período de aumento da demanda. Estaria interessada em se voluntariar para um turno prolongado?

Ela hesitou, mas Miguel continuou:

— Não arrume encrenca, *mi amiga* — aconselhou ele.

Ele dobrou a esquina e desapareceu. Zinnia levou o relógio à boca. Queria dizer, *Não fode, estou cansada.* Em vez disso, disse:

— Claro.

O relógio exibiu uma carinha sorridente exagerada.

Assim que o intervalo de almoço acabou, ela retornou ao trabalho e se perdeu em um redemoinho de livros, produtos de saúde, ração animal e baterias, menos interessada na brincadeira da linha verde, e mais interessada em dar o fora dali e encerrar o dia.

No fim do turno extra, que durou apenas mais meia hora, somado aos quarenta minutos que levou para passar pela inspeção, ela estava completamente exausta, mas como se tivesse concluído uma boa série na academia. Ela se concentrou naquela sensação.

Calorias gastas e músculos trabalhados, em vez de dignidade perdida.

Conforme ia andando pelo calçadão, pouco antes de passar pelo arco que se abria para o saguão de seu dormitório, ela vislumbrou as portas de vidro que levavam a um corredor de concreto e a uma série de banheiros públicos no final.

Na metade do corredor, a mais ou menos uns 15 metros, embutido na parede, havia um NuvQuiosque.

Ela passara ali para lavar as mãos a caminho do seu turno. Não era um banheiro movimentado, já que ficava perto dos elevadores. Ao que parecia, as pessoas usavam os banheiros de seus próprios andares antes de sair para o trabalho, ou preferiam o refúgio deles na volta ao lar. Caminhando por ali agora, o corredor estava vazio.

Ela chegou ao elevador, aproximou o relógio do disco para entrar. Outra mulher também embarcou. Jovem, atarracada, de cadeira de rodas, o cabelo castanho em um corte Chanel. Camisa polo amarela. A pulseira do NuvRelógio exibia uma série de desenhos de gatos. Levava uma pilha de caixas no colo. Ela sorriu para Zinnia e disse um educado "Olá", então olhou para o número iluminado no painel e não se incomodou em passar o próprio relógio — estava indo para o mesmo andar.

A teoria de engenharia social de Zinnia continuava se sustentando, motivo pelo qual o NuvQuiosque naquele corredor era uma opção viável. Ela teria preferido usar um mais distante do apartamento, até mesmo em outro prédio se fosse possível, mas tinha de ser perto. Era o único modo de ir e voltar sem usar o NuvRelógio. Quanto mais tempo fora do quarto sem o relógio, mais exposta estaria.

As portas se abriram, e Zinnia esticou o braço para mantê-las abertas, deixar que a mulher deslizasse para fora com a cadeira de rodas.

— Obrigada — agradeceu ela, e saiu pelo corredor.

Zinnia a seguiu. Parou na frente de sua porta e ouviu o baque das caixas caindo. À esquerda, a mulher da cadeira de rodas havia derrubado o que carregava na tentativa de abrir a própria porta. Zinnia deixou a porta fechar e seguiu pelo corredor.

— Precisa de ajuda?

A mulher ergueu o olhar.

— Seria ótimo. Obrigada.

Zinnia pegou e segurou as caixas enquanto a mulher passava o relógio e entrava no apartamento, deixando a porta aberta. Ela esperava ver uma sala de estar que fosse mais adaptada para deficientes, mas era igual a sua. Mesmo corredor estreito, e, quando a mulher o atravessou, a cadeira de rodas mal coube. Zinnia a seguiu e pousou as caixas no balcão, perto do fogão portátil.

A mulher foi em direção ao futon, onde tinha espaço suficiente para manobrar a cadeira. Ela se movia com graça e agilidade. Estava acostumada com aquilo.

— Agradeço muito.

— Sem problemas, só... — Zinnia olhou ao redor. O apartamento tinha o tamanho necessário para ela se virar, por isso não se incomodou, mas, olhando para ele agora, parecia claustrofóbico. — Espero que não seja indelicado tocar no assunto, mas não podem te oferecer algo um pouco mais... apropriado?

A mulher deu de ombros.

— Não preciso de muito espaço. Eu poderia ter um apartamento maior, mas prefiro guardar o dinheiro. A propósito, meu nome é Cynthia...

Ela estendeu a mão. Zinnia a apertou. Era forte, as palmas grossas e calejadas.

— Nova no andar? — perguntou Cynthia. — Nunca vi você antes.

— Primeira semana.

— Bem — disse ela, que bufou e depois abriu um sorriso conspiratorial. — Bem-vinda à vizinhança.

— Obrigada — agradeceu Zinnia. — Precisa de ajuda com mais alguma coisa?

Cynthia sorriu de novo. Um sorrisinho triste. Zinnia levou um segundo para descobrir o que significava. Era um sorriso de *Não sinta pena de mim*, e Zinnia desejou se desculpar, mas se deu conta de que apenas pioraria as coisas, então deixou o silêncio se prolongar até que a mulher disse:

— Não, obrigada. Estou bem.

— Certo, então. Bem, tenha uma boa noite.

Zinnia estendeu a mão para a porta.

— Espera — pediu a mulher.

Ela se virou.

— Esse lugar pode ser demais, principalmente pros novatos. Se precisar de qualquer coisa, fique à vontade para vir me procurar.

— Obrigada — disse Zinnia.

Ela saiu, voltou ao próprio apartamento. Entrou e ficou admirada com o que aquela coitada estava lidando. Então se deu conta de como foi babaca ao pensar naquela mulher como coitada.

Zinnia tinha algum tempo livre antes do drinque com Paxton, então pegou a ferramenta multiúso e subiu na cama, tirou algumas das tachas que prendiam as tapeçarias ao teto. Um dos cantos caiu, revelando uma linha de 15 centímetros que estivera escavando. Não gostava de trabalhar por longos períodos — deixava o quarto muito empoeirado, e ela se preocupava com o barulho. Pelo menos era fácil. O teto era vagabundo, de gesso fino, que ela cortava como um filé. Ela empurrava a lâmina para dentro e para fora, cerrando os dentes e encolhendo os ombros com o som. Poeira branca caia pela cama.

Mais um ou dois dias e estaria terminado. Com sorte, haveria bastante espaço para ela se movimentar por ali. Com sorte, não iria acionar algum tipo de alarme. Com sorte, não ficaria presa.

Depois que cortou mais alguns centímetros, dobrou a lâmina, recolocou a tapeçaria no lugar e enrolou a colcha. Ela despejou a poeira acumulada na pia e abriu a torneira, em seguida foi buscar o aparador de pelos elétrico na sacola. Abriu o compartimento da bateria, tirou a pilha e pegou sua pinça. Enfiou-a ali e cavoucou, quebrando a supercola UV que havia usado para prender o gopher, um nano pen drive do tamanho de sua unha.

A parte mais perigosa de hackear qualquer coisa era o tempo que você precisava ficar sentado fazendo o trabalho. Um trabalho de levantamento grande como aquele podia levar horas, talvez até dias. Mas um segundo bastava para ser pega.

Era aí que o gopher entrava — um pequeno dispositivo útil e absurdamente caro, que gravava o código computacional interno de uma organização, mas deixava o trabalho pesado da decodificação e processamento para mais tarde, sem precisar estar conectado ao sistema.

Ela podia conectá-lo a um terminal — qualquer terminal com acesso à intranet de uma empresa — e, dentro de alguns segundos, ele iria decodificar uma amostra do código interno. Então ela plugaria o gopher em seu laptop, onde este abriria caminho, discreta e forçosamente, através de quantos ciclos de CPU fossem necessários, fazendo todo o trabalho duro do fundo de uma gaveta.

Levaria algum tempo, e exigiria uma ajudinha aqui e ali, mas, quando pronto, criaria um vírus do mal, um tipo de software que ela poderia inserir de volta no sistema. O software se infiltraria direto e encontraria o que ela precisava em questão de segundos.

Mapas, diagramas, dados de energia, relatórios de segurança.

O processo não era rápido. Ela já o utilizara algumas vezes, e em geral levava semanas para processar tudo. Dado o nível de segurança da Nuvem, não a surpreenderia se levasse um mês ou mais.

Mas de novo: o caminho mais longo normalmente era o mais seguro.

O maior obstáculo, na verdade, era uma questão de hardware. O logo azul e branco no topo do NuvQuiosque, na altura dos olhos, parecia vagamente translúcido. Zinnia tinha certeza de que escondia uma câmera. Mesmo com a postura relaxada da Nuvem em relação a câmeras, não iriam *não* colocar câmeras nos caixas eletrônicos.

Mas Zinnia tinha um plano.

Chegando perto do caixa, iria se abaixar para amarrar o cadarço, ou talvez levasse uma sacola de compras e a deixaria cair. Seria um movimento desengonçado — teria de se abaixar antes de chegar ao alcance da câmera, porque, provavelmente, seria uma grande angular. Então, pronto, estaria dentro do painel de acesso, colocaria e tiraria o gopher, fecharia o painel, levantaria e sairia dali.

Ela tirou uma caneta esferográfica do nécessaire, arrancou a ponta e a carga com os dentes. Então pegou um canivete da bolsa e começou a esculpir um gancho no plástico, que iria destrancar a fechadura, resumindo a questão a colocar a caneta com força e virá-la.

Sua parte favorita de ser uma espiã industrial era a completa falta de investimento do mundo em novas tecnologias para fechaduras.

Feito isso, ela pegou o transmissor e a caneta e os colocou lado a lado na bancada. Separou uma pequena caixa de óculos e os guardou dentro dela. Ela os carregaria consigo, para o caso de surgir uma oportunidade melhor que o plano atual.

Zinnia consultou seu relógio, viu que já estava quase na hora que tinha combinado com Paxton. Os dois iam se encontrar num bar no Entretenimento. Era um lugar parecido com um pub inglês, que ele parecia interessado em conhecer. Ela era uma amante de vodca e, portanto, menos exigente com a atmosfera. Sendo a vodca o mais eficaz sistema de distribuição de álcool.

Ela se despiu. Percebeu que estava coberta de sujeira do trabalho. Suor seco e desgraça. Cogitou tomar uma chuveirada, ou até mesmo trocar a calcinha, mas não estava com planos de transar com ele naquela noite e, mesmo que as coisas terminassem na cama, duvidava de que ele fosse protestar. A maioria dos homens se preocupava mais com o jogo que com as condições do gramado. Enquanto vestia uma camisa limpa, seu relógio vibrou.

Só um lembrete: ainda precisa rever a papelada de sua pensão.

Droga. Zinnia já queria ter feito aquilo. Cadastrar-se no fundo de pensão fazia parte do plano. Não uma parte extremamente importante, mas ela chamaria menos atenção se se comportasse como se pretendesse ficar por muito tempo.

Então:

Pode fazê-lo de qualquer NuvQuiosque ou da televisão do quarto.

Ela pegou o controle remoto. Ligou a televisão, que começou a exibir um comercial estridente de barras PowerBuff, no qual um cara magricela comia uma delas e seus músculos cresciam até proporções dignas de um desenho em quadrinhos.

Barras PowerBuff. Fique sarado!

— Bem — falou para o quarto vazio. — Isso foi ligeiramente perturbador.

Ela apanhou o controle, abriu para que virasse um teclado, apertou o botão que dizia Navegador, e a televisão carregou a página inicial do NuvQuiosque.

No topo, dizia: *Bem-vinda, Zinnia!*

— Vai se foder — respondeu ela.

PAXTON

Paxton relaxou os ombros, e o banco oscilou. Não foi uma oscilação normal. Mais como se fosse desmoronar. Ele desceu do banco num pulo e o trocou pelo do lado. Mesmo assento almofadado de couro preto e pés de madeira rústica. Ele balançou para a frente e para trás, e o banco não cedeu. Ele se sentou e tomou outro gole de sua cerveja. Agora quase no fim.

O barman apareceu. Camisa verde, cabelo penteado para trás, um nariz que fora quebrado algumas vezes. A pulseira de seu NuvRelógio era de couro grosso, mais larga que o mostrador.

— Mais uma? — ofereceu ele.

Não fazia sentido ficar bêbado antes mesmo de Zinnia chegar.

— Ainda não. Estou esperando alguém.

O barman abriu um sorriso discreto. Paxton não sabia dizer se era um sorriso *Aham, claro* ou um *Se deu bem*. Era um sorriso. Ele observou a camiseta preta e o jeans. Era bom não estar de azul. As pessoas não o encaravam com olhos cheios de cautela. Era apenas mais um cara.

— Desculpa.

Paxton se virou, viu Zinnia entrando apressada no bar. Casaco preto, calça legging roxa, cabelo preso em um coque no alto da cabeça. Ele indicou o assento bambo com a cabeça.

— Não senta nesse — disse ele. — Está bambo.

Zinnia foi em direção ao banco que ficava ao lado de Paxton. Enquanto ela se acomodava, ele afastou seu banco alguns centímetros; não queria que ela se sentisse sufocada.

Ela olhou em volta.

— Lugar bacana.

Paxton pensava o mesmo. Torneiras de chope douradas e brilhantes, madeira envernizada. Definitivamente, não fora construído por alguém que já tivesse pisado em um típico pub inglês — Paxton passara um tempo no Reino Unido a negócios —, mas a pessoa que idealizou o lugar pelo menos recebera alguma explicação sobre o conceito.

O barman apareceu enxugando um copo de cerveja e indicou Zinnia com a cabeça.

— Vodca e gelo— pediu ela. — A mais barata que tiver.

O barman assentiu, preparou o drinque.

— Você não brinca em serviço — comentou Paxton.

— Não mesmo — concordou ela, aceitando o copo, sem encará-lo. Ela soava exausta. O que fazia sentido, sendo dos vermelhos, correndo o dia todo. Zinnia se inclinou para passar o NuvRelógio no disco de pagamento, que estava acoplado ao bar, mais perto de Paxton do que dela.

— É por minha conta — disse ele, estendendo o braço, a mão esbarrando na de Zinnia de leve.

— Não precisa...

— Faço questão — insistiu ele, encostando o NuvRelógio no disco, a luz ficando verde. Ela sorriu, erguendo o copo. Ele levantou o dele, brindando.

— Saúde — disse ela.

— Saúde.

Ela tomou um longo gole enquanto ele terminava a cerveja, pousando o copo na beira do balcão para que o barman pudesse ver e trazer mais uma. Um silêncio desconfortável pairou no ar por um segundo, então se intensificou, sugando a gravidade do lugar, e Paxton desistiu de tentar dizer algo inteligente.

— Como está se adaptando? — perguntou.

Zinnia ergueu uma das sobrancelhas. Algo como *Isso é o melhor que pode fazer?*.

— Até agora, tudo bem. Está sendo mais difícil do que imaginei. Eles sugam a gente de verdade.

Paxton aceitou a nova cerveja, tomou um gole.

— Como funciona exatamente?

Zinnia explicou tudo de forma resumida: o relógio, o sistema de navegação e como funcionava o transporte de mercadorias. Todo o processo parecia uma dança. Paxton imaginou Zinnia como uma engrenagem em uma máquina gigantesca, girando, uma pequena parte mantendo o todo em movimento.

— Você queria ser um dos vermelhos? — perguntou ele.

— De jeito nenhum! — respondeu Zinnia, tomando outro gole da vodca. — Queria entrar para a equipe de informática. É a minha área.

153

— Achei que você tinha falado que era professora.

Aquela sobrancelha de novo. Uma sobrancelha capaz de matar.

— Eu sou. Mas paguei a faculdade consertando eletrônicos. Quitei o alojamento apenas com telas rachadas. Jovens se embebedando e quebrando seus telefones.

Paxton riu.

— Eu trocaria com você se pudesse.

— Sério? — perguntou ela. — Não gosta de ser policial de aluguel?

Paxton sentiu o álcool penetrando em suas sinapses, os neurônios se expandindo. Era uma sensação boa, conversar e beber, porque havia um tempo desde que fizera qualquer uma das duas coisas.

— Isso nunca combinou comigo — confessou ele. — Não sou uma pessoa autoritária.

— Bem, ei, há coisas piores...

Ela parecia estar perdendo o foco. E Paxton não queria perdê-la tão cedo.

— Então, me fale de você. Sei que é professora. Sei que pode consertar um telefone quebrado. Mas de onde você é?

— Daqui, dali — respondeu ela, olhando para os fundos do bar. Para seu reflexo no espelho, formado por um arco-íris de garrafas cintilantes de bebida. — Me mudei bastante quando era criança. Não sinto que pertenço a nenhum lugar.

Ela tomou um pequeno gole da vodca. Os ombros de Paxton se curvaram. Na esfera dos primeiros encontros, aquele estava se aproximando de um fiasco. Mas, então, ela sorriu.

— Desculpa, ficou um pouco deprimente, não é?

— Não, de jeito nenhum — disse Paxton, e sorriu em seguida. — Bem, quer dizer, é, ficou.

Ela riu em resposta, dando um tapa no braço de Paxton. De leve, com o dorso da mão, o que só aconteceu porque ela estava prestes a pegar o copo de vodca; mas, mesmo assim, viu aquilo como um bom sinal.

— E sua família? — perguntou Paxton.

— Minha mãe ainda é viva — respondeu Zinnia. — Nos falamos no Natal. É o máximo que conseguimos administrar.

— Tenho um irmão — revelou ele. — Somos assim também. Nos damos bem, mas não nos esforçamos pra nos encontrar. O que... não sei... — Paxton seguia uma linha de raciocínio, mas a cerveja estava atrapalhando. Ele se perguntou se devia apenas virar o copo, pedir desculpa e subir de volta para o apartamento. Minimizar os danos antes que fosse tarde.

— O quê? — perguntou Zinnia.

Havia alguma coisa no modo como ela perguntou aquilo, como se não precisasse, mas ainda assim quisesse saber a resposta. Paxton inspirou, então expirou e encontrou o fio da meada.

— Estar aqui é quase como estar em outro planeta, não? Tipo, a gente nem conseguiria ir embora. Pra onde você iria? Morreria de sede antes de encontrar civilização.

— Passa essa impressão, sim — concordou Zinnia. — De onde você é?

— Nova York — respondeu ele. — Nasci em Staten Island.

Zinnia fez que não com a cabeça.

— Ah, Nova York. Eu não gosto de Nova York.

Paxton riu.

— Espera, o quê? Quem não gosta de Nova York? É como dizer que não gosta de... Não sei, de Paris.

— É tão grande. E suja. Ninguém tem o mínimo de espaço pessoal. — Ela encolheu os ombros, como se caminhasse por um corredor estreito. — Paris também não é lá essas coisas.

Paxton gesticulou os braços.

— Acha que isso aqui é melhor?

— Ei, eu não disse isso — argumentou Zinnia, aquela sobrancelha subindo, mas então descendo outra vez, relaxada. — Aqui... é tipo... não sei...

— É como se a gente estivesse vivendo na droga de um aeroporto — completou Paxton, baixando o tom de voz, como se alguém pudesse ouvi-lo e censurá-lo.

Zinnia riu. Uma risada rápida, que escorregou por seus lábios como se banhada em óleo. Arregalou os olhos, como se o som a houvesse surpreendido. Como se desejasse poder resgatá-lo. Mas, enfim, disse:

— Exatamente o que pensei na minha primeira noite. Sofisticado como um aeroporto.

Zinnia terminou sua vodca, acenou para o barman, pedindo outra.

— Se me der licença, vou pegar pesado hoje. — Ela levantou um dos dedos. — E não me venha com essa babaquice de cavalheirismo. A próxima rodada é por minha conta.

— Gosto de uma mulher que sabe o que quer — disse Paxton, logo se arrependendo, como se tivesse exagerado, mas aquela sobrancelha subiu e de repente lhe pareceu totalmente diferente. Parecia um sinal de aprovação e emoldurava um lindo e grande olho castanho; ele podia ver o branco ao redor de toda a íris.

— Então — continuou Paxton, se sentindo ousado. — Alguma razão em especial pra você não estar pegando pesado?

— Meus pés.

— Seus pés?

— Eu cometi o erro idiota de usar botas no primeiro dia. — O barman lhe ofereceu um novo copo. — Obrigada. — Tomou um gole. — Porque eu não tinha tênis. Comprei um par agora. Queria ter pensado melhor nisso. Imagino que você também passe um bocado de tempo de pé.

Paxton se perguntou se tinha permissão de falar sobre a força-tarefa. Não achava que fosse um segredo. Dobbs não tinha lhe pedido que não contasse a ninguém. E às vezes falar podia ser útil. Além disso, poderia impressioná-la, o fato de ele ter sido escolhido para um trabalho especial no momento em que passou pela porta.

— Pelo visto, esse lugar está com um problema com oblivion — disse Paxton. — E eles acham que, porque eu trabalhei em uma prisão, posso ser útil. Como se eu fosse algum expert em tráfico e contrabando. O que não é verdade. Mas ei... é melhor que só ficar de bobeira por aí. Eu gosto de solucionar problemas.

— Por isso se tornou inventor?

— Não sei se poderia falar assim — disse ele, colocando a mão na base do copo de cerveja, observando a espuma. — Eu só inventei uma coisa. E, mesmo assim, foi só juntar um bando de produtos que já existiam e aperfeiçoá-los.

— É, mas você conseguiu.

Ele sorriu.

— E agora estou aqui.

As palavras soaram frias, ríspidas. Zinnia ficou tensa. Paxton sabia que não combinava com a atmosfera que queria manter, mas não conseguiu evitar. Ele se virou um pouco, na direção oposta à de Zinnia, olhando a cerveja, a lembrança presa na garganta, como brasa.

Um lampejo em sua visão periférica. Zinnia ergueu o copo.

— Também estou aqui — disse ela, abrindo um sorriso irônico, a cabeça inclinada.

Ele brindou com ela, e beberam.

— Então... conte-me mais desse seu trabalho — pediu Zinnia. — Imagino que tenha acesso a qualquer lugar.

— Acho que sim. Só tô aqui há menos de uma semana. Com certeza existem portas que não posso abrir, embora não tenha encontrado nenhuma.

— Você tem que ver o armazém — disse ela. — Não dá nem pra ver o fim daquilo. E nem é o único. Tem toda uma série de outros prédios a que eu nem tenho acesso.

— É — disse ele. — Seria legal fazer uma visita.

— Eu adoraria fazer um tour por toda a nuvem. Ver a coisa toda, sabe? É mesmo um lugar incrível.

O sorriso se esgueirou de volta a seus lábios. Desapareceu quando tomou um gole da bebida. Paxton se perguntou o que ela estava pedindo. Ela queria que ele a levasse em um passeio? Ele nem sequer sabia se aquilo era permitido. Estaria ela insinuando que queria ficar sozinha com ele?

— Não tenho certeza se consigo arranjar isso, mas, se puder, falo com você — comentou ele.

— É justo — disse ela, desapontada.

— Mas... quem sabe? Posso sondar. — Ele encarou Zinnia. — Então, você disse que depois daqui queria dar aulas de inglês em outro país, certo? É o que quer fazer pro resto da vida?

Ela deu de ombros.

— O custo de vida é bem baixo em outros países. Estou um pouco cheia dos Estados Unidos, de um modo geral.

— Aqui não é perfeito, mas é melhor que muitos lugares. Pelo menos ainda temos água limpa.

— É para isso que servem fogo e cápsulas de iodo.

— Não foi isso que eu quis dizer. A verdade é que estou com um pouco de inveja. Deve ser legal fugir.

— Então por que não o faz?

— O quê?

— Fugir.

Paxton hesitou. Pensou sobre o assunto. Bebeu um gole da cerveja e pousou-a de volta no balcão. Olhou em volta do bar quase vazio. Para além da entrada, a paisagem brilhante do Entretenimento. Não sabia como responder àquela pergunta. O modo como disse fez parecer como se fosse tão simples quanto pegar o copo e levá-lo à boca. Como se fosse algo possível de se fazer.

— Não é tão simples assim... — respondeu ele.

— Geralmente é.

— Como? Vamos supor que eu saia por essa porta agora mesmo. Como me sustentaria? Para onde iria?

Ela sorriu.

— Essa é a questão sobre a liberdade. É sua até que você abra mão dela.

— O que quer dizer com isso?

— Pensa nisso.

Ela tomou outro gole e sorriu, os músculos do rosto relaxando um pouco. Também estava sentindo o álcool. E testando Paxton. Ele gostava disso. Então lhe disse:

— A minha única certeza é de que minha estada não vai ser demorada.

Exatamente por isso vinha ignorando a solicitação do NuvRelógio para que aderisse ao fundo de pensão. Assim que o fizesse, estaria admitindo que aquele era o fim da linha.

— Amém — disse ela, bebendo o restante do drinque. — Falando nisso, podemos dar uma volta? Sei que fiquei de pé o dia todo, mas agora parece que as minhas pernas estão meio travadas.

— Claro — concordou Paxton. Ele virou a cerveja, fechou a conta, mexeu na tela de pagamento em seu relógio para que pudesse deixar uma gorjeta. Zinnia fez o mesmo. Ele a seguiu para fora do bar, e ela parecia ter um destino em mente.

— Pra onde? — perguntou Paxton.

— Estou com vontade de jogar videogame. Você gosta de videogames?

— Gosto.

Eles se encaminharam para o andar de cima e entraram no fliperama que Paxton havia visitado com Dakota, onde deram um sacode em Warren. Ela foi direto para os fundos e parou em frente a um Pac-Man. Ela segurou os controles, mas então os soltou.

— Desculpa, esse é de um jogador só.

Estava na cara que queria jogar. Ao lado do Pac-Man havia um jogo de caça, com grandes espingardas de plástico.

— Fico com esse.

— Tem certeza? — perguntou ela, muito embora já tivesse começado a jogar.

Ele passou o relógio pelo sensor e puxou a arma.

— Claro.

Zinnia sacudia os controles. Paxton se virou para a tela, que exibia um campo bucólico. A floresta a distância, um riacho murmurante. Um cervo surgiu; na vida real talvez estivesse a algumas centenas de metros à frente. Ele mirou e atirou. Errou. O cervo chegou ao fim da tela ileso e desapareceu.

— Você gosta de videogames? — perguntou ele.

— Gosto desse — respondeu ela. — Acho que vou tentar bater o recorde.

— E qual é?

— O maior placar registrado é mais de três milhões — disse ela.

— O maior nessa máquina é 120 mil pontos. Vai levar um tempo, mas eu consigo. Não hoje. Mas imagino que praticar seja uma boa.

Outro cervo. Outro erro.

— Algo pra fazer?

— Algo pra fazer.

Paxton se concentrou no jogo. Outro cervo apareceu. Esse parou no riacho para beber. Quase como se o jogo se apiedasse dele e lhe oferecesse um mimo. Ele mirou, atirou. O animal caiu, um pequeno jato de pixels vermelhos explodiu no ar.

Bom trabalho!, elogiou o jogo.

Zinnia olhou de relance.

— Legal.

Ela voltou a atenção para a tela, o maxilar tenso, a ponta da língua aparecendo de leve pelo canto da boca. Ela jogava a partida como se estivesse operando um cérebro.

Paxton percebeu um movimento em sua visão periférica. Alguém se dirigindo para os fundos do fliperama. Paxton achou que parecia com Warren. Ele colocou a arma no coldre da máquina e, antes que se desse conta do que pretendia fazer, avisou a Zinnia:

— Vou dar um pulo no banheiro. Já volto.

— Sem problemas — disse ela, sem desviar os olhos do jogo.

Paxton traçou um rápido mapa do fliperama em sua cabeça. Passou por Zinnia e contornou um amontoado de gabinetes que lhe dariam uma visão do canto onde estava Warren, sem denunciar sua presença.

Ele se inclinou e viu Warren contando alguma coisa nas mãos, erguendo o olhar, mas na outra direção. Paxton aguardou um pouco mais, o bastante para se preocupar que Zinnia pudesse pensar que estava cagando, o que não era a imagem que queria passar no primeiro encontro, mas então outro cara apareceu. Paxton recuou para ficar menos visível, embora o espaço fosse pouco iluminado e a distância, razoável; a geografia estava a seu favor.

Era um homem baixo. Cabeça raspada. Ombros largos. Braços grossos. Ele malhava os braços, com certeza. Camisa polo marrom. Equipe de TI. Os dois homens conversavam. O de marrom puxou a manga da camisa comprida que usava sob a polo, cobrindo o pulso. Quando o homem de marrom se afastou, Paxton se abaixou atrás de uma máquina antes que Warren pudesse dar meia-volta e flagrá-lo.

Ele se lembrou do que Dakota dissera, sobre as pessoas ludibriando o mecanismo de rastreamento dos relógios, então foi até o fundo da loja e tentou dar a volta até a frente, de modo que pudesse ver o rosto do homem de marrom, mas acabou em um beco sem saída de máquinas de jogo. Ele voltou pelo outro lado e percebeu que teria de passar por Zinnia no caminho para a porta e explicar o que estava fazendo, e, mesmo assim, o cara provavelmente já teria se mandado.

Bem, pelo menos descobrira alguma coisa. Uma descrição parcial era melhor que nenhuma.

Mas, de qualquer forma, por que ir atrás dele? Não estava em serviço. Ele tinha coisas mais importantes em mente. Paxton voltou para Zinnia conforme ela largava os controles, indiferente ao tempo que havia se passado.

— Estou enferrujada — disse ela.

— Tudo bem — apaziguou ele. — Vai recuperar o jeito.

— Está com fome?

— Um pouco.

— O que acha de lámen?

— Nunca provei. — Ela riu, e Paxton tentou consertar: — Quer dizer, já comi aqueles pacotes de macarrão instantâneo que têm gosto de sal.

Ela colocou a mão na cintura. Mais confortável agora. Querendo levá-lo a um terceiro lugar.

— Eles têm um restaurante de lámen aqui. Quer dar uma olhada?

— Claro — respondeu Paxton.

Eles deixaram o fliperama e foram andando até o restaurante. Paxton deu uma olhada na mão de Zinnia. O modo como balançava na lateral do corpo. Pensou em segurá-la, sentir a maciez da pele. Mas pensou melhor e concluiu que aquilo seria presunçoso. Estava satisfeito com o fato de, pelo menos, passar um pouco mais de tempo com ela naquela noite.

ZINNIA

Ele era fofo e queria agradar, como um filhotinho. Pior, ele a fazia rir. Ela sentiu como se algo tivesse sido roubado dela quando soltou aquela risada com o lance do aeroporto.

Mas ela também gostou um pouco.

Zinnia pretendia encerrar a noite depois dos drinques. Mas quanto mais ele falava, mais ela sentia que podia tolerá-lo. O fliperama e o jantar não a fizeram se arrepender de ter saído. Pelo menos, a companhia era melhor que a comida.

O lámen estava ok. Tinha todos os ingredientes, mas carecia da magia de algo local. Aquele toque especial de quem se dedicou ao prato com paixão, em vez da realidade: uma pequena mulher caucasiana, com uma rede de cabelo e uma camisa polo verde com gola, servindo uma porção padrão em uma tigela e a enfiando no micro-ondas.

Ao fim do jantar, Zinnia decidiu que era hora de descansar, mas deixou Paxton acompanhá-la até o dormitório e, enquanto se demoravam naquele limbo de fim de encontro, decidiu que não se importaria muito se ele se inclinasse para beijá-la.

Ele não o fez. Sorriu aquele sorriso pateta, tímido, e depois pegou sua mão e a beijou, o que foi meio tosco. Ela enrubesceu, mais por vergonha alheia.

— Eu me diverti hoje à noite — disse ele.

— Eu também.

— Talvez pudéssemos repetir qualquer hora dessas?

— Sim, acho que devíamos. No mínimo, seria legal ter um companheiro de copo.

A palavra *companheiro* fez Paxton murchar. Ela a escolhera de propósito para frear um pouco a intimidade. Era um equilíbrio delicado. Ela podia se beneficiar com aquela amizade. Ele não era repulsivo nem desagradável. Fora que cheirava bem. Porra, parecia o tipo de cara que, de fato, se preocupava se a parceira gozava.

Ela se despediu com um sorriso malicioso — do tipo que sugeria que havia algo nas entrelinhas —, sabendo que iria suavizar o golpe, e o fez, porque ele sorriu de volta com um alívio visível.

Zinnia se dirigiu para o quarto, onde se despiu até ficar só de lingerie e se esticou na cama — tanto quanto possível no colchão estreito; e encarou o teto, imaginando quem exatamente Paxton estivera seguindo no fliperama.

Pelo modo como pediu licença, algo não estava certo. Ficou óbvio já no começo. Não foi difícil se esgueirar atrás dele, muito embora odiasse largar uma partida pela metade.

O fliperama era um emaranhado de sombras e espaços apertados. Ele estava observando alguma espécie de entrega. Provavelmente, drogas. O que significava que era o tipo de pessoa que gostava de trabalhar fora do expediente.

Ela não estava cansada o suficiente para dormir, então cogitou logar na televisão a fim de se inscrever na Coligação Arco-Íris, sua chance de conseguir uma promoção em algum momento, aumentando seu nível de acesso na instalação. Mas o álcool em seu organismo a fez não querer ler as palavras na tela.

Ela se sentou, esfregou os músculos doloridos das coxas, em seguida os pés. Hora do banho. Não tanto pela limpeza, mas para relaxar debaixo do jato de água quente. Ela separou um moletom limpo e uma camiseta — algo para vestir depois da chuveirada —, calçou o chinelo e pegou a toalha. Foi até o fim do corredor, encontrou uma placa de "em manutenção" no banheiro feminino, então entrou no banheiro de gênero neutro.

Duas das cabines e um dos urinóis estavam isolados com fita adesiva amarela. Ela seguiu até os fundos, para um pequeno vestiário com uma fileira de chuveiros, cada um com uma cortina. Todos vazios. Zinnia escolheu um dos últimos. Ela se despiu, dobrou as roupas e as colocou no banco mais próximo, pendurou a toalha em um gancho na parede. O ar frio arrepiou sua pele.

Ela entrou no chuveiro e passou seu NuvRelógio pelo sensor ao lado da torneira, acionando sua cota de cinco minutos de água. Um jato anêmico irrompeu do cano, gelado no início, fazendo seus músculos contraírem e lhe roubando o fôlego, a sensação de embriaguez da noite caindo pela metade.

A água esquentou rápido, e conforme o cronômetro corria, ela ponderou pagar créditos extras por um banho mais demorado, mas decidiu deixar o luxo para outra noite.

Obrigado por ser ecológico! estava estampado sobre o sensor, que apitou para notificar que lhe restavam 30 segundos.

— Vai se foder — disse Zinnia.

Quando terminou, ela fechou a torneira, que estava frouxa, abriu a cortina e deu de cara com um homem sentado no banco.

Ela fechou a cortina do chuveiro e pegou a toalha, enrolando-a no corpo. Estava constrangida, mas o sentimento logo deu lugar à raiva, porque ele estava observando seu cubículo. Ela saiu. O homem usava uma camisa polo branca e calça jeans. Estava descalço. Os tênis aninhados ao seu lado, as meias enroladas e enfiadas do lado de dentro. Rechonchudo, rosto vermelho, cabelo preto. Nenhuma toalha. E ainda a encarava. A pulseira de seu relógio era feita de tela de aço inox.

— Posso ajudar? — perguntou Zinnia.

— Só estou esperando minha vez.

Ela olhou para a fileira de chuveiros, todos ainda vazios.

O cérebro de Zinnia entrou em modo assassino, destrinchando o corpo do homem em pontos de pressão. Todos os lugares em que podia acertar a fim de suscitar dor. Mas aquilo era o caminho certo para o olho da rua, então recolheu suas roupas a fim de escapar para a privacidade do quarto.

Enquanto pegava as peças, ele se levantou.

— Você é uma dos vermelhos, não é? — perguntou ele. — Nova no andar, certo?

— Com licença... — disse ela, escolhendo o caminho mais longo para sair do vestiário, circulando-o, de modo a manter os bancos entre os dois.

Ele percebeu sua intenção e foi até a saída, bloqueando o caminho de Zinnia. Lançou um olhar para o banheiro, para ter certeza de que estavam sozinhos.

— Sei que ser um dos vermelhos não é o trabalho mais divertido por aqui — disse ele. — Quer dizer, todo mundo quer o cargo até começar. Mas alguns turnos são um pouco menos puxados.

— Com licença — pediu ela, tentando passar por ele.

Ele mudou de posição para bloquear seu caminho, se aproximando tanto que agora ela podia sentir seu cheiro. Sabão em pó. Cigarro?

— Desculpe. Começamos com o pé esquerdo. — Ele estendeu a mão. — Sou o Rick.

Ela recuou um passo.

— E eu sou alguém de saída.

— Pode me dizer seu nome — disse ele. — Está sendo bem rude.

Zinnia recuou mais um passo e apertou a toalha junto ao corpo, atraindo o olhar de Rick para o pedaço de pele abaixo da clavícula, onde o tecido se aninhava. Um olhar que dizia que ele queria arrancá-lo para ver o que escondia. O que fez Zinnia querer arrancar sua cara para ver o que escondia.

Ela estava com seu relógio. Era o que a impedia de meter o punho na parte macia da garganta de Rick, o que amassaria sua traqueia como uma lata de cerveja, permitindo que ela se sentasse calmamente em um banco, enquanto ele agonizava e falhava em levar ar até os pulmões pela garganta arruinada, até ficar mais vermelho, em seguida azul, então morto.

— Olha, você é nova por aqui, por isso ainda não entende muito bem a cadeia de poder — disse ele. — Os gerentes podem ajudá-la ou podem ser um pé no saco. Por exemplo, posso fazer com que jamais veja outra notificação de hora extra, sem impactar na sua avaliação.

Zinnia não respondeu.

— Ou, você sabe, existem muitas coisas que podem afetar sua classificação. — Ele olhou ao redor mais uma vez, baixando o tom de voz. — Eu entendo. É muito pra absorver. — Ele recuou, erguendo as mãos. — Nem mesmo vou tocá-la. Que tal se enxugar e se vestir, e paramos por aqui, hein? Um empate. Você ganha mais um tempo para se... adaptar.

Zinnia pensou no assunto. Querendo machucá-lo ainda mais. Não apenas pelo que estava fazendo. Mas porque ele tinha feito aquilo antes. Havia certa tranquilidade em suas ações. Como se estivesse pedindo um café.

Mas o objetivo a longo prazo venceu no final. Ela recuou mais alguns passos. Mais para segurança de Rick, caso ele tentasse fazer mão boba. Soltou a toalha. Sentiu o ar na pele exposta. Tocava cada centímetro de seu corpo, dividindo espaço com o olhar dele.

Ele sorriu e se sentou no banco perto da porta.

— Pode ir agora — disse ele, com suavidade.

Ela pegou a toalha novamente, passou pelo corpo. Conforme o fazia, tentou estabelecer contato visual com ele. Cada vez que seus olhos se encontravam, ele desviava o olhar. Covarde. Ela encarou com mais intensidade.

Depois que terminou de se secar, ela estendeu o braço para pegar a calcinha, vestiu-a, em seguida colocou o moletom.

Quando pegou a camiseta, ele levantou a mão.

— Só mais um segundo — disse ele. — Quero me lembrar disso mais tarde.

Ela inspirou fundo e passou a camiseta pela cabeça. Ao terminar, calçou o chinelo e ficou lá parada, então deu de ombros. Como se dissesse *E agora, babaca?*.

Ele hesitou. Como se estivesse pensando. Será que arriscava mais? Zinnia estava com medo. Não dele. Ele não era nada. Mas no que aquilo podia se transformar. Ele não se dava conta de como a tinha encurralado, o quão comprometida estava apenas porque aceitara um trabalho que dependia do subterfúgio.

— Não foi tão difícil, foi? — perguntou ele, enfim se levantando.

Ela não disse nada.

— Me diga seu nome.

— Zinnia.

Ele sorriu.

— Que nome adorável. Zinnia. Vou me lembrar dele. Tenha uma boa noite, Zinnia. Bem-vinda à Nuvem, ok? Eu te prometo, assim que se acostumar com as coisas por aqui, vai ser moleza.

Ela não respondeu àquilo tampouco. Ele se virou e partiu.

— Vejo você por aí, Zinnia — disse ele olhando para trás, ao chegar à porta.

Depois que ele se foi, ela se sentou no banco e encarou a parede.

Ela se odiava por não ter reagido, mas não sabia outra maneira de lidar com aquilo. O que não a impediu de analisar cada cenário possível em sua mente: cotovelo no olho. Chute no saco. Ficar batendo a cara dele na parede até que algo quebrasse, o rosto ou o ladrilho, o que viesse primeiro.

Ela ficou sentada ali por tanto tempo que se esqueceu de onde estava. Quando reuniu a energia para ir, ela saiu e descobriu que o aviso de "em manutenção" estava agora no banheiro de gênero neutro. O das mulheres estava livre.

Não era de espantar que tivessem tido privacidade por tanto tempo.

Ela foi até o quarto olhando para trás durante o trajeto, e, quando chegou, pendurou a toalha molhada no gancho na parede e se sentou no futon, a cabeça estourando, então ligou a televisão e navegou pela tela à procura da Coligação Arco-Íris, na esperança de uma distração.

COLIGAÇÃO ARCO-ÍRIS

Nossa missão na Nuvem é promover uma atmosfera enriquecedora e favorável, que permita que todos prosperem e tenham sucesso. Nós proporcionamos uma abordagem abrangente de inclusão, acessibilidade e igualdade, através de esforços colaborativos e deliberados dentro de nossa comunidade. A Coligação Arco-Íris encoraja funcionários a assumir o controle do próprio destino.

A humanidade é uma rica tapeçaria, e, aqui na Nuvem, reconhecemos a importância da colaboração de toda e cada pessoa para a força de trabalho. Por isso, criamos a Coligação Arco-Íris a fim de assegurar que oportunidades sejam abundantes e disponíveis a todos que as busquem.

De acordo com o registro genético fornecido durante seu processo de entrevista, você está apta sob as seguintes entradas:

Mulher

Negra ou Afro-Americana

Hispânica ou Latina

Durante o processo classificatório, sua avaliação será levada em conta, assim como seu histórico profissional anterior, e vamos reconsiderar sua atual colocação e encontrar uma posição que seja mutuamente benéfica tanto para as suas quanto para as nossas necessidades. Para começar, você deve agendar uma reunião com um representante da Coligação Arco-Íris, no Admin.

A próxima data disponível é em: 102 dias.

Deseja prosseguir?

PAXTON

— Você está de brincadeira comigo?

O rosto de Dakota estava contorcido em uma expressão grotesca, as sobrancelhas baixas e a boca aberta. Ela permaneceu assim por alguns instantes, a cápsula de café ainda na mão. Paxton se sentiu subitamente agradecido por não haver mais ninguém na sala de descanso.

Depois de uns minutos Dakota suspirou, colocou a cápsula de café na máquina, posicionou a caneca embaixo. Ela passou as mãos no rosto.

— Então você tinha uma pista, bem debaixo do nariz, e a deixou escapar?

— Bem, eu não estava trabalhando e...

— Ok, pode parando aí mesmo — disse ela, esticando a mão como uma lâmina. — Você faz parte da segurança. Nunca não está trabalhando.

Paxton enrubesceu.

— Desculpa, eu não pensei...

— É claro que não pensou. — Dakota olhou para a máquina de café, percebeu que na verdade não a tinha ligado e acertou o topo da máquina antes de apertar o botão de ligar. — Maldição. Eu estava precisando mesmo disso. — Ela cruzou os braços, se apoiou na bancada e encarou Paxton outra vez. — Você me pegou em um dia bom, então não vou contar a Dobbs. É sua primeira semana, por isso vou lhe dar um crédito. Mas, se quiser se dar bem aqui, precisa se dedicar, entendeu?

— Desculpa — disse Paxton, embora a desculpa lhe parecesse errada. Por que estava se desculpando? Não queria aquele emprego em primeiro lugar.

— Acho bom mesmo pedir desculpa — disse ela. — Estou muito decepcionada ao ouvir isso.

Aquilo doeu. O tipo de dor que fazia Paxton querer se encolher, cavar um buraco no chão até desaparecer ou pairar através do teto... estar em qualquer lugar menos ali. Ele se virou para sair, pensando em voltar mais tarde para uma xícara de café, quando pudesse prepará-la sem companhia. Mas se deteve.

— Obrigada.

Dakota assentiu, o rosto mais suave. O café terminou de passar, ela pegou a caneca, levou-a até o nariz, inalando o vapor.

— Olha — começou ela. — Eu entendo. Você também vai entender. Só... vamos lá. Precisa ficar mais antenado em relação a essa merda.

— Eu não estava pensando.

— Não estava, mesmo.

— Eu vou melhorar.

— Sei que vai. — E ela curvou de leve o canto da boca, na ameaça de um sorriso, o que foi capaz de afastar um pouco da vergonha de

Paxton. Mas então o sorriso sumiu. Os olhos da jovem focaram em algo atrás dele.

Paxton deu meia-volta, o estômago se revirando, como se de repente a sala tivesse despencado uns 3 metros. Vikram estava parado na porta. Apenas parado, como se quisesse que os dois soubessem, que, sim, ele ouvira tudo que tinham dito. Em vez de falar qualquer coisa, ele assobiou uma melodia desafinada, caminhando até a máquina de café, assentindo de forma exagerada para ambos.

— Ei, Vicky — disse Dakota, sentindo a atmosfera.

— Bom dia, querida. Vim pelo café. O café daqui é ótimo.

— O café daqui é uma merda. Só tomamos porque é de graça.

— A merda de um homem é o banquete de outro.

— Isso não soa tão inteligente quanto você imagina.

Vikram deu de ombros e sorriu enquanto jogava a cápsula de Dakota no lixo e inseria a sua. Enquanto o café passava, ele se virou para Paxton, encarando-o. Foi um olhar de *Te peguei, filho da puta*.

— Vamos, Pax — chamou Dakota. — Vamos para um lugar com menos babacas.

— Estou logo atrás de você — disse Paxton, seguindo-a para fora da sala. Assim que estavam fora de alcance, ele continuou: — Aquilo não é um bom presságio.

— Não, não mesmo — concordou ela. — Melhor se preparar, porque eu tenho quase certeza de que você está prestes a se dar mal.

— Obrigado.

— Eu tentei.

Eles se dirigiram para o calçadão. A cada passo de Paxton, a cada centímetro que colocava entre ele e o Admin, parecia como a salvação. Talvez Vikram não tenha ouvido a conversa. Talvez só estivesse sendo presunçoso. Depois de andar um pouco, Paxton pensou, Ei, não fiz nada errado, e talvez essa fosse uma boa hora para tomar uma xícara de café.

Seu NuvRelógio vibrou. Ele olhou para o relógio e viu uma mensagem que revirou seu estômago.

Por favor, dirija-se ao Admin para encontrar o xerife Dobbs

Ele tinha parado de andar, mas Dakota não, então, quando ergueu os olhos, ela estava a uns vinte passos à frente, olhando para trás. Primeiro com confusão, em seguida com compreensão. Finalmente, e pior de tudo, com um toque de pena. Ela assentiu.

— Boa sorte.

Dez minutos depois, Paxton estava de pé na frente da porta do escritório de Dobbs, se perguntando por que estava fazendo aquilo consigo mesmo. Por que simplesmente não dava meia-volta e ia embora, como Zinnia sugeriu? Precisava mesmo daquele emprego?

Sim, precisava. Ele entrara na Nuvem só com o que tinha no bolso. O que mal dava para se manter em uma esquina aleatória e pôr um chapéu vazio na calçada, praticamente.

Prendeu o fôlego, bateu à porta. Dobbs respondeu com um sucinto "Entre".

Dobbs estava sentado à mesa, inclinado para trás na cadeira e com as mãos cruzadas sobre o estômago quando Paxton entrou. Ele não disse nada, então Paxton ocupou a cadeira à frente, colocou as mãos entre os joelhos e esperou. Dobbs nem parecia respirar, e seu olhar era incisivo.

O ponteiro dos segundos quase deu uma volta completa antes que Dobbs apontasse com o queixo pelo ombro de Paxton.

— Feche a porta.

Paxton se levantou, fechou-a. Não gostou da atmosfera na sala, parecia sufocante.

— Quer dizer que você testemunhou uma entrega e não investigou, nem mesmo tentou dar uma olhada na cara do sujeito? — perguntou Dobbs. — É isso que está tentando me dizer?

O modo como perguntou não foi sarcástico. Não foi zangado. Parecia preocupado, e chateado. Como se pensasse que Paxton pudesse ser perturbado.

172

— Só achei que, quero dizer... Eu estava em um encontro. — Ele se encolheu quando disse as palavras.

Dobbs abriu um sorriso irônico.

— Um encontro. Bem, tem esse detalhe. Escuta, nunca é demais repetir. Você trabalha para mim, está sempre de serviço. Não estou dizendo que não pode viver sua vida. Mas, se presenciar qualquer atividade ilegal e for o único no local para impedir, então tem de agir e impedir.

— Eu sei, só...

Dobbs colocou as mãos atrás da cabeça.

— Acho que me enganei a seu respeito. Que pena. A partir de amanhã, deve se apresentar no armazém para o trabalho de revista. Deve ser mais adequado.

— Senhor, eu...

— Obrigado, Paxton. Isso é tudo.

Dobbs girou a cadeira e se posicionou em frente ao computador, digitando no teclado com apenas dois dedos. Depois de um momento, sem erguer o olhar, repetiu:

— Isso é tudo.

Paxton se levantou, o rosto queimando, a vergonha consumindo suas entranhas.

— Desculpe, senhor — disse Paxton. — Vou consertar as coisas.

Dobbs continuou digitando. Nenhuma resposta.

Paxton queria agarrá-lo pelos ombros. Sacudir o velho. Mostrar como estava sendo sincero. Mas havia apenas uma coisa a fazer: corrigir aquilo. Ele deixou o escritório, encontrou Dakota encostada à parede.

— Operador de escâner?

— Sim.

— Boa sorte.

— Você verificou o relógio de Warren? Tentou descobrir com quem ele estava na noite passada?

— Ninguém entrou nem saiu. Você e alguma preparadora de pedidos. Mas ninguém de marrom.

— Os relógios — disse ele. — Como eles funcionam exatamente? O rastreamento?

Em vez de responder, Dakota encarou o terceiro olho de Paxton, abrindo um buraco em sua testa.

— Eu sei — disse ele. — Eu pisei na bola. Quero consertar as coisas. Me dá uma chance.

Ela continuou encarando.

— Vou tentar com ou sem a sua ajuda — avisou ele.

Ela revirou os olhos um pouco. Deu meia-volta e indicou com a cabeça para que ele a acompanhasse. Levou-o até uma sala de reuniões, fechou a porta e pegou um teclado sem fio. Digitou algumas teclas e uma parede inteira acendeu, uma tela gigante preenchendo a sala escura com luz artificial. Paxton tentou entender o que estava vendo. Diagramas de rede e, neles, incontáveis pontinhos se movendo como formigas.

— Clica em um ponto — instruiu Dakota.

Paxton escolheu um de modo aleatório, apertou-o com a ponta de um dos dedos. Uma pequena janela apareceu na tela, com uma extensa mistura de letras e números.

— Ok, agora pressione e segure — disse ela.

Ele o fez. A janela se expandiu, mostrando uma foto 3x4, nome e endereço de uma mulher negra de meia-idade com a cabeça raspada.

— Os relógios rastreiam todos por toda parte — explicou ela. — Isso é óbvio. Mas não temos alguém sentado em uma sala, observando tudo. É monitoramento passivo. Podemos voltar e verificar se for preciso. Então checamos os dados da noite passada...

Paxton assistiu ao esquema do fliperama. Dois pontos entraram. Ele e Zinnia. Pararam no Pac-Man. Outro ponto entrou. Warren. Paxton se afastou para observá-lo.

Zinnia o seguiu.

Atrás dele, fora de vista.

Depois de um tempo, o ponto de Zinnia deu uma guinada rápida, de volta ao Pac-Man. Em seguida, ele se reuniu a ela e os dois se foram.

Nenhum outro ponto. Nenhum ponto do homem de marrom.

— Então ele não estava usando o relógio — concluiu Paxton.

— Você nem pode deixar o quarto se não estiver usando o relógio.

— Então ele tirou o relógio e o deixou em algum lugar.

— Recebemos um alerta se um relógio está desconectado e longe de um carregador depois de alguns minutos.

Paxton ficou parado, assistindo à movimentação dos pontos para a frente e para trás. Unindo-se, separando-se, formando silhuetas aleatórias. Como nuvens. Era ao mesmo tempo satisfatório e irritante de assistir, porque havia algo ali, naquela tela. Algo óbvio...

— Bem, você está de patrulha pelo restante do dia, então... — disse Dakota.

— O que isso significa?

Dakota ergueu o relógio, tocou no visor algumas vezes.

— Significa caminhar de um lado para o outro no calçadão. A transferência para a equipe de revista será amanhã. Então pode ir.

— Tudo bem. Certo. Desculpe, eu acho.

— Sim.

Dakota se virou e saiu.

Paxton ficou ali por um minuto, observando-a se afastar. Irritado consigo mesmo por estar chateado. Não sabia por que se sentia tão envolvido, mas aquilo parecia uma bagunça que ele precisava resolver. Apesar de se perguntar, ao deixar o Admin, embarcar no trem e patrulhar o calçadão, o que exatamente queria dizer com *bagunça*. Por que aquilo era uma bagunça? Porque ele não tinha feito hora extra não remunerada? Não havia se colocado possivelmente em uma situação de risco?

Mas, quanto mais caminhava, menos pensava no assunto, e mais a questão do ponto de Zinnia dominava seus pensamentos. O modo como o seguiu, o modo como havia voltado correndo quando ele dera meia-volta.

Ela estava de olho nele enquanto ele estava de olho em Warren.

4.
DIA DE CORTE

GIBSON

Faz um tempo que não nos falamos, hein?

Estou tentando o meu melhor, mas não é fácil. A cada dia, consigo sentir. Preciso fazer mais esforço para sair da cama. Agora tenho esse latejar no abdome. Estou bebendo café como um louco só para me manter em pé durante o dia.

Sabem no que eu venho pensando muito?

Últimas vezes.

Num dia desses estávamos passeando por Nova Jersey, indo ao sul de Garden State, e disse pro Jerry, meu motorista, parar numa lanchonete. Bud's Subs. Juro, não existe melhor sanduíche no mundo. Sempre que estou a uns 50 quilômetros de distância, preciso dar um pulo lá. Então Jerry estacionou, e o pobre sujeito teve de esperar uma hora e meia na fila para entrar. Este é o nível da popularidade.

Então ele veio com o Bud Sub Special. Um monstro. Sessenta centímetros, com salame, provolone, presunto, capocollo, pimentão. Normalmente, eu pediria dois. Um para comer na hora, outro para mais tarde. Mas, dessa vez, pedi só um, já que meu apetite não está o mesmo. Pensei em comer só metade e guardar a outra parte para o dia seguinte. E estava na metade dessa coisa, feliz da vida, quando me dei conta de que era provavelmente a última vez que iria comer esse sanduíche.

Eu o deixei de lado e fiquei meio emocionado. O que mais fiz pela última vez? Provavelmente, não terei tempo de caçar nem pescar de novo, as únicas ocasiões em que me desconecto e me recuso a atender o celular. Nunca mais terei uma manhã de Natal com a minha mulher e filha. Isso foi bem duro para mim, então não estava muito a fim de escrever nada por um tempo.

Mas, quanto mais eu pensava sobre isso, mais me conformava. Assim como todo o restante, esta é a minha mão no jogo, posso não gostar, mas é com essa que tenho de jogar. Imaginei que agora seria um bom momento para reaparecer e falar um pouco sobre o dia de hoje. É Dia de Corte na Nuvem. Acontece apenas quatro vezes ao ano, e, ainda assim, as pessoas ficam eufóricas toda vez. Dizem que é brutal. Não concordo. Já falei sobre isso antes: não é bom para ninguém quando você executa uma função na qual não se enquadra; nem para você, nem para seu empregador.

Não que isso me deixe feliz. Não quero demitir ninguém. Mas é melhor para eles e é melhor para mim, e me deixa louco a maneira como as pessoas falam sobre isso, contando essas histórias mentirosas, de funcionários sendo colocados para fora ou se jogando na frente de trens ou algo assim. Simplesmente não acontece e, se acontece, é bem raro e, enfim, provavelmente é sinal de alguma questão mal resolvida. Responsabilizar a Nuvem por pessoas assim, pelo modo como são por dentro, é cruel, mas é apenas um outro modo de seguir na narrativa de que somos uma espécie de império do mal. Tenho uma boa noção de quem faz isso — os mesmos gênios responsáveis pelos Massacres da Black Friday —, mas não quero ser mais específico que isso, porque consigo prever meus advogados tendo um derrame coletivo.

A questão é... um emprego é algo que você deve conquistar. Não uma coisa que lhe deve ser dada de bandeja. É a doutrina americana: lutar pela grandeza. E não: chorar por algo que outra pessoa tem.

De qualquer forma, me desculpem. Como eu disse, estou com muita coisa na minha cabeça ultimamente. Estou tentando me manter positivo. Vou tentar isso por aqui também, porque não faz sentido sobrecarregar vocês. O fardo é meu.

Mas o que é importante é que estou me saindo bem na minha viagem pelo país. Depois de Nova Jersey, fomos para a Pensilvânia, uma das primeiras NuvensMãe que fundei, e não visitava o lugar havia anos, então foi incrível. Naquela época, eram dois dormitórios de seis andares. Agora são quatro, com vinte andares e ainda estão crescendo. Na verdade, a coisa toda parece um canteiro de obras. Amo veículos de construção. O som de uma retroescavadeira é o som do progresso. Foi ainda mais legal por ser na Pensilvânia. Uma de suas principais indústrias, historicamente, era a de maquinário pesado. Eu que sei. Assumi o negócio lá há uns doze anos!

Consegui andar um pouco pelo armazém e conhecer algumas pessoas bem bacanas, e foi um bom lembrete do motivo pelo qual estava passando meus derradeiros meses na estrada, em vez de sentado em casa, remoendo meus dias. Por causa de pessoas como Tom Dooley, um dos preparadores seniores.

Nós dois começamos a conversar — somos da velha guarda, então tínhamos um bocado em comum —, e ele me contou como perdera a casa durante a última crise imobiliária, e que ele e a mulher acabaram comprando um trailer velho para morar. Falou sobre como rodaram o país, vivendo de bicos, até o dia em que pararam em um posto de gasolina para abastecer, mas haviam perdido o controle das finanças — a mulher de Tom tinha passado um cheque para alguma despesa e se esqueceu de avisar a Tom — e a conta deles ficou zerada. Então lá estavam, no meio da Pensilvânia, sem dinheiro, nenhum lugar pra ir, e quase sem comida suficiente para uma semana.

Foi na mesma semana em que a NuvemMãe da Pensilvânia foi inaugurada. Orientação divina, só pode. Ele e a mulher conseguiram trabalhos bem remunerados e um lugar para morar, e ficaram tão gratos, o que fez eu me sentir muito bem com isso. Ele disse que foi graças a mim, mas eu respondi que não, isso não era verdade. Falei que era graças a ele e à mulher, que trabalharam duro e não desistiram. Eram sobreviventes.

Eu e o Tom conversamos por tanto tempo que acabamos fazendo uma boquinha na cafeteria. Falei com um gerente e tirei sua mulher, Margaret, do turno no suporte técnico, a levamos pra lá e nos divertimos um bocado. Aposto que vão ser bem populares nas próximas semanas. Vocês precisavam ver a quantidade de pessoas que queriam conversar com eles depois que terminamos.

Tom e Margaret, obrigado pela gentileza e por ouvir esse velho tagarelar um pouco. Fico feliz em saber que estão indo bem, e desejo toda a felicidade pelos próximos anos.

Fiquei muito feliz de conhecê-los.

Mais uma coisa que quero anunciar também: estou pronto para nomear meu sucessor.

E vai ser...

... revelado no meu próximo post!

Desculpe, não quis provocar vocês. Mas é em respeito ao Dia de Corte; tem muita coisa acontecendo e eu não quero desviar a atenção do que hoje é, em geral, um dia caótico nas instalações da Nuvem. A questão é: a decisão já foi tomada. Mas não esperem nenhum vazamento. Eu disse a uma pessoa: minha esposa, Molly. E é mais fácil eu soltar a informação do que ela. Então o segredo está seguro. Em breve todos vão ficar sabendo. Acho que ninguém ficará insatisfeito. É a escolha mais lógica, a meu ver.

Enfim, isso é tudo por enquanto. Que venham mais algumas últimas experiências. Descobri que é importante ver isso dessa forma, porque me ensinou uma lição muito valiosa. Desacelerar e saborear as coisas, porque nunca se sabe quando você vai perdê-las. Juro, depois que eu me recompus, aquele Bud Sub nunca esteve tão saboroso.

Vou sentir falta, mas ainda bem que consegui comê-lo uma última vez.

ZINNIA

A garota caiu de joelhos e gritou.

Zinnia estava tentando fazer com que a linha amarela ficasse verde quando aconteceu. Estava concentrada, ignorando solenemente uma pontada no joelho, mas, ainda assim, parou para olhar. E outras pessoas de vermelho também.

A menina tinha uns trinta e poucos anos. O cabelo tingido de rosa, e no rosto, uma explosão de sardas. Era bem bonita. E estava muito triste. Ela olhava para o relógio e soluçava, encarando o visor como se o que quer que estivesse observando pudesse mudar se olhasse com muita intensidade.

Do lado de Zinnia estava uma mulher mais velha, com o cabelo grisalho em cachos saca-rolhas. Ela fez que não com a cabeça e deu um muxoxo.

— Tadinha.

— O que aconteceu? — perguntou Zinnia.

A senhora a olhou com um ar de *Como você não sabe?*.

— Dia de Corte — respondeu ela. Então baixou o olhar para a caixa que carregava, um teclado para tablet, e disparou em ritmo acelerado a fim de achar a esteira transportadora correta. Zinnia observou a garota por mais alguns segundos, até que outra mulher, que parecia conhecê-la, chegou para consolá-la, e Zinnia voltou à sua função de encontrar um kit de ferramentas cor-de-rosa.

Mesmo a distância, Zinnia sentiu o choro da garota em seu peito. Foi primitivo. O tipo de dor que, em geral, não era testemunhado, exceto em velórios e sessões de tortura. O cérebro de Zinnia a censurou, *Pare de agir como criança, bola pra frente*, mas ela também não conseguia ignorar aquela pontada gelada no coração.

Conforme Zinnia andava pelo armazém, viu outras pessoas de joelhos, ou paradas, contemplando o recente desastre que eram suas vidas.

Ao largar um tablet na esteira, ela viu um homem de vermelho discutindo com um homem de branco. Alguma coisa sobre ele estar mais devagar por causa de um machucado no pé. O homem de branco foi irredutível, e o homem de vermelho cerrou os punhos, se controlando; Zinnia podia sentir o cheiro de violência no ar. Cheirava a sangue. Cobre líquido. Ela queria ficar, só para ver o que aconteceria, mas olhou o relógio e viu a linha amarela ficando cada vez menor.

Fones de ouvido sem fio. Relógio Fitness Tracker. Livro. Tênis. Xale. Blocos de montar. Carteira antifurto com proteção RFID...

Estava levando a carteira para a esteira quando a embalagem de plástico escorregou de sua mão. Ela a ergueu e descobriu uma abertura na lateral. A carteira parecia em boas condições, mas não tinha certeza do que fazer com mercadoria danificada. Por um instante, cogitou pegar outra, mas as estantes já haviam mudado de lugar e ela esquecera o número da caixa. Ela levou o relógio para perto da boca.

— Miguel Velandres — disse.

Miguel Velandres não está em serviço no momento.

— Gerente.

A vibração suave a guiou pelo armazém e ela andou por quase meia hora. A linha não tinha se movido, graças a Deus. Ela passou por seis pessoas vestidas de branco, mas o relógio continuava indicando que seguisse em frente. O que parecia uma perda de tempo, ou talvez estivesse a caminho de um especialista.

Ela chegou a um longo corredor de utensílios domésticos e produtos de higiene pessoal. Capachos, porta-xampu, cortinas, forro para assento sanitário. O relógio vibrou e continuou vibrando.

— Aí está você.

Ela se virou e deu de cara com Rick.

— Você está de sacanagem com a minha cara? — perguntou ela.

Ele sorriu, mostrando dentes amarelados.

— Bem, você foi tão linda e agradável que eu te adicionei à minha equipe. Aí eu posso ser seu gerente pessoal se você precisar de alguma coisa. Sabe, Zinnia, as pessoas te tratam melhor quando você tem um amigo assim.

Ela queria esmurrá-lo. Queria vomitar no rosto dele. Queria fugir. Queria fazer qualquer coisa, menos o que fez, lhe entregar a embalagem.

— Está aberta. Não sei o que eu faço com um pacote aberto.

Ele o pegou, estendendo o braço de modo exagerado para que sua mão tocasse a dela. A pele de Rick estava fria. Reptiliana. Ou talvez tenha sido a imaginação de Zinnia manifestando sua aversão. Ela lutou contra o tremor em seus ombros.

— Vamos dar uma olhada — disse ele, virando o item na mão. Ele encontrou a abertura na embalagem. — Pode ter sido danificado no transporte. Mas você fez bem em trazer isso aqui. Não queremos mercadoria com defeito nas mãos dos clientes.

Rick se aproximou de Zinnia, ergueu seu relógio.

— O que a gente faz, fofinha — disse ele, devagar, como se estivesse prestes a explicar algo a uma criança —, é apertar o relógio assim e dizer: "Mercadoria com defeito." E ele vai te dar um número de esteira, como em qualquer outra transação.

Ele sorriu para ela, como se tivesse acabado de compartilhar o segredo para a vida eterna. Zinnia conseguia sentir seu hálito. Atum. Ela engasgou na ânsia de vômito.

— O seu instrutor deveria ter te informado isso — disse ele, levantando a sobrancelha, repentinamente aborrecido. — Pode me dar o nome dele ou dela?

Zinnia pensou no assunto por um momento. Miguel devia ter se esquecido. Ela não queria prejudicá-lo.

— John alguma coisa.

Rick fechou a cara e fez que não com a cabeça.

— Você precisa se lembrar desse tipo de coisa, Zinnia.

— Ops.

— Não tem problema. Tenho certeza de que você vai se redimir. — Ele bateu no visor do relógio. O relógio de Zinnia vibrou. Ela olhou para o pulso e viu que a pulseira a direcionava para um pacote de palhetas de guitarra.

— Agora, pode voltar ao trabalho — disse Rick. — A gente se vê por aí. Você sai às seis?

Zinnia não respondeu. Apenas deu meia-volta e se foi.

Ela sobreviveu ao restante de seu turno se dedicando ao máximo à brincadeira da linha amarela. Ela havia perdido algum tempo observando as pessoas que recebiam a notificação de corte aos prantos. Não importava o quanto Zinnia corresse, a linha não ficava verde.

Ao passar pela segurança, a caminho de seu dormitório, ela pensou que podia ao menos dar um pulo no corredor do saguão, ver se a barra estava limpa, se era possível plantar o gopher. Mas ela sabia que estava se deixando levar pela raiva e aversão. Não eram as melhores emoções para se tomar uma decisão.

Ela chegou a seu andar, que parecia mais movimentado que o normal. Estava acostumada a ver uma ou duas pessoas do lado de fora, indo ao banheiro ou para o trabalho, mas havia umas seis pessoas ao redor de um senhor alto, com um corte escovinha e bochechas caídas. Ele estava com uma malinha no ombro, encarando o chão, enquanto as pessoas, inclusive Cynthia, o consolavam. Dois seguranças — um negro e uma indiana — aguardavam ali perto, observando. A garota com os olhos de desenho animado também estava lá. Harriet? Hadley.

Hadley, a menina legal.

Zinnia assistia à cena, que se desenrolava a mais ou menos dez portas de distância. Era uma despedida. Abraços, beijos e tapinhas nas costas. Obviamente, o homem trabalhava ali havia um tempo. Existia uma familiaridade na interação que fez Zinnia sentir aquela pontada no coração outra vez.

O grupo permaneceu ali, como se não quisesse continuar com as atividades do dia, como se pudesse ficar preso no momento, até que

Cynthia bateu palmas, chamando a atenção de todos. Era hora de ir. Feitas as despedidas, o homem partiu, os seguranças logo atrás. Não tão perto para escoltá-lo, mas o suficiente para vigiá-lo. Quando o homem cruzou seu caminho, Zinnia viu que seu NuvRelógio era decorado com dados brilhantes. As pessoas se encaminharam para seus respectivos quartos. Cynthia se deteve, encontrou o olhar de Zinnia, balançou a cabeça, como se dissesse *Acredita nisso?*. Então virou a cadeira de rodas em direção ao quarto.

Zinnia continuou parada com a mão na maçaneta. Mas, em vez de entrar, foi para o quarto de Cynthia.

Bateu à porta de Cynthia. Pouco tempo depois, ela apareceu e sorriu.

— O que posso fazer por você, querida?

— Eu queria saber se poderia falar sobre uma coisa com você. — respondeu ela. — É confidencial.

Cynthia assentiu. Zinnia segurou a porta e permitiu que a outra mulher voltasse para dentro do apartamento; em seguida entrou e fechou a porta. Cynthia ficou apertada atrás da porta, contra a parede, dando espaço para Zinnia se sentar no futon.

— Que coisa, né? — perguntou Cynthia. — O Dia do Corte.

— Quem era aquele?

— O Bill — disse ela. — Mas todos o chamavam de Bilhão, porque ele vivia no cassino. Ele estava aqui havia oito anos.

— Por que ele foi cortado?

— Ele deveria ter aderido ao plano de pensão, mudado de função — explicou ela. — Bill era bem ativo e gostava de caminhar, então escolheu continuar como preparador de pedidos, e passou a ser avaliado como preparador sênior. — Ela suspirou, olhou para o nada, como se o estivesse observando, ainda andando pelo corredor. — Mas ele foi envelhecendo e não conseguia mais fazer isso, mas achou que podia, e bem... aqui estamos. — Cynthia voltou a encarar Zinnia. — É uma pena. Ele devia ter aceitado a realocação.

— Como alguém é realocado?

— Se você se machuca ou não consegue mais lidar com algo, é transferido pra outro setor — respondeu ela. — Eu costumava ser preparadora de pedidos, mas caí de uma das estantes. Fiquei paralisada da cintura pra baixo.

— Caramba! — exclamou Zinnia, se encolhendo.

Cynthia deu de ombros.

— Eu não me prendi, então a culpa foi minha. E eu tive sorte. A Nuvem continuou comigo e me transferiu para o atendimento ao cliente. Ainda posso falar no telefone e mexer num computador. Enfim, o Bill tinha que ter aceitado a transferência pra algum setor mais no ritmo dele; e ele não fez isso.

Zinnia se reclinou no futon, a pontada gélida mais forte agora.

— Eu sinto muito.

Cynthia deu de ombros novamente, abriu um sorriso doloroso.

— Pelo menos, eu tenho um emprego, sabe? — Ela se inclinou e deu um tapinha no joelho de Zinnia. — Desculpa, querida, você disse que queria me perguntar alguma coisa e não parei de falar de mim. Então, o que foi?

— Bom, eu...

— Ai, meu Deus! — Cynthia levou a mão à boca. — Que grosseria. Quer alguma coisa pra beber? Você vai ter que se servir, mas, ainda assim, eu deveria ter oferecido.

Zinnia fez que não com a cabeça.

— Não, estou bem, obrigada. Só... Isso fica só entre nós, né? Só queria uma opinião sobre um assunto.

Cynthia assentiu, solene, como se estivessem prestes a fazer um juramento de sangue.

— Eu esbarrei com esse cara — começou Zinnia. — Um gerente. Rick...

Cynthia bufou. Revirou os olhos.

— Rick.

— Então é assim? — perguntou Zinnia.

— É assim — concordou ela. — Ele mora na outra ponta do corredor. Me deixa adivinhar. Ele deu o golpe dos banheiros trocados quando você foi tomar banho?

— Como ele ainda trabalha aqui?

O queixo de Cynthia bateu no peito.

— Eu não faço ideia. Acho que ele é parente de alguém importante. Ou então a diretoria não quer intervir. Só sei que uma mulher fez queixa dele no RH, Constance, um doce, e no Dia de Corte seguinte, foi mandada embora. Constance trabalhava no atendimento ao cliente comigo, e era bem esperta. — Cynthia suspirou. — Sei que não é a coisa mais agradável do mundo, e que não é a resposta que espera, mas... se você vir o Rick, é só ir pro outro lado. Use só o banheiro feminino. Com sorte, ele vai focar em outra pessoa.

A simpatia que Zinnia sentira se evaporou.

Sorte. A palavra soou equivocada pela maneira como Cynthia a pronunciou.

— Hoje eu chamei um gerente pra resolver um assunto e fui levada a ele — disse Zinnia.

— Ele está mesmo interessado em você — comentou ela. — Isso não é nada bom.

— Até onde isso vai?

— Ele não é burro — argumentou Cynthia. — Não vai forçar você a dormir com ele nem nada assim. Ele é só um pervertido. Gosta de olhar. Meu conselho? Só... — suspirou de novo. — Aprende a lidar com isso.

Por um momento, Zinnia não soube dizer com quem estava mais zangada: Cynthia ou Rick. Mas sua revolta era maior que isso. Era como uma pessoa, parada ao seu lado, incitando-a a tomar uma providência.

Ela agradeceu a Cynthia por seu tempo e saiu do apartamento antes que dissesse algo de que pudesse se arrepender. Foi andando irritada para o quarto, entrou, e se jogou no futon, ligando a televisão, na esperança de que o som abafasse o barulho em sua mente.

Um pensamento súbito lhe passou pela cabeça, então perguntou a seu NuvRelógio.

— Qual é a minha avaliação? — perguntou, imaginando se sequer era um comando válido.

O NuvRelógio mostrou quatro estrelas.

— Vai se foder.

Ela tirou a ferramenta multiúso do fundo da gaveta da cozinha, subiu na cama, soltou a tapeçaria e começou a trabalhar. Só faltavam alguns centímetros, e dessa vez só parou quando havia terminado, cravando a lâmina no teto, como gostaria de cravá-la na garganta de Rick, a placa de gesso se soltando com um suspiro final de poeira, se abrindo para a escuridão.

Ela colocou a placa na cama e passou os dedos pela abertura, procurando pelo ponto de apoio mais resistente, então se içou para o teto. Usou a lanterna do celular para iluminar o lugar. Estava uma bagunça — fios e dutos por toda parte, e o cheiro, era como se algo estivesse podre. Mas havia alguns metros de espaço livre, portanto seria fácil se locomover, e ela podia distinguir a localização das paredes de apoio, dessa forma não acabaria despencando no quarto de alguém.

Dali até o banheiro feminino eram, aproximadamente, 35 metros. Estivera contando.

PAXTON

O homem com a monocelha deu um encontrão no ombro de Paxton, quase o derrubando. Ele se equilibrou e encarou o homem, esperando um pedido de desculpas, mas o sujeito apenas grunhiu.

— Que babaquice — xingou ele. — Eu tô na fila há uma hora.

O homem parou no aparelho de ondas milimétricas e levantou os braços, permitindo que as lâminas de metal girassem ao seu redor.

Paxton olhou de relance para Robinson, a mulher responsável por verificar o que aparecia na tela, que deu um leve aceno, ou seja, nenhum contrabando.

Ninguém tinha nada contrabandeado. Ninguém era tão burro a ponto de roubar aquele lugar. Eles sabiam quais seriam as consequências. Demissão imediata. Nem mesmo a chance de pegar seus pertences; seriam conduzidos até o lado de fora e largados lá mesmo.

Três dias naquela dança e Paxton já contava com o encontrão do monocelha entre as interações agradáveis do dia. Ninguém gostava de ficar em fila depois de horas de pé. Então Paxton fazia o que sabia fazer de melhor: sorria e fingia que tudo estava bem, e torcia para encontrar Zinnia, mas, de todos os milhares de pessoas que haviam passado por ele nos últimos três dias, ela não fora uma delas. Aquela podia nem ser a seção dela do armazém.

Para matar o tempo entre o ruído das lâminas e os acenos de Robinson, ele ruminava as três estrelas que viu no NuvRelógio quando deixou a sala de Dobbs.

Aquilo e os pontos.

Provavelmente não era nada. Talvez Zinnia estivesse procurando por ele. Esta poderia ser uma dentre milhões de outras possíveis explicações, que não a de que ela o estava seguindo.

Ficar pensando nas estrelas e nos pontos era uma distração das telas ao redor, exibindo vídeos da Nuvem incessantemente. No fim de seu primeiro dia, ele decorara as falas. No segundo, penetraram em sua cabeça como uma broca. No terceiro, se tornaram a trilha sonora de seu inferno particular.

A Nuvem é a solução para qualquer necessidade.
Eu trabalho para você.
Obrigado, Nuvem.

No fim de seu turno, ele caminhou lentamente até o Entretenimento, onde encontrou Dakota, que se aproximava correndo, vindo de um dos elevadores.

— O que foi, menina?

— Não me chama assim. Eu acho que sou mais velha que você. Estamos de patrulha.

— Eu acabei de terminar meu turno — disse ele.

— E hoje é Dia de Corte. Todo mundo fica a postos. Se não quer ser bem visto pelo seu superior, por mim tudo bem.

Paxton deu de ombros e começou a andar lado a lado com Dakota.

— Pra onde estamos indo, chefe?

— Assim é melhor. Pro calçadão. Vamos dar uma volta. Basicamente ficar de olho nos trens.

— Por que nos trens? — indagou Paxton.

— Muita gente entrando e saindo hoje — respondeu ela. — Pare de fazer tantas perguntas e mexe essa bunda.

— Ok, ok, ok — disse Paxton entre os dentes. Ele tentou afastar sua irritação, mas viu que era impossível, então perguntou: — Se Dobbs já desistiu de mim, por que você está insistindo?

Dakota lhe lançou um olhar de rabo de olho.

— Porque você tem metade de um cérebro na cabeça, o que já são três quartos a mais que a maioria dos idiotas que aparecem por aqui. Você fez merda, mas acho que ele pegou pesado. Tentei fazê-lo aceitar você de volta na força-tarefa, mas ele foi irredutível.

— Quer dizer a força-tarefa que não é uma força-tarefa.

— Essa mesmo.

— Bem, obrigado por tentar.

Dakota deu de ombros.

— Pelo menos, você é meu por um dia.

Eles chegaram ao calçadão, onde as pessoas passavam aos prantos, carregando mochilas ou malas de rodinhas, em direção aos trens, para o Chegada, que, para eles, estava mais para Saída.

O relógio de Dakota apitou. Ela o ergueu.

— Temos um código S na engenharia — disse a voz.

Ela pressionou a coroa para responder.

— Entendido.

— Código S? — perguntou Paxton.

Dakota abriu um sorriso forçado.

— Logo vai descobrir.

Eles andaram um pouco mais. Em duas horas, não viram muito. Apenas pessoas tristes se arrastando. Fizeram uma pausa para o almoço. Paxton sugeriu o NuvBurguer, mas Dakota franziu o nariz e insistiu nos tacos. Não era a pior das trocas. Comeram em silêncio, observando a multidão. Mais dois códigos S surgiram. Dakota não parecia registrá-los, nem estava muito interessada. Apenas respondia "afirmativo" e continuava.

Depois de um longo silêncio, Paxton deu voz a um pensamento aleatório que martelava sua cabeça, na esperança de puxar alguma conversa.

— E se for como uma Gaiola de Faraday?

— O que é isso?

— Um experimento usado para bloquear campos magnéticos. Foi batizado com o nome do cientista que o inventou nos anos 1800. É por isso que os nossos telefones não funcionam tão bem em um elevador. Isolamento metálico.

Dakota assentiu.

— Bloqueio de sinal.

— Tínhamos esse lance na prisão. Celulares eram proibidos, certo? Contrabando dos grandes. Eles tinham esses sensores que podiam detectar sinais de telefone. Então alguns vagabundos passaram a carregar celulares em saquinhos enrolados em papel alumínio.

— E funcionava?

Paxton deu de ombros.

— Dependia do mensageiro, e se forrava o embrulho direito. Aparentemente, pegaram a ideia das bolsas reforçadas em papel-alumínio, usadas para furto em lojas. Pegue uma bolsa forrada com alumínio, entre em uma loja, coloque mercadorias dentro; o metal bloqueia os sensores que disparariam quando você tentasse sair sem pagar. Enfim, uma nova torre de celular foi erguida do lado da prisão, e o bloqueador parou de funcionar. O sinal era muito forte.

Dakota terminou seu último taco, limpou a boca com um guardanapo e jogou o papel na bandeja. Eles se levantaram e jogaram as embalagens vazias e papéis no lixo, e seguiram na direção do corredor. Dakota balançava a cabeça, como se estivesse ouvindo música.

— Então acha que esses gênios estão enrolando papel-alumínio nos braços? — perguntou ela.

— Duvido — respondeu ele. — Funciona. Não é infalível. Mas talvez seja algo nessa linha.

Os relógios de Paxton e Dakota deram sinal de vida.

— Código I, código I, saguão do Bordo.

— Hora da festa — disse Dakota.

— O que é um código I?

— Intruso. Alguém que não aceita o corte.

— O que a gente faz?

— A gente resolve a situação.

Eles dispararam a meio trote. Conforme se aproximavam do saguão do Bordo, a multidão aumentou com pessoas parando para assistir à comoção. Não levaram muito tempo para achá-los: um grupo de seis pessoas — dois vermelhos, dois verdes, um marrom e um azul — deitadas no chão, se fingindo de mortas, deixando o corpo mole enquanto uma brigada de azuis tentava arrastá-los para o trem. A área estava cercada de mochilas, algumas abertas, roupas e objetos pessoais espalhados. Paxton chutou um tubo de desodorante cor-de--rosa do caminho. Em meio à balbúrdia, ele podia ouvir as pessoas gritando do chão.

— Por favor!

— Não!

— Deem uma segunda chance pra gente!

— Jesus Cristo! — exclamou Dakota. Ela correu na direção da confusão enquanto Paxton avistava Zinnia se encaminhando para um corredor que levava a um conjunto de banheiros. A visão fez seu cérebro entrar em curto por um minuto, até Dakota gritar: — Vamos!

Ele saiu do transe, correu e viu Dakota agarrando o braço de uma mulher de meia-idade, arrastando-a para o trem.

— O que exatamente estamos fazendo aqui? — perguntou Paxton.

— Enfiando essas pessoas no maldito transporte para que o time no Chegada se resolva com eles — respondeu ela.

— Essa realmente é a melhor forma de fazer alguma coisa útil com o nosso tempo? — Ele ficou de joelhos, do lado de uma mulher loura, de meia-idade, e disse: — Senhora, me chamo Paxton. Pode me dizer seu nome?

Ela o encarou, os olhos se enchendo de lágrimas. Ela começou a mexer a boca, como se fosse falar, mas, em vez disso, cuspiu um bocado de saliva na cara de Paxton. Ele fechou os olhos enquanto o jato quente acertava sua bochecha.

— Vai se foder, seu porco — disse ela.

Estavam cercados por agentes de segurança agora, um muro azul que impedia as pessoas de ver o que acontecia no chão. Dakota olhou em volta para se certificar do isolamento, então pressionou o polegar no pescoço da mulher, logo acima da clavícula, e apertou com força. A mulher guinchou e tentou fugir, mas Dakota a segurava com firmeza.

— Levante-se, caramba — ordenou ela. — O jogo acabou.

— Por favor, para... — implorou a mulher.

— Dakota — disse Paxton.

— O quê? — perguntou ela, encarando Paxton, aumentando a pressão. — Eles não trabalham mais aqui. Não importa o que fazemos com eles. E, quanto antes acabarmos com isso, melhor por que...

De trás deles, veio um grito.

Paxton se levantou em um pulo e correu na direção do som. Tinha vindo dos trilhos. Havia mais pessoas agora, paradas nos degraus que levavam à plataforma. Um trem estacionou na metade da estação. Paxton abriu caminho através da multidão até chegar à beirada.

O condutor, um senhor careca, estava inclinado para fora, olhando para o espaço dos trilhos à sua frente, a expressão fragilizada. A aproximadamente 15 metros, havia um amontoado que, ao chegar mais perto, Paxton descobriu se tratar de um homem.

Paxton pulou nos trilhos e se dirigiu até ele. Não precisou se aproximar para saber que estava morto. Havia muito sangue. Ele estava completamente imóvel, uma das pernas dobrada em um ângulo inumano, como se o joelho tivesse dado uma volta completa para o lado errado. Algo em seu pulso refletiu a luz. Seu NuvRelógio, decorado com dados cintilantes.

Paxton o observava, sentindo uma ligeira vertigem. Ouviu um movimento ao seu lado. Ele se virou e viu Dakota examinando o corpo.

— Isso é um código S — explicou ela.

— S é para suicida — disse Paxton.

Dakota assentiu.

— Estava torcendo pra você não ter que ver isso no seu primeiro corte. Mas acho que foi um pensamento muito otimista. — Ela ergueu o relógio. — Temos um código S nos trilhos do Bordo. Está morto.

Paxton se agachou, colocou a mão sobre a boca. Não era o primeiro cadáver com o qual tinha se deparado — a prisão não chegara a ser um pesadelo, mas, ainda assim, houve algumas overdoses e ataques que saíram do controle. E só porque já tinha testemunhado esse tipo de cena algumas vezes, não significava que queria ver mais.

— Vamos — chamou Dakota. — Temos que liberar essa área. — Ela hesitou. — Antes ele do que nós, certo?

Paxton tentou falar, mas percebeu que só conseguia pronunciar uma única palavra, e mesmo aquela ficou presa em sua garganta.

Não.

ZINNIA

Zinnia ficou quinze minutos no forro do teto, espiando por uma fresta entre as placas, esperando que o banheiro esvaziasse. Isso depois de dois choques de fios desencapados e um belo arranhão no joelho pelo acabamento de má qualidade.

O ar tinha assentado, mas os pulmões de Zinnia ainda pareciam pesados com os detritos que ela havia deslocado ao rastejar pelo espaço apertado. Ela ficou parada observando as pessoas entrando para tomar banho ou usar o toalete, até que finalmente só restou uma mulher, que terminou de lavar as mãos e saiu pela porta.

Zinnia afastou a placa do teto e se lançou para o chão. Subiu em um banco e recolocou a chapa no lugar. O teto não era tão alto, de modo que ela conseguiria subir de volta. Não foi divertido, mas funcionou, porque, quando saiu para o corredor, não havia sinal de uma equipe de camisas azuis do lado de fora, que era o que esperava encontrar.

Ela se certificou de que a caixa de óculos estava no bolso e abaixou a manga do suéter para que não ficasse evidente que estava sem o relógio.

As pessoas estavam distraídas com o Dia de Corte. Se havia um momento para fazer algo, era agora. E, além disso, Zinnia queria muito dar o fora dali. Embora talvez voltasse, depois do fim da missão, para arrebentar a cara de Rick. Só pela diversão.

Algumas pessoas se dirigiam ao hall de elevadores. Ela as seguiu. Quando entraram no elevador, houve uma pequena confusão de braços enquanto todo mundo passava os pulsos pelos sensores. Distração perfeita. Zinnia foi para o fundo, colocando os braços para trás.

O elevador parou no andar seguinte — mais duas pessoas entraram —, então no outro. Zinnia revirou os olhos, se controlando para não suspirar alto. Claro. Aquela era a hora de as pessoas ficarem andando por aí.

Conforme as portas se abriam no saguão, ela cogitou, por um segundo, conseguir um isqueiro e colocar fogo em alguma coisa, em algum lugar. Este sempre foi seu modo infalível de criar uma distração. Sua mente sempre pensava em fogo, desde que um pequeno incêndio em uma lata de lixo em uma delegacia de polícia em Singapura a salvara da pena de morte. Mas, assim que pisou no chão lustroso do saguão, se deu conta de que não precisava se preocupar. Um grupo de pessoas organizava algum tipo de protesto, deitadas no chão, se recusando a sair, enquanto seguranças tentavam levantá-las.

Perfeito. Zinnia seguiu para o corredor. Todo mundo estava assistindo à confusão.

Ela deu uma olhada para trás para se certificar de que a barra estava limpa, e, quando chegou ao NuvQuiosque, começou a andar agachada para se esconder da câmera. Quando passou, foi para os banheiros. Nenhum deles tinha porta, apenas uma entrada em curva, de modo que, ao se inclinar para a frente, era possível ver seu interior. Ela espiou o banheiro masculino, que parecia vazio, depois o das mulheres. Um par de sandálias anabela estava visível sob a porta de um dos cubículos. Ótimo. Ela escolheu um reservado e se sentou na privada, contando as respirações enquanto esperava que a outra mulher terminasse, desse descarga, lavasse as mãos e, por fim, saísse. Demorou mais do que gostaria, mas pelo menos ninguém mais entrou.

Ao sair, deu mais uma olhada no banheiro masculino. Ainda vazio. Ela seguiu pelo corredor, andando depressa, atenta a qualquer movimento, os olhos na outra ponta do corredor, para o caso de alguém aparecer. Algumas pessoas passaram, mas estavam indo ver o que estava acontecendo no trem.

Ela permaneceu perto da parede e se agachou, então ajoelhou na base do NuvQuiosque e esticou o pé. Desfez o laço do sapato com uma das mãos, deixando os cadarços caírem ao chão, enquanto pegava a caixa de óculos com a outra. Ela a abriu e pegou a caneta, enfiou na fechadura cilíndrica. Deu um tranco. O fino painel de metal se abriu.

Dentro havia um emaranhado de fios e chips de computador. Ela apalpou, procurando uma entrada livre, correndo os dedos por superfícies que não conseguia ver, o coração acelerando, cogitando o que faria se não houvesse nenhuma.

Mais pessoas passaram pela entrada. Nenhuma entrou.

Mas alguém o faria, eventualmente.

Ela achou um vão. Um espaço vazio sob o dedo. Arriscou uma olhada.

Não, não estava certo.

Continuou procurando.

Estava prestes a desistir quando sentiu uma pequena fenda retangular onde encaixou o gopher, contando mentalmente até dez, depois até onze, só por garantia, então puxou de volta.

Passo um.

Ela amarrou os sapatos e fechou o painel enquanto o coração fazia um número de sapateado. Ela andou de quatro por alguns metros, então se levantou e se apressou para fora do corredor, de volta ao saguão. Ela seguiu até os elevadores e alternava o peso de um pé para o outro, esperando a multidão se dispersar para que um grande grupo de pessoas entrasse, o que aumentaria as chances de alguém apertar seu andar, quando Paxton veio caminhando do trem, na direção do corredor.

Na verdade, era mais um vaguear que um caminhar. As mãos estavam relaxadas na lateral do corpo. Duas vezes ele parou e as olhou, mas, daquela distância, Zinnia não conseguia dizer por quê. Ela se escondeu atrás de um mapa, de modo que ele não pudesse virar e vê-la parada ali.

PAXTON

Paxton movimentou as mãos embaixo do sensor da pia, querendo, mais que qualquer coisa, lavar o sangue seco da pele.

Nada aconteceu. Ele juntou as mãos e as moveu para cima e para baixo, então em círculo. Nada ainda. Ele acenou. Viu seu rosto refletido na superfície plana da torneira prateada.

Ele cerrou o punho e a socou. Uma, duas vezes. Deixando manchas de sangue no metal, para que não pudesse mais se ver.

Ele havia verificado a pulsação do homem, apesar de saber que estava morto, apesar da quantidade de sangue. Um dos paramédicos presentes vomitou ao ver o corpo esmagado e fugiu, por isso Paxton ajudou o outro paramédico a colocar o corpo do suicida em um saco. Foi como segurar uma bolsa de moedas.

Paxton fechou os olhos. Inspirou pelo nariz. Enfiou as mãos repetidas vezes embaixo da torneira. Finalmente, um jato fraco de água saiu. Ele molhou as mãos, encheu-as com o sabão líquido do suporte e esfregou. A água estava morna, e ele queria que estivesse fervendo. Queria arrancar aquela camada de pele. Mesmo quando suas mãos estavam limpas e rosadas, não pareciam assim.

Ele saiu do banheiro e passou pelo NuvQuiosque, o painel inferior pendurado. Ele se inclinou e o fechou, mas a porta não trancava até o final porque a lingueta não encaixava. Ele passou o dedo ao redor da fechadura e encontrou um pedaço de plástico branco enfiado ali.

Ele vira Zinnia entrar no corredor. Ela devia ter ido ao banheiro. Paxton se perguntou se ela não havia notado a porta aberta. Se era possível que alguém não visse e acabasse tropeçando ali. Ele voltou para o saguão e acenou para Dakota, que estava conversando com outro azul.

Ela correu até ele.

— O que foi?

Paxton a guiou até o painel. Chutou-o de leve. Ela se agachou e olhou a fechadura.

— Tem um pedaço de plástico aqui.

— O que você acha?

Dakota se levantou, colocou as mãos na cintura, e em seguida alternou o olhar entre o corredor e o NuvQuiosque.

— Pode ser cupim. Vou processar a informação dos relógios.

— Cupins fizeram isso?

— O tipo especial de cupim que temos. Bem observado.

— Não foi preciso muita habilidade pra notar isso — argumentou ele.

— Aceita o elogio, cara.

— Tudo bem.

Dakota apertou a coroa do seu NuvRelógio.

— Podem enviar uma equipe técnica para o corredor do banheiro do saguão do Bordo? Há um problema com o NuvQuiosque e quero que alguém dê uma olhada. — Em seguida, ela encarou Paxton. — O turno acabou.

— Já?

— Falei com Dobbs — explicou ela. — Podemos encerrar por hoje. Quando você vê algo como aquilo... merece um descanso.

Paxton observou a multidão. Mesmo de sua posição estratégica no corredor, podia dizer que o saguão estava enchendo.

— Vamos ajudar a dispersar as pessoas — disse ele. — Então encerramos.

Dakota assentiu.

— Tá bem.

Eles retornaram e falaram com os grupos reunidos, pediram que voltassem a seus quartos, ou deixassem a área; nem todos atenderam, mas a maioria sim. Dakota parecia carregar uma carga maior de autoridade na silhueta esbelta porque as pessoas a reconheciam. Depois de um tempo, alguns caras de verde, carregando material de limpeza, chegaram lentamente, se comportando como se fossem enxugar uma poça no corredor de um mercado.

Paxton esperou que Dakota terminasse de conversar com uma mulher, então se juntou a ela.

— Isso acontece todo Dia de Corte?

— Sim, e dá bastante trabalho. — Ela hesitou, como se fosse falar mais alguma coisa, então pareceu mudar de ideia. — Olha, eu acho que a essa altura está tudo sob controle. Por que você não vai pra casa?

— Ok — concordou Paxton. — Obrigado.

Ele se demorou um instante, perguntando-se se tinha de fazer algo. Se aquilo era um teste e ele devia continuar ali. Porém Dakota se virou, preocupada com outra coisa.

Ele foi até seu apartamento, depois para o banheiro, tomou um banho quase escaldante e ficou sob a água, deixando o jato arranhar sua pele. Pagou os créditos extras por mais cinco minutos. De volta ao quarto, ele abriu o futon e nele colocou os travesseiros e o cobertor, de modo a ficar recostado, pegou o teclado e ligou a televisão.

O aparelho exibia o anúncio de uma garrafa térmica bem bacana, o que fez Paxton querer café, então ele apertou um botão que o encaminhou até a loja da Nuvem. Ele comprou a garrafa, e o site lhe ofereceu uma máquina de café e cápsulas. Paxton se deu conta de que ainda não comprara nada para o apartamento, algo que ele odiava fazer. Quanto mais acomodado ficasse, mais ficaria ali. Mas café era uma necessidade, então ele encomendou os itens também, e a tela lhe disse que tudo chegaria dentro de uma hora.

Ele adoraria tomar um café antes de sair.

Ainda não tinha certeza de como lidar com Zinnia. Talvez o melhor fosse deixar para lá.

Não bastava ela ser bonita e parecer interessada em Paxton? Ele precisava complicar as coisas sendo esquisito?

Ainda tinha algumas horas antes de encontrá-la para um drinque, então achou que o súbito tempo livre podia ser uma boa oportunidade para trabalhar um pouco. Foi até a pilha de livros que havia trazido com ele, achou um caderno em branco. Sentou e o abriu na primeira página. Branca, firme, cheia de promessas.

No topo, escreveu: *NOVA IDEIA.*

E ele encarou a página até a máquina de café chegar. A batida à porta o assustou, e ele derrubou o caderno. Na soleira, um homem pálido e baixo, usando uma camisa polo vermelha e um NuvRelógio amarelo neon, lhe passou uma caixa. O homem assentiu e se foi.

Paxton rasgou o embrulho sobre a bancada, pegou a máquina de café e as cápsulas. Deixou a caixa de lado; depois ia ver o que faria com ela. As cápsulas vinham em diferentes sabores. Ele escolheu o de rolinho de canela e deixou o *espresso* preparando em uma velha caneca que achou no armário. As palavras QUENTE E GOSTOSO estampavam o interior da caneca. Enquanto isso, ele se sentou, abriu o navegador da televisão e procurou "utensílios de cozinha revolucionários." Talvez navegar pelas ideias de outras pessoas suscitasse uma original. Ele usou o touchpad para olhar por listas e blogs, balanças digitais conectadas via Bluetooth, uma máquina automática de drinques, um ralador de manteiga que você podia usar para deixar a manteiga gelada mais fácil de espalhar.

Máquina de lámen caseiro.

Panela com termostato autoajustável.

Máquina de panquecas instantâneas.

Seu cérebro permanecia um solo infértil. Nenhum lampejo de inspiração. Ele se perdeu nos cliques até se lembrar do café. Tirou a caneca da máquina, sentou-se e a equilibrou sobre o estômago, procurando algo interessante para assistir. Achou mais anúncios do que programas. Ele se demorou alguns instantes no canal de notícias da Nuvem, que estava divulgando o forte desempenho das ações da companhia ante a expectativa de Ray Carson ser nomeado CEO.

A hora do encontro com Zinnia se aproximava, então ele vestiu uma camiseta limpa; tomou o resto do café, que havia esfriado; e saiu do apartamento. Seguiu para o pub, uns dez minutos adiantado, mas Zinnia já ocupava um dos assentos, com um copo de vodca pela metade. Ele se encaminhou para o banco ao seu lado, certificou-se de que estava firme e se sentou.

Zinnia acenou para o barman, o mesmo da outra noite, que serviu a Paxton a mesma cerveja que ele tomara antes, o que o deixou contente. Fez com que se sentisse um cliente local, e era legal se sentir um local em qualquer lugar, até ali.

Ainda mais que isso, ele teve o mesmo sentimento que o aroma do café em seu apartamento lhe proporcionou. Sentar ao lado de Zinnia transformou aquela sala de espera gigante em um lugar de verdade, onde pessoas viviam.

Zinnia passou o braço pelo sensor de pagamento.

— Hoje é por minha conta.

— Não é muito cavalheiresco de minha parte.

— Também é simplista e sexista achar que eu preciso do seu dinheiro. — Zinnia se virou, franzindo o cenho, e Paxton congelou. Mas em seguida ela sorriu. — Sou uma garota moderna.

— Justo — disse Paxton, aceitando sua cerveja. Eles brindaram, e ele tomou um gole. Ficaram sentados em silêncio por alguns minutos.

— Ouvi dizer que alguém foi morto por um trem lá no Bordo — disse Zinnia, enfim.

— Sim.

— Acidente?

— Não.

Ela bufou.

— Que horror.

Paxton assentiu.

— Que horror. — Ele tomou um gole da cerveja, pousou o copo. — Quer me contar seu dia? Algo que não tenha sido um horror?

Por exemplo, pontinhos. Podemos falar de pontinhos luminosos?

— Peguei coisas e larguei coisas — respondeu ela. — Nada remotamente interessante.

Zinnia ficou calada por alguns instantes, e Paxton tentou decifrá-la, mas sem sucesso.

Aquele não era o dia para isso. Depois de mais alguns goles e um pouco mais de silêncio, ele estava pronto para encerrar a noite, tentar de novo em alguns dias, quando ela perguntou:

— Como está indo o lance da força-tarefa?

— Acho que acabou — respondeu Paxton. — Decidiram seguir por outro caminho. Vou ficar trabalhando na fila de saída do armazém.

— Que droga — disse Zinnia.

— Sim, acho que não tive nenhuma ideia brilhante ou, sei lá, não movi céus e terra na minha primeira semana. O problema é que, de algum modo, as pessoas estão se deslocando sem ser rastreadas pelos relógios, certo? Ninguém consegue descobrir como, e eu acabei de chegar e não tenho nenhuma resposta pra eles, e estão todos irritados.

— Paxton bufou. — Foi mal.

Zinnia se endireitou no assento. O rosto iluminado.

— Não, tudo bem. Na verdade, isso é bem interessante.

Paxton se empolgou com o entusiasmo de Zinnia.

— A questão é que bloquear o sinal não é tão simples. Se você tira o relógio por muito tempo e o deixa fora do carregador, supostamente um alarme é acionado. Não dá para sair do quarto sem a pulseira.

O olhar de Zinnia se desviou para o saguão do Entretenimento. A multidão lá fora crescia. Um arco-íris de camisas polo passava pela frente do bar em ambas as direções.

— Então como diabos estão conseguindo?

— Está planejando usar oblivion? — perguntou ele.

— Talvez.

Paxton riu. Uma risada verdadeira, daquelas que chegam a doer as costelas.

— Não — disse ela, pegando o copo e o erguendo. — Não, só que... O assunto é fascinante.

Paxton assentiu, tomou um gole da cerveja. Pensou sobre o ponto. Se perguntava ou não. Como seria fácil apenas pronunciar as palavras.

Mas, quanto mais continuava sentado ali, menos se importava.

Então ela deslizou a mão pelo bar, tocou seu cotovelo. Um toque ligeiro, quase amigável. Meio para chamar a atenção.

— Passo o dia correndo, pegando e largando coisas. É interessante ouvir sobre outra coisa — explicou ela.

E sorriu de novo. O tipo de sorriso no qual alguém poderia se perder, e, por um momento, achou que ela o estava convidando para se inclinar e beijá-la, mas, antes que o fizesse, ouviu alguém murmurar:

— Que merda...

O barman olhava para o relógio, então Paxton baixou os olhos para o seu. O visor mostrava um fósforo. Assim como o de Zinnia. Paxton tocou a tela, mas nada aconteceu. A imagem permaneceu a mesma.

— O que você acha que é? — perguntou Zinnia.

Quase em resposta, o fósforo se acendeu, uma chama laranja crepitando na ponta. A imagem se dissolveu, e parecia que palavras estavam se formando, pequenos quadrados se encaixando, quando a tela ficou preta e retornou ao menu principal, que exibia tanto a hora atual como uma contagem regressiva no canto; as horas até seu próximo turno.

Os dois olharam para o barman, como se, por ser mais antigo ali, ele tivesse alguma ideia do que era aquilo.

— Não entendi — admitiu ele, dando de ombros.

Paxton decidiu perguntar a Dakota no dia seguinte. Talvez fosse um erro operacional. Enfim. Aquela sensação calorosa que sentia por Zinnia desapareceu em um estalo, e sua mente voltou ao homem nos trilhos, como se o próprio pensamento tivesse a intenção de arruinar sua noite.

O sangue. Seu rosto. A flacidez. O modo como o corpo parecia dobrar-se sobre si mesmo, morto.

Fazia do ponto e do painel coisas tão pequenas em comparação.

Paxton ponderou tudo aquilo. Como moscas zumbindo ao seu redor. Ele precisava espantá-las, ou pelo menos tentar.

— Eu tenho uma pergunta estranha pra você — disse ele.

— Manda.

— Eu te vi hoje.

Zinnia não respondeu, então Paxton virou-se para ela. Os olhos dela estavam arregalados. Ela parecia congelada no lugar, se ele lhe desse um ligeiro toque, ela desmoronaria, quebrando como vidro.

— Você estava entrando no corredor do banheiro, no saguão.

— Ok...

— Nada de mais, só queria saber... Eu tive que ir ao banheiro pra lavar as mãos depois, e o painel do NuvQuiosque estava aberto. Viu alguém mexendo nele?

Zinnia expirou demoradamente, então assentiu.

— Eu também vi isso. Tipo assim, metade das coisas por aqui parece quebrada, né?

— É — concordou Paxton. — Talvez seja isso. É estranho. Parecia que um pedaço de plástico tinha sido enfiado na fechadura, ou coisa assim. Avisei a meu supervisor.

A mão de Zinnia, que estivera sobre o balcão do bar, fechou-se em um punho, e ela afastou lentamente seus joelhos de Paxton, na direção da saída. De repente, ele se arrependeu de ter tocado no assunto. Soou invasivo.

— Desculpa — lamentou Paxton. — Não estava espionando você nem nada. Só... Desculpa. Não devia ter perguntado. — Ele colocou as mãos na cabeça. — Foi um dia e tanto.

— Ei — chamou Zinnia.

— Sim?

— Você está bem?

— Não.

Zinnia assentiu.

— Quer dar uma volta?

— Quero — respondeu ele.

Eles terminaram suas bebidas e saíram em silêncio. Zinnia tomou a dianteira, parecia saber para onde ir, por isso Paxton a seguiu, pelo calçadão, na direção do hall de elevadores do Bordo, e sentiu um arrepio lhe percorrer o corpo conforme ela o guiava até um elevador vazio, onde passou o pulso, seu andar piscando no painel. Ela se apoiou na parede, olhando para a frente, no rosto uma expressão de alguém indo para a guerra.

Paxton não era o tipo de sujeito que tirava conclusões precipitadas, mas, àquela altura, imaginou que poderia.

Eles chegaram à porta do quarto de Zinnia, e ela a abriu. A luz estava apagada, o sol poente se infiltrando pela janela fosca, o cômodo quase às escuras. O teto coberto por tapeçarias de cada cor do arco-íris, sobrepondo-se umas às outras, o que deixou Paxton feliz por conhecer aquela parte de Zinnia que ela mantinha escondida no quarto.

Ele era uns 15 centímetros mais alto que ela, mas logo se sentiu menor, como se ela crescesse para ocupar o espaço, e então ele estendeu a mão e pegou a de Zinnia, se inclinou e pressionou os lábios nos dela. Ela retribuiu o beijo. Suave, depois com mais ímpeto, em seguida colocou as duas mãos em seu peito e o empurrou. Ele caiu sobre o futon, que já estava aberto como cama.

ZINNIA

A boa notícia, pelo menos, é que o sexo foi ótimo. Paxton não a fez revirar os olhos de prazer, mas se esforçou bastante. Não desistiu. Quase chegou lá. E quase já era melhor do que ela havia experimentado em sua memória recente. Ela fingiu um pequeno estremecimento e um arquejo. Ele merecia isso.

Os dois até mesmo deram algumas risadas quando se flagraram naquelas situações constrangedoras de primeira vez, em que duas pessoas estão se conhecendo e acabam se desencontrando por não estarem familiarizados ao ritmo e ao corpo uma do outra.

Quando acabou, ficaram abraçados no colchão fino, procurando uma posição confortável, até Paxton se sentar na beirada da cama, nu, olhando para o outro lado, mas tentando se virar.

— Desculpa — disse ele. — Acho que vou voltar pro meu quarto. Nada contra você, nada contra você mesmo, mas geralmente não consigo dormir com outra pessoa. Tenho o sono muito leve. Não que esse colchão seja grande o bastante...

Zinnia sentiu uma descarga de tristeza. Ela gostava de dormir acompanhada. A proximidade, o calor. Aquilo a fazia se sentir segura. O que era curioso, já que Zinnia podia matá-lo de uma dezena de maneiras diferentes, só daquele ângulo. Mas, ainda assim, desejou que a cama fosse um pouco maior.

Ela o observou se vestir, percebeu que estava em melhor forma do que aparentava com as roupas, que não lhe caíam bem, fazendo um excelente trabalho em esconder os músculos entre as escápulas, que se contraíam e refletiam a luz.

Depois que se vestiu, ele se inclinou e pressionou o rosto no de Zinnia.

— Gostei muito disso. Gostaria de repetir — disse ele.

Zinnia sorriu com os lábios de Paxton ainda colados aos seus.

— Eu também.

Depois que ele se foi, Zinnia queria ficar aproveitando aquela sensação do pós-sexo, mas não estava conseguindo. Não conseguia fazer o cérebro parar de girar.

Alguém tinha descoberto como bloquear o sinal dos relógios.

Ela estava subindo no teto como uma amadora, e um bando de traficantes idiotas acharam uma solução mais inteligente.

O que, um, a deixou puta pelo que eles descobriram e ela não, e dois, fazia com que quisesse descobrir o segredo deles.

O jeito dela era viável, mas não o mais adequado. Seria tão melhor bloquear o sinal quando fosse necessário, em vez de abandonar o relógio completamente. Porque não usá-lo a deixava vulnerável; se alguém descobrisse, se a manga subisse um pouco demais ou se encontrasse uma porta que não pudesse abrir, estaria ferrada.

Precisava arrumar um modo de arrancar informações de Paxton sem parecer ansiosa ou intrometida. Se alguém descobrisse alguma coisa, queria saber o mais rápido possível.

Por isso queria vê-lo de novo.

Foi o que disse a si mesma, e, depois de algumas tentativas, passou a acreditar.

Ela se vestiu. Deu uma olhada no corredor para se assegurar de que estava livre. Encontrou a placa de "em manutenção" no banheiro feminino, mas entrou mesmo assim. Estava funcionando. Ao se preparar para o banho, decidiu arrumar uma garrafa de vinho e, então, bebê-la enquanto relia o manual do relógio. Algo para mantê-la ocupada enquanto o laptop, debaixo de uma pilha de roupas, dissecava o código interno da Nuvem.

PAXTON

Paxton mal tocou os pés no chão quando atravessou o corredor. Parecia o início de algo. Algo verdadeiro.

Ele chegou ao seu apartamento e se jogou no futon, sem nem mesmo se preocupar em tirar os sapatos. Quando o brilho suave do sol atravessou a janela e o acordou, ele se deu conta de que não dormia tão bem havia semanas.

Seu NuvRelógio apitou, como se soubesse que estava acordado, lembrando a ele que faltavam três horas para seu turno e tinha apenas 40 por cento de bateria. Então ele colocou o relógio sobre o carregador e fez café, o pequeno espaço sendo tomado pelo aroma de grãos torrados. A parte do cérebro responsável pela memória sensorial despertou, e ele reviveu a noite anterior em sua mente.

Ele a fizera gozar. Tinha certeza. Não tinha como ela ter fingido aquilo, o modo como ela cravou as unhas em sua nuca, sacudindo o quadril com tanta força que quase deslocou seu maxilar.

Paxton ligou a televisão — "Olá, Paxton!" —, que exibiu o comercial de um novo modelo de NuvPhone, esse com quatro por cento a mais de vida útil da bateria e dois milímetros mais fino, e ele cogitou entrar na lista de espera para conseguir um, mas achou que podia esperar mais um pouco. Havia ouvido falar que a próxima geração, depois daquela, seria ainda melhor.

Então o canal de notícias mostrou um vídeo do cruzamento de fronteiras para a Europa. Latas de gás lacrimogêneo traçavam um arco no ar. A polícia de choque investia contra as famílias. Refugiados de cidades como Dubai e Abu Dhabi e Cairo, agora inabitáveis graças às oscilações de temperatura. Mas ninguém queria recebê-los e arriscar o estresse adicional sobre os recursos locais. Deprimente.

Paxton desligou a TV e bebericou o café, encarando a parede vazia.

Alguém estivera mexendo no NuvQuiosque, então Dakota ia processar a informação dos rastreadores nos relógios para ver quem estivera por lá. Talvez não mostrasse ninguém, porque era óbvio que as pessoas perambulavam por aí sem seus relógios. Ele pensou nos pontos. A maneira como as pessoas se moviam pela Nuvem como formigas. Ou como nuvens. Grandes e grossas nuvens de pessoas, se separando, se reagrupando. Massas que se fundiam...

Hmm.

Ele pegou o celular e mandou uma mensagem para Dakota: *Tive uma ideia e queria falar com você. Se estiver interessada em me ouvir.*

Depois de zapear pelos canais por uns minutos, incapaz de se decidir por qualquer programa, ele recolocou o relógio, agora com 92 por cento, e foi para o vestiário.

Ele quase preferia não tomar banho. Queria o cheiro de Zinnia impregnado em sua pele o dia todo. Mas sabia que precisava de um, provavelmente cheirava a álcool e a sexo, o que não era apropriado para o ambiente de trabalho, e, de qualquer forma, conforme abria a água, pensou na pia do banheiro, no ato de lavar as mãos e no sangue que havia nelas depois que aquele homem foi atingido pelo trem, o que apagou qualquer boa memória remanescente da noite anterior.

De banho tomado e vestido, ele se sentiu um pouco mais confortável, e se sentiu ainda melhor quando verificou o telefone e viu a resposta de Dakota: *Venha até o Admin. Vamos ouvir sua ideia.*

Dakota estava sentada em um cubículo. Ela ergueu os olhos do papel que estava examinando.

— Nossa, alguém andou transando ontem à noite — disse ela.

Paxton gaguejou, em busca de palavras.

— Você está com cheiro de sexo — explicou ela.

— Bem... olha, eu tomei banho...

Dakota pousou o papel.

— Não admita. É ainda pior.

— Desculpe, eu...

— Vai, desembucha.

Paxton juntou as mãos, como se estivesse rezando, para se concentrar.

— Ok, sabemos que as pessoas estão bloqueando o sinal de algum modo. E agora de manhã pensei numa coisa. Não dá para rastrear essas pessoas, mas será que não podemos vê-los sumir do mapa? Por exemplo, quando o sinal cai. Não podemos ao menos ver isso?

Dakota o encarou, a expressão impassível. Depois de alguns instantes, ela se levantou e saiu.

— Espera aqui — disse ela, olhando para trás.

Paxton a observou desaparecer em uma sala de reunião. Ele se sentou em sua cadeira, ainda quente, e olhou para os cubículos vazios a sua frente. Ele balançou para a frente e para trás na cadeira até que ouviu passos. Dakota estava parada ao seu lado.

— Vem comigo — chamou ela.

A sala de reuniões estava escura, a tela na parede estava acesa com a mesma imagem do outro dia: o Entretenimento e o enxame de pontos laranja. Dobbs estava sentado na cabeceira da mesa, e três pessoas — duas mulheres, um homem, todos nas camisas marrons da equipe de tecnologia — ocupavam os lugares perto da parede.

Dobbs assentiu para Paxton quando ele entrou. Dakota se sentou, e Paxton a imitou, deixando uma cadeira livre entre os dois. Ele sorriu para as três pessoas a sua frente, que pareciam animais hipnotizados por um farol de caminhão.

Dobbs pigarreou. Os nerds se sobressaltaram.

— Estávamos só conversando sobre umas coisas. NuvQuiosques e sinais de NuvRelógio, esses detalhes. — Ele acenou para Paxton. — E Dakota entrou aqui e me falou dessa sua teoria. — Ele encarou os funcionários da tecnologia. — Siobhan. Prossiga.

Uma das garotas — cabelo ruivo e nariz arrebitado — se entusiasmou.

— Ok — disse ela. Então repetiu. — Ok. — Inspirou fundo, olhou para Dakota e Paxton. — Nós nunca... hmm, quer dizer... o problema é que os sinais meio que... se fundem quando juntam muitas pessoas.

Dobbs suspirou com força pelo nariz.

Siobhan ficou de olho no homem, como se temesse que ele pudesse atacar a qualquer momento.

— Tem muitos dados. Muitas pessoas. Muitos sinais. Aquilo... — Ela apontou para os pontos laranja. — Em muitos aspectos, é uma aproximação. O NuvRelógio determina sua posição baseado em algumas fontes: Wi-Fi, GPS, celular. Mas não podemos rastreá-lo com precisão milimétrica. Esses pontos podem estar a 6, 12 metros de distância. Às vezes mais. Às vezes podem avançar de forma aleatória. É muito pro sistema processar.

Paxton pensou em Zinnia, em seu pequeno ponto seguindo o dele. Deve ter sido isso. Uma falha.

— O que está dizendo é que não pensaram em procurar por quedas de sinal? — perguntou Dobbs.

Siobhan balbuciou algo que soou como não.

Dobbs suspirou.

— Achei que esse lugar tivesse um maldito satélite próprio.

— Seis — disse Siobhan. — Mas até que a equipe de inovação decifre computação quântica, existe um limite de informação que podemos processar. Na verdade, fica mais difícil conforme avançamos, porque há cada vez mais e mais...

Dobbs a encarou.

— Quer dizer... podemos tentar — capitulou Siobhan. — Teríamos de checar tudo manualmente, o que levará bastante tempo...

— Tente — disse Dobbs, sorrindo. — É tudo o que peço. Nenhuma ideia ainda do que podem estar usando para bloquear o sinal?

Os três nerds se entreolharam, os dois puxa-sacos aterrorizados demais para responder ou abrir a boca, então apelaram para Siobhan.

— Não — sussurrou ela.

— Ótimo — ironizou Dobbs. — Simplesmente ótimo. Já que não avançamos nesse quesito, podem me dizer que diabos foi aquele negócio do fósforo ontem?

— Estava pensando o mesmo — disse Paxton, ansioso para se mostrar para Dobbs, mas o homem lhe lançou um olhar severo. Paxton se calou, voltando sua atenção para Siobhan.

— O de sempre — respondeu Siobhan. — Hackers. Foi a primeira vez que invadiram o sistema desde... o que... — Ela olhou para a mulher a sua esquerda. — Um ano e meio? Mais?

— Mais — respondeu a mulher.

— Mais — repetiu Siobhan. — Sinceramente, nem temos certeza do significado. Tudo o que sabemos é que foi um ataque externo e que não deixaram pistas no sistema.

Dobbs suspirou. Colocou as mãos na mesa. Olhou para elas com intensidade, como se fossem se transformar em algo mais interessante que mãos.

— Encontremos a brecha que eles exploraram — disse Siobhan. — Uma pequena falha no código mantido na atualização do sistema. Já foi corrigida. Mas precisamos preparar uma atualização mais densa do programa agora. Não só para enfrentar a questão, mas também porque acreditamos que podemos tornar a informação de localização mais precisa. A gente só precisa de... tempo.

Dobbs ergueu uma sobrancelha e a encarou.

— Quanto tempo?

— Dois meses? — sugeriu ela. — Talvez mais.

— Mais rápido — disse Dobbs, não foi uma sugestão. — E quero um time focado em procurar as quedas de sinal. Mesmo que signifique um bando de gente sentado numa sala, olhando pra tela.

214

A boca de Siobhan se abriu, com um protesto em formação, mas ela pensou melhor.

— Ótimo — disse Dobbs. — Isso é tudo.

Os três nerds se levantaram e deixaram a sala, quase tropeçando uns nos outros para alcançar a claridade do corredor. Deixaram a porta aberta, então Dakota se levantou e a fechou, depois voltou para seu lugar.

Dobbs uniu a ponta dos dedos e fez aquela maldita coisa de se demorar antes de falar. Mas quando o fez, disse:

— Às vezes só precisamos de uma nova perspectiva. Não acredito que não pensamos em procurar por quedas de sinal. E parabéns por notar a violação do NuvQuiosque. — Ele assentiu para Paxton. — Acho que no fim das contas não estava enganado sobre você.

Paxton não sabia o que responder. Apenas aproveitou o elogio, que pareceu um raio de sol em um dia frio.

— Esqueça o trabalho de revista — disse Dobbs. — Continue com essa visão minuciosa, é exatamente do que preciso nesse time. Quero você e Dakota lá fora, falando com mais pessoas. Observem. Será preciso o bom e velho trabalho de campo pra resolver esse problema. Os dois podem ir. Tentem me trazer algo que eu possa usar, ok?

Dakota ficou de pé, empurrando a cadeira, e se virou para a porta. Paxton se demorou um pouco, achava que ainda havia pelo menos mais uma coisa a discutir. Dobbs olhou para baixo, mantendo-se firme, e ele sabia que estava cometendo um erro ao tocar no assunto, mas o fez mesmo assim.

— E o cara atropelado pelo trem ontem. E os outros?

— É horrível — respondeu Dobbs. — Mas qual é o problema?

— Não devíamos fazer alguma coisa? Já viu aqueles metrôs com divisões? É como um cubo de vidro, e as portas não abrem até que o trem pare na estação. Desse modo, ninguém cai. Ou você sabe...

Dobbs se levantou, colocou as mãos na cadeira. Ele se inclinou para a frente.

— Tem ideia do quanto isso custaria? Nós já fizemos uma pesquisa. Milhões pra reformar todas as estações. E isso só aqui. Os caras lá de cima não querem esse gasto. Por isso aumentamos as patrulhas. Fazemos o melhor que podemos. Talvez na próxima vez você esteja mais atento, e a gente consiga evitar coisas assim.

A voz de Paxton ficou presa na garganta. Não havia pensado por esse ângulo. Como sua culpa. E, por um momento, não estava certo de que Dobbs cogitara isso também, mas aquilo não tornava as coisas melhores ou piores. Ele se censurou mentalmente, se dando conta de que devia ter parado na parte boa.

— O que está esperando, filho? — perguntou Dobbs, indicando a porta com a mão. — De volta ao trabalho.

Paxton assentiu, encontrou Dakota do lado de fora, ouvindo. Caminharam até o saguão em silêncio e pegaram o trem até o calçadão, quase completando a volta inteira pela Nuvem antes de Dakota falar.

— Não foi sua culpa.

— Mas é o que parece.

— Dobbs está de mau humor — argumentou ela. — Mas você caiu em suas boas graças por ora, e é isso que importa.

— É — disse Paxton. — Certo. É isso que importa.

Ao sair do elevador, ele se lembrou de checar seu número de estrelas no final do turno.

GIBSON

Chegou a hora. A hora de revelar quem vai tomar meu lugar quando eu me for.

Quero que todos vocês saibam, logo de cara, que essa foi uma decisão difícil de tomar. Levei muitos fatores em consideração. Um monte de coisas que tiraram o meu sono, e eu já vinha tendo problemas para dormir, então essas não foram, exatamente, semanas agradáveis.

E pensei: vou ter um trabalho do cão para explicar tudo. Porque muita coisa sobre essa decisão faz sentido no papel, mas também tem muita coisa que faz sentido na minha cabeça. Toda vez que tento pôr o que eu tenho aqui dentro para fora, fica tudo embaralhado.

Mas, no fim das contas, a decisão é minha. Não diz respeito a mais ninguém. É sobre o que é bom para a empresa. É sobre perpetuar a promessa que fiz a mim mesmo com a Nuvem — que não nos preocuparíamos apenas em levar mercadorias de um lugar a outro. Que faríamos o possível para tornar o mundo um lugar melhor. Proporcionando emprego, plano de saúde e moradia. Reduzindo as emissões de gases de efeito estufa que sufocam o nosso planeta, com o sonho de que um dia as pessoas andem ao ar livre o ano todo.

Gostaria de agradecer a Ray Carson pelos anos de serviço à Nuvem. O homem esteve presente desde o início. Foi como um irmão para mim. E eu nunca esquecerei sua gentileza naquela nossa primeira noite, a noite em que tudo o que eu queria era um drinque para celebrar, e não podia pagar. Assim que se mede o caráter de um homem. Coisa que ele tem aos montes. Sei que ele é quem vocês esperavam que eu nomeasse. Todos os canais de notícias do mundo, até os meus, vêm anunciando isso.

Mas a minha filha, Claire, vai me substituir como presidente e CEO da Nuvem.

Já pedi a Ray que fique no cargo de vice-presidente e diretor de operações, e estou aguardando sua resposta. Espero de verdade que ele continue. Claire precisa disso. A empresa precisa disso. Somos melhores com ele. É tudo por ora. Só queria esclarecer uma coisa. Não foi fácil. Mas foi a decisão certa a tomar.

5.
ROTINA

ZINNIA

Zinnia acordou com a vibração suave de seu NuvRelógio. Olhou as horas. Uma hora para seu turno. Saiu da cama e colocou um roupão. Andou pelo corredor, atenta a Rick. Nenhum sinal. Entrou no banheiro feminino. Tomou banho. Voltou pro quarto. Checou o laptop. Ainda processando os dados. Vestiu-se. Parou em uma loja para comprar uma barra de proteína PowerBuff, sabor de caramelo salgado. Pegou o trem até o armazém. Separou tablets e livros e carregadores de celular. Pausa para o xixi. Separou lanternas e canetinhas e óculos escuros. Comeu sua barra de proteína. Selecionou capachos e mochilas e esfoliantes de carvão ativado. Mais um xixi. Separou rádios para chuveiro e taças de vinho e mais livros. Selecionou fones de ouvido e bonecas e assadeiras. Saiu, os pés doendo. Passou pelo fliperama e cogitou uma partida de Pac-Man. Passou pelo bar e considerou beber uma vodca. Mas seus pés protestaram. Ela continuou até seu apartamento e leu até cair no sono.

PAXTON

Paxton acordou alguns minutos antes do horário previsto para seu NuvRelógio despertá-lo. Verificou sua avaliação. Ainda três estrelas. Cambaleou até o banheiro, tomou banho, se barbeou, se vestiu de azul e seguiu até o Admin, onde encontrou Dakota. Os dois perambularam de um lado para o outro no calçadão, o passeio interrompido apenas por intervenções pontuais. Duas pessoas discutindo. Um jovem acusado de roubo. Um bêbado brigão. Então: mais uma andada. Olhos atentos a entregas, mas não viram nada. Conversa-fiada com Dakota. Almoçaram no restaurante de lámen. Mais caminhada. Mais intervenções. Um usuário de oblivion desmaiado em um banco no Entretenimento. Troca de socos num bar. Crianças andando de skate nas áreas recreativas. No fim do turno, Paxton seguiu para seu apartamento, cogitou mandar uma mensagem para Zinnia, mas achou melhor não. Estava muito cansado. Foi para casa, nem chegou a desdobrar o futon, e caiu no sono assistindo à televisão.

ZINNIA

Zinnia acordou com a vibração suave de seu NuvRelógio. Uma hora para seu turno. Andou pelo corredor, atenta a Rick. Nenhum sinal. Entrou no banheiro feminino. Tomou banho. Parou em uma loja para comprar uma barra de proteína PowerBuff, sabor de caramelo salgado. Pegou o trem até o armazém. Separou cápsulas de óleo de peixe e agulhas de tricô e espátulas. Pausa para o xixi. Separou bancos e fitas métricas e relógios de fitness tracking. Pegou tampas para grill e luzes noturnas e chuveiros. Terminado o turno, saiu com os pés doendo. Passou pelo fliperama e chegou ao bar, onde pediu uma vodca. Paxton chegou pouco depois. Eles conversaram. Nenhum avanço na questão dos sinais. Voltaram para o apartamento de Zinnia e transaram. Ele saiu. Ela foi até o banheiro feminino para uma chuveirada, mas estava trancado e, no banheiro de gênero neutro, Rick a encurralou e assistiu enquanto se trocava. Ela voltou para o quarto, mas, antes de entrar, viu um grupo de pessoas retirando um corpo ensacado do apartamento a duas portas depois do seu, uma delas disse algo sobre overdose de oblivion. Ela entrou e pegou um livro, pensou em ler, largou-o de lado, foi dormir.

PAXTON

Paxton acordou com o suave sinal sonoro de seu NuvRelógio. Tomou banho, se barbeou, se vestiu de azul e foi para o Admin. Ele e Dakota perambularam de um lado para o outro no calçadão, o passeio interrompido apenas pela busca de Warren no fliperama, para ver se havia algo que valesse a pena checar, mas não havia. Então: mais caminhada. Olhos atentos a entregas. Conversa-fiada com Dakota. Almoçaram no restaurante de tacos. Mais caminhada. Algumas intervenções. Bêbados brigando num bar. Crianças fazendo barulho. No fim do turno, Paxton seguiu para seu apartamento, mandou uma mensagem para Zinnia, não recebeu resposta de imediato. Parou em uma loja que vendia NuvRelógios, achou uma pulseira de couro marrom bonita, estilo vintage, com rebites e costura aparente. Ele a comprou e foi para casa, onde trocou a pulseira padrão. Nem chegou a desdobrar o futon. Sentou com seu caderno aberto em *NOVA IDEIA* e caiu no sono assistindo à televisão.

ZINNIA

Zinnia acordou. Uma hora para seu turno. Andou pelo corredor, atenta a Rick. Nenhum sinal. Tomou banho. Parou em uma loja para comprar uma barra de proteína PowerBuff, sabor de caramelo salgado. Separou xales e energéticos e luvas para levantamento de peso. Separou travesseiros e gorros de lã e tesouras. Passou pelo fliperama. Parou para uma partida de Pac-Man. Encontrou Paxton para assistir a um filme. Dormiu no meio e avisou a ele que não podiam transar depois; estava menstruada. Ela gostou da nova pulseira de seu NuvRelógio, então ele a levou até a loja, onde ela encontrou uma pulseira de tecido fúcsia bem legal. Depois caminhou até seu apartamento e leu até cair no sono.

PAXTON

Paxton acordou. Três estrelas. Pronunciou alguns xingamentos. Tomou banho, se barbeou, se vestiu de azul. Ele e Dakota perambularam de um lado para o outro no calçadão. Procuraram Warren. Almoço no restaurante de arepas. Mais caminhada. Receberam uma ligação sobre um vermelho que não havia aparecido no trabalho nem dito que estava doente, e acabou se revelando uma overdose de oblivion. Isolaram a área enquanto a equipe médica removia o corpo. Depois bateram em todas as portas do corredor, tentando descobrir alguma coisa sobre o funcionário morto. Seu nome era Sal. Não acharam nada. No fim do turno, Paxton voltou ao apartamento, cogitou mandar uma mensagem para Zinnia, não o fez, foi para casa. Caiu no sono assistindo à televisão.

ZINNIA

Zinnia acordou. Foi para o trabalho. Separou balanças e livros e um kit de ferramentas de catraca. Perambulou por duas horas, se perguntando sobre a fonte de eletricidade, a coisa que mantinha aquele lugar funcionando, enquanto seu laptop traduzia o código interno da Nuvem em algo que pudesse usar. Foi dormir.

PAXTON

Paxton acordou. Foi trabalhar. Perambulou de um lado para o outro no calçadão, imaginando o que seria preciso para finalmente conseguir quatro estrelas. Fez amor com Zinnia. Dormiu assistindo à televisão.

ZINNIA

Zinnia acordou. Trabalhou. Dormiu.

PAXTON

Paxton acordou. Trabalhou. Dormiu.

6.
ATUALIZAÇÃO DE SOFTWARE

GIBSON

Vamos lá. De novo, preciso esclarecer algumas coisas.

Faz um tempo que eu não posto aqui. E isso porque, depois que anunciei que Claire assumiria a empresa, as coisas ficaram um pouco loucas. Primeiro de tudo, a imprensa começou a veicular todas essas histórias de que o Ray estava com raiva de mim, porque achou que seria meu sucessor, e isso não pode estar mais longe da verdade. Qualquer um que assista ao canal de notícias da Nuvem saberia disso, mas parece que algumas pessoas não se importam em checar suas fontes.

Pior que isso, algumas pessoas têm falado que o Ray foi contratado por uma das últimas grandes varejistas, que parece passar mais tempo tentando me derrubar que fazendo algum trabalho que preste (aliás, se focassem no próprio negócio, talvez não estivessem com tantos problemas). Isso também não é verdade. Ray ainda é meu VP.

Na verdade, acabo de conversar com ele ao telefone, e ele me disse como está animado em trabalhar com Claire. Não tive irmãos nem irmãs crescendo comigo, mas Ray e eu fomos sempre tão próximos que Claire o chamava de "tio Ray". O fato é que ela pensava que ele era meu irmão até ficar um pouco mais velha e entender que chamá-lo de "tio" era apenas um sinal de respeito.

Aqui está o que eu tenho a dizer sobre Ray: como mencionei antes, ele está comigo desde o início, quando eu era apenas um garoto tentando descolar um trocado. E ele continuou comigo e lutou comigo e me ajudou a fazer da Nuvem a empresa que é hoje. Confio no Ray mais do que em qualquer pessoa. E ele confia em mim. Muito embora eu não tenha um irmão, ele é o mais próximo que tenho de um. E, claro, como irmãos, às vezes brigamos e às vezes discutimos, mas é por isso que o relacionamento funciona tão bem.

Quero contar uma história para vocês. Uma das boas. É a história que Ray contou em meu casamento, porque, claro, ele era o padrinho.

Molly era garçonete em um restaurante perto dos escritórios da Nuvem. Eu gostava de ir até lá porque ofereciam café da manhã o dia todo, e era muito bom, mas, também, porque eu gostava de Molly. Sempre me sentava em sua área e tentava lhe dizer algo inteligente ou interessante, que, tenho certeza, jamais soou tão bom quanto eu imaginava, mas, ainda assim, ela sempre dava um sorriso para nós. A maior parte do tempo que passava ali era com Ray, e ele percebia como eu gostava dela e, um dia, estamos sentados lá, comendo nossos ovos com bacon, e ele pergunta:

— Por que não a chama pra sair?

E eu meio que congelei. Uma mulher tão bonita quanto a Molly não vai sair com um cara como eu, pensei. Isso foi no início da Nuvem, quando eu tinha uma ideia na cabeça, dois pares de calças e nada mais. Àquela altura, não era nem que eu estivesse falido; estava endividado e preocupado que tivesse cometido um grande erro. Mas Ray insistiu. Disse que uma garota bonita e doce como Molly não se encontrava todo dia. Mas, juro, eu estava apavorado, então não o fiz. Só fiz um cumprimento com o chapéu, algo que sempre fazia quando acabávamos de tomar o café, e fui embora.

Duas horas depois, recebi um telefonema. Era Molly.

— Claro, Gibson, adoraria que me levasse para jantar — diz ela.

Fiquei embasbacado. Saí do transe em tempo suficiente para lhe dizer que ligaria de volta com algum plano concreto, e me virei, e Ray estava sentado lá, à velha mesa de metal, os pés para cima. As mãos cruzadas na nuca, dando aquele sorriso que parecia dar a volta em seu crânio, perigando decapitá-lo.

Ele havia escrito um bilhete para ela na nota, fingindo ser eu.

Então Molly e eu fizemos planos para algumas noites depois, e decidi buscá-la quando saísse do trabalho. Acabou sendo um dia atribulado, mas Ray garantiu que eu não me atrasaria. Estava no escritório, me arrumando, quando decidi usar uma gravata-borboleta. Era uma baita de uma gravata-borboleta, pelo menos na minha opinião. Vermelha e azul em uma estampa estilo Paisley. Ainda a tenho. Eu a coloquei, entrei no escritório de Ray e perguntei:

— Como estou?

Bom, Ray e eu somos amigos há muito tempo, mas, ainda assim, eu era o chefe. E muitos homens teriam admirado o chefe e simplesmente dito: "Ah, sim, senhor, está ótimo".

Mas não o Ray. Ele me olhou de cima a baixo.

— Cara, você sabe que o objetivo do primeiro encontro é descolar um segundo, né? — disse ele.

Para que servem os amigos? Desisti da gravata-borboleta e peguei uma das simples de Ray emprestada; uma bela gravata preta. Que Molly classificou naquela noite durante o jantar como "diferenciada". Alguns anos mais tarde, contei a ela a história e lhe mostrei a gravata--borboleta, e ela se encolheu de horror.

Eu gostei dela. Enfim, o que importa é: o motivo pelo qual Ray é tão importante para mim não é só porque estava presente desde o início. É porque o homem diz as coisas na lata. Ele é sincero comigo. Houve inúmeras vezes em que quis fazer isso ou aquilo, e Ray me disse não o que eu queria ouvir, mas o que eu precisava ouvir. Isso é muito especial.

Mas a imprensa é assim, né? É por isso que os jornais faliram no passado. Não é que as pessoas não queiram se informar. Claro que querem. Mas não querem ser enganadas. E as pessoas sabem quando estão mentindo para elas. Publicar uma história sobre como Ray e eu estamos nos engalfinhando... talvez eles consigam acessos suficientes para que a verba publicitária renda algumas xícaras de café. É triste. Por isso que escolhi começar com a NuvemNews, em primeiro lugar. Estava cansado de desmentir boatos.

Agora, a parte do preço das ações é verdade. Sim, o valor da empresa apresentou uma pequena queda depois que nomeei a Claire. Isso não tem nada a ver com ela. É o modo como as bolsas funcionam, pessoal. Foi só o mercado reconhecendo que meu tempo está quase no fim e que as coisas vão mudar de mãos. Fora isso, tudo vai continuar como sempre foi, e o mercado vai se ajustar. Enquanto isso, empobreci um pouco menos de 1 bilhão de dólares. Buá.

Então é isso. Esse é um bom lembrete de que, se quiserem esclarecer os fatos, sintonizem na NuvemNews. Todo o resto é apenas fake news, orquestradas com algum tipo de intenção oculta, e é tudo muito triste. Mas é o que acontece na internet. Nenhuma regulamentação, nenhuma moral, as pessoas falam o que querem. Deixem elas. Vou continuar aqui, fazendo um trabalho de verdade.

Ufa!

Então, como já disse, faz um tempo que eu não posto aqui. Na verdade, eu me sinto ótimo. Estou tomando seis novas medicações diferentes, já que meu médico acredita que, a essa altura, não há muito que eu possa fazer que vá piorar o meu quadro, e uma delas pode até me dar um pouco mais de tempo. Tomo tantas pílulas durante o dia que perdi a conta. Molly me ajuda com isso.

O tour de ônibus vai muito bem. As festas de fim de ano estão chegando, o que é bom e ruim. Bom porque é a melhor época para a Nuvem, entregando felicidade e conveniência para pessoas de todo o país. Ruim porque é também outro ano para refletirmos sobre os Massacres da Black Friday, embora seja importante não os esquecer.

Mas preciso confessar, segundo meu médico, minha data de validade deve acabar pouco depois do Ano-Novo. Então devo passar mais um Natal nesse mundo. O que significa mais uma oportunidade de assistir ao crescimento e à prosperidade da Nuvem. Vai ser bacana. Sempre adorei andar pelas instalações da Nuvem durante a época de Natal. Tanto trabalho bom sendo feito.

Olho na estrada, pessoal. Nunca se sabe quando posso aparecer...

ZINNIA

O laptop apitou.

Zinnia pensou que pudesse ter sido só na sua cabeça. Ela havia ouvido o tinido uma dúzia de vezes na semana passada. Estava lendo ou tirando uma soneca, e escutava um leve *ding*, então abria a gaveta debaixo de sua cama, tirava as roupas e livros, e descobria que era sua mente lhe pregando peças.

Provocando: *Ainda não, otária.*

Mas soou real e por isso verificou, desenterrando o laptop, e percebeu que era verdade. O trabalho do gopher estava completo. Ela removeu o pen drive da entrada USB e o segurou na palma de sua mão. Tudo o que precisava fazer era plugá-lo em um terminal de computador em algum lugar e, em aproximadamente um minuto, teria o que precisava.

Ela guardou o gopher no bolso de moedas de seu jeans. A calça escorregou um pouco, e ela a puxou para cima pela cintura. Estava sobrando mais de um centímetro. A única vantagem de correr pelo armazém.

A desvantagem era o latejar em seu joelho esquerdo. O piso de concreto não perdoava — ela já havia gastado um par de tênis. Ela se apoiou no pé esquerdo, ergueu o joelho direito no ar. Estendeu as mãos. Abaixou-se em um agachamento de uma perna só. A perna esquerda tremeu. Ela quase caiu e usou o outro pé para impedir que tombasse.

Suspirou. Ligou a televisão, que exibia um anúncio de um creme mentolado de uso local, bem parecido com o que precisava. Ela acessou a loja da Nuvem e encomendou uma joelheira de pressão. Algo para manter a articulação estável. Não era inteligente negligenciar os joelhos. Joelhos eram imbecis. Como uma bola e dois palitos, unidos por elásticos. Era preciso menos força do que a maioria das pessoas imaginava para ferrar um joelho. A última coisa que queria era gastar o dinheiro daquele trabalho em uma cirurgia de joelho.

Aproveitou o embalo e comprou outro par de jeans, um tamanho menor. Pelo menos aquilo foi legal. Quando terminou, saiu do apartamento, cumprimentando os vizinhos, gente que reconhecia, mas que em geral evitava.

Careca Alto Demais.

Urso Humano.

Hadley Legal.

Zinnia tinha Cynthia e Paxton e Miguel. Era mais que suficiente. De qualquer modo, parecia ser como as coisas funcionavam por lá. As pessoas se esbarravam, mas não socializavam. Não havia reuniões nem atividades de grupo, a não ser conversas apressadas nas salas de descanso. Ela tinha uma teoria: quanto mais tempo você passava com as pessoas, mais o algoritmo responsável pela escala de turnos os separava. Paxton e ela haviam começado basicamente com o mesmo horário, mas estavam se afastando, de modo que ele saía umas quatro ou cinco horas antes dela. O mesmo aconteceu com Miguel — as poucas vezes que tentara acioná-lo pelo relógio, ele nunca estava de serviço. Ela apenas o vira de passagem, no calçadão.

Ainda assim, as pessoas conversavam. Nos banheiros, nas filas de entrada e de saída do armazém. Na maior parte, aos sussurros. Ultimamente, sobre a futura mudança de presidência. As pessoas se perguntavam se tudo seria diferente com a filha. Melhor ou pior. Zinnia não achava que havia espaço para piorar, mas os Estados Unidos corporativos sempre foram bons em aprimorar o "pior".

Ela deixou o dormitório e foi para o calçadão, dando uma longa caminhada circular, como fazia todo dia antes de seu turno. Procurava, especificamente, por qualquer coisa que parecesse um terminal. Não um NuvQuiosque — eram muito arriscados, e ela ficou receosa depois que Paxton descobriu aquele pequeno pedaço de plástico que tinha deixado na fechadura, as medidas de segurança devem ter sido aumentadas. Ela precisava de um lugar onde pudesse me sentar por um minuto, dois no máximo, e não ser pega.

Mas nenhuma das lojas tinha computadores. Pelo menos nenhuma das que pareciam mais acessíveis. Ela foi resolver algumas pendências no Admin e achou que conseguiria se esgueirar para algum escritório, mas, se a porta de um escritório estava aberta, havia alguém lá dentro. Ela teria de passar por uma que obviamente não teria ninguém dentro.

Uma operação como aquela era delicada. Se forçasse demais, as pessoas iriam perceber.

Às vezes uma boa operação se resolvia quando a inspiração encontrava a oportunidade. Ainda bem, seu prazo era seis meses. Ainda tinha tempo. Não muito, mas tinha tempo.

Enquanto ia para seu turno, ela parou em uma loja de conveniência, as prateleiras brilhantes com iluminação indireta, de modo que as embalagens coloridas pareciam reluzir. Ela seguiu até os fundos, do lado esquerdo, aonde sempre ia, até a caixa de barrinhas PowerBuff. Ela era muito grata que, depois de anos de procura, havia descoberto uma barrinha com baixo teor de gordura e carboidratos, alta concentração de proteína, e que não tinha gosto de isopor recheado com manteiga de amendoim vencida.

Ela percebeu que, durante os piores momentos de seu turno, podia ansiar pela hora de desembrulhar uma barra de PowerBuff de caramelo salgado, que podia ser comida em quatro mordidas, mas ela o fazia em cinco para desfrutá-la ao máximo.

Mas, ao chegar aos fundos da loja, encontrou a caixa vazia. Havia outros sabores de PowerBuff, os quais já havia experimentado e achado que tinham deixado a desejar. A de chocolate com manteiga de amendoim era muito grossa e ligeiramente amarga, e a de bolo de festa tinha o gosto do tubo de descarga em uma fábrica de açúcar artificial.

Ela observou a caixa vazia por alguns instantes, imaginando por quanto tempo estivera vazia, quanto tempo fazia que alguém pegara a última, ou se tinha sido ela, no dia anterior, e nem se dera conta.

Havia comido sua última barra de PowerBuff caramelo salgado no dia anterior e nem percebera. Aquilo a entristeceu. E ficou ainda mais triste quanto mais pensava em como o fato a entristecia.

Um homem latino e atarracado, em uma camisa polo verde, apareceu ao seu lado. Ele trazia uma caixa nova. Zinnia sorriu. O homem devolveu o sorriso, pegou a caixa vazia e a substituiu, forçando o papelão picotado para abri-la.

— Eu vi que estavam acabando. A princípio, fiquei surpreso, porque são as menos populares. Ninguém gosta delas. Mas então notei você comprando e achei que ficaria decepcionada se eu não as tivesse em estoque.

Ele pegou uma das barrinhas e lhe ofereceu. Ela ficou parada ali, com aquilo nas mãos, o celofane estalando. Ele aguardou, talvez na esperança de um desfile ou de um "bate aqui" ou de um boquete ou qualquer coisa.

— Obrigada — murmurou ela.

Ele assentiu, deu meia-volta e retornou para a frente da loja.

Por mais triste que Zinnia estivesse antes, se sentia ainda pior naquele momento. Ela havia estabelecido uma rotina. Tinha se tornado uma freguesa. Estivera ali tempo o suficiente para um estranho reconhecer seus hábitos alimentares. Aquilo não tinha a ver com a missão. Não era sobre estar em perigo ou passar despercebida. Era apenas uma sensação de merda, porque a lembrou que estava naquele lugar havia meses, e nada tinha mudado. Ela apenas ficara mais confortável.

Ela seguiu até o armazém, onde pisava no concreto duro, seu joelho gemendo em protesto.

Tablet. Porta-passaporte de couro. Gravata-borboleta. Touca de lã. Absorventes. Canetinhas. Fones de ouvido. Carregador de celular. Lâmpadas. Cinto. Umidificador. Espelho para maquiagem. Meias. Garfos para marshmallow...

PAXTON

A sala de reuniões estava lotada. Lembrou Paxton de um vagão do trem na hora do rush. Os corpos pressionados um contra o outro, permitindo que você pudesse sentir o cheiro de quem não tinha escovado os dentes, quem havia exagerado no perfume, quem comera ovos no café da manhã.

Reconhecia a maioria das pessoas. Algumas não. Dakota estava de pé mais à frente, ao lado de Dobbs. Vikram havia aberto caminho até ali também. Paxton estava feliz de estar na sala. Nos últimos dois meses, tivera a impressão de que havia caído em desgraça.

Dobbs costumava lhe pedir atualizações sobre a operação da oblivion, mas esses pedidos eram cada vez mais raros, porque, cada vez que surgiam, tudo o que Paxton fazia era responder que estava trabalhando no caso. O que era verdade. Ele pensava nisso o tempo todo. Mas não conseguia solucioná-lo. Os caras do TI não ajudaram nada com os sinais, vigiar Warren não se mostrou proveitoso, e Paxton ainda estava no processo de aprender sobre a instalação e seus funcionários.

Tudo o que sabia era que a droga não entrava pela área de carga e descarga. Ele havia destrinchado o lugar e não descobriu nada.

A tal abordagem suave sobre a qual Dakota o vivia lembrando não parecia muito efetiva, mas tampouco queria questionar Dobbs. Aquelas três estrelas o atormentavam. Ele queria ser útil, fazer algo que o destacasse. Mas entre a falta de movimentação no caso e a primeira página de seu bloco ainda em branco, ele fora de esperançoso para apenas estagnado.

Pelo menos ele tinha Zinnia. Era o ponto positivo que lhe permitia se convencer de que lá não era tão ruim quanto a prisão.

— Ok, pessoal, me escutem — disse Dobbs, chamando a atenção das pessoas na sala. — Amanhã é dia de atualização de software. Todos sabem o que isso significa...

Paxton não sabia, mas não era bobo a ponto de levantar a mão e confessar. Dakota cutucou Dobbs.

— Temos alguns recrutas novos aqui, chefe.

— Temos? Bem. — Ele olhou em volta. — A atualização de software é enviada pelo NuvRelógio. O que significa que a instalação fica em lockdown. Todos se recolhem aos quartos enquanto a atualização estiver acontecendo.

Mão. Um jovem negro, com uma tatuagem de flor de lótus no pescoço.

— Por que não fazer isso à noite, quando todos estão dormindo?

Dobbs fez que não com a cabeça.

— Há turnos 24 horas por dia, sete dias por semana; em nenhum momento todos estão dormindo. Às 8 da manhã do dia em questão, todos devem se recolher a seus quartos. Exceto nós, os funcionários do hospital e umas poucas pessoas do TI.

Um burburinho tomou a sala. Paxton não conseguiu distinguir de qual tipo. Empolgação ou frustração ou apenas leve curiosidade. Mas parecia uma oportunidade interessante. Ver o lugar quando não estava abarrotado de pessoas. Parecia quase inacreditável de imaginar, era como ver a Times Square sendo evacuada de repente.

— Agora vou passar para Dakota — disse Dobbs, lhe abrindo um sorriso. — Ela vai coordenar tudo esse ano. O segundo em comando será o Vikram. Então todos prestem atenção, porque tenho algo a fazer.

Paxton inspirou com tanta intensidade que algumas pessoas se virassem para olhar. Não Dobbs, felizmente. Dakota o encarou, não porque o escutara, mas porque era a coisa natural a fazer. Havia um brilho estranho em seu olhar. Paxton manteve a expressão impassível, como se dissesse *Não é nada de mais*, mas era, porque Vikram era um babaca, o que confirmava que tinha perdido o brilho e era, mais uma vez, outro corpo de azul.

— Ok, ouçam — disse Dakota. — Se estão nessa sala, significa que são chefes de setor. Que é exatamente o que parece. Cada um de vocês fica com uma seção, e os azuis dessa seção se reportam a você. É bem simples. Ninguém deve sair. O trem fica fora de serviço. Os trens-ambulância continuarão rodando. Uma equipe médica vai ficar de plantão no Assistência, assim como alguns caras da tecnologia, e é isso. Então a gente fica atento. Os nossos relógios também vão se atualizar, então não teremos como nos comunicar uns com os outros. Isso quer dizer que vamos criar uma cadeia de mensagens usando os nossos celulares pessoais. Mas serão tantos de nós que não importa. É mais seguro assim.

O cara negro de novo.

— Mais seguro?

— As pessoas gostam de aprontar quando fazemos atualizações de software, basicamente. Ficam pela instalação. Testam os limites. Temos de destrancar todas as portas quando estamos atualizando o sistema. Do contrário, é um risco de incêndio, pois as pessoas não conseguem abrir as portas com o relógio. Não anunciamos isso, mas algumas pessoas descobriram. Fazer merda durante a atualização vale uma estrela inteira em sua avaliação, mas tem quem insista. Vocês logo receberão o setor atribuído pelo NuvRelógio — Dakota se virou, parecia falar entre os dentes. — Vik, algo que queira acrescentar?

— Apenas se certifiquem de seguir as instruções, cuidem uns dos outros e fiquem atentos — disse Vikram, observando a sala, os olhos pousando em Paxton por um instante, e permanecendo por mais tempo do que Paxton achou agradável.

Após a reunião, depois que Paxton havia finalizado uma papelada que precisava verificar, ele procurou Dakota na sala de descanso, onde ela estava enfiando uma faca no topo de uma cápsula de café, antes de colocar um pouco de sal. Ela ergueu os olhos para Paxton quando ele entrou.

— Deixa o café menos amargo — explicou ela.

— O quê?

— O sal.

— Então eu estou fora do time?

— Que time?

— Não sei. O time você-e-Dobbs.

— Isso é diferente — argumentou ela. — O Vikram pode ser um babaca, mas é ótimo em organização. Dobbs não pode simplesmente deixá-lo de fora. De qualquer forma, ele quer que você se concentre na oblivion.

— Acho que você não está sendo totalmente sincera.

Dakota o encarou por alguns instantes, então colocou a cápsula na máquina de café, fechou-a e pressionou o botão de ligar.

— É como as coisas estão no momento.

— Ok — disse ele. — A atualização de software tem a ver com o negócio do fósforo?

— É uma atualização de software — disse ela, sem encará-lo.

Paxton suspirou.

— Tudo bem. Quando saímos?

— Não saímos — disse ela.

— O quê?

— Você vai patrulhar sozinho por um tempo — revelou ela. — Tenho de trabalhar no cronograma da atualização. E depois disso... — A máquina de café cuspiu e apitou. Ela pegou a caneca, inalou o vapor. — Acho que Dobbs talvez me promova a cáqui em breve. Enfim, eu acho que você consegue se virar.

— Ok — disse Paxton. — Ok.

— Juro pra você — começou ela. — É só o trabalho.

O modo como ela sustentou seu olhar enquanto dizia aquelas palavras, tentando deixar claro que não estava mentindo, significava que não dizia a verdade.

Paxton assentiu.

— Me avise se precisar de ajuda com o lance da atualização.

Ela tomou um gole do café e se virou para a geladeira, abriu a porta.

— Pode deixar — disse.

Paxton saiu. Foi até o calçadão. Andou um pouco. Parou para comer, escolheu o NuvBurguer porque Dakota não estava com ele para vetar. Depois que comeu, andou um pouco mais. Encerrou com uma discussão. Indicou um caminho para um novato. Ficou pensando por que sentia tanto ciúme de Vikram. Por que queria tanto ser o cara escolhido. Ele odiava aquilo. Não queria essa vida. Queria se livrar de tudo.

Mas estava ali, e isso era tudo o que tinha. Se fosse fazer aquilo, queria fazê-lo direito. Queria reconhecimento. Não queria ser um azul anônimo, vagando pelo calçadão.

No fim de seu turno, ele se trocou e foi até o bar, mandou uma mensagem para Zinnia, a fim de avisá-la de que estaria ali, sem se importar se ela apareceria, mas também na esperança de que o fizesse. Ela não respondeu, mas ocupou o banco ao seu lado, ainda usando sua camisa polo vermelha, quando ele pediu sua terceira cerveja.

— Você tem que beber rápido hoje pra me alcançar — avisou Paxton, inclinando a caneca em sua direção.

— Dia difícil?

— Pode-se dizer que sim.

Ela hesitou. Foi uma pausa longa, como se ela tivesse se distraído com algo mais. Então, perguntou:

— Quer conversar?

— Não. — Paxton esvaziou o copo e pegou uma nova caneca cheia, tomou um gole, pousou-a de novo. — Sim. Então, grande novidade no trabalho. Dia de atualização de software. E aquele babaca... Vikram. Já te falei do Vikram?

— Já me falou do Vikram.

— Ele é o novo queridinho do Dobbs. Da Dakota também. Acho. Só sinto que... — Ele pegou a cerveja, pousou de novo sem bebê-la. — Não sei como me sinto.

— Você se sente como se tivesse trabalhado duro e, quando chegou a hora, outra pessoa foi recompensada.

— Me sinto assim.

— É estranho...

— O que é estranho?

Zinnia tomou um gole de sua bebida.

— Se esse cara, Vikram, é tão babaca, por que eles ficam com ele? Tipo, em algum momento você já sentiu que o Dobbs pode estar jogando um contra o outro?

Paxton se recostou. Olhou para o espelho atrás do bar.

— Não sei. Não. Por que ele faria isso?

Zinnia baixou o tom de voz.

— Clássica tática de abusadores. Faz você se esforçar cada vez mais por sua afeição.

— Não. — Paxton balançou a cabeça. — Não. Isso é um exagero. Fala sério.

— Ok — disse Zinnia. — E qual é a dessa atualização de software?

Paxton se endireitou, inspirou fundo.

— O lance é o seguinte: todos os NuvRelógios precisam de uma atualização. Lembra quando vimos o fósforo? Acho que foi isso. Enfim, todo mundo fica preso nos quartos. Não demora muito, mas temos que trabalhar em massa. Garantir que ninguém pise do lado de fora.

Zinnia se inclinou.

— Se todo mundo está trancado, então qual a necessidade de tanta segurança?

Merda, ela não devia ter falado aquilo. Ele olhou em volta. O bar estava quase vazio. O barman estava na outra ponta do balcão, servindo um drinque elaborado a uma mulher.

— As portas ficam destrancadas. Código de incêndio. Então somos só nós e a equipe médica do lado de fora, e todo o restante fica nos quartos.

— Ah — disse Zinnia, tomando um grande gole da vodca. — Ah.

Bem, pensou Paxton. Pelo menos tinha impressionado alguém naquele dia.

ZINNIA

Zinnia dispensou uma segunda dose. Queria manter a cabeça no lugar. Conforme a noite caía, a mão de Paxton se esgueirou até sua coxa e ela não a afastou, mas tampouco facilitou seu acesso. E, quando ele inclinou a cabeça para mais perto e perguntou se podiam subir, o hálito pesado com o aroma de levedura da cerveja, ela lhe disse que estava menstruada.

O que era mentira. O novo fluxo só chegaria dali a uma semana. Àquela altura, ele já deveria saber, mas parecia que os homens nunca guardavam informações menstruais. Ele ficou desapontado, mas aceitou bem, até a acompanhou ao seu dormitório, onde lhe deu um beijo e se despediu, em seguida ela praticamente correu até o apartamento.

Atualização de software. Todo mundo confinado, mas não um confinamento real, porque nada estaria trancado.

Aquilo era ótimo.

Um exército de seguranças do lado de fora.

Aquilo era péssimo.

Ela se jogou sobre o futon, inclinando-se, os cotovelos no joelho.

Pense.

Todos estariam em seus quartos porque os NuvRelógios ficariam fora do ar, sem fornecer dados de rastreamento. Os seguranças usavam os relógios para se comunicar entre si. Provavelmente, eles também ficariam sem sinal em algum momento, então um grande contingente estaria patrulhando para a eventual necessidade de uma resposta rápida.

O hospital iria funcionar. Ela ainda não visitara o hospital, mas aquele teria de ser seu ponto de acesso.

Zinnia gostava de hospitais. Em geral, não tinham o mesmo tipo de segurança de outras instalações. Guardas desinteressados, aposentados de outro serviço, a maioria concentrada em proteger o estoque de medicamentos.

O plano se formou em sua mente mais rápido do que ela podia acompanhar. Zinnia teria de fingir alguma espécie de ferimento ou doença logo antes da atualização de software. Algo que a colocasse dentro do hospital. Daí para a frente, ela improvisaria. Os seguranças com certeza estariam concentrados nos alojamentos, mantendo a ordem. Provavelmente, haveria uma equipe mínima no hospital. Algumas enfermeiras? Tiraria de letra.

Um banho. Precisava de um banho. Raciocinava melhor no chuveiro.

Ela se despiu, pegou o roupão e os chinelos, o nécessaire, saiu para o corredor e mal andou 3 metros quando viu Rick saindo do banheiro de gênero neutro, que exibia um aviso de "em manutenção" pendurado na porta. Raiva disparou pelo corpo de Zinnia, como água correndo em um espaço estreito. Piorou quando notou a silhueta atrás do homem, uma jovem também de roupão, o cabelo molhado, o rosto também, mas de lágrimas. Ela apertava o roupão ao redor do corpo como se ele pudesse protegê-la.

Hadley.

Rick olhou em sua direção e sorriu.

— Há quanto tempo! Estava começando a suspeitar de que não gostasse de mim.

Zinnia o ignorou, não conseguia desviar os olhos de Hadley, que encarava o chão, desejando estar em qualquer lugar que não ali. Rick olhou para a garota por sobre o ombro.

— Agora pode ir, Hadley. E não se esquece do que eu falei — disse ele.

A garota disparou na direção oposta. Zinnia observou enquanto ela parava e passava o relógio na frente de seu quarto. Rick deu de ombros.

— Por que não entremos?

Uma tempestade rugia dentro da cabeça de Zinnia, ondas estourando no interior de seu crânio. Ela conseguia lidar com Rick. Não era algo de que gostasse, mas conseguia lidar.

Hadley, no entanto...

A missão falou mais alto. Com grande esforço, Zinnia relaxou os músculos. Forçou um sorriso.

— Claro — disse ela, os resquícios da vodca ainda no organismo, sua influência apenas o suficiente para lhe aquecer o estômago.

Ele olhou em volta para se certificar de que estavam sozinhos, e abriu a porta. Zinnia passou por ele, tomando o cuidado de não o tocar, como se sua pele fosse venenosa, e entrou no banheiro, para a área dos chuveiros.

Ela estava tão eufórica com a possibilidade de ter uma chance concreta que foi fácil ignorar o tarado que queria olhar para seus peitos por alguns minutos. Ela isolou Hadley em um canto da mente. Poderia voltar ao assunto mais tarde. Poderia se vingar de Rick quando tudo aquilo estivesse acabado.

Ela se virou quando ele entrou, e estava prestes a tirar o roupão quando Rick disse:

— A atualização do software está chegando.

Zinnia assentiu, pegando a faixa da cintura.

— Talvez você pudesse fazer um show privado, já que estaremos confinados — sugeriu ele. — Compensar por todo esse tempo que ficou me evitando. Estou no apartamento S.

Zinnia hesitou, o nó do roupão quase desfeito. Ela o encarou. Ele não sorria. Não piscava. Estava sério.

— Seria uma coisa bacana a se fazer, Zinnia — continuou ele. — Inteligente também.

— Não — disse ela, a palavra pulando da boca. — Eu não vou fazer isso.

O rosto de Rick se anuviou.

— Perdão, mas não é algo opcional.

Outro lampejo de raiva. Após dois meses daquela babaquice quase todos os dias, ela não iria tolerar aquele maldito doente sabotando sua chance.

Porém mais que isso: por mais que evitasse, não conseguia parar de pensar no rosto de Hadley.

Em geral, Zinnia não tinha tempo para pessoas sensíveis. O mundo era um lugar implacável, ou você aprende a atirar ou compra um capacete. Mas a expressão em seu rosto, o modo como Rick a dominava, foi como assistir a alguém esmagar um filhote de passarinho na palma da mão.

— Que tal isso — disse Zinnia, deixando o roupão cair, permitindo que os olhos de Rick passeassem por sua pele. — Que tal um show especial agora? Um show extraespecial?

Rick sorriu, mas recuou um passo, com medo da súbita explosão de sexualidade agressiva. Covarde. Zinnia se aproximou, e ele se empertigou, aguentou firme, preparando-se para o que estava por vir.

Ele não esperava que fosse uma cotovelada rápida e eficiente no olho.

Zinnia sentiu o surto de adrenalina quando o cotovelo o atingiu. Ele gritou e caiu no chão com força, batendo com a cabeça no banco. Ela se ajoelhou ao seu lado enquanto ele se contorcia no piso, tentando rastejar para longe, mas bloqueado pelo banco.

— Que pena que você caiu e machucou o rosto — disse Zinnia.

— Sua puta de merda... — cuspiu Rick.

Zinnia lhe apertou a garganta.

— Você quer apreciar o perigo de me deixar ainda mais puta do que já estou?

Aquilo o calou. Zinnia chegou mais perto.

— Essa é a última vez que vai brincar de trocar plaquinha — avisou ela. — É a última vez que vai ser um filho da puta doente com as mulheres que vivem neste dormitório. E pode mandar me demitir, mas é melhor acreditar quando eu digo que, antes de sair, pego você e acabo com a sua raça. Não pode pedir proteção, porque então teria de explicar o motivo, e seria um escândalo. Está me entendendo?

Rick balbuciou algo, o som entrecortado pela falta de oxigênio passando pela sua traqueia. Zinnia afrouxou um pouco os dedos.

— Está me entendendo? — perguntou ela.

— Tô.

— Me convença.

— Entendi. Nunca mais.

— Ótimo.

Ela o soltou. Cogitou lhe dar um soco ou um chute. Algum tipo de golpe de despedida. Mas decidiu que já fizera o bastante, então vestiu o roupão, saiu do banheiro, pegou o aviso de "em manutenção" e o jogou por cima do ombro.

Aquilo foi burrice.

Muita burrice.

Mas ela também não dava a mínima.

Ela foi até o banheiro feminino. Estava um pouco mais cheio que o normal. Dois cubículos ocupados, e, no fundo, todos os chuveiros. Duas mulheres que Zinnia mal conhecia estavam sentadas, esperando a vez, junto com Cynthia. O cômodo estava carregado de vapor e conversas sussurradas.

Cynthia indicou que se aproximasse e Zinnia se sentou ao seu lado.

— Como está se sentindo hoje, querida?

— Nas nuvens — respondeu Zinnia.

— Eu acredito— disse ela. — Sem ofensa, querida, mas esse é o maior sorriso que já vi em seu rosto desde que chegou aqui.

— Alguns dias são especiais.

— Ah, é?

Zinnia assentiu, aquecida pela lembrança da distensão que sentiu quando o cotovelo atingiu o alvo. Havia uma chance real de ter quebrado o osso orbital de Rick.

Uma cortina de chuveiro foi aberta. Uma mulher mais velha, esbelta e com cabelo grisalho, saiu, pegou uma toalha e se enrolou. Uma das garotas que estava esperando levantou e tomou seu lugar.

— Mas, sinceramente, acho que estou ficando doente — disse Zinnia. — Gastroenterite.

— Isso é péssimo, querida.

— Melhor me internar no hospital por um ou dois dias. Só por garantia.

— Ah, não não não — disse Cynthia. — Você não quer fazer isso.

— Por que não?

Cynthia olhou em volta, inclinando-se na cadeira de rodas.

— Licença médica afeta nossa avaliação.

— Está falando sério?

— Se você se machuca, eles são obrigados a te mandar pro hospital — disse ela. — Mas, se você tem só uma dor de barriga ou um resfriado, ou algo assim, esperam que você apareça pra trabalhar e lide com isso. Às vezes os trens-ambulância nem levam a gente, se acham que não é grave.

Zinnia riu, porque parecia piada.

— Isso é ridículo.

Cynthia não abriu um sorriso, não riu.

— Você não quer brincar com essas coisas.

— Deus, que lugar de merda!

Dessa vez, Cynthia sorriu.

— Meu conselho? Evite o hospital o máximo que puder. A assistência é ótima. O problema é que, na verdade, não querem que você a aproveite. E custa uma tonelada de créditos.

A cortina do chuveiro para deficientes no fim da fileira se abriu. Uma mulher saiu, nua e de muletas, um roupão embaixo do braço, o nécessaire pendurado no pescoço. Ela foi até o banco enquanto Cynthia agarrava as rodas da cadeira e se impelia para a frente.

— Lamento por seu estômago — disse ela. — Melhoras!

Zinnia se recostou. Observou Cynthia fechar a cortina. Ficou sentada ali por alguns minutos, os pensamentos voltando para Hadley.

Ela podia imaginar a garota sentada no canto da cama, encolhida, ainda chorando por qualquer que fosse a violação a que Rick a havia submetido. Ela cogitou ir até seu quarto, bater à porta. Ver se ela estava bem. Mas não tinha inteligência emocional para isso, então foi até o cubículo de Cynthia e falou com ela pela cortina.

— Ei!

— Sim, querida?

— Você sabe aquela garota, Hadley? Parece um coelhinho de desenho animado?

— Sei, claro.

— Pode dar uma olhada nela? Eu esbarrei com ela antes. Parecia chateada. Mas não a conheço muito bem...

— Não precisa dizer mais nada — argumentou Cynthia. — Mais tarde dou um pulo no quarto dela.

Zinnia sorriu. Ainda estava frustrada, mas aquilo ajudou um pouco. E, enquanto voltava para o quarto, teve outra ideia.

Não era uma ideia de que gostasse, mas provavelmente funcionaria.

ANÚNCIO DE ATUALIZAÇÃO DE SOFTWARE

Às oito da manhã de amanhã, a Nuvem vai transmitir uma atualização de software para seus NuvRelógios. Essa atualização vai corrigir alguns pequenos bugs, assim como aprimorar o monitoramento de frequência cardíaca e a duração da bateria. Às seis e meia da manhã, todo o trabalho na Nuvem vai cessar e, a não ser que tenham sido instruídos do contrário, devem retornar imediatamente a seus quartos, onde permanecerão até que a atualização de software seja concluída.

Depois de concluída a atualização, todos de serviço deverão se apresentar ao trabalho imediatamente para finalizar o restante de seu turno. Qualquer pessoa escalada para trabalhar deverá se apresentar imediatamente.

Por favor, estejam cientes de que apenas o pessoal da segurança e a equipe médica têm permissão para circular durante a atualização. Qualquer um que for encontrado fora de seu quarto durante a atualização perderá uma estrela. Para aqueles com duas estrelas, isso significará demissão imediata.

Obrigado pela compreensão e cooperação nessa questão. Sabemos que é um transtorno e, como sempre, trabalharemos para que seja o mais suave possível. Agradecemos sua colaboração.

PAXTON

Paxton trocou seu café da manhã típico — dois ovos fritos e torrada — por uma barra de proteína, ruminando um único pensamento enquanto mastigava: aquele seria o dia da quarta estrela.

Ele era chefe de setor e ficou responsável pelo saguão do Carvalho, então, basicamente, precisava ter certeza de que todos estavam bem espalhados para que houvesse olhos e ouvidos em todos os lugares. Ele teria vinte pessoas para distribuir e era mais que suficiente. Ele não queria dar a Vikram a oportunidade de falar merda sobre ele para Dobbs mais do que já fizera.

O saguão estava um pouco menos lotado que de costume. As pessoas provavelmente tiraram o dia para ficar no quarto, já que teriam de voltar para lá em breve de qualquer modo. Ele fez alguns percursos, encontrou alguns pontos estratégicos que não tinha percebido antes, depois foi até o Admin, onde deveria encontrar Vikram para os ajustes finais.

Mesma sala de reuniões. Mesma falta de espaço, embora a atmosfera parecesse mais leve sem a presença de Dobbs. Vikram estava parado na frente, esperando as pessoas entrarem, e, quando a sala enfim lotou, ele encarou a audiência, aguardando que se calasse. Como se todos devessem pensar duas vezes antes de falar quando era sua vez.

— Ótimo — disse ele, quando a sala finalmente ficou em silêncio.

— Então hoje é o grande dia. Não posso ser mais claro com vocês. Se foderem com tudo, é o meu na reta. Ou seja, vou me assegurar de que seja o de vocês também. Coloquei seus celulares pessoais em uma lista de transmissão. Estarei mandando atualizações assim que surgirem. Todo mundo vai receber as mensagens, apenas ignorem as que não forem pertinentes. Se alguém for visto fora do confinamento...

Alguém riu entre os dentes no fundo, da maneira que ele enfatizou a palavra *confinamento* como se estivessem em um filme de ficção científica, com alienígenas cuspidores de ácido batendo na porta, e Vikram parou de falar por um instante.

— Se alguém for visto fora do confinamento, vocês informem a seus superiores e detenham a pessoa. Ficarei por aqui pelos próximos minutos para esclarecer dúvidas.

Ele bateu palmas para sinalizar o fim da reunião. Alguém abriu a porta para ventilar a sala. As pessoas saíram em fila. Paxton assentiu para Vikram, tentando expressar *Tenho espírito de equipe* sem precisar, de fato, falar com ele. Vikram apenas franziu o cenho.

Na metade do caminho para o Carvalho, seu NuvRelógio vibrou.

Uma hora até a atualização de software. A não ser que tenha sido instruído em contrário, por favor se recolha a seu quarto.

ZINNIA

Uma hora até a atualização de software. A não ser que tenha sido instruído em contrário, por favor se recolha a seu quarto.

Então:

Por favor, termine sua última entrega.

A estante na frente de Zinnia parou. No topo das prateleiras, sua entrega, uma caixa de quebra-cabeça. Ela escalou as prateleiras, não se importando em prender o equipamento de segurança. Ela se perguntou qual seria a convenção nesta situação, caso fosse penalizada. Não que importasse tanto quanto aterrissar de forma correta.

No topo da estante, ela encontrou a caixa com os quebra-cabeças, pegou um, registrando o item no NuvRelógio.

Em seguida, prendeu o fôlego, virou e se lançou no ar.

O estômago revirou. Ela colou o queixo no peito e esticou o braço. Um, para amortecer a queda, e dois, para garantir que deslocaria o ombro. Já era desarticulado desde o trabalho em Guadalajara.

Assim que aterrissou, sentiu o ombro se deslocar e estalar. Ela exalou com força, esvaziando os pulmões, como se aquilo pudesse amenizar um pouco da dor. Não o fez. Ela ficou deitada de barriga para cima, o braço esquerdo igual a um pedaço de carne morto atado ao torso. A dor ecoou em seu corpo como uma orquestra desafinada.

Ela inspirou. Expirou. Atingiu o auge da dor, a cacofonia dela. Deixou que a preenchesse. Era assim que funcionava. As pessoas se rasgavam lutando contra ela. O segredo era aceitá-la como uma realidade temporária e se concentrar em outra coisa. Como ficar de pé.

Algumas pessoas tinham parado. Não tantas. Muitas faziam as entregas finais. Zinnia segurou o quebra-cabeça com o braço bom e o arrastou para a esteira, que felizmente ficava ali perto, então ergueu seu NuvRelógio, mas percebeu que não conseguiria apertar a coroa com o braço livre pendurado ao seu lado, por isso pressionou-a contra o queixo até que fizesse o registro.

— Emergência. Gerente — disse.

Recebeu uma série de direções e as seguiu, rapidamente encontrando uma loura com uma camisa polo branca, estilo "mãe suburbana", que deu uma rápida olhada em Zinnia, o braço solto na lateral do corpo, e perguntou:

— Precisa de ajuda?

— Sim, seria ótimo — respondeu Zinnia. — Eu caí.

— Estava usando o equipamento de segurança?

— Não.

A mulher fechou a cara, ergueu o tablet. Então se aproximou e segurou o aparelho perto do pulso de Zinnia até que emparelhasse com seu NuvRelógio. Tocou a superfície de vidro e o virou para Zinnia.

— Preciso de sua assinatura, atestando que não estava usando o equipamento de segurança.

Zinnia expirou. Uma coisa nova em que se concentrar. Burocracia estúpida. Ela empunhou a mão boa — não sua mão dominante — e fez alguns volteios no espaço vazio. A mulher assentiu e digitou pelo que pareceu muito tempo para alguém lidando com uma pessoa ferida.

— Acho que talvez tenha sofrido uma concussão — disse Zinnia, na esperança de agilizar as coisas. — Também bati a cabeça.

— Imagino que vá querer ir para o Assistência?

— Ele está ali pra isso.

A mulher lhe lançou um olhar severo. Do tipo *Agora não é a hora para piadas.*

É, não me diga, pensou Zinnia. Mas gentileza gera gentileza, ou que merda for.

— Por favor — implorou Zinnia.

— Consegue andar ou precisa de ajuda? — perguntou a mulher.

Zinnia revirou os olhos.

— Posso andar.

— Ótimo. — Ela digitou no tablet. Uma rota surgiu em seu NuvRelógio. — Siga as instruções até o transporte de emergência.

Zinnia não achou que a mulher merecia, mas, de qualquer forma, agradeceu. Não demorou muito para chegar à plataforma, aninhada em um corredor perto de uma sala de descanso e de alguns banheiros.

A ambulância era do tamanho de um vagão de trem, mas equipada com camas e material médico, em um trilho exclusivo para o hospital. Zinnia embarcou e encontrou um jovem, robusto e bonito com barba levemente por fazer, jogando no celular. Ele viu Zinnia e enfiou o telefone no bolso, quase avançando uma das camas para encontrá-la na boca do vagão.

— Você está bem? — perguntou ele.

— Caí — respondeu ela. — Meu ombro saiu do lugar.

O homem tentou deitar Zinnia em um leito. Ela resistiu. Nada fácil com aquele ombro. Mas se ela o deixasse ajudá-la ali, não teria por que de ela ter feito tudo aquilo

— Você precisa me deixar arrumar isso — insistiu ele. — O músculo vai contrair. Quanto mais tempo ficar deslocado, mais difícil será colocá-lo no lugar.

— Não, eu realmente preferia... — Mas enquanto Zinnia falava, ele enfiou os dedos em seu ombro e, embora ela nem tivesse imaginado que seria tão fácil, o rapaz segurou firme no local e torceu, e clique, o osso estava no lugar. Simples assim. A dor mudou, ficando estranhamente prazerosa por um instante, então diminuiu até se tornar um ruído ao fundo. Zinnia se reclinou na cama, esticou o braço na perpendicular, torceu o antebraço para dentro e para fora.

— Mandou bem — disse ela, impressionada.

— A gente vê muito esse tipo de coisa — argumentou ele. — Deixe-me adivinhar, você não estava usando seu equipamento de segurança.

Zinnia riu.

— Claro que não.

— Vá para casa, tome um ibuprofeno, coloque gelo. Você vai ficar bem. — Ele olhou em volta. — Ou, se estiver atrás de algo mais... relaxante...

Zinnia estava aberta a repetir experiências, mas aquele não era o momento.

— Eu bati a cabeça.

Ele pegou uma caneta do bolso de cima e, quando a apertou, uma luz irrompeu da ponta. Ele a acenou de um lado para o outro na frente dos olhos de Zinnia, a claridade a fez se encolher. O homem balançou a cabeça, em negativa.

— Não acho que você tenha uma concussão.

— Acho que seria melhor ir pro hospital — disse ela. — Por descargo.

Ele olhou ao redor. Como se para se certificar de que estavam sozinhos.

— Tem certeza? Porque, olha, não estou querendo brincar com algo sério. Mas é melhor fugir do hospital às vezes — Ele se inclinou, baixou o tom de voz. — Estou tentando ajudá-la.

— Eu entendo — disse ela. — Mas minha cabeça está me matando e prefiro ser cuidadosa.

Ele assentiu. Suspirou. Como se tivesse entendido, mas se sentisse mal por ela ter ignorado seu conselho. Ele deu um tapinha na maca.

— Suba. E se prenda.

Zinnia obedeceu, e o homem desapareceu na direção da frente do trem, para um compartimento fechado. Ela achou um cinto de segurança pendurado na cama. Subiu, enrolou-o no corpo, prendeu o fecho. O trem arrancou, a viagem tão suave que mal pareciam se mover.

PAXTON

As filas para o elevador estavam muito longas, a última leva de trabalhadores pronta para se recolher pelo tempo da atualização. Era como se um arco-íris tivesse sido esmagado e empilhado. Paxton deu mais uma volta no saguão, certificando-se de que todos os azuis estavam em posição.

Paxton encontrou Masamba, a quem nomeara, de maneira informal, seu segundo em comando, devido ao fato de que o homem parecia se importar em fazer um bom trabalho. As pessoas sempre pediam a Masamba que se repetisse, por conta do sotaque, mas Paxton o entendia bem. Ele assentiu para o homem alto e forte.

— Tudo bem? — perguntou.

Masamba bateu continência.

— Sim, senhor, capitão.

Paxton riu.

— Por favor, não faça isso.

Ele ameaçou bater continência outra vez, para mostrar que entendeu, mas então se controlou.

— Ok.

O celular de Paxton vibrou em seu bolso com uma mensagem de Vikram.

Testando a mensagem em massa. Por favor, ignore.

Ele não gostava que Vikram tivesse seu celular pessoal. Mas tudo bem, dane-se, pelo menos Paxton era um chefe de setor, não só um qualquer escolhido aleatoriamente para montar guarda em um canto ou, pior, ser mandado para o quarto.

A multidão diminuiu, restavam, no máximo, mais duas viagens de elevador antes que o saguão ficasse vazio. Mais uma mensagem chegou.

Um trem-ambulância está a caminho do hospital. Fora isso, todos os trens pararam e foram checados. Azuis, por favor, façam uma última varredura.

Depois de alguns minutos, outra mensagem.

Aquela mina indo pro hospital é gostosa pra caralho, cara. Melhor eu dar uma olhada nela. Dar um pouco do meu amor e cuidado.

Então:

Outra mensagem, com a foto da ficha de cadastro de funcionária de Zinnia.

Paxton piscou. Aquilo não podia estar certo. Por que diabos Vikram estava compartilhando a foto de Zinnia?

Em seguida:

O sistm foi raceado. Rackeado. ignorar ignorar ignorar última mensagem. Não foi Vikram repito NÃO FOI VIKRAM QUE ENVIOU AQUILO.

Paxton deu uma olhada no saguão, como se houvesse alguém ali capaz de responder suas perguntas: Zinnia estava em uma ambulância? Estava machucada? Era grave? Ele olhou para seu NuvRelógio, pensando em contatar o Admin ou o Assistência para verificar, mas não tinha certeza qual dos dois chamar.

Os últimos elevadores estavam subindo. O saguão estava vazio, exceto pelos azuis. As pernas de Paxton tremiam. Seu corpo queria agir e estava se manifestando através de espasmos involuntários.

O trem tinha parado de funcionar. Mas os de emergência ainda operavam e circulavam. Ele procurou Masamba.

— Você está no comando. Sabe o que fazer?

Masamba fez que não com a cabeça.

— Não sei...

— Minha amiga acabou de ser levada pro hospital. Preciso saber se ela está bem.

Ele bateu continência, se conteve, então deu de ombros, empenhado.

— Eu cuido de tudo. Vai lá.

— Obrigado — agradeceu Paxton, dando um tapa em seu braço e disparando na direção da plataforma de emergência mais próxima.

257

UMA MENSAGEM DE CLAIRE WELLS

Uma mulher senta à mesa. Cabelo ruivo brilhante, como labaredas. A mesa é grande, sólida, polida. Uma mesa que transmitia luxo. Está vazia. Atrás da mesa há uma janela, que se abre para um cenário de floresta. As árvores estão nuas.

A mulher tem as mãos unidas sobre o tampo. Ela dá um sorriso de alguém que não entende o modo como um sorriso pode ser interpretado. Ela fala como se se dirigisse a crianças, pronunciando as palavras com cuidado, em uma trajetória decrescente.

Olá. Meu nome é Claire Wells. E gostaria de começar desculpando--me por vocês não poderem desligar. Sei que estavam ansiosos por alguns minutos de folga durante a atualização de software, mas francamente, não posso conhecer todos vocês, e pensei que esse era o modo mais rápido e eficiente de me apresentar. Prometo. Serei breve.

Vocês todos conhecem meu pai e o homem incrível que ele é. E todos vocês sabem que esse é um momento extremamente difícil para minha família. Mas meu pai me criou para resistir, mesmo quando as coisas ficam difíceis, então estou aqui apenas para dizer que, muito embora meu pai esteja passando o bastão, tenho a intenção de dirigir a Nuvem do mesmo modo que ele fez.

Como uma família.

Assim como meu pai sempre gostou de visitar as instalações das NuvensMãe, espero fazer o mesmo nos próximos meses. Na verdade, vou acompanhá-lo em parte de sua viagem de despedida. Portanto, se me virem, sintam-se à vontade para dizer oi!

Claire ergue a mão e dá um aceno exagerado e desajeitado.

Obrigada por seu tempo. E, novamente, desculpem pela interrupção.

ZINNIA

O trem parou em uma pequena estação, e, quando saltou, Zinnia perguntou:

— Você mencionou algo sobre relaxar?

Oblivion poderia ser útil. Como um instrumento de barganha, ou uma maneira de cair nas graças dos traficantes, ou apenas um jeito de apagar à noite. Não era de todo ruim ter em mãos.

O condutor olhou em volta, garantindo que estavam sozinhos. Levou uma das mãos ao bolso e colocou algo pequeno e quadrado na palma de Zinnia.

— Meu nome é Jonathan. Procure por mim às terças, no Entretenimento.

— Quanto é? — perguntou Zinnia, colocando a mão no bolso.

— A primeira é grátis.

Ela queria lhe perguntar sobre o uso do NuvRelógio, mas... tempo e lugar. Ela podia sempre voltar ao assunto.

— Obrigada.

Jonathan abriu um sorriso discreto.

— Siga a linha vermelha.

No piso de concreto polido havia uma faixa vermelha. Zinnia a seguiu por um longo corredor, até uma sala ampla com um labirinto de separadores de fila e uma série de guichês. Apenas um estava funcionando, e umas poucas pessoas aguardavam na fila. Zinnia foi pelo trajeto sinuoso até chegar ao fim.

Havia três pessoas à sua frente. A primeira, um homem mais velho, sangrando a partir de um ferimento na cabeça, segurava um bolo empapado de toalhas de papel em sua testa. A segunda, uma garota, pressionava a mão contra o estômago, curvada de dor. No balcão, conversando com o atendente, tinha um homem que parecia um caso de desintoxicação, uma pilha de suores e tremores.

Um cara ogro estava sentado atrás do vidro e atendia a todos com rapidez. Chegou a vez de Zinnia, quando ele então suspirou e revirou os olhos, atônito e horrorizado que tivesse outra pessoa com quem lidar.

— Doença? — perguntou ele.

— Desloquei o ombro — respondeu Zinnia. — Bati a cabeça. Talvez eu tenha uma concussão.

Zinnia ergueu o braço para o disco, mas viu que a tela de seu relógio havia se apagado. Uma linha cinzenta apareceu, rastejando lentamente da esquerda para a direita.

O homem fez que não com a cabeça.

— Acho que teremos de fazer isso do jeito antigo. Número de identificação de funcionário?

Zinnia deu o número e assistiu enquanto ele o digitava no computador. Os computadores do hospital continuavam on-line, como ela suspeitava. Ponto para ela.

O homem atrás do vidro balançou a cabeça, em negativa.

— Você não estava usando o equipamento de segurança.

— Eu sei — admitiu ela. — Posso ir agora? Minha cabeça está doendo.

Ele voltou a digitar, as mãos voando pelo teclado.

— Por favor, siga até o quarto seis, leito dezessete, em breve alguém irá vê-la — disse ele, depois de alguns instantes.

O modo como disse *breve* deixou bem claro que a espera seria tudo, menos isso. Zinnia passou pelas portas de vaivém no fim da fileira de guichês e continuou por um longo corredor que cheirava a material de limpeza. O piso estava tão brilhante que seus tênis guinchavam. Havia uma série de portas cinzentas com grandes números azuis pintados.

A porta seis se abriu para um longo cômodo de leitos e cortinas; a maioria das cortinas, aberta, a maior parte das camas, vazia. O quarto ficava à direita no fundo. Havia mais duas pessoas: a garota encurvada, que parecia um pouco melhor agora que estava deitada de lado, e um garoto, pés cruzados, jogando no celular.

Zinnia foi até o leito dezessete e se deitou. Era estreito e parecia uma placa de pedra forrada por uma fina camada de espuma. Ela olhou em volta e viu um computador embutido na parede a sua frente, com uma pequena estação de trabalho embaixo — escrivaninha e teclado. Nada mal, mas também muito próximo de sua cama, o que era perto demais para que ficasse à vontade.

O homem jogando no telefone tinha a cabeça raspada, as raízes pintadas de um verde vibrante, manchas de verde escuro no escalpo.

— Ei! — chamou ela.

Ele não desviou os olhos do celular.

— Ei!

Ele não se virou, não parou de jogar no celular, mas ergueu uma sobrancelha como resposta.

— Há quanto tempo uma enfermeira passou por aqui? — perguntou ela.

— Pelo menos uma hora — respondeu ele. — Duvido que alguém dê uma olhada na gente antes do fim da atualização e a equipe toda volte ao serviço.

— Ótimo — disse Zinnia. — Vou tirar uma soneca então, já que tenho de esperar.

O cara deu de ombros levemente. Como se dissesse: *Faça o que você quiser.*

Zinnia fechou as cortinas ao redor da cama e se jogou no chão, rastejando, no estilo militar, por baixo das camas e ao longo do corredor, tomando um cuidado extra ao passar por sob a cama da garota com o problema no estômago. Quanto mais se esgueirava, mais seu ombro raspava na articulação, mas ela ignorou.

261

Ela parou no canto, olhou pelo corredor. Nenhum pé. Do chão, não podia dizer se alguma das camas estava ocupada, e não gostava muito daquilo, então se levantou e ficou contra a parede que fazia uma curva.

Havia uma enfermeira, digitando em um tablet. Uma cama, ocupada, a pessoa em posição fetal, enrolada em um cobertor, olhando para o outro lado.

Zinnia recuou. Fechou os olhos. Inspirou fundo, então dobrou a esquina e seguiu pelo corredor. A enfermeira, uma latina com cabelo castanho cheio de frizz, ergueu o olhar.

— Desculpe, querida — disse ela. — Já vou até aí.

— Na verdade, estou indo pra lá — disse Zinnia, apontando para o banheiro feminino. — Mas só pra você saber, tem uma garota logo depois da curva do corredor com muita dor.

A enfermeira assentiu, baixou o tablet.

— Certo. Você está bem?

— Estou — respondeu ela. — Mas talvez você pudesse dar uma olhada nela?

A enfermeira partiu, os pés guinchando no piso. Zinnia a observou desaparecer e colocou a mão no bolso, pegando o gopher. Disparou pelo corredor até encontrar uma mesa circular cheia de computadores. Todos ainda ligados. Ela escolheu o mais próximo, inseriu o gopher numa entrada USB livre na parte de trás.

Ela não podia ouvir, não podia ver, mas quase podia sentir — seu pequeno malware customizado deslizando pelo sistema, extraindo a informação de que precisava.

Ela se virou para o banheiro, contando mentalmente.

1:00

:59

:58

:57...

Os números se desintegraram quando algo pesado acertou sua nuca.

Ela caiu com força, quase não conseguiu levar as mãos ao rosto para proteger a boca. Ela rolou, um pé apoiado, um pé esticado, a postos.

Rick estava em pé sobre ela, o rosto vermelho e inchado e enfaixado, segurando um suporte para soro como se fosse um taco de baseball.

Zinnia se afastou, tentou fugir, mas foi impedida por uma superfície dura. Ele devia ser o paciente deitado na cama perto da enfermeira.

— Sua puta — disse ele, erguendo o suporte sobre a cabeça, pronto para golpear.

Zinnia chutou as bolas dele. Elas cederam sob seu calcanhar. Ele se dobrou, e ela tentou se levantar, caindo sobre si mesma no espaço apertado e desconfortável. Mas ele havia se recuperado para chutá-la, acertando Zinnia no maxilar.

A pancada a fez ver estrelas. Ela rolou, rastejou, tentou o que podia para aumentar a distância entre os dois; tudo estava indo por água abaixo, e pior, a culpa era sua.

Canalizou aquela raiva para longe de si. Ela a usaria contra ele.

Zinnia se ajoelhou enquanto Rick ficava de pé. Pegou um penico e investiu contra ele. Acertou-o no rosto, e, embora não fosse muito pesado, aquilo o pegou de surpresa, o suficiente para desequilibrá--lo. Zinnia quis tentar remover o gopher, mas não tinha certeza se o tempo necessário havia se passado. Provavelmente não, a adrenalina dilatava o tempo. Ela devia ter consultado o relógio na parede quando o plantou.

Zinnia ficou de pé. Rick era um idiota. Um fracote de merda. Mas conseguira acertá-la de jeito — agora tinha chance de ela estar com uma concussão de verdade, pelo modo como parecia estar em um barco balançando.

Ela olhou para trás. Nenhuma enfermeira. Talvez o barulho não tivesse chegado até lá. Talvez a mulher tivesse saído. Talvez estivesse com medo. Zinnia se virou e viu Rick se levantando, então avançou, dando-lhe uma joelhada no rosto, e a cabeça do homem foi para trás. Ele caiu no chão, deslocando uma das camas, e Zinnia procurou algo, qualquer coisa, que pudesse usar para amarrá-lo, mas não encontrou nada.

Seu cinto. Aquilo teria de servir. Ela o tirou, deu uma sacudida, mas Rick esticou o pé fazendo-a tropeçar e cair. Ela estava zonza do golpe na cabeça. Não estava pensando direito. Ela rolou de lado, deu de cara com outra cama, o lugar não fora mesmo projetado para uma maldita luta, e Rick já estava de pé, dessa vez segurando o banco onde a enfermeira estava sentada.

Quando o banco descia em sua direção, Zinnia ergueu os braços. Sacrificaria os antebraços para proteger a cabeça.

Aquilo ia doer.

— Ei!

Ela reconhecia a voz. Ela a reconheceu antes mesmo de vê-lo. Paxton se chocou contra Rick, e os dois desabaram no chão. Zinnia se afastou, ficou olhando enquanto Paxton montava em Rick, de costas para ela, erguia o punho e acertava a cara do gerente. Ouviu-se um baque, como uma abóbora caindo no chão.

Aquilo estava prestes a terminar, e depois Paxton não a perderia de vista. A enfermeira voltaria. Portanto Zinnia ignorou a sensação do cérebro chacoalhando em sua cabeça, se levantou e correu até o computador, rezando para que houvesse se passado tempo suficiente para que o gopher tivesse hackeado o sistema, conseguido as informações e as gravado.

Ela o pegou.

Deu meia-volta e viu Paxton, já meio se virando, Rick de bruços sob ele.

Paxton a encarava.

PAXTON

Paxton parou no guichê. O senhor atrás do vidro olhava para algo no colo. Paxton espalmou o vidro com tanta força que a divisória tremeu. O homem se sobressaltou, quase caiu da cadeira.

— Uma mulher chamada Zinnia passou por aqui?

O homem respondeu com um olhar perdido.

Paxton indicou a altura dela com uma das mãos.

— Dessa altura. Negra. Bonita.

O homem assentiu. Apontou para as portas.

— Eu a encaminhei faz um tempinho. Quarto seis, eu acho?

— Obrigado.

Paxton disparou pela porta dupla até um corredor de leitos. Em um deles, um adolescente rabugento encarava o celular, nada menos que uma explosão nuclear chamaria sua atenção. Um pouco mais à frente, em outro, viu uma menina se contorcendo de dor e uma enfermeira abaixada ao seu lado, como se estivesse se escondendo de algo. A enfermeira viu Paxton e quase desmaiou de alívio.

— Graças a Deus está aqui. Alguma coisa está acontecendo lá dentro.

— Onde? — perguntou Paxton.

Ouviu-se um estrondo no fim do corredor, na esquina. Ele correu e virou na direção dos sons e deu de cara com um homem segurando um banquinho, pronto para acertá-lo em alguém. E no chão, com o rosto ensanguentado, estava Zinnia.

Paxton ficou fora de si. Atacou o homem, colocando todo o seu peso no golpe. Doeu em Paxton, mas doeu mais no outro cara, conforme se engalfinhavam e rolavam, até que Paxton conseguiu imobilizá-lo.

Em situações como aquela, o melhor era conter a pessoa e esperar até que a ajuda chegasse.

Como se aquilo sequer fosse uma opção.

Ele cerrou o punho e esmurrou o rosto do homem. Seus olhos ficaram selvagens, então bruxulearam, como se uma luz tivesse sido apagada. Depois de um momento, Paxton reconheceu a sensação em sua mão. A dor irradiando dos ossos de suas juntas até o cotovelo. Talvez tivesse quebrado algo.

Ele se virou para checar Zinnia, e a flagrou de pé, perto de vários computadores, mexendo em algo em um dos monitores.

— O que você está fazendo? — perguntou Paxton.

Zinnia se virou. Olhou para ele. Confusa. Irritada? Com dor? Ele não sabia dizer. Estava prestes a perguntar de novo.

E, então, ela desmaiou.

ZINNIA

Zinnia escorregou para o chão, de modo a proteger sua cabeça. Deixou Paxton correr até ela, deixou-o agarrá-la e sacudi-la, deixou-o se preocupar e afligir. Torcia para que isso o distraísse do chip que havia colocado em sua bochecha, na parte superior bem perto dos dentes, onde arranhava sua gengiva.

Ela pensou em guardá-lo no bolso, mas temeu que, se ele a revistasse, se fosse internada e tivesse de entregar suas roupas, ou por quaisquer milhões de motivos possíveis, perderia o chip, e então também teria que abandonar a missão, porque, àquela altura, estava se tornando intenso demais.

Era exatamente por essa razão que ela usava chips à prova d'água. Um pouco mais caros, mas valiam a pena. Ela ainda tinha a oblivion no bolso, mas não se importava de abrir mão da droga.

Paxton foi atrás de socorro. Zinnia deu uma olhada em Rick. Ainda no chão.

Ele devia tê-la visto plantando o rastreador. Mas as coisas estavam prestes a ficar bem desconfortáveis para ele, num nível administrativo.

Um segurança havia testemunhado ele atacando uma mulher. Ele não se safaria de algo assim.

Apesar de que, pelo jeito que Cynthia o descreveu, as pessoas conheciam seu histórico. Ele tinha algum conchavo na empresa? Algo que o protegeria durante aquele processo?

Concordaria em trocar informações?

Havia uma tesoura sobre a mesa. Zinnia conseguia visualizá-la em sua mente. Ela a havia visto durante a briga, tentara alcançá-la, mas as coisas estavam acontecendo com muita rapidez. Tinha alças de plástico amarelo bem vibrante. Parecia cega, prestes a quebrar, mas a pele da garganta era uma membrana delicada. Ela podia alegar que ele recobrou a consciência, tentou atacá-la de novo.

Mas, antes de conseguir se levantar, Paxton dobrou o corredor com a enfermeira e mais um homem de azul, um sujeito esguio, com corte à escovinha. Ela fechou os olhos, mais uma vez fingindo estar desacordada.

— Onde diabos você estava? — perguntou Paxton.

— Eu só estava... só estava... — O outro azul.

— Você só estava o quê? — exigiu Paxton. — Dormindo em serviço?

— Por favor...

— Não me venha com "por favor". Você está fodido de muitas formas. Ela podia ter morrido.

Zinnia sentiu as mãos de Paxton novamente, então outras, menores, a enfermeira. Examinando, verificando se havia fraturas, abrindo sua pálpebra. Zinnia levou a palma da mão até a testa, piscou os olhos. Eles a ajudaram a se levantar e a colocaram em uma das camas.

— Você está bem? — perguntou Paxton.

Ela não sabia dizer o que ele estava pensando. Ele estava preocupado. Aquilo era óbvio. Era um bom começo.

— Sim — respondeu ela. — Só... Estou bem.

Paxton baixou o olhar para seu relógio ao mesmo tempo que o de Zinnia vibrou. A atualização estava completa, a carinha sorridente apareceu no NuvRelógio, dando lugar, em seguida, ao mostrador de horas usual.

Por favor, retorne ao trabalho, disse o de Zinnia.

Paxton viu também.

— Ignore. — Ele se virou para a enfermeira. — Fique de olho nela. — Então se afastou e começou a falar com o NuvRelógio dele. Estava indo cada vez mais longe para que Zinnia não ouvisse o que dizia.

A enfermeira acendeu uma lanterna nos olhos de Zinnia.

— Tem certeza de que está bem?

— Não sei.

— Precisa de algo para a dor?

— Não. — Claro que queria algo para a dor. Queria tomar o que tinha no bolso, mas aquele não era o momento de ficar chapada.

Paxton reapareceu ao seu lado.

— Meu chefe vai chegar em alguns minutos. Segundo ele, muita merda foi jogada em muitos ventiladores. Mas primeiro, sabe por que esse cara te atacou?

Zinnia cogitou responder não. Que foi algo aleatório. Inesperado. Ela preferia assim, porque significava perder menos tempo explicando aqueles momentos no chuveiro, e sua conformidade às exigências de Rick, como se fosse uma coisinha frágil que não teve alternativa.

Mas o chip ainda estava em sua bochecha, e ela não queria que Paxton pensasse no assunto.

Então ela contou o que tinha acontecido.

Omitiu a parte em que fora a responsável por colocar Rick no hospital, mas a história colou, porque tanto Paxton quanto a enfermeira exibiam expressões cada vez mais carregadas. Paxton, em especial, olhava de soslaio para Rick, que estava estirado no chão, encarando o teto, sabendo que estava acabado. Ele parecia se controlar para não ir até lá e acertar a bota na cara do homem.

— Você devia ter me contado — disse Paxton, no fim do relato.

O modo como falou aquilo soou como uma censura, o que não agradou Zinnia.

— Às vezes é melhor deixar pra lá — argumentou Zinnia.

Ele fez que não com a cabeça.

— Você devia ter me contado.

Só que, dessa vez, soou mais triste. Aquilo despertou sentimentos complicados em Zinnia. Sentimentos que não sabia definir, mas dos quais sabia que não gostava.

Dali em diante, a sala se transformou em uma explosão de pessoas. Muitas perguntas. Rick foi colocado em uma cama, amarrado. Um senhor, com o rosto como um meteorito e uniforme cáqui — o infame Dobbs —, interrogou Zinnia sobre o acontecido. Sem julgamentos nem nada, só queria a história. Ela recapitulou a versão que mais a favorecia e, no meio-tempo, juntou algumas peças do quebra-cabeça pelas perguntas que ele fez, assim como pelas conversas acontecendo à sua volta.

O segurança encarregado da ala, Goransson, estivera de bobeira, talvez cochilando em outra sala. Dobbs admitiu que o oficial encarregado do processo de atualização havia acessado seu perfil de funcionária, identificado quando foi admitida no Assistência e enviado uma mensagem grosseira sobre ela. Ele quisera mandar apenas para uma pessoa, mas, em vez disso, tinha disparado a comunicação pela lista de transmissão da segurança.

Motivo pelo qual Paxton foi capaz de chegar na hora certa.

Eles pareciam estar levando a sério sua denúncia contra Rick. Ela odiava ter de bancar a vítima, mas pelo menos ele pagaria pelas suas ações. Estava prestes a registrar o incidente como uma vitória quando ouviu Rick berrando da maca ao ser levado da enfermaria.

— Pergunte a ela. *Pergunte a ela!*

De onde estava do outro lado do cômodo, conversando com Rick, Dobbs baixou a cabeça e colocou as mãos na cintura, movendo-o para a frente e para trás, então foi até a cabeceira de Zinnia.

— Desculpe ter de perguntar — começou ele —, mas ele disse que você estava mexendo nos computadores quando a encontrou.

Não estou inclinado a acreditar em um saco de merda, mas preciso perguntar pelo menos.

Zinnia sentiu as extremidades pontiagudas do chip na gengiva.

— Eu estava indo ao banheiro quando ele me acertou — disse ela. — Não sei do que ele está falando.

Dobbs assentiu, feliz com a resposta. Sobre o ombro, Paxton a encarava. Ela não gostou do modo como ele a olhava.

PAXTON

Dobbs colocou as mãos na cintura, fincando os punhos, quase como se quisesse enfiar as mãos dentro de si mesmo.

— Vikram, aquele filho da puta idiota — xingou Dobbs. — Vou acabar com ele quando isso terminar. Com Goransson também. — Ele suspirou, inspecionou a comoção na enfermaria. — Já você, eu ainda não sei.

— Senhor? — perguntou Paxton.

— Você abandonou seu posto — disse ele. — Seja sincero comigo. Tem alguma coisa com essa mulher?

— Temos saído juntos, sim — admitiu ele.

Dobbs assentiu.

— Bonita.

Paxton corou com a aprovação de Dobbs.

— Então você deixou seu posto durante uma missão importante — disse Dobbs. — E, se não o tivesse feito, aquele saco de merda teria rachado a cabeça daquela mulher.

— Sobre o sujeito — começou Paxton. — Zinnia disse que ele fazia muito isso. Havia alguma queixa registrada contra ele? Algo nessa linha?

— Não que eu saiba — respondeu ele. — Preciso investigar mais a fundo. O sistema só voltou agora.

— Bem, isso é um problema. Porque, se ele fez disso um hábito, pode ter certeza de que vou fazer um escândalo até que seja demitido e colocado na cadeia.

Dobbs assentiu devagar, ruminando alguma coisa. Paxton não estava certo do quê. Era mais fácil ler mandarim que decifrar Dobbs. Depois de alguns instantes, Dobbs voltou a falar, se aproximando e baixando o tom de voz.

— Preciso de uma coisa. Está me escutando?

— Estou ouvindo.

— Preciso que tenha espírito de equipe. Você tem espírito de equipe?

— Como?

— Preciso que diga à sua mulher que vamos cuidar disso — respondeu Dobbs. — Que o babaca será expulso da Nuvem e que aproximadamente dez minutos depois, não será aceito em nenhum emprego, em nenhum lugar do país. Vikram também vai ser punido. Mas vou precisar de algo em troca.

— O quê?

— Que ela não faça um escândalo. Sei que ela deve estar um pouco abalada no momento, meio desnorteada, e é aí que você entra. — Dobbs pousou a mão no ombro de Paxton. — Preciso que você a convença de como isso seria um pé no saco, fazer disso uma luta, como talvez ela queira. O mais importante é que a justiça será feita, mas de um modo mais fácil pra todos os envolvidos.

A boca de Paxton pareceu encher de areia. Seu primeiro impulso foi mandar Dobbs se foder. Ele respirou fundo, pensando de modo racional.

Se afastasse seus sentimentos, até que fazia sentido. Conter as coisas.

Mas sentia como se estivesse traindo Zinnia. Ao pedir que se sentasse e cruzasse os braços, ficasse quieta. E se ela não quisesse? E se um escândalo fosse exatamente o que queria? Não seria certo ficar em seu caminho.

— Acha que consegue fazer isso? — perguntou Dobbs.

— Vou tentar.

Dobbs apertou seu ombro.

— Obrigado, filho. Não vou me esquecer disso. Agora vá ficar com sua mulher. Certifique-se de que ela está bem. Os dois podem tirar o dia de folga, o resto de hoje e amanhã, tudo bem?

— Tem certeza?

— Claro. Considere meu presente pra vocês. Os dois passaram por muita coisa.

Paxton não sabia pelo que havia passado, mas estava feliz por ter o dia de folga. Ele sorriu, sem se dar conta disso, e então apagou a expressão do rosto. Dobbs assentiu e saiu a fim de apagar outro incêndio.

Zinnia estava de pé ao lado da cama quando a alcançou. Ela se movia como uma pessoa ferida: com delicadeza, como se pudesse se estilhaçar caso se movimentasse muito rápido. Um hematoma escurecia embaixo de seu olho e havia um arranhão em sua bochecha. Seus dedos estavam enfaixados, o que fez Paxton se lembrar do próprio punho dolorido. Ele o esticou. Ainda doía, mas provavelmente não o tinha quebrado.

— Então — disse Paxton. — Que dia, hein?

Zinnia fez uma careta. Uma risada sacudiu seu peito, apesar de nenhum som sair de sua boca, apenas jatos de ar.

— Pode-se dizer que sim.

— Então, tudo já foi resolvido — avisou ele. — Você está de folga hoje e amanhã. Eu também. Ouvi o médico dizer que está liberada. Quer sair daqui?

— Quero — respondeu Zinnia. — Seria ótimo.

Paxton ignorou a vontade de beijá-la, de abraçá-la, de fazer qualquer coisa dos milhares de possibilidades que poderiam ser consideradas inapropriadas naquele cenário, mas esticou o braço e deixou que ela o tomasse, achando que oferecer ao menos certo apoio estaria dentro dos limites da razão. Paxton abriu caminho entre as pessoas perambulando por ali.

Seguiram até o trem. O hematoma no rosto de Zinnia não era algo simples de esconder. Uma mulher ferida, escoltada por um segurança. Evidentemente as pessoas encaravam.

Chegaram ao Bordo e foram para o quarto de Zinnia. Ela entrou, e, por um segundo, Paxton considerou partir, deixá-la à vontade, mas ela segurou a porta para que ele entrasse. Ela se apoiou na bancada enquanto despia a blusa e o sutiã, passando as mãos pelo corpo, à procura de hematomas e outros ferimentos. Paxton desviou o olhar. Não porque achasse que precisava. Apenas parecia grosseiro, dadas as circunstâncias.

— Precisa de alguma coisa? — perguntou ele, depois de alguns instantes.

— Cem vodcas e um pote de sorvete.

— Eu consigo arranjar o sorvete. — Paxton hesitou. — Mas a vodca é muito.

— Vodca e sorvete me fariam a pessoa mais feliz do mundo.

— Deixa comigo — disse Paxton, saindo do apartamento, a caminho do calçadão, feliz por estar fora do espaço confinado. Havia conversas para as quais não estava preparado. Ainda não.

Ele foi até a loja de bebidas primeiro, para comprar a vodca, se dando conta de que não havia perguntado a marca predileta dela, mas então se lembrou da que normalmente Zinnia costumava pedir no bar e a comprou. De lá foi para a loja de conveniência pelo pote de sorvete — aquilo foi fácil, ela gostava de massa de cookie com gotas de chocolate — e de um sanduíche natural para ele.

Durante todo o tempo, sua cabeça latejava. Porque agora tinha de convencer Zinnia a confiar que Dobbs cuidaria de tudo, e a desistir de qualquer desejo de perseguir aquele babaca pelos canais oficiais.

Porém, mais que isso, alguma coisa não fazia sentido naquilo tudo.

O cara, Rick, havia alegado que Zinnia estava mexendo no computador antes de ele atacá-la. E Paxton não podia negar que, quando se virou, depois de acertar o Rick, Zinnia estava, de fato, parada ao lado dos computadores, fazendo algo. Ele não tinha certeza do quê.

A expressão em seu rosto, como se ele a tivesse interrompido. O ponto luminoso. O painel do NuvQuiosque.

Pequenas coisas, como dedos, cutucando seu cérebro.

ZINNIA

Zinnia tirou o gopher da boca e foi atrás do laptop. A loja de bebidas mais próxima ficava no meio do calçadão, então tinha pelo menos dez minutos antes que Paxton voltasse, e ela não conseguia esperar. Precisava saber. Precisava de algo para reprimir a raiva e a vergonha por Rick ter criado vantagem em cima dela com aquele golpe desprevenido.

Ela secou o chip e o conectou ao laptop; deixou a máquina trabalhar por alguns segundos. Ela havia projetado o vírus para compilar tipos de arquivos semelhantes em pastas para facilitar a organização.

Zinnia estava mais interessada na pasta onde estavam os mapas. Ela a abriu e navegou pelos arquivos, sem fôlego, os dedos deslizando pela tela. Circuitos elétricos. Sistemas de abastecimento de água. Vagamente úteis. Finalmente, ela achou o sistema do trem. Havia algo de estranho. Algo diferente dos mapas espalhados por toda a Nuvem.

As instalações de processamento de água, lixo e energia estavam localizadas no quadrante sudeste do campus, um conjunto de prédios próximos, acessíveis por um trem que partia do Chegada, mas não se conectava com o restante do sistema.

E era justamente esse o problema. Ela não podia embarcar naquele trem. Sem acesso para vermelhos.

Mas, no emaranhado de linhas do trem, ela encontrou uma que não constava do mapa oficial. Ligava a instalação de processamento de lixo e o Entretenimento. Transporte de lixo, talvez?

Ela havia caminhado por todo o Entretenimento. Não tinha visto nenhuma entrada de trem que não a principal, no piso inferior, que se conectava ao sistema inteiro, além das linhas de emergência. Ela deu um zoom no ponto final, tentando descobrir qual parte do prédio seria aquela, mas as lojas não estavam assinaladas. Algum lugar no lado noroeste.

Ela iria encontrar. Só de ver aquilo fez aquele dia de cão valer a pena.

PAXTON

Paxton entregou o sorvete e a vodca, e Zinnia serviu dois copos, oferecendo um a ele. Paxton aceitou, mesmo a contragosto. Zinnia ligou a televisão, que anunciava um comercial sobre uma nova marca de sorvete light, que aparentemente tinha sabor de sorvete de verdade, mas logo Zinnia mudou para um canal de música. Um tipo de música clássica eletrônica, de uma banda que Paxton não reconhecia nem sabia pronunciar o nome. Mas ele curtiu. Era uma melodia relaxante.

Ela relaxou no futon, pousou a vodca na mesa de cabeceira e tirou a tampa do sorvete, jogando-a ao lado do copo. Ela meteu a colher, pegou um naco, enfiou na boca. Paxton se sentou ao seu lado, ela estendeu o sorvete para ele, o cabo da colher para fora. Ele dispensou, preferindo seu sanduíche.

— Desculpa ter demorado pra chegar — disse Paxton.

— Estou feliz que tenha aparecido.

— Queria que tivesse me contado.

— Não vamos falar disso.

— Ok.

— Então. — Ela largou o sorvete, pegou o copo. Virou-o. Levantou-se para se servir de outra dose. — E agora?

— Bem. — Paxton se inclinou, apoiando os cotovelos nos joelhos. Tentou se encolher, fugir da conversa que não queria ter. — Dobbs acha que seria melhor evitar os canais oficiais. Disse que faria uma bagunça e tanto. Mas prometeu que o cara que a atacou será demitido, e Vikram, rebaixado.

Zinnia pegou um punhado de gelo moído de dentro do frigobar e colocou no copo, a água congelada tilintando.

— Eu quero que saiba que faremos o que você quiser — disse Paxton. — Não me importo com o que Dobbs acha. Você tem meu apoio. — Zinnia abriu a garrafa de vodca e despejou um pouco no copo. Colocou a garrafa no lugar e tomou um gole. — Mas eu entendo o ponto de vista dele — continuou Paxton, estremecendo. — O caminho de menor resistência e tudo o mais. O mais importante é que vão sofrer. Não precisamos sofrer também. Ou, pelo menos, não tem por que você sofrer ainda mais.

Zinnia se virou. Sua expressão vazia como uma praia deserta. Paxton não sabia como interpretá-la. No que pensava. O tamanho da besteira que ele havia acabado de fazer. Cogitou se levantar, falar, fazer qualquer coisa diferente de ficar sentado ali, encarando-a, quando Zinnia assentiu. Ela voltou para o futon, deslizou até recostar a cabeça em seu ombro.

— Caminho de menor resistência — repetiu ela, antes de enfiar a colher no sorvete outra vez.

A tensão deixou os ombros de Paxton. Ele disse a si mesmo que era o melhor, para ele, para ela, para Dobbs, para todo mundo. E pensou em lhe perguntar sobre os computadores, mas então achou que já havia conversado demais, e estava cansado, então largou o sanduíche e pegou o pote de sorvete das mãos de Zinnia, seus dedos tocando os dela por um instante.

— Ei! — chamou ela.

— Sim.

Ela ergueu os olhos, encontrou os dele. Do modo como você faz quando quer que alguém preste mesmo atenção.

— Obrigada. — E uniu os lábios aos dele, e Paxton se esqueceu de tudo o mais, a não ser das batidas do coração em seu peito.

GIBSON

Hoje cedo, os funcionários da Nuvem puderam conhecer minha filha, Claire, através de um vídeo especial, veiculado durante uma atualização de software de rotina (você sabe, para que pudessem mesmo prestar atenção).

Queria compartilhar o vídeo aqui com todos vocês, para que também pudessem conhecê-la. Acho que ela faz um ótimo trabalho ao se apresentar. Fico tão orgulhoso, de um modo que nem sei explicar, vê-la assim, assumindo um papel de liderança na empresa.

E quero dizer a todos que pensam que uma mulher não pode dirigir uma companhia do tamanho da Nuvem: vão para o inferno. Queria estar brincando, mas alguns caras chegaram a me dizer que achavam que ela não estava à altura do desafio. Não sei o tipo de pessoa com quem convivem, mas as mulheres em minha vida são fortes como o diabo. Claire e Molly não precisam de mim para defendê-las, lutam suas batalhas sozinhas.

Desde que fundei a Nuvem, prometi acabar com a atmosfera de clube do bolinha que dominava o ambiente de trabalho por tanto tempo. Homens e mulheres receberiam salários iguais, e tenho certeza de que a Nuvem forçou o fim da diferença de remuneração entre gêneros, outro legado de que me orgulho profundamente.

É muito importante para mim que apoiemos e respeitemos as mulheres de nossa vida. Porque, vamos ser sinceros, sem elas, onde estaríamos? Se eu não tivesse a Molly, eu estaria vivendo em alguma sarjeta por aí. Sem Claire para me desafiar a construir um mundo melhor para ela, e depois para seus filhos, a Nuvem não seria a empresa que é hoje.

Enfim, aqui está o vídeo. Estou orgulhoso de você, menina.

(Ah, e apenas ignorem aquela partezinha no início. Como eu disse, foi veiculada durante a atualização de software.)

Olá. Meu nome é Claire Wells. E gostaria de começar me desculpando por vocês não poderem desligar...

ZINNIA

O celular de Zinnia vibrou.

O som a despertou de seu estado sonolento — a cabeça latejando —, e ela pensou que podia ser o de Paxton, porque seu telefone nunca vibrava, mas então recordou que ele tinha ido embora, se desculpando copiosamente, mas lembrando a ela de que não conseguia dormir naquela cama, que tinha o sono muito leve, assim como fazia todas as noites.

E, como sempre, ela odiava o quanto queria que ele ficasse, ainda mais naquela. Ela não precisava de proteção, mas, às vezes, era gostoso terminar o dia em um abraço.

Quando se deu conta de que o vibrar era real e que, na verdade, vinha de seu aparelho, o coração congelou no peito. Com dificuldade, tateou a mesa a seus pés, onde seu telefone estava carregando ao lado de seu NuvRelógio, e viu uma mensagem de texto de "Mãe".

Quando você vem pra casa, querida? Estamos com saudades.

Zinnia se sentou, encarando o telefone. Uma mensagem codificada de seu empregador.

Significava que alguém queria encontrá-la, pessoalmente, fora do campus.

Zinnia largou o telefone, apoiou a cabeça nas mãos e suspirou, aquela sensação de vitória por ter descoberto a linha secreta do trem totalmente desaparecida.

7.
PASSEIO

NOTIFICAÇÃO NUVRELÓGIO

Gostaríamos de informar que, daqui a duas semanas a partir de hoje, está prevista uma visita de Gibson Wells a nossa NuvemMãe. Essa visita coincidirá com nossa cerimônia anual em memória dos Massacres da Black Friday. Daremos mais informações em breve...

ZINNIA

Zinnia não se deu ao trabalho de ligar a lâmpada de teto. Uma luz pálida amarelada entrava pela janela. Ela olhou para a garrafa de vodca no final sobre a bancada. Seu cérebro parecia estar sendo embrulhado em papel-filme, cujo pacote ficava cada vez mais apertado. Ela não tinha certeza se era da vodca ou da pancada que levara. Talvez um pouco dos dois.

A noite quase em claro não ajudou.

Ela cochilou algumas vezes, quando o corpo não conseguia mais suportar a pressão de estar acordado, mas, na maior parte do tempo, ficou observando as tapeçarias penduradas sobre a cama, se perguntando por que diabos seu empregador queria encontrá-la.

Aquilo nunca havia acontecido. Nenhuma vez. Não antes que uma missão estivesse completa. Até mesmo uma mudança na operação poderia ser realizada por uma mensagem encriptada. Isso queria dizer que o que precisava ser dito era muito delicado.

Ou era outra coisa.

Zinnia não gostava da ideia de ser outra coisa.

Havia carros para alugar no Chegada. Ela acessou o sistema pela televisão e ficou vendo as opções no site; descobriu que a lista de espera era de três meses, a não ser que pagasse um plano premium, e isso limparia sua conta bancária. Ela cogitou o que seria preciso para apenas deixar a instalação a pé, andar até que fosse possível entrar em contato de maneira segura com seu empregador e marcar um ponto de encontro. Mas não havia nenhum esconderijo que lhe desse cobertura por ali perto.

Era por isso que tinha um Paxton em sua vida.

Ela pegou o celular, mandou uma mensagem de texto.

Vamos dar um passeio? Adoraria sair desse lugar por um dia. Mas a lista de espera pra alugar um carro é enorme. Tem como você mexer uns pauzinhos?

Não precisou esperar muito.

Vou tentar. Daqui a pouco te aviso.

Zinnia sorriu. Vestiu um roupão e foi até o banheiro feminino para tomar um banho. Com certeza precisaria de outro quando voltasse, porque ainda podia sentir Rick, e esta sensação provavelmente não iria embora tão cedo. Queria ficar sob a água quente até esfolar a pele.

Dois chuveiros estavam ocupados, e sentada em um dos bancos estava Hadley, uma toalha branca felpuda enrolada no corpo, chinelos rosa neon nos pés. Cynthia estava sentada ao seu lado, na cadeira de rodas, apenas com uma toalha, acariciando o ombro nu da garota. Estava sussurrando alguma coisa para Hadley, que assentia.

Cynthia ergueu o olhar conforme Zinnia entrava no banheiro, e, quando percebeu, ficou visivelmente surpresa, olhando duas vezes para Zinnia, que precisou de um instante para lembrar o motivo: a própria cara surrada. Cynthia franziu o cenho e tirou a mão do ombro de Hadley.

— O que aconteceu com você? — perguntou ela.

Zinnia deu de ombros.

— Me meti numa briga.

— Deus...

Hadley deu uma espiada. Zinnia abriu um sorriso discreto.

— Vocês tinham que ver como ficou o outro cara.

Zinnia sustentou o olhar de Hadley. Queria falar, sem falar, mas Hadley olhou para o colo. Zinnia foi até um banco mais afastado, abriu um armário, guardou as roupas que vestiria depois. Cynthia deu outro tapinha reconfortante no ombro de Hadley e foi para o outro canto do banheiro, onde ficava o chuveiro de deficientes.

Zinnia foi até o chuveiro livre; estava prestes a despir a toalha e colocá-la no gancho na parede quando olhou para trás, para Hadley, ainda encolhida como um gato, os olhos grudados no chão. Zinnia se aproximou e se sentou à sua frente, os joelhos quase se tocando.

Hadley não olhou para Zinnia. Não disse nada. Pareceu se encolher ainda mais.

— Para com isso — disse Zinnia, em um tom de voz baixo, com medo de que Cynthia ouvisse por acaso e tentasse interferir. Hadley olhou para cima, um dos olhos visível através do cabelo que lhe cobria o rosto. — Não fica com medo dele — continuou ela. — Desse jeito ele vence. E então a ideia da existência dele vai se transformar em um monstro impossível de matar. Você vai rolar na cama à noite até a exaustão tomar conta de você. E ele não merece. Ele não é invencível. — Zinnia se inclinou para perto, baixou o tom de voz ainda mais. — Como eu disse, você devia ver o outro cara agora.

Hadley hesitou, perplexa com as palavras, mas então um pouco de dignidade se insinuou em sua postura. Ela mostrou um pouco mais do outro olho através do véu de cabelo.

— Então para de choramingar igual a um bebê — finalizou Zinnia.

Hadley estremeceu um pouco, a força que havia acabado de demonstrar se esvaindo, e Zinnia sentiu-se um pouco mal por ter concluído aquilo com um golpe tão duro e certeiro. Mas Hadley precisava ouvir. Um dia, até lhe agradeceria.

Zinnia seguiu para um boxe vazio, onde se enfiou debaixo do jato de água, que espalhou calor pela sua pele. Ela apertou o dispenser de sabão na parede e se ensaboou. Percebeu que sentia uma espécie diferente de calor, que se espalhava por seu interior e parecia se originar de algum lugar entre os pulmões, do lado esquerdo do peito.

PAXTON

Paxton bateu à porta aberta, enfiando a cabeça na sala.

— Tem um minuto, chefe?

Dobbs tirou os olhos do tablet em sua mesa.

— Pensei que tinha mandado tirar o dia de folga, filho.

— Eu queria pedir um favor.

Dobbs assentiu.

— Fecha a porta.

Paxton fechou a porta e se apoiou nela, braços cruzados. Perguntando-se se devia começar pelo favor ou se devia contar a Dobbs como havia sido a conversa da noite anterior. Com certeza, a segunda opção. Aquilo o colocaria nas boas graças do homem. Pelo menos, ele torcia que sim. Mas então Dobbs tornou sua decisão mais fácil. Ele se reclinou na cadeira, as articulações de plástico rangendo, e perguntou:

— Falou com a sua mulher?

— Falei — respondeu Paxton. — Ela vai deixar as coisas como estão.

— Ótimo — disse Dobbs, a expressão impassível. — Isso é ótimo. Estou mesmo feliz de ouvir isso.

— Mas ele se foi, certo? E Vikram está em outro lugar?

— Tudo resolvido.

— Excelente.

— Então...

— Ah, é. — Paxton avançou um passo, os braços ainda cruzados. Estava com um pouco de receio de perguntar, porque seria o mesmo que pedir tratamento especial; não, ele não tinha certeza se merecia. E, de qualquer forma, tratamento especial sempre envolvia algum tipo de condição. Era uma promessa que eventualmente você teria de pagar. Mas era por Zinnia, não por ele, então valia a pena insistir.

— Minha mul... a Zinnia quer sair do campus por um dia. Dirigir um pouco. Mas as locadoras têm uma longa fila de espera. Será que...

— Pode deixar comigo — interrompeu Dobbs, acenando com a mão. — Passe no Chegada, vai ter um carro com uma reserva no seu nome. A segurança tem uma taxa de desconto. Pra aonde vocês vão?

— Não faço ideia. Tudo o que sei é que ela quer dar uma volta de carro, nós dois estamos de folga, e considerando o dia que ela teve ontem, acho que eu devo isso a ela, né?

— Esperto de sua parte— disse Dobbs, em seguida levantou o pulso e deu um tapinha no relógio. — Você viu as notícias hoje de manhã?

O coração de Paxton deu um pulo.

— Vi. O homem em pessoa, aqui.

— Ele mesmo. E já sei o que você está pensando: vai ser uma loucura pra gente.

— Aposto que sim.

— Dakota vai ficar no comando dos azuis, naturalmente — disse ele olhando para o centro de comando, como se ela pudesse estar parada às costas de Paxton. — Vou precisar de um pessoal bom pra ajudá-la.

Paxton analisou a questão. Soava um pouco idiota, mas perguntou mesmo assim:

— Eu sou um deles?

Dobbs se levantou da cadeira e foi até a janela que dava para o escritório. Por trás do vidro, azuis iam e vinham, alheios à contemplação de ambos. Ele estava tão perto de Paxton, que dava para sentir o perfume de sua loção pós-barba. Amadeirada e adstringente.

— Ainda não estou feliz que tenha abandonado seu posto ontem. Mas no fim das contas, não sou um cara de métodos. Sou um cara de resultados. — Dobbs encarou Paxton. — Gosto de pensar que sou bom em ler pessoas, e fiz uma boa leitura de você. Você age quando outras pessoas decidem apenas observar.

— Obrigado, senhor — agradeceu ele. — Eu quero fazer um bom trabalho.

Dobbs assentiu e voltou ao lugar.

— Fala com a Dakota amanhã quando chegar. Diga que foi sugestão minha. Mas é o time dela, então é ela que decide.

— Ok — disse Paxton. — Pode deixar. E obrigado.

Dobbs voltou a atenção de volta ao tablet.

— De nada. Aproveita o seu dia de folga. Sabe o quanto eles são raros por aqui.

Paxton fechou a porta ao sair e sorriu. Um gesto completamente involuntário. Mas o sentimento o invadiu de tal maneira que precisou extravasar de alguma forma, e ele não podia pular e berrar de animação, então apenas o exibiu no rosto, como aquela quarta estrela que talvez ainda não tivesse merecido, mas da qual já se sentia mais perto de obter.

Mas era mais que isso. O cérebro humano não tinha a capacidade de contar o número de vezes que desejara dizer umas verdades a Gibson Wells. Dizer a ele como a Nuvem havia arruinado a sua vida.

E tudo indicava que agora ele teria uma chance.

O que, claro, acabaria com todas as suas estrelas.

Mas, de qualquer maneira, não é como se quisesse seguir carreira naquele lugar.

ZINNIA

O painel do carro elétrico soprava uma corrente constante de ar frio. Do lado de fora, a terra árida reluzia com o calor irradiado. Zinnia deu uma olhada nos retrovisores, observou os drones enchendo o céu, como um enxame de insetos. As silhuetas quadradas da NuvemMãe desapareceram no horizonte. À frente deles, uma extensão de estrada vazia, terra plana de ambos os lados, nada além de planície.

Era bom não usar a camisa polo vermelha. Fazia o dia ficar ainda mais especial, ter uma folga do uniforme. No fundo de uma gaveta, ela havia encontrado um macaquinho leve que nem se lembrava de ter trazido. Paxton estava com uma bermuda azul e uma camiseta branca, que deixava seus braços à mostra, exibindo a curva de seu tríceps.

— Pra onde estamos indo? — perguntou Paxton, mexendo na alavanca de ajuste do banco de passageiro, procurando uma posição mais confortável.

— Não sei ao certo — respondeu Zinnia. — Só precisava de um pouco de céu.

Estavam longe o bastante da instalação para que ela se sentisse confortável em enviar uma resposta, digitando no celular com a mão esquerda, à direita no volante. *Em breve, espero.*

Zinnia largou o telefone e se deu conta de que já havia se passado mais de dois meses desde que chegaram e aquela era a primeira vez que pisava do lado de fora da NuvemMãe. Ou tão fora quanto possível no ambiente relativamente seguro de um veículo climatizado.

— A gente trouxe água? — perguntou ele.

— Tem bastante na mala.

— Eu devia ter trazido os meus óculos escuros.

Zinnia apertou um botão do lado do espelho retrovisor. Um pequeno compartimento se abriu, exibindo alguns óculos de sol.

— O cara da locadora disse que talvez precisássemos disso. Você estava no banheiro. Você conseguiu um tratamento VIP mesmo, hein.

— Parece que dei uma dentro.

— Só porque me convenceu a não dar queixa?

Paxton demorou alguns segundos para responder.

— É. — Depois mais alguns. — Tudo... bem, com isso?

Zinnia deu de ombros.

— Teria dado muita amolação. — Ela não queria admitir que aquela teria sido sua escolha também, mas não via nada de mais em deixar Paxton sofrer um pouco. Porque, na maioria das situações, não, não estaria nada bem. Aquilo diminuía um pouco seu ato de heroísmo.

Zinnia esticou o braço para o compartimento e pegou um par de óculos. Armação grossa de plástico e de um azul vibrante. Paxton a imitou. Seu par era branco, feminino, com design de gatinho, mas ele deu de ombros e o colocou. Virou-se para ela e abriu um grande sorriso, mostrando todos os dentes.

— Ficou ótimo — elogiou Zinnia, deixando escapar uma risada alta, depois de tentar se conter e descobrir ser impossível, até que percebeu que não se importava.

— Combinou com o meu estilo.

— Combinou com a camisa, pelo menos.

O céu se abriu, os drones diminuindo. O sol refletia no carro, aumentando a temperatura. Paxton apontou para cima com a cabeça.

— É meio que incrível, não acha?

— O quê? Os drones?

— É, tipo, olha eles lá em cima. Pra um lado e pro outro o dia todo, e eles nunca batem. Bom, eu acho que não. Carregando todas aquelas coisas...

— Você soa quase melancólico. Você teve um drone de estimação quando era criança?

— Não, só... — Ele hesitou, então deu de ombros. — Eles são legais. Eles que foram o diferencial da Nuvem, não? Quando eles dominaram o frete por drone, foi o fim do varejo on-line. Ninguém conseguia competir com eles. Fico pensando como deve ser. Ter uma ideia revolucionária como essa.

— Ovos são legais também.

O tom de voz de Paxton ficou desanimado.

— Poxa. Isso não foi legal.

Zinnia sentia sua cabeça queimar. Olhou para Paxton, que estava olhando pela janela, evitando ao máximo encará-la.

— Desculpa — disse ela. — Piada de mau gosto.

Quando ele não respondeu, ela girou o botão do ar-condicionado, tentando encontrar um equilíbrio entre tépido e frígido. Ela ligou o rádio, não alto o bastante para desencorajar uma conversa, embora tampouco estivesse ansiosa por uma.

Olhou o celular. Nenhuma resposta.

— Então, como você está se sentindo, com tudo? — perguntou Paxton.

Zinnia considerou se desculpar outra vez, mas imaginou que a pergunta significava que ele queria mudar de assunto.

— A direção desse carro é muito boa. O assento é bem confortável. Mas não gostei do acelerador. Prende um pouco.

— Você sabe o que eu quis dizer.

Zinnia sabia. Preferia que ele tivesse entendido a indireta e deixado para lá. Ela observou enquanto o velocímetro aumentava um décimo de quilômetro por vez.

— Aconteceu e já passou.

— Se quiser conversar...

Zinnia esperou por algo mais. Mas ele não disse mais nada.

— Estou bem. — Ela se virou para Paxton e lhe deu um rápido sorriso de *Está tudo bem.* — E agora que estamos fora daquele maldito prédio... o que você pensa de tudo isso? — perguntou.

— Tudo isso o quê?

— A Nuvem. Morar no trabalho. Ser avaliado por um maldito sistema de estrelas. Não era exatamente o que eu esperava.

— O que você esperava?

Zinnia refletiu um pouco. Depois de um instante, procurou por uma analogia que pudesse se encaixar.

— Sabe quando você vai a um restaurante fast-food? E tem uma ideia na cabeça de como vai ser? Pelos comerciais. Tipo, por exemplo, o hambúrguer parece perfeito na televisão, mas, quando você tira o sanduíche da embalagem, é tudo bagunçado? Tudo amassado e espalhado e cinzento. Como se alguém tivesse sentado em cima.

— Aham.

— Foi tipo isso. Eu achava que seria melhor. Mas parece um hambúrguer de fast-food. Dá pra comer, mas eu preferiria não comer.

— É um jeito interessante de ver as coisas.

— O que você acha?

— Não acho que o NuvBurguer merece o seu desprezo.

— Ah, agora você faz piadas?

Um ônibus passou na pista oposta, indo em direção à Nuvem. Grãos frescos. Zinnia tentou espiar o interior, ver quantas pessoas estavam a bordo, sua aparência, mas o sol refletiu na lateral do ônibus com tamanha intensidade que irritou seus olhos, mesmo com os óculos escuros.

Paxton recostou-se ao assento. Alongou os braços sobre a cabeça, arqueou a lombar.

— Sinto falta da minha empresa. Sinto falta de estar no comando e administrar algo. Mas isso é melhor que nada.

— Vai partir pra cima do mandachuva?

— Wells?

— Ele vai visitar a gente, não vai?

Paxton riu.

— Tenho pensado sobre isso. Dobbs até quer que eu esteja envolvido com a segurança dele. Ainda preciso ser aprovado pela Dakota, porque ela está no comando, mas tenho pensando no assunto.

— Então, você fala tudo que tem pra falar pro cara e depois de quanto tempo te mandam embora?

— Segundos, provavelmente. Talvez menos.

Zinnia riu.

— Adoraria ver isso.

— Quer me ver perder o emprego?

— Você entendeu o que eu quis dizer.

O celular vibrou.

Que bom! Vamos tentar combinar algo logo. Aqui vai uma foto minha e de papai pra matar a saudade até nos vermos de novo.

No anexo, uma foto de banco de imagem, mostrando um casal negro que claramente não eram seus pais, a pele muito mais escura que a sua, mas dane-se. Ela clicou na foto e salvou o arquivo, os olhos intercalando a visão do celular para a direção, e o arrastou para um app de criptografia.

— Quem é? — perguntou Paxton.

— Minha mãe. Querendo notícias.

— Manda um oi.

Zinnia riu.

— Pode deixar.

Como suspeitava, havia uma sequência de código embutida na imagem, que o app revelou ser um mapa, mostrando um ponto azul pulsante a cerca de 30 quilômetros a leste. Parecia haver uma malha rodoviária se aproximando, e, como um sinal, algo se destacou no horizonte. Um ponto de luz na paisagem plana. Zinnia pisou no pedal um pouco mais, acelerando naquela direção.

Rodovias eram perigosas, muitas eram tão mal conservadas que estavam caindo aos pedaços, mas aquela não parecia das piores, então ela pegou a rampa de acesso.

— E como está indo o plano? — perguntou Paxton.

Zinnia parou de respirar por um instante. Mas então se lembrou de seu disfarce e deixou o sentimento de pânico amenizar.

— Até agora, tudo bem. Estou economizando.

— Ah, entendi — disse Paxton, hesitando, como se houvesse algo mais que gostaria de perguntar. Zinnia cogitou se deveria pressioná-lo, mas acabou não precisando. — Posso perguntar uma coisa?

— Acabou de perguntar.

— Ha, ha. Ontem. Aquele cara, Rick. Ele disse que você estava mexendo em um dos terminais de computador.

— Eu não estava.

— Mas depois que eu cheguei lá... Eu achei que tinha visto...

— Visto o quê?

— Me pareceu que você tinha ido pra eles. Pros computadores. Depois que tirei o Rick de cima de você.

Zinnia inspirou fundo, expirou com força. A ideia era fazer aquilo parecer doloroso, para que ele esquecesse aquilo. Mas ele não o fez. Ele se agarrou àquele silêncio como se fosse uma arma. Ela baixou o tom de voz quando respondeu, na esperança de que aquilo a faria soar vulnerável. Na esperança de que, se soasse assim, ele iria recuar.

— Eu entrei em pânico. Estava procurando uma tesoura ou algo assim. Qualquer coisa que pudesse usar pra me defender. Ele tentou me matar. — Ela o olhou de lado, baixou a voz. — Estava com medo que ele te matasse.

— Ok — disse Paxton, processando a informação. Então, repetiu: — Ok.

— O que eu poderia estar fazendo com os computadores?

— Não faço ideia — respondeu Paxton. — Sinceramente, eu não sei. Mas ele disse isso, e então eu vi... Desculpa. E tem mais uma coisa... que vem me incomodando.

Ela apertou o volante.

— Que coisa?

— Quer dizer, com certeza não é nada...

— Não, não é nada, senão você não teria mencionado.

Mais um silêncio prolongado, durante o qual o coração de Zinnia tentou escalar sua garganta e sair pela boca.

— Eu não devia ter falado nada — disse Paxton.

— Mas falou.

— Naquela primeira noite em que a gente saiu — começou ele.

— No fliperama. Eu estava vigiando alguém. A trabalho. E depois, quando estávamos revisando os dados de localização dos rastreadores... — Ele olhou outra vez pela janela. — Você me seguiu.

De novo, Zinnia estava sem palavras. Era como se seu cérebro fosse um disco que tivesse chegado ao fim das faixas, apenas rodando. Merda. Por quanto tempo ele vinha ruminando aquilo?

— Sua bunda — disse ela.

— O quê?

Ela pousou a mão no colo de Paxton. Esfregou sua coxa, os dedos quase chegando ao volume na frente da bermuda, cujo tecido esticou.

— Eu estava conferindo a sua bunda gostosa. Pronto. Me deixou sem graça. Está feliz agora?

Paxton cobriu a mão de Zinnia com a sua, e ela pensou que iria levá-la até seu pau, mas somente a segurou.

— Desculpa. E você não devia ficar sem graça. Fiquei olhando sua bunda a noite toda.

Zinnia riu conforme ele se inclinava e a beijava no ombro, lábios úmidos pressionando sua pele nua, e sentiu frio quando ele se afastou. O modo como ela riu provavelmente soou como uma reação sexy e descontraída, mas, na verdade, não podia acreditar como havia sido fácil.

— Foi mal, eu não estava tentando te espionar — disse ela. — Aproveitei a oportunidade. Está bravo?

— É um pouco esquisito, mas tudo bem.

Uma placa apareceu sobre a estrada. Desbotada até um verde-água, as palavras estavam indecifráveis. Depois de andarem mais três quilômetros viram evidência de civilização. Um posto de gasolina em ruínas na beira da rodovia. Uma fileira de prédios baixos, estabelecimentos antigos, agora vazios, os letreiros desbotados ou caídos, os estacionamentos cheios de mato. Ela checou o celular. O ponto piscava naquela cidade.

Zinnia ligou a seta, então riu consigo mesma, se perguntando por que precisava daquilo, já que não tinham visto um carro desde que entraram na rodovia, vinte minutos antes. Ela foi para a pista de saída, depois desceu a ladeira. Algumas curvas depois, estavam em uma rua larga, os prédios ao redor com dois andares no máximo.

Zinnia esticou o pescoço, procurando o endereço. E ficou entusiasmada quando o achou.

Uma livraria. Ela sempre procurava livrarias em cidades como aquela. A cidade-fantasma que atravessaram no dia da entrevista não tinha uma, o que a deixou triste. Aquela ficava numa esquina, grandes janelas de sacada, empoeiradas, no letreiro sobre a porta: LIVRARIA DA AVENIDA FOREST.

Ela viu outra coisa também.

Algo em sua visão periférica. Um cisco, talvez, ou um movimento furtivo no telhado do prédio. Um animal? Ela parou o carro, olhou para o prédio, em contraste com o céu azul. Esperando por algo que rompesse aquela linha reta.

— Que foi? — perguntou Paxton.

Seus olhos estavam lhe pregando peças. Reflexos do sol. Seu cérebro sobrecarregado, desacostumado ao ar livre. Ainda estava com dor de cabeça. Uma leve concussão, com certeza.

— Nada — respondeu ela. — Podemos dar uma olhada na livraria?

Paxton deu de ombros.

— Aham, vamos lá.

Zinnia embicou o carro em um beco algumas lojas à frente, entre prédios que forneciam uma sombra, que deixaria de existir assim que desse meio-dia. Ela desligou o motor e desceu no calor sufocante. A pele imediatamente começou a transpirar. Paxton gemeu.

— Que dia pra sair.

— Existe dia bom pra sair?

— É verdade.

Eles andaram pelo beco, de volta à rua principal, se mantendo à sombra dos prédios; passaram por um antiquário, uma delicatéssen e uma loja de ferragens até que, finalmente, chegaram à livraria. O espaço era maior do que parecia do lado de fora, estreito, mas tão comprido que não se via o fim na penumbra. Ela mexeu na maçaneta.

— Tem certeza de que a gente devia fazer isso? — perguntou Paxton.

— Vamos — disse ela. — Viva perigosamente.

Zinnia se ajoelhou, tirou alguns grampos do cabelo e começou a trabalhar na fechadura.

— Você tá de sacanagem? — indagou Paxton.

— Que foi? — retrucou Zinnia, enfiando um dos grampos até o fim no mecanismo, então o entortando em uma espécie de alavanca para girar a lingueta.

— Isso é ilegal.

— É? — perguntou ela, usando o outro grampo para mover os pinos da fechadura para o lugar. — Ninguém visita esse lugar há anos. Quem vai me prender, você? Eu acho que a sua jurisdição não vale aqui.

Paxton se inclinou para dar uma olhada de perto.

— Já fez isso antes?

— Você nunca sabe o que pode encontrar — disse Zinnia, lutando com o velho metal torcido. — Livros antigos. Coisas fora de catálogo que não se acham mais. Considere isso espeleologia urbana.

— O que você faz com eles? — perguntou ele. — Vende?

— Não, idiota. Eu leio.

— Ah.

Quando o último pino encaixou, Zinnia virou com força o grampo torto e a fechadura guinchou ao girar. A porta se abriu. Zinnia se levantou e estendeu a mão.

— Tcha-ram.

— Estou impressionado — admitiu Paxton. — Mas agora não sei o que Dobbs vai pensar quando descobrir que eu passo o meu tempo livre com uma criminosa.

Ha-ha, pode crer, pensou Zinnia.

Ela escolheu um corredor e, ao perambular por ele, notou prateleiras meio cheias. Estava tentando manter uma distância de Paxton, e pensou em ficar na loja por um tempo que o fizesse se cansar e sair para dar uma volta. Seu contato iria entender que deveria esperar pela oportunidade certa.

Muitos dos livros perto da vitrine não a interessavam: livros de culinária, não ficção, infantis. Mas, conforme se embrenhava mais para os fundos, na direção da seção de ficção, ela encontrou coisas com as quais se identificava. Capas que se destacavam em meio às camadas de poeira. Ela se sentia como uma arqueóloga. Fez uma pilha de livros com o que encontrou de interessante para levar com ela.

Quando se aproximou dos fundos da loja, o ar ficou pesado. Aquele cheiro de livraria velha; mofo e papel velho, potencializado por infindáveis ciclos de calor do sol. Paxton a chamou da frente da loja.

— Vou dar uma olhada lá fora. Pegar um pouco de ar. Ver o que mais tem na cidade.

Perfeito.

— Ok — disse Zinnia. — Não vou demorar.

Ela o ouviu caminhar até a frente da loja, abrir e fechar a porta. Ela correu até os fundos da loja, onde encontrou uma mesa e uma caixa registradora empoeirada, a gaveta aberta e revirada, vazia a não ser por alguns centavos espalhados pelo chão. Seu celular vibrou, outra mensagem de texto; aquilo a distraiu por um instante, por isso não reagiu a tempo quando ouviu o rangido do assoalho a suas costas.

E, então, um estalo áspero. Metal contra metal.

Não que precisasse de confirmação, mas algo frio e duro lhe pressionava a nuca. Apontado para cima, logo, quem quer que fosse, era mais baixo que ela.

Uma voz feminina.

— Eles estão com você?

PAXTON

— Sr. Paxton, eu sou o Gibson Wells...

Não, droga. Respira.

— Sr. Wells. Meu nome é Paxton. E antes de trabalhar aqui na Nuvem, eu era dono... não... eu era o CEO de uma empresa chamada Ovo Perfeito. Era um pequeno negócio americano, no qual eu trabalhei muito, e a constante demanda da Nuvem por descontos cada vez mais e mais altos...

Muito demorado. As palavras pareciam bolas de gude em sua boca. Abra com uma frase de efeito. Seja direto.

— Sr. Wells, o senhor diz que apoia o trabalhador americano, mas destruiu o meu negócio.

Paxton assentiu para si mesmo. Aquilo chamaria a atenção de Wells. Ele enxugou o suor da testa. Saiu do sol, em busca de uma sombra. Era quase meio-dia, então estavam ficando escassas. Ele cogitou voltar para a livraria, mas o lugar lhe dava um mau pressentimento. Havia um som de passos em algum canto. Talvez fossem ratos.

Ele retornou ao carro, deu uma volta em torno dele e seguiu até o beco, imaginando aonde levaria. Outro quarteirão, talvez. Em vez disso, encontrou uma área de carga e estacionamento e os fundos vazios dos prédios. Mato por toda parte, talos altos brotando do pavimento, como fogos de artifício.

Escutou um som às suas costas, passos esmagando o cascalho. Ele se virou e deu de cara com três pessoas paradas sob a luz do sol escaldante, os olhos escondidos por trás de óculos escuros, as bocas, por bandanas, suas roupas amassadas e gastas. Dois homens e uma mulher.

Os homens eram brancos, altos e magros, como se tivessem sido esticados. Eles podiam muito bem ser gêmeos, mas era difícil ter certeza com os rostos cobertos. A mulher era forte e robusta, negra e tinha dreadlocks grisalhos presos em um coque no alto da cabeça.

Empunhava um rifle antigo, o cano apontado para o peito de Paxton. Era um .22, mais parecendo uma arma de ar comprimido, e tão enferrujado que talvez nem disparasse, mas Paxton não queria contar com isso.

Ele parou e levantou as mãos. As três pessoas ficaram paradas, encarando-o. Esperando. Sem pressa. Paxton jamais ouvira falar de algo assim. Ele estava nos Estados Unidos, não em um filme barato. Gangues de malfeitores não vagavam pelas fronteiras, esperando viajantes distraídos.

A mulher puxou a bandana para liberar a boca.

— Com quem você está?

Ele quase mencionou Zinnia, então se deu conta de que, se não sabiam sobre ela, talvez estivesse segura, por isso respondeu:

— Ninguém. Estou sozinho.

A mulher abriu um sorriso irônico.

— Sabemos sobre a sua amiga na livraria. Já cuidamos dela. *Com* quem você está?

— Onde a minha amiga está? — perguntou Paxton.

— Responde primeiro.

Paxton inflou um pouco o peito.

— Temos uma arma — argumentou ela.

— Sim, eu já percebi isso.

A mulher deu um passo à frente, pontuando cada palavra com cutucadas do rifle.

— Quem mandou vocês até aqui?

Paxton recuou.

— Ninguém nos mandou. Saímos para dar uma volta. Um passeio. Espeleologia urbana.

— Espeleologia urbana?

Paxton deu de ombros.

— Isso existe.

A mulher acenou na direção da loja com a arma.

— Vamos. Pra dentro.

— Que tal baixar a arma?

— Ainda não.

— Não estamos aqui pra machucar ninguém.

— Trouxeram água?

Paxton apontou.

— No porta-malas.

— Chave.

Paxton pegou a chave no bolso e a jogou no chão, aos pés da mulher. Ela se agachou para pegá-la. Ele podia ter avançado. Deveria. Hesitou por um segundo a mais, e então a mulher estava de pé. Ela deu a chave para um dos caras magrelas, que foi até a traseira, abriu o porta-malas e pegou os galões de água.

— Ótimo — disse ela. — Agora vamos.

Os três recuaram, dando a Paxton espaço suficiente para andar ao longo da parede de tijolos até a frente da loja. Eles eram espertos. Mantendo distância. Mais alguns centímetros, Paxton podia ter agarrado o cano da arma, apontado para o céu, alcançado a base e a tomado. Era uma tática simples de desarme, que praticava na prisão uma vez a cada três meses, durante o treinamento obrigatório de defesa contra armas de fogo.

Pelos menos, deveria ser simples. Um rifle de borracha era bem diferente de um de verdade.

Ele tinha a impressão de que não queriam machucá-lo. Eles se faziam de durões, mas a mulher deixava transparecer um leve tremor na voz. Os ombros estavam muito tensos. Quanto mais Paxton os observava, mais pareciam animais assustados cuja toca havia sido descoberta, exibindo as presas, na esperança de que o predador desistisse e procurasse briga em outro lugar.

Ele entrou na loja.

— Zin. Você está bem? — chamou.

Ela respondeu de algum lugar nos fundos.

— Estou bem.

Paxton ouviu os outros entrarem atrás dele. Mantinha as mãos levantadas, se mexia devagar. Sem movimentos bruscos. Se fosse esperto, se Zinnia e ele mantivessem a cabeça fria, dariam o fora dali em alguns minutos. De volta ao conforto da Nuvem.

Zinnia estava sentada, as costas apoiadas na parede, as mãos no chão. Uma mulher pequena com o cabelo trançado, pele branca, apontava um microrrevólver preto em sua direção a seis metros de distância.

Zinnia encarou Paxton, confusa, e então os outros três avançaram até o espaço entre as prateleiras e as mesas.

— Pegaram você também, hein? — perguntou ela. Paxton se consolou com o fato de que ela não parecia estar em pânico.

— Você está machucada? — perguntou ele.

— Não.

Paxton lançou um olhar intenso para a garota com o revólver.

— Bom.

— Cala a boca — mandou a mulher com o rifle. Ela se moveu, contornando Paxton, mantendo Zinnia sob sua mira. Zinnia continuou com as mãos no chão.

Paxton podia sentir. A temperatura do lugar subindo. Conhecia a sensação. Melhor esfriar os ânimos antes que o termômetro explodisse.

— Ei! — disse, em alto e bom som. — Todos olharam para ele. — Isso é só um mal-entendido — explicou Paxton. — Ninguém quer machucar ninguém. Ninguém quer se machucar. Só queremos ir pra casa. — Ele esticou a mão na direção da mulher com o rifle para chamar sua atenção. — Você pode ficar com a água. Então que tal baixarmos as armas, darmos meia-volta e irmos embora? A melhor parte é que ninguém leva um tiro.

A mulher segurou o rifle com mais força, mas estava olhando para a garota com o revólver. O que significava que ela estava no comando.

— Qual é o seu nome? — perguntou Paxton, virando-se para ela.

— Vamos começar por aí. — Ele levou a mão ao peito. — Sou Paxton. Minha amiga no chão se chama Zinnia. Qual é seu nome?

— Ember.

— Amber?

— Ember. Com E.

— Certo, Ember. Agora somos amigos. Então que tal baixar as armas, e aí saímos e todo mundo volta pra casa.

— Seu carro tem a logo da Nuvem — disse ela.

— Trabalhamos lá.

Ember assentiu. Sustentou o olhar de Paxton. Algo naquele rosto parecia familiar. Ele não conseguia identificar. Já a vira. Talvez na Nuvem? Eram tantos rostos.

— Você era a garota do processo seletivo — disse Zinnia. Todo mundo se virou para ela. Zinnia encarava Ember, assentindo. — Você era a garota que levaram embora. No teatro.

A expressão severa no rosto de Ember suavizou.

— Você estava lá? Você se lembra daquilo?

Zinnia deu de ombros.

— Sou boa com a fisionomia das pessoas.

Assim que ela falou, Paxton lembrou também. A garota no terno lilás de segunda mão, com a etiqueta laranja. Quando estavam sendo levados para o ônibus, houve algum tipo de comoção.

— O que é isso? — perguntou Paxton.

Ember sorriu.

— Isso é a resistência.

— Resistência a...? — quis saber Zinnia.

— À Nuvem. E eu acho que vocês podem nos ajudar.

ZINNIA

Que monte de babaquice.

Eles não podiam ser seus empregadores. Seus ossos esticavam a pele em ângulos bizarros, os dentes amarelados e cobertos de sujeira. Mal podiam cuidar de si mesmos, quanto mais depositar oito dígitos em sua conta.

Ela não conseguira olhar o celular, então não sabia se seu contato estava ali ou aguardando, ou se tinha ido embora. O melhor que podia fazer era bancar a idiota e esperar por uma oportunidade. Analisou os ângulos do espaço. Não havia como desarmar duas pessoas em um lugar tão amplo sem que alguém levasse um tiro. Ela não queria levar um tiro nem que Paxton levasse um.

Não que se importasse. Não ligava. Mas também não achava que ele merecia morrer assim.

Paxton se juntou a ela contra a parede, deslizando até se sentar.

— Se pudéssemos apenas... — começou Paxton.

— Pare — interrompeu Ember. — Pare de falar. Agora escute. Entendeu? Você escuta e depois pode falar. E é melhor que a gente goste do que tem a dizer, ou isso vai acabar mal pra todo mundo.

— Acha que são eles que estávamos seguindo? — perguntou a mulher com o rifle, baixinho, de costas para Paxton e Zinnia, como se assim não pudessem ouvi-la.

— Não pode ser — respondeu Ember. — O sinal parou antes que chegassem. E, de qualquer forma, o carro deles é popular.

Merda. Eles estavam rastreando seu contato.

Mas por quê? Ela não queria perguntar. Não queria parecer interessada. Ficou aliviada quando Paxton o fez.

— Espera, vocês estavam seguindo alguém? Achei que vivessem aqui.

Ember o encarou. Ela girou a pistola em sua mão, de modo a ficar pendurada em seu dedo pelo guarda-mato, o cano voltado para o chão. Um dos homens-poste a pegou.

— Captamos o sinal de um carro de luxo passando pela área. É raro chegarem tão longe. Estávamos planejando roubá-lo.

Sim, pensou Zinnia. Definitivamente seu contato.

— Estilo Robin Hood? — perguntou Paxton. — Isso faz de você a princesa dos ladrões?

— Tenho certeza de que já estão longe a essa altura. — Ela bateu palmas. — Mas conseguimos um prêmio melhor.

Os postes e a mulher grisalha foram na direção das prateleiras e se sentaram como crianças, pernas cruzadas, os rostos empoeirados olhando para Ember com entusiasmo. Ember levou a mão ao bolso traseiro e pegou algo, segurando com força no punho fechado. Ela se agachou sem desviar os olhos de Zinnia e Paxton. Um ligeiro arranhar se fez ouvir, e ela se levantou. A seus pés estava um pen drive plástico.

— Esse é o fósforo que vai queimar toda a Nuvem — explicou ela.

Ela disse aquilo como se estivesse no palco, se dirigindo a uma plateia lotada.

O fósforo no NuvRelógio. Tinham sido eles? Ela queria perguntar como haviam invadido o sistema, porque era mesmo incrível, mas não era a hora para perguntas.

— No que trabalham? — perguntou Ember. — O que fazem lá?

— Somos preparadores de pedido — respondeu Zinnia, ao mesmo tempo que Paxton disse: "Segurança".

Zinnia se virou para Paxton e ergueu uma sobrancelha, como se dissesse, *Tá de sacanagem com a minha cara?*

Ember assentiu e olhou para Paxton.

— Perfeito. Você vai fazer o seguinte. Vai levar isso pra Nuvem. Vai inseri-lo numa entrada USB e seguir as instruções até executar o programa. Nós vamos ficar com ela aqui até que você volte e pronto.

Zinnia riu. Ember fez parecer tão fácil, como se ela mesma não tivesse perdido meses de sua vida naquilo. Mas então sentiu um aperto no peito. A missão deles parecia igual a sua. Eram seus concorrentes? Era aquela a mensagem de seus empregadores? Que estava fora?

— Não — disse Paxton.

— O que quer dizer com não? — perguntou Ember.

— Exatamente o que eu disse. Não vou deixar a Zinnia aqui. E não vou fazer nada até que vocês expliquem o que diabos está acontecendo.

Ember se virou para seus parceiros. Lançou um olhar de esguelha para Paxton e Zinnia.

— Se você precisa de uma explicação sobre por que a Nuvem precisa ser destruída, então eu nem sei ao certo por onde começar — argumentou Ember.

— Qual é exatamente o seu problema com eles? — perguntou Paxton, a voz ganhando um tom sarcástico, condescendente, e foi naquele momento que Zinnia se sentiu mais atraída por ele. — Por favor. Esclareça.

Ember riu.

— Você sabe qual costumava ser a jornada de trabalho média dos americanos? Quarenta horas. A gente tinha o sábado e o domingo de folga. E recebíamos pela hora extra. O plano de saúde era incluído no salário. Sabia disso? Você recebia em dinheiro, não em um sistema de créditos bizarro. As pessoas tinham um lar; uma vida separada do serviço. Agora? — Ela bufou. — Você é uma mercadoria supérflua empacotando mercadorias supérfluas.

— E? — perguntou Paxton.

Ember congelou, como se suas palavras devessem ter exercido um impacto mais profundo.

— Isso não te deixa irado?

Paxton olhou ao redor, desviando o olhar da garota e de seus capangas, sentados no chão atrás deles.

— As coisas estão indo bem pra vocês, não estão? Roubando carros no meio do nada. Que outra escolha nós temos?

— Sempre tem uma escolha — rebateu Ember. — Você pode escolher ir embora.

Paxton aumentou o tom no espaço mal iluminado. Para Zinnia, aquilo estava descambando de confiante e atraente para algo mais.

Ember parecia ter acertado em um ponto frágil e profundo, acessando emoções que talvez ele nem soubesse que estavam ali.

— Existe escolha? Sério? Porque passei anos trabalhando em um emprego que odiava pra que pudesse ter meu próprio negócio. E sabe o que aconteceu? O mercado fez a sua escolha. Escolheu a Nuvem. Posso bater o pé e espernear à vontade. Que diferença vai fazer? Posso superar e fazer meu trabalho, ou viver na miséria e morrer de fome. Obrigado, só que não. Prefiro um teto sobre a minha cabeça e comida na barriga.

— Então é isso? — rebateu ela. — Vai se conformar com o status quo? Aceitar as coisas como são? Não vale a pena lutar por algo melhor?

— O que é melhor? — contra-argumentou Paxton.

— Qualquer coisa que não isso — respondeu Ember, o tom de voz se elevando.

Paxton também estava falando mais alto. Os músculos em seu pescoço contraídos, o rosto vermelho.

— Dos males o menor. Então pode fazer os seus joguinhos o quanto quiser, não vai mudar nada.

— Uooou! — exclamou Zinnia, e os dois se viraram para encará-la. Ela cutucou Paxton. — O que aconteceu com: vamos manter a calma?

Ember suspirou e avançou alguns passos.

— Me deixa contar uma coisa sobre a Nuvem. Eles são a escolha que fizemos. Nós lhes demos o controle. Quando decidiram comprar as mercearias, nós permitimos. Quando decidiram controlar as operações agrícolas, nós permitimos. Quando decidiram controlar os meios de comunicação, os provedores de internet, as companhias de celular, nós permitimos. Eles nos disseram que isso diminuiria os preços, porque a Nuvem só se importava com o cliente. Que o cliente era sua família. Mas não somos a família deles. Nós somos o alimento que as grandes corporações comem para ficarem maiores. A única coisa que controlava eles eram os últimos grandes varejistas. E então a Black

Friday aconteceu, e as pessoas ficaram apavoradas de sair de casa para fazer compras. Você acha que foi um acidente? Uma coincidência?

— Ok — disse Paxton, assentindo devagar, a voz voltando ao normal. — Agora você está sendo ridícula. Agora você está apelando pra loucuras de teoria da conspiração.

— Não é besteira.

— Então você é louca, é isso.

Ela bateu o pé. Seus amigos se encolheram onde estavam sentados.

— Como você não vê? Como pode não se revoltar com as amarras que eles mantêm sobre você e sua vida? Como pode se contentar em ser um dos habitantes de Omelas?

— Omelas? O quê?

Ember levou as mãos ao rosto.

— É esse o problema. Não é que perdemos a capacidade de nos importar. Perdemos a capacidade de pensar. — Ela afastou as mãos, encarando Paxton de novo. — Vivemos num estado de entropia. Compramos coisas porque estamos desesperados e a novidade nos faz sentir completos. Estamos viciados nessa sensação. É como a Nuvem nos controla. A pior parte é que devíamos ter previsto isso. Por anos vivemos com histórias sobre isso. *Admirável mundo novo*, *1984* e *Clube da luta*. Enaltecíamos essas narrativas, enquanto ignorávamos sua mensagem. E como é possível que agora a gente consiga encomendar qualquer coisa no mundo e, em um dia, ela chegue à sua porta, mas, se tentar comprar uma cópia de *Fahrenheit 451* ou *O conto da aia*, leva semanas ou nem chega? É porque não querem mais que a gente leia essas histórias. Não querem que a gente tenha ideias. Ideias são perigosas.

Paxton não respondeu. Zinnia se perguntou sobre o que ele estava pensando. Ela sabia no que ela estava pensando: Ember era uma excelente oradora. Com aquele tipo de voz que abraçava a pessoa, acariciava sua bochecha e a convencia a entregar o número do cartão de crédito.

O fato de não estar errada também ajudava.

— É o sistema que temos — argumentou Paxton. — O mundo está caindo aos pedaços. Pelo menos a Nuvem está tentando juntá-los.

— Ah, com as iniciativas sustentáveis? — perguntou Ember. — Como se isso os redimisse? — Ela fez que não com a cabeça, avançou mais alguns passos. Colocou a mão outra vez no bolso. Pegou algo pequeno. Levou um segundo para Zinnia perceber o que era, preso entre dois dedos.

Um fósforo preto, com a cabeça branca.

— Vê isso? — perguntou ela, revezando o olhar entre Paxton e Zinnia, sem ceder até que os dois assentiram. — É tão pequeno e tão frágil. Com o tempo, vai ficar velho e gasto. Nem vai funcionar se estiver molhado. Tão fácil de perder, tão fácil de extraviar. E, no entanto, uma faísca contida aqui pode queimar uma floresta. Pode acender uma banana de dinamite e destruir um prédio.

Paxton riu.

— Então esse era o seu plano, com os NuvRelógios? Achou que mostrar às pessoas a imagem de um fósforo mudaria as coisas? Ninguém nem entendeu o que quis dizer.

— Estamos preparando o terreno — disse ela, o tom de voz afiado. Não estava acostumada a duelos verbais. Estava acostumada com pessoas que se agarravam a suas palavras, como rochas a um penhasco. — Estamos introduzindo aos poucos a ideia às pessoas. — Ela apontou para trás, para o pen drive ainda no chão, posicionado como um objeto sagrado. — Mas com aquilo chegaremos lá. É nossa resposta. Nosso fósforo.

— E depois o quê? — perguntou Paxton. — Derrubar a Nuvem, então o quê? Onde as pessoas vão trabalhar? O que vão fazer? Está falando de reescrever do zero a economia americana. E o mercado imobiliário.

— As pessoas vão se adaptar — disse ela. — Não podemos permitir que uma empresa tenha controle absoluto sobre tudo. Você sabia que antigamente haviam leis contra isso? Até que os governos foram ficando com cada vez menos, e as empresas com mais e mais. Pouco depois eram as companhias escrevendo as leis. Acha que o seu salário paga a sua comida? Sua moradia? Porque não paga. O governo paga por eles. Ele subsidia tudo isso, assim como seu plano de saúde. Paga pra mantê-lo empregado, porque então você paga com votos para mantê-los empregados. Não tem mais conserto. Está na hora de derrubar o sistema.

— É isso aí — murmurou um dos magrelas.

— Isso é completamente arrogante — disse Paxton.

Zinnia estava surpresa com a veemência com que Paxton defendia a Nuvem. A empresa que o arruinara. Ele sempre pareceu ressentido com aquilo. Talvez tivesse sido convertido... tornando-se um verdadeiro crente. Talvez, na iminência de uma morte violenta, sentisse a necessidade de justificar aquilo para si mesmo, já que a verdade era muito dura para aceitar. Zinnia se recostou, assistindo ao desenrolar da cena, esperando por uma brecha.

Mas havia algo que Ember dissera que estava martelando a cabeça de Zinnia. Omelas. Era uma história. Ela tinha lido. Sabia que tinha. Fazia muito tempo. Era uma história de que não gostou...

— Ei — chamou Ember. — Você.

Zinnia ergueu o olhar.

— Você fica — determinou ela. — Ele vai. Faz o que pedimos e volta. Não vamos te machucar. A não ser que algo dê errado. A não ser que ele não volte sozinho. Desculpa por isso, ok? Mas precisa ser feito. Estamos tentando há anos. Essa é nossa melhor chance.

— Claro — disse Zinnia, virando-se para Paxton. — Pode ir.

— Espera, o quê?

Ela acrescentou algum medo na voz.

— Acho que é melhor você fazer o que eles estão falando.

— Não vou te deixar aqui assim.

Maldito cavalheirismo. Ela lhe lançou um olhar corajoso.

— Por favor. Parece que é o único jeito.

Paxton se recostou, ficando confortável.

— Não.

Ember pegou a arma de volta e apontou para a testa de Zinnia, mas olhou para Paxton.

— Vá. Agora.

Paxton colocou as mãos para cima e se levantou, usando a parede como alavanca. A cada passo que dava, Ember baixava um pouco mais a arma. Ele pegou o pen drive e se virou para Zinnia.

— Já volto.

— Obrigada — agradeceu Zinnia.

Paxton deu uma dúzia de passos e se virou.

— Se você a machucar...

— Sim, sim, eu já sei — interrompeu Ember. — Ninguém vai se machucar. Agora vá.

Zinnia observou o grupo seguir até a vitrine da loja, abandonando-a com Ember. Foi a primeira atitude burra que tomaram, deixar as duas sozinhas. Provavelmente, acharam que Paxton era o perigoso. Vencidos pelo sexismo estrutural.

— Vai me amarrar ou coisa parecida? — perguntou ela, olhando para Ember.

— Preciso?

— Achei que fosse cuidadosa.

Ela apontou com a arma.

— De pé.

Zinnia se levantou, mãos à mostra, aproximando-se de Ember, tão devagar que talvez a outra não percebesse. O engraçado sobre armas é que são menos perigosas que facas. Ela preferia se defender de uma arma a se defender de uma faca. A distância mínima recomendada para alguém se proteger com uma arma de fogo era de 6 metros. Qualquer coisa menor que isso, e as posições poderiam se inverter. A adrenalina fodia com a sua boa coordenação motora. O súbito aumento da pressão arterial a deixava tonta.

Eram necessários anos de treino para superar aquele tipo de coisa. Zinnia imaginou que Ember não tivera o mesmo tipo de treinamento que ela. E a garota estava a menos de 3 metros agora.

— Não preciso te amarrar — disse ela. — Tem um depósito nos fundos. Pode esperar lá. É quente, mas, felizmente, você trouxe água.

Zinnia deu mais um passo. Dois metros e meio. Dois. Zinnia fingiu estar passando por Ember na direção do depósito, e Ember parecia preocupada com Paxton e o restante, então, quando a porta da frente tilintou e os olhos da garota se desviaram, naquela fração de segundo que Zinnia estivera esperando, se jogou para a frente.

Ela agarrou a arma, envolvendo o cilindro com a mão e apertando com força. O tambor chacoalhou contra sua palma quando Ember apertou o gatilho, mas nada aconteceu. Zinnia afastou o cano das duas, desviando a mira para o caso de relaxar a pressão e a arma disparar.

Ao mesmo tempo, ela deu uma cotovelada na têmpora de Ember. Zinnia sentiu o choque subir pelo braço, e a garota caiu no chão com força, tombando como um saco de pedra. Enquanto o corpo despencava, Zinnia virou a arma e a puxou com força, tomando-a para si.

Zinnia se afastou aproximadamente uns seis metros, abriu o tambor para ter certeza de que ainda estava carregado, e, descobrindo duas balas, apontou a arma para a testa de Ember.

— O que tem no pen drive? — perguntou.

— Sua traidora. Fantoche do cacete. Vai lutar por eles? — cuspiu Ember.

— Quem contratou vocês?

— Ninguém contratou a gente — respondeu ela. — Nós resistimos.

— É, é, blá-blá-blá revolução — ironizou ela. — Já saquei. Espera aqui.

Pelo visto, eram independentes. O plano era uma palhaçada; arrombar e tirar tudo lá de dentro. Só queriam entrar, fazer uma bagunça e fugir. Irritava Zinnia que tivessem feito tudo soar tão simples. Como se ela não estivesse empacada havia meses e não tivesse deslocado o próprio ombro e toda aquela merda para realizar aquela missão.

Ela fez menção de ir até a frente da loja, mas parou. Sentia um impulso incontrolável de machucar Ember. Não lhe bater. Nem causar dor física. Mas mostrar a ela a dor do mundo. A dor que era trilha sonora de todos os seus dias naquele maldito prédio.

— Pega o seu fósforo — disse Zinnia. — Vai até a Nuvem. Então acenda ele e o posicione contra a parede de concreto. Me diga quanto tempo demora até que tudo queime.

Os olhos da garota escureceram. Um pouco do ardor a deixou.

Zinnia foi até a vitrine, encostou-se ao vidro. Ninguém à vista. Não podiam simplesmente ter partido. Deviam estar no beco. Ela pulou para arrancar o sino da parede, para que não fizesse barulho quando saísse, então saiu pela porta, tomando o máximo de cuidado para se manter silenciosa. Ela se encolhia a cada guinchar do tênis contra o pavimento seco. Seguiu devagar contra a parede de tijolos, a pedra queimando sua pele.

Na esquina, vozes. Ela parou na esquina do beco e escutou. Pegou o final de algo que Paxton dizia.

— ...e eu juro que, se você a machucar, vai se arrepender.

Own.

A voz soava clara, o que a fez supor que estava de frente para ele, o que também a fez pensar que os três bandidos estavam voltados para Paxton, longe da entrada do beco. Ela se abaixou, fora da linha de visão, e espiou. Viu seis pernas. A mulher com o rifle estava atrás.

Bem fácil.

Ela se revelou. Os olhos de Paxton se arregalaram ao vê-la. Zinnia encostou a arma na cabeça da mulher com o rifle. Era arriscado ficar tão perto, mas eles não eram bons para desarmá-la. O máximo que conseguiriam fazer seria levar um tiro. Eles se viraram juntos e a olharam, confusos a princípio, depois assustados.

— O rifle — disse Zinnia. — Joga pra ele.

Os ombros da mulher se contraíram. Ela olhou para Paxton, que sorria. Ele avançou alguns passos, e ela lhe passou o rifle, jogando-o com ambas as mãos. Ele o pegou e o apontou para um dos magrelas.

Zinnia atirou para o alto. Todos quase deram um pulo, inclusive Paxton.

— Agora corram — disse ela.

Os três dispararam, passando por Paxton, até o fim do beco, e então sumiram. Zinnia relaxou a força que fazia na arma e a deixou cair no chão. Paxton se lançou para a frente e a pegou pelos ombros, em seguida a abraçou com força. Zinnia deixou que o fizesse. Eles ficaram assim por um instante, dando aos respectivos corações a chance de se acalmar.

— Você está bem? — perguntou ele.

— Estou — respondeu ela em seu ombro.

Ele se afastou, encarou-a. Desesperado, suando.

— O que acabou de acontecer?

— Eu trabalhei no sistema de ensino de Detroit. Você acha mesmo que essa é a primeira vez que vejo alguém apontando uma arma?

— Para com isso.

— Ela me subestimou, e eu tive sorte — argumentou Zinnia. — Faço aulas de Krav Magá desde criança.

— Você nunca me contou.

Zinnia deu de ombros.

— O assunto nunca surgiu.

Paxton fez que não com a cabeça, incrédulo. Esticou o braço e pegou o rifle do chão. Apontou o cano para o céu e atirou. Nada.

— Que passeio relaxante — ironizou Paxton.

— Pois é. Acho que devíamos voltar.

— Eles levaram a água para dentro.

Zinnia empunhou a arma.

— Vou até lá buscar. Também quero pegar meus livros.

— Tem certeza?

— Tenho — respondeu ela, e indicou o carro com a cabeça. — Vai pro carro, liga o ar-condicionado e deixa tudo pronto. Quero congelar quando eu entrar lá.

— Eu posso ir com você.

Zinnia sorriu.

— Eu sei me cuidar. Sério, preciso de um minuto também. Aquilo foi... intenso.

Paxton ergueu as mãos.

— Tá bem, vai em frente.

— Vou procurar um banheiro também — avisou, olhando para trás. — Devo demorar uns minutos. Foi mal.

Zinnia foi para a livraria, correu até os fundos, agora vazio. Ela pegou o celular e, antes que sequer pudesse verificar a mensagem de texto que havia recebido, ouviu um estalo a suas costas.

— Fique de costas— disse uma voz.

Era uma voz de homem. Grave e velha. Rouca. Um fumante. Zinnia segurou a arma com mais força. Certificando-se de que estava à vista, mas sem levantá-la. Ela se perguntou onde ele estivera. Talvez nos fundos. Talvez observando.

— Você deve continuar com sua missão anterior.

Zinnia assentiu, sem saber se devia responder.

— Há um serviço extra. A compensação será dobrada se for bem-sucedida.

Zinnia prendeu o fôlego.

— Matar Gibson Wells.

As palavras ressoaram em seus ouvidos.

— Conte até trinta, então dê meia-volta.

Zinnia chegou até cento e vinte antes de perceber que conseguia se mover.

PAXTON

Paxton apoiou a cabeça contra o volante, o ar frio saindo pelos dutos, ficando mais gelado. Ele podia sentir cada palpitação de seu coração.

Que bando de lunáticos. Qual era o plano deles? O que pretendiam conquistar? O mundo, aquele pelo qual lutavam, era um sonho. Não funcionava mais assim.

Ele se lembrou do teatro, de se sentar no assento duro, na entrevista de emprego. O modo como se sentiu, como se quisesse vomitar em si mesmo. Não só vomitar, mas literalmente fazê-lo em si mesmo. Degradar a si mesmo só por estar sentado ali.

Para que estivessem certos, Paxton tinha de estar errado. Dois meses errado e cada vez mais errado, ao se encontrar investindo em pessoas como Dobbs e Dakota, e em como se sentiam em relação a ele. A aprovação de ambos uma moeda de troca agora.

Além disso, havia conhecido Zinnia. Ficar na Nuvem significava ficar com Zinnia, e talvez, quando ela saísse de lá, encontrasse forças para acompanhá-la.

Depois do dia anterior, e dessa tarde juntos, era como se ela estivesse diferente. A pele mais brilhante. Os olhos mais límpidos. A palavra começada por A o provocava. Ele estava quase preparado para pronunciá-la. Mas não queria precipitar as coisas, porque Zinnia não parecia o tipo de mulher que se importava com formalidades ou romantismo. Ele podia se ver colocando as mãos em seus ombros, olhando fundo em seus olhos, dizendo a ela. E talvez ela respondesse com um revirar de olhos, ou uma risada, e seria tudo. E ele teria de viver com isso.

Contente-se com o que tem, disse a si mesmo. Você tem um emprego, um lugar para morar e uma linda mulher. Tudo o mais é lucro.

Ele se remexeu no assento, sentiu algo em seu bolso lhe pinicar a pele. O pen drive. Ele ia descer o vidro da janela e o jogar para fora quando Zinnia abriu a porta do carona. Ela se sentou, colocou as mãos no colo, olhando para elas. O modo como seu corpo se curvou era como se o peso dos últimos dias a tivesse alcançado. Paxton tentou pensar em algo reconfortante para dizer mas não conseguiu, então colocou a mão em seu joelho, sentindo a maciez de sua pele, a força de seus ossos.

— Você está bem? — perguntou ele.

— Vamos embora.

Ele acelerou o carro, saindo do beco, e virou na direção de onde tinham vindo.

— Bando de hippies malucos — disse ele, depois que voltaram à estrada.

— Hippies — repetiu ela, o tom de voz baixo.

— Quer dizer, o que você acha que eles iam fazer? Não fazia sentido.

— Não fazia o menor sentido.

— Ei — disse ele, colocando a mão na coxa de Zinnia. — Você está bem?

Por um instante, ele achou que ela fosse se retrair, mas não o fez. Ela colocou a mão na dele. Sua coxa estava quente, mas a mão, gelada.

— Estou sim. Desculpa. Foi um pouco demais pra mim.

— Foi mesmo.

— E o que fazemos agora?

— O que quer dizer?

— A gente conta pra alguém? — perguntou Zinnia. — Acha que devemos relatar tudo pro seu chefe?

Paxton não tinha certeza se valia a pena. Estavam a quilômetros de distância. De qualquer modo, o que quatro hippies poderiam fazer contra a Nuvem? Dobbs gostava de simplificar as coisas. Contar aquilo na véspera da visita de Gibson Wells talvez fosse demais.

— Talvez isso traga mais aborrecimento do que utilidade — disse Paxton.

— É — concordou Zinnia. — Faz sentido.

Eles chegaram à rodovia e percorreram metade do caminho de volta em silêncio. Paxton se deu conta de que, sem as marcações de quilometragem, não tinha certeza de qual saída pegar, mas então viu o enxame a distância, o céu escurecendo à medida que os drones seguiam em direção à NuvemMãe.

Paxton se lembrou do que Ember dissera sobre os livros. Seria verdade? A ideia de censura era difícil de ignorar, como uma semente presa entre os dentes. Haveria uma comoção pública se a Nuvem estivesse, de fato, retendo o acesso a livros. As pessoas iriam lutar contra aquilo. Não iriam?

Pensar em livros o fez pensar nas páginas em branco de seu diário. Ele estava desperdiçando sua vida enquanto aquelas folhas continuavam vazias. Se fosse permanecer na Nuvem, precisava aproveitar ao máximo. Talvez conseguisse uma promoção. Virar um dos cáqui.

Ele saiu da rodovia, dirigiu um pouco. Observou o céu. Não havia muito mais para ver. O sol fora apagado pelos enxames pretos.

— Lembra quando essas coisas eram apenas brinquedos? — perguntou ele, desesperado para preencher o vazio dentro do carro.

Ele olhou para Zinnia, que assentiu.

— Eu me lembro de uma vez — continuou ele. — Na prisão, um cara teve a ideia brilhante de fazer o amigo contrabandear coisas pra ele usando um drone que entrava pelo pátio. E funcionou por um tempo. A não ser uma vez, estava ventando, e acho que ficaram impacientes. Eu e outro guarda estávamos fazendo nossas rondas, andando pelo pátio, observando todo mundo, e, de repente, essa coisa cai a nossos pés. Cheia de histórias em quadrinhos. Acredita nisso? Ao que parece, ele não gostava dos livros na biblioteca, e era ilegal mandar qualquer coisa para os prisioneiros, então ele convenceu o amigo a contrabandear isso.

— É engraçado — disse Zinnia, a voz monótona e vazia.

— Engraçado como as pessoas se adaptam às coisas — argumentou ele.

E, quando disse aquilo, algo ressoou em sua cabeça.

8.
PREPARAÇÃO

GIBSON

Você conhece a parábola do rico e Lázaro? É do evangelho de Lucas. Diz mais ou menos assim: Era uma vez um homem rico que se vestia com o mais puro linho e vivia no luxo. No portão de seu palácio, havia um mendigo chamado Lázaro. Agora, Lázaro estava em um estado lastimável. Coberto de feridas, faminto, imundo. Desesperado pelas migalhas que caíam da mesa do homem rico.

Chegou o dia em que Lázaro morreu, e os anjos o carregaram até os portões do céu. O homem rico também morreu, mas nenhum anjo apareceu para levá-lo. Ele acabou no inferno, onde foi torturado e mutilado. Ao olhar para cima, viu Deus com Lázaro ao seu lado e implorou:

— Por favor, tenha piedade de mim e mande que Lázaro molhe a ponta do dedo na água e refresque minha língua.

E Deus respondeu:

— Lembre-se de sua vida, você recebeu coisas boas, enquanto Lázaro recebeu coisas ruins. Agora, porém, ele está confortável e você está em sofrimento. Há um grande abismo entre os dois que não pode ser cruzado.

Então o homem rico pediu que Lázaro fosse até seus irmãos, para avisá-los sobre seus eventuais destinos e assim pudessem evitá-los.

E Deus respondeu:

— Eles deveriam escutar os Profetas.

Então o homem rico sofreu por toda a eternidade enquanto Lázaro ganhou a primeira fila no show das maravilhas do universo.

Eu queria dizer a vocês por que não gosto dessa história. Simples: ela retrata o simples fato de ser rico e ter ambição como pecado. Há tanta coisa sobre Lázaro e o homem rico que não sabemos. Por que o homem rico era rico? Ele enriqueceu de forma ilícita? Ele machucou pessoas durante a vida? Ou ele fundou um negócio? Ele estava sustentando sua família e sua comunidade? Por que Lázaro era pobre? Por que estava coberto de feridas? Foi isolado da sociedade por alguma injustiça? Ou ele fez más escolhas em sua vida? Ele fez algo para merecer aquilo?

Não sabemos. Tudo o que sabemos é que a essência de ser rico é considerada um erro, enquanto a de ser pobre é considerada uma virtude, mesmo sem saber como as pessoas acabaram nessas circunstâncias.

A maioria das pessoas me julga pelo que fiz: construir um negócio, sustentar minha família, criar um novo paradigma de casa/trabalho que visa tornar a vida do trabalhador americano melhor. Mas ainda tem gente que acha que eu sou um desgraçado ambicioso. Que depois de morto e enterrado — o que não deve demorar muito — eu vou direto para o inferno, sentar ao lado do homem rico, olhando para Lázaro, me perguntando o que deu errado.

E eu gostaria de dizer, antes de tudo, que não é pecado querer fazer do mundo um lugar melhor. Não é pecado querer sustentar sua família. Não é pecado extrair alguma diversão de sua vida. E daí que eu tenho um barco? Gosto de pescar. Isso me condena ao inferno? Nunca levantei minha mão em um gesto violento. Devo ser punido por isso?

Veja o estado lamentável do mundo. Pequenas cidades arruinadas. Vilas costeiras debaixo da água. Cidades superpopulosas. Além da capacidade. Alguns países do terceiro mundo são praticamente áreas desoladas.

O mundo está em um estado deplorável, e eu estou tentando ajudar. Tudo o que fiz foi perfeito? De jeito nenhum. Esse é o preço do progresso. Construir a Nuvem foi como fazer uma omelete, como qualquer outro negócio. Alguns ovos precisaram ser quebrados ao longo do caminho. Não que eu tenha gostado de quebrar ovos. Nunca foi prazeroso. Mas o resultado final é o que importa. Vocês sabe o que sempre digo, o que venho dizendo há anos: o mercado é quem manda. Quase tatuei a frase no ombro a certa altura, durante um período louco da juventude. Jamais levei a ideia adiante — não tenho orgulho de admitir, mas tenho medo de agulhas —, no entanto está em um pedaço de papel que pendurei sobre minha mesa no primeiro dia da Nuvem.

O mesmo papel ainda está lá. Um pequeno pedaço, amarelado, todo amassado, as palavras quase ilegíveis. Mas coloquei a frase em canecas e a pendurei nas nossas salas. Eu a vivi e respirei. Triunfei e fracassei por ela.

O mercado é quem manda.

Se o mercado diz: essa mercadoria pode ser mais barata para o consumidor, pode ser entregue com mais eficiência, pode fazer a diferença na vida das pessoas, eu digo, vamos fazer acontecer!

Sabem, eu me lembro, há alguns anos, estávamos lidando com uma empresa de picles. Molly pode confirmar, eu adoro picles. E amava os picles que essa empresa produzia, mas eles eram muito caros, e nossos clientes não estavam muito satisfeitos em pagar tanto quanto a empresa cobrava, que, acho, era algo em torno de cinco dólares o vidro.

Então fomos até eles e dissemos:

— Vamos trabalhar juntos.

Nós os ajudamos a mudar a embalagem. Nós os ajudamos a selecionar melhor os ingredientes. Nós os convencemos a mudar de vidro para plástico, e só isso já economizou um monte de dinheiro no frete, porque então os caminhões saíam de seus depósitos mais leves e eles podiam gastar menos dinheiro em combustível.

O objetivo final era fazê-los chegar a dois dólares por vidro, preço que os nossos consumidores queriam pagar. Mas eles insistiram em três e cinquenta. E dissemos a eles, olhem a quantidade de dinheiro que estão economizando agora. Podem muito bem cobrar dois. Eles disseram que não, não podiam, e vieram com uma desculpa esfarrapada de como aquilo afetaria o processo e como teriam de mudar a estrutura interna, e eu disse, ótimo, façam isso, e me avisem se precisarem de ajuda.

Enfim, resumindo, eles não cederam, então eu disse: tudo bem, vou dar a meus clientes o que estão pedindo: picles a dois dólares o vidro. Foi o que levou à criação da NuvPicles. Não me importa o que digam, gosto mais da nossa marca de picles que da deles.

Eventualmente, eles faliram. E eu não gosto de ver ninguém desempregado, mas foi culpa deles. Tudo o que tinham de fazer era colaborar conosco, e seríamos capazes de fazer coisas incríveis juntos. Ficariam surpresos em saber quanto picles vendemos. As pessoas realmente gostam de picles, e é um bom negócio, o que funciona bem para todo mundo.

O mercado manda.

Lembro que, quando isso aconteceu, algumas pessoas ficaram bravas comigo, mas sabe do que mais? Se posso fornecer para as pessoas um produto ou serviço por um preço menor e com a mesma qualidade, e isso faz com que as pessoas gastem o dinheiro que estão economizando com outras coisas — mais comida, casa, plano de saúde, até mesmo uma noitada —, eu o farei com prazer. A missão da Nuvem é facilitar a vida das pessoas. Há muitas empresas que trabalharam conosco para diminuir os custos, e agora estão prosperando. Elas não trabalham conosco porque precisam, mas porque querem.

Desculpe, desviei-me do assunto. Não tenho dormido muito bem ultimamente. Sinto dor no estômago agora, como um fogo queimando lentamente. Como as brasas no fundo de uma churrasqueira. Você acha que não estão quentes, mas estão. Esse calor está me tirando do sério. Tenho ficado irritado de verdade com as coisas ultimamente, e tenho tentado não me irritar tanto, porque quero encontrar meu criador com um sorriso no rosto, não uma careta.

A questão é: não vou pedir desculpas por ser rico. E tenho certeza de que, quando chegar a minha hora, quando cruzar essa linha, não vou ser enviado para o inferno simplesmente por conta do trabalho que fiz. Um homem precisa ser julgado por mais que isso.

Há vinte anos, os Estados Unidos eram responsáveis pela emissão de 5,4 milhões de toneladas de dióxido de carbono. No último ano, chegamos a menos de um milhão. É isso! Uma grande parte disso deve ser atribuída ao que fizemos na Nuvem, e pode acreditar que a ordem que dei a Claire foi de que baixássemos ainda mais. Não quero que a Nuvem seja uma empresa carbono neutro. Quero que seja carbono negativo. Quero que a gente sugue o carbono do ar. Quero que esses altos níveis do mar diminuam. Quero que as pessoas das cidades costeiras voltem a suas casas. Quero uma Miami que não se pareça tanto com a antiga Veneza. E quero Veneza de volta.

Devo ser condenado à danação eterna por isso?

PAXTON

— Coloca isso — disse Dakota, entregando um par de óculos escuros a Paxton.

Eles diminuíam bastante a luminosidade e conseguiram focar melhor no caos completo do telhado. Ele não conseguia ver as beiradas, então ficar ali parado dava a mesma sensação de estar de pé no meio de um campo movimentado. O sol refletia nos painéis solares embutidos no chão, e, espalhadas pela paisagem, havia docas do tamanho de galpões, onde caixas eram erguidas por um sistema de elevadores e então presas aos drones à espera.

Os trabalhadores usavam laranja. Muitos com blusas brancas de manga comprida por baixo das camisas polo e chapéus de aba larga, cantis de água pendurados nos cintos. As docas de expedição forneciam um pouco de sombra, mas não muito, ainda mais naquela hora, no auge do dia.

— Não falam de laranja no vídeo de apresentação — comentou Paxton.

— É um dos detalhes sórdidos — disse Dakota. — Eles não mostrem as cores bosta.

Paxton se sentiu arrebatado pela cena, pelo som, ou, na verdade, pela ausência deste. Os drones praticamente não faziam barulho. Havia um zumbido elétrico ao seu redor, como um inseto que estava próximo, mas voando no limite de sua visão. Podia senti-lo na pele.

— Acha mesmo que é aqui? — perguntou ela.

Ele havia lhe contado a história do drone na prisão. Checara com Dakota e Dobbs, e não havia muitos seguranças ali em cima, porque não eram muito necessários. Tudo o que chegava era embalado e registrado pelos NuvRelógios, então ninguém podia roubar nada. Os funcionários tinham uma saída exclusiva, onde faziam fila no fim do turno. Ali em cima, mais importante que seguranças era ter uma equipe médica, por conta do perigo constante de insolação e desidratação. Cada doca exibia cartazes lembrando aos trabalhadores de se manter hidratados, e havia bebedouros em todo canto, com duas torneiras — uma para água, outra para protetor solar.

— Não sei nem por onde começar — perguntou Dakota, observando o campo, os milhares de trabalhadores e a imensidão de terra plana, os enxames de drones que bloqueavam o sol, como uma nuvem, fornecendo momentos de alívio pouco duradouros.

— Pelo começo — respondeu Paxton, dando alguns passos, certificando-se de que Dakota estava em seu encalço, e então continuando pelos caminhos marcados, por onde os trabalhadores podiam andar com segurança, delimitados por uma faixa refletiva amarela para melhor visualização, de modo que ninguém pisasse nas superfícies escuras dos painéis solares, que pareciam quadrados perfeitos de água parada.

Toda estação era igual: um turbilhão de trabalhadores, drones cortando o ar de cima a baixo, embalagens de formatos estranhos envoltas em isopor flocado resistente ao clima. Ninguém prestava atenção neles. E Paxton estava contando com isso mesmo. Não estava interessado nas pessoas que não estavam interessadas nele.

Uma das lições que havia aprendido na prisão era: você não procura a entrega. Você procura o olhar de esguelha. Aquele olhar assustado, a tensão nos músculos. O distintivo refletido em olhos assustados. Prisioneiros eram mestres do subterfúgio. Era preciso ser um expert não em ver as coisas escondidas, mas em observar as pessoas que as escondiam.

Eles andaram por uma hora. Foi mais como um passeio. Receberam alguns olhares, porém mais na linha de *O que estão fazendo aqui* que *Ih, merda, são os tiras*. Paxton sabia a diferença. Então foi andando, observando rostos, observando mãos, observando posturas, enquanto Dakota ficava cada vez mais ansiosa; suspirando alto, parando para beber água, parando para bombear jatos de protetor solar, que passou no pescoço e no rosto, até que a pele ganhou um tom pálido que somado ao preto dos óculos escuros a fez parecer um esqueleto vagando pelo telhado escaldante.

A certa altura, Paxton viu uma figura familiar e se virou um pouco naquela direção, apenas para se certificar. Era Vikram, em um chapéu de abas largas e óculos escuros, um cantil de água pendurado no cinto. A camisa tinha ido de azul a um tom marinho devido ao suor. Ele estava ligeiramente de lado, observando um grupo de homens e mulheres de marrom trabalhando em um drone que estava no chão. Paxton queria se aproximar, para que Vikram o visse, lembrá-lo de quem tinha vencido, mas achou melhor não. Era mesquinho. Ele voltou até Dakota, que estava tomando um grande gole de sua garrafa de água.

E então ele viu. Um cara magro e branco, com tatuagens handpoke do cotovelo até a ponta dos dedos. Do tipo que você faz na prisão, ou

325

de um amigo idiota com uma agulha de costura e um pote de tinta de impressora. Ele congelou quando Paxton e Dakota entraram em seu campo de visão. Ele se moveu de modo a colocar alguém entre ele e os dois, como uma criança se escondendo atrás de uma árvore muito estreita. Ele enfiou as mãos nos bolsos, como se quisesse ter certeza de que algo estava ali, mas ao mesmo tempo torcia para que não estivesse.

— Ele — disse Paxton, indicando o sujeito com a cabeça.

Dakota levantou os óculos escuros, olhou para o sujeito, que suava, e muito provavelmente não por causa do sol.

— Tem certeza? Se a gente fizer uma revista nele e não encontrarmos nada, Dobbs vai ficar puto. Talvez puto em um nível transferir-você-para-cá. Chamamos aqui de paraíso do câncer de pele.

— Confia em mim — disse Paxton, enquanto o sujeito recuava alguns passos.

— Ok — concordou Dakota, então acenou para ele. — Ei. Você. Vem aqui. *Ándale.*

O cara olhou em volta, como se alguém pudesse ajudá-lo. Ninguém o fez. Em vez disso, as pessoas mais próximas se afastaram, como se adivinhassem o que estava por vir. Ele perambulou pela estação das docas com um sorriso forçado, tentando disfarçar. Como se dissesse: *Quem, eu?*

— Esvazie os bolsos — ordenou Dakota.

O cara olhou ao redor. Deu de ombros.

— Por quê?

— Porque vai me deixar feliz pra cacete — respondeu Dakota.

O cara titubeou. Pegou algo no bolso e estendeu o punho. Abriu a mão. Em sua palma, mais de uma dúzia de pacotes de oblivion. Dakota esticou a mão, e ele os entregou para ela.

Ela se virou para Paxton e sorriu.

— Boa.

Paxton retribuiu o sorriso.

— Agora que a diversão de verdade começa.

Levou meia hora para que chegassem à saída, depois até o trem e finalmente ao Admin, onde levaram o sujeito — Lucas — para uma sala de interrogatório, tão pequena que a mesa e as duas cadeiras, uma em frente à outra, mal cabiam no espaço. Paxton fez Lucas se sentar e o deixou ali por um tempo, pensando na merda em que se metera.

Dobbs atravessou o escritório, com Dakota logo atrás, batendo palmas em um gesto lento e deliberado. Quando se aproximou de Paxton, deu-lhe um tapinha no ombro.

— Eu sabia que estava certo sobre você. Como conseguiu?

— Foi só um chute — respondeu Paxton.

— Foi um bom chute — disse ele. — Então o próximo passo, acho, é fazer ele nos explicar como a operação de contrabando funciona, quem mais está envolvido etc. etc.

— Se importa se eu interrogá-lo, chefe? — pediu Paxton.

Dobbs o encarou com intensidade. Ruminou sobre a questão.

— Vai lá, garoto — disse ele, enfim. — Você merece. Mas vamos ficar escutando. Não faz sentido ter de fazer a coisa toda duas vezes.

— O que eu ofereço a ele? — perguntou Paxton.

— Realocação. A gente o transfere para umas das instalações de processamento. Ele pode querer sair, e isso é com ele, mas não precisamos demiti-lo de imediato.

— Ok, então. — Paxton assentiu para Dobbs e Dakota e voltou para a sala. Entrou e se sentou na frente de Lucas. Ele se acomodou no assento enquanto Lucas se remexia no dele.

— Vamos conversar — disse Paxton, depois de alguns segundos encarando o homem.

— Sobre o quê?

— A oblivion em seu bolso.

Lucas deu de ombros, olhando para tudo na sala — o revestimento do teto, o tampo da mesa, a poeira nos cantos, o óbvio espelho de duas faces. Tudo, menos Paxton.

— É pra uso pessoal.

— Foi o que imaginei — disse Paxton. — Tenho certeza de que é mais complicado que isso. Eu diria que alguém encomenda algo na Nuvem e, quando o drone solta a mercadoria, eles o carregam com um pouco de oblivion pra viagem de volta. — Lucas semicerrou os olhos, mostrando que Paxton estava certo. — Agora, a parte complicada é: como vocês sabem quais drones verificar? Talvez os mesmos drones sempre voltem pro mesmo lugar. Talvez tenha alguma coisa a ver com o código, o modo como se movem, algum tipo de padrão que vocês desvendaram. Com certeza, têm várias pessoas envolvidas. Provavelmente, alguns dos gerentes e dos guardas de segurança. Talvez muitos desses drones estejam voando por aí, com pequenos suprimentos de oblivion escondidos, mas só algumas pessoas sabem o que procurar. Não sei. O que eu sei é: você estava carregando mais de cem doses. Isso abre precedente pra justa causa. E você sabe o que isso significa. — Lucas arregalou os olhos. — Mas eu posso ajudar.

— Como?

— Vamos acomodá-lo em um novo dormitório — respondeu ele. — No processamento, do outro lado do campus.

— O que você quer?

— Uma explicação detalhada de como a operação funciona — disse Paxton. — E o máximo de nomes que puder me dar. Pessoas no comando. Principalmente pessoal da segurança. Você me dá essas coisas, e, se me impressionar, você consegue o que quer.

Lucas baixou o olhar para as mãos no colo. Resmungou alguma coisa.

— O que você disse? — perguntou Paxton.

— Eu quero um advogado.

Paxton não fazia ideia de como agir e não queria falar nenhuma besteira, então apenas assentiu, se levantou, empurrou a cadeira para trás e saiu da sala. Na pior das hipóteses, aquilo deixaria Lucas com o coração na mão. Também era a melhor das hipóteses. Quando ele fechou a porta, Dobbs apareceu.

328

— Boa primeira tentativa — disse ele. — Mas agora eu falo com ele.

— Ele tem direito a um advogado?

— De jeito nenhum — respondeu Dobbs, rindo entre os dentes. — Mas não se preocupa. Você já deu uma de bom policial. Agora é a hora do mau. — Ele estendeu a mão para a maçaneta, então olhou para trás. — Estou muito orgulhoso de você, filho.

Dobbs entrou, e Paxton observou enquanto ele puxava a cadeira e se sentava na frente de Lucas. Dobbs começou a falar, mas Paxton não conseguia escutar o que ele dizia. Devia haver algum outro lugar onde pudesse ouvir. Ele ficou ali parado por um minuto, se deliciando com a palavra *filho*.

Depois de um tempo, saiu à procura de Dakota, mas um dos outros azuis — um surfista louro cujo nome havia esquecido — lhe disse que ela estava resolvendo um assunto, mas que era para ele esperar, então Paxton se sentou a uma das mesas e se logou em um tablet.

Durante o dia todo, o que Ember tinha dito martelava no fundo de sua mente. Sobre a Nuvem esconder livros. Ele havia notado, nos primeiros dias, que seu login lhe dava acesso ao sistema de inventário, então, sem nada melhor para fazer, ele o acessou, navegou um pouco, chegando a becos sem saída, escolhendo opções a esmo, até que, enfim, encontrou um caminho que lhe dava a quantidade disponível de cada item no estoque daquela NuvemMãe.

Ele escolheu *Fahrenheit 451*, porque se lembrava de que era um livro de Ray Bradbury. Ele o tinha lido na escola e gostado. Havia duas unidades disponíveis. O que não parecia muito. Ele consultou o campeão de vendas da loja da Nuvem — um remake de um romance erótico, originalmente baseado em uma série infantojuvenil — e viu que havia 22.502 unidades no estoque. Aquilo parecia uma grande disparidade, mas, ao mesmo tempo, Paxton entendia o princípio da demanda. Obviamente eles teriam mais exemplares do best-seller, ao passo que o livro de Bradbury tinha sido publicado, de acordo com o banco de dados, em 1953. Procurou também *O conto da aia*, de Margaret

Atwood, e descobriu que estava fora de estoque no site. Aquele era só um pouco mais recente, de 1985, mas ainda assim. Nenhum exemplar?

Mais alguns cliques e ele achou algo chamado "métrica de desempenho". Naquela seção, ele podia pesquisar o histórico de busca e pedidos para mercadorias no raio de entregas daquela NuvemMãe. Ele olhou ao redor, subitamente preocupado em estar fazendo algo errado. Aquela informação deveria ser mais confidencial. Mas também: Paxton era da segurança e, se tinha acesso, com certeza havia uma razão. Clicou no histórico de *Fahrenheit 451*. No ano anterior, duas buscas, um pedido. Para *O conto da aia*, uma busca, nenhum pedido.

Ember estava enganada. Os livros não estavam sendo escondidos das pessoas. As pessoas simplesmente não queriam lê-los. E que tipo de negócio sobrevivia oferecendo aos clientes o que eles não queriam?

Era quase um alívio.

Ainda assim, havia algo no que Ember dissera que incomodava Paxton em certo grau, algo que, mesmo depois de uma noite de sono, ainda parecia doloroso e latente.

Mas, se ela estava errada sobre aquilo, sobre o que mais estaria enganada?

— Boas notícias — anunciou Dobbs, a mão pousando em seu ombro, o que fez Paxton se sobressaltar e girar na cadeira.

— Senhor?

— Conseguimos — disse ele, se apoiando na mesa. — Parece que uns dois caras do TI conseguiram hackear o algoritmo do voo, então alguns drones sempre voltavam à mesma doca de expedição. O drone soltava um pacote, o traficante plantava a oblivion, bum. — Dobbs bateu palmas. — Bom trabalho, filho. Bom trabalho.

— Obrigado, chefe.

Ele se foi, e, depois de alguns instantes, Dakota apareceu, o rosto ainda manchado de filtro solar. Ela também sorria.

— Então — começou ela. — Você quer participar da equipe de segurança do Gibson?

— Claro que eu quero — respondeu Paxton.

Ele ficou andando pelo restante do turno e, quando terminou, foi até o saguão de seu dormitório, devagar, se alongando, sem querer se apressar e se decepcionar, porque talvez o sistema demorasse para atualizar, mas, quando chegou aos elevadores, não aguentou e foi ver sua pontuação: quatro estrelas.

ZINNIA

Zinnia tocou na tela de pedidos, escolheu dois NuvBurguer, uma batata pequena e um milk-shake de baunilha. Recostou-se e olhou na direção da cozinha. Não havia muito que ver. Uma porta de vaivém, e toda vez que alguém passava por ela, Zinnia vislumbrava um espaço limpo e azulejado.

Era isso. O fim da linha do trem. Tinha de ser. A linha seguia para aquele lado do Entretenimento, e os negócios acima e abaixo se estendiam até uma parede externa, enquanto a do NuvBurguer não era nada profunda. Muito espaço atrás daquela porta vaivém para uma cozinha e um pouco mais.

A pergunta era por quê. Podia ser um túnel para manutenção ou suprimentos. Podia ser algo mais. Alguma peculiaridade da instalação.

Era divertido especular. Aquilo a distraía das singularidades de sua nova missão: matar Gibson Wells. Ela temia até mesmo pensar aquelas palavras naquele lugar, como se o NuvRelógio pudesse captar um padrão específico de suas ondas cerebrais, e então um grupo de homens e mulheres de azul surgiria para arrastá-la até um quarto vazio.

Ela queria mais informações. Queria poder contatar seus empregadores, mas as coisas não funcionavam assim. Ainda não sabia quem eram. Tudo o que sabia era que ela fora incumbida de matar o homem mais rico, mais poderoso do planeta, em sua própria casa, quando ele estaria cercado por uma caralhada de seguranças.

Então agora Zinnia tinha duas missões. E precisava executar as duas ao mesmo tempo. Havia uma boa chance de dar de cara com a segurança quando invadisse o centro de processamento. O que resultaria em um lockdown. Com certeza haveria um se Wells fosse morto. Ela precisava que eles acontecessem simultaneamente.

A visita de Wells coincidiria com a cerimônia dos Massacres da Black Friday, o que significava que várias coisas estariam acontecendo ao mesmo tempo. Seria um dia caótico, ou seja, muito conveniente em sua linha de trabalho.

Paxton seria de grande ajuda. Não que fosse cooperar de maneira consciente. Ela torcia que ele aprendesse sobre os detalhes. No mínimo, conseguiria espremer alguma informação dele.

A comida chegou, e ela comeu, mastigando o hambúrguer devagar, saboreando a carne crocante. Enquanto comia, pensava em assassinato. Era algo de que, sem sombra de dúvida, vinha tentando se esquivar, mas Wells morreria logo mesmo. Faria diferença? Ele sofreria cada vez mais com o passar do tempo. Talvez aquilo fosse um ato de bondade. Se ela se forçasse a pensar dessa forma enquanto comia sua batata frita, quase podia aceitar aquilo como uma resposta plausível.

Zinnia torcia para que, independentemente de como o fizesse, não precisasse encará-lo. A única coisa que não queria fazer nunca mais era olhar nos olhos de alguém enquanto sua vida se esvaía. Era a única ocasião em que seu trabalho parecia insuportável, e, muito embora tudo acabasse em um segundo, aqueles momentos pareciam durar uma eternidade.

Seus dentes doíam de ficar intercalando o milk-shake frio com a batata quente. Ela observou as portas um pouco mais, conforme os atendentes entravam e saíam. Se ela tivesse uma camisa verde, uma camisa de serviços alimentícios, poderia entrar, sem problema algum. Provavelmente, não era uma boa ideia encomendar uma — provavelmente nem havia um canal confiável para encomendar uma camisa de um trabalho que não fosse o seu. Ela poderia roubar uma. Seria melhor que comprar de algum funcionário, porque funcionários têm memória, e moral, e bocas capazes de emitir sons. Tinha de ser roubo.

O que a levava de volta ao maldito do NuvRelógio. A pedra em seu sapato desde que entrara ali. Zinnia pegou seu segundo hambúrguer, sentindo-se ligeiramente satisfeita, mas sem querer desperdiçar comida, comeu. O rastreamento não era mais a questão. Se aquele seria seu último dia, arruinar seu disfarce não seria um problema. Mas seu relógio não lhe garantia acesso suficiente — ela precisaria de acesso nível azul ou marrom. Hadley era marrom. Seria ótimo se conseguisse pegar o relógio dela. Mas a maldita coisa saberia se não estivesse no pulso de Hadley.

E *então* ela precisava de um plano de fuga.

Primeiro, precisava de uma camisa. Aquilo era o mais fácil. Azul ou marrom — seguranças e o pessoal do TI tinham mais acesso, e ela pendia para a última categoria. O TI era praticamente invisível. Faziam seu trabalho e ninguém prestava muita atenção. Pelo menos, ela conseguiria se passar por eles.

Seu celular vibrou. Mensagem de texto de Paxton.

Sair pra beber?

Zinnia terminou as últimas batatas fritas e respondeu: *Dois minutos.*

Ela o encontrou no pub, já com um copo de cerveja à sua frente, alguns goles mais vazia, e uma vodca com gelo para ela. Um grande sorriso no rosto. Ela se sentou, e ele ergueu o copo.

— Estou na segurança de Gibson.

— Isso é ótimo — disse ela brindando, verdadeiramente feliz por ele, mas também por si mesma. — E o que isso significa exatamente?

— Ainda não tenho certeza. Quer dizer, grosso modo... — Ele olhou em volta. Não havia ninguém por perto. Ele se inclinou na direção de Zinnia, baixou o tom de voz. — Grosso modo, ele entra pelo Chegada, onde vai acontecer a leitura dos nomes em homenagem à Black Friday.

Depois, vai pegar um trem até o Entretenimento. Vai andar um pouco. Pelo jeito, essa é a primeira NuvemMãe em que construíram um prédio exclusivo para a recreação dos funcionários, então ele quer ver o quanto ele cresceu. Depois, de volta ao trem, direto para o Chegada, e vai embora. Não faço ideia do que vou fazer. Vou estar lá no meio.

— Você deve estar orgulhoso.

Ele abriu a boca, em seguida a fechou. Pegou a cerveja e tomou um gole.

— É estranho. No dia em que cheguei aqui, queria mandar ele se ferrar. Mas agora... não sei. Sinto como se eu tivesse realizado algo, eles me confiando esse tipo de responsabilidade. Tinha que ter uma palavra pra isso, quando se está frustrado com alguém mas ao mesmo tempo também a admira.

— É — disse Zinnia. — Tinha que ter uma palavra pra isso.

Uma fissura se abriu em seu coração. Uma bem pequena, um fiapo de luz penetrou. Ela bebeu um pouco de vodca.

O detalhe mais importante ali era o trem.

Gibson estaria no trem.

Nos trens que eram suscetíveis a descarrilamento.

Um acidente de trem seria um evento. A única desvantagem seria ter de matar outras pessoas além de Wells para que funcionasse.

Inclusive Paxton, se ele estivesse no vagão.

MEMORANDO DO PLANO DE SEGURANÇA DE WELLS

Bem-vindos à equipe responsável pela segurança de Gibson Wells durante sua visita à nossa NuvemMãe. Por favor, revisem e internalizem as seguintes considerações. A violação de quaisquer das diretrizes resultará em sérias consequências. Vocês podem perder pelo menos uma estrela. Esse é um assunto sério.

- Ninguém deve se dirigir a Wells.

- Repito, ninguém deve se dirigir a Wells.

- Se ele dirigir a palavra a um dos funcionários, estes estão autorizados a responder, mas devem se ater apenas a cordialidades e apenas responder a perguntas que ele possa fazer.

- Não despejar reclamações nem queixas sobre Gibson. Não é a hora nem o lugar.

- Se algo precisar ser levado a seu conhecimento, os funcionários devem falar comigo ou com um membro de sua equipe de forma discreta.

- Manter um perímetro ao redor de Wells por todo o tempo. Funcionários não são autorizados a se aproximar de Wells a não ser que ele inicie ou aprove o contato.

- A camisa de todos os funcionários deve estar limpa e enfiada para dentro da calça. Tênis estão liberados, mas jeans é inaceitável. Somente calças cáqui ou chino.

- Está proibido, proibido, o uso do celular pessoal na presença de Wells. Os funcionários devem parecer focados, não distraídos. Mesmo que estejam apenas vigiando a multidão, não parecer desocupados.

- As coisas vão estar mais caóticas ainda porque a visita coincide com a cerimônia do Dia da Lembrança, que, além de tudo, é o começo de nossa época mais movimentada. Ou seja, assim que receberem o restante do material — rotas, horários etc. —, os funcionários devem memorizá-lo até o último detalhe. Vamos organizar uma série de simulações, fora do horário do expediente. A presença é obrigatória.

*Se você fizer merda, é o meu na reta, então pode
acreditar que vou fazer de sua vida literalmente um inferno.
Estou usando de forma correta a palavra literalmente.*

— Dakota

PAXTON

No primeiro dia de Paxton na NuvemMãe, o prédio do Chegada estava repleto de ônibus. Agora, todos haviam sido estacionados do lado de fora, a fim de abrir espaço para a cerimônia da Black Friday, por isso, exceto o fluxo contínuo de caminhões passando pelos sensores no canto mais afastado da instalação, o lugar parecia vazio e cavernoso.

Paxton observava enquanto um grupo de funcionários usando marrom e verde erguia uma plataforma, testando alto-falantes do tamanho de carros SUV, instalando a estrutura que sustentaria o gigantesco projetor de 360 graus. Eles se moviam com incrível destreza e velocidade. Aparentemente, aquele era o cenário montado todo ano para a leitura do nome das vítimas.

A visão das equipes de trabalho havia se tornado familiar nos últimos dias. Os corredores e banheiros estavam lotados de funcionários. Apesar de não haver planos para Gibson visitar outros setores da instalação, a gerência parecia agir como se o homem fosse inspecionar cada metro quadrado. O que significava que cada imperfeição — cada torneira pingando, cada urinol quebrado, cada escada rolante em manutenção — estava sendo consertada.

— Está pronto, camarada?

Paxton deu meia-volta e viu Dakota com olheiras profundas; duvidava que ela tivesse dormido nos últimos dias. Mas Dakota vibrava de energia, uma grande garrafa térmica, cheia do costumeiro café forte, tão preto que absorvia a luz, pendurada no cinto. Paxton havia provado aquilo uma vez, e passara três horas achando que o coração pudesse explodir. Embora desconfiasse de que no dia seguinte, àquela hora, talvez pedisse um gole.

— Acho que sim — respondeu ele.

Dakota assentiu.

— Vai ser uma equipe de cinco com ele o tempo todo. Você, eu, Jenkins, Cheema e Masamba. Você conhece eles?

— Só o Cheema e Masamba.

— Vou te apresentar a Jenkins mais tarde. Ela é ótima. É um bom time.

— Ei, obrigado por confiar em mim pra isso.

— Ei — disse ela, cerrando o punho e acertando Paxton no braço. Doeu mais do que ele havia imaginado, mas não quis demonstrar. — Você mereceu. Não acredito que desvendou a coisa toda.

Paxton riu.

— Sabe de uma coisa? Foi uma epifania momentânea, e podia ter acontecido com qualquer um. Acho que o dia de folga me fez bem. Sei lá. Não pareceu tão especial.

— Ei — repetiu Dakota, o tom de voz incisivo. — Não se deprecia. Não temos uma hierarquia institucionalizada na Nuvem, mas eu tenho sido o braço direito de Dobbs há algum tempo. Se ele me promover a cáqui... vai abrir espaço pra alguém que se destaque.

Paxton sentiu um nó na garganta. Ele não sabia o que achava daquilo. Por um lado, seria outra coisa prendendo-o à instalação. Mas quanto mais pensava no assunto, mais ele achava que aquele lugar era o mundo, e todo o resto do planeta havia sucumbido e morrido.

Visitar aquela cidade, ficar sob a mira de uma arma, fora mais que aterrorizante. Tinha sido desolador. Como se ele tivesse visto o mundo sem filtros e descoberto como era de verdade na implacável luz do dia. Ali ele tinha segurança, ar condicionado, água fresca e um lugar para dormir. Ali havia emprego e vida; talvez não a que queria, mas, se ele se dedicasse um pouco, talvez virasse uma que pudesse apreciar.

— Você não precisa decidir agora — disse Dakota, tomando um gole do café e fazendo uma careta. — Mas fique de mente aberta. Um emprego assim tem suas vantagens.

— Pode deixar, vou pensar — assegurou Paxton. — Como você está se virando?

— Do melhor jeito possível — respondeu Dakota. — A pior parte é que a minha mãe está assistindo à televisão em meu quarto nesse exato momento. Ela veio pro nosso jantar anual de Ação de Graças. Eu planejava levá-la ao NuvBurguer. Eles servem um hambúrguer especial de peru. Mas eu acho que não vou ter tempo.

— O que acha que vamos enfrentar amanhã? — perguntou Paxton. Dakota tomou outro gole da garrafa térmica, olhou em volta.

— Não faço ideia. Falei com o pessoal das outras NuvensMãe que o recepcionaram. Pelo visto, ele se vira bem sozinho. Parece um zumbi, mas acho que já era de esperar. O problema é a multidão. Em New Hampshire, as pessoas nem se importaram. Kentucky? O povo tratou ele como um messias. Pessoas forçando a fita de isolamento apenas pra tocá-lo.

— Ele já esteve aqui antes? — perguntou Paxton.

— Não na minha época — respondeu ela. — Dobbs disse que ele veio uma vez, sim, mas não foi nada de mais. Uma reunião. Não um *meet and greet*. Recebeu o memorando?

— Recebi — confirmou ele.

— Ótimo — disse ela. — Dobbs comentou que, se as coisas correrem bem amanhã, vai me dar dois dias de folga seguidos. — Ela hesitou, pensou no assunto. — Porra, eu nem sei o que fazer com esse tempo livre.

— Dormir — sugeriu Paxton. — Por favor.

— Dormir é para pessoas sem ambição. — Mais um gole. — Quando o seu turno termina?

— Em uma hora.

— Ótimo. Faça mais uma ronda. Lembre-se, assim que o Gibson terminar o discurso e a cerimônia acabar, pegamos o trem, onde vai ter um carro à espera. O sistema vai ficar fechado pra todos, menos pra nós. Seguimos pro Entretenimento, ele dá uma volta, retornamos ao Chegada, ele se vai. Simples e tranquilo. Nem um macaco mal treinado conseguiria foder com isso.

— Tenho certeza de que daremos um jeito.

Dakota se inclinou, colocou a ponta afiada do dedo no nariz de Paxton.

— Nem brinca com isso.

— Desculpa.

— Tudo bem, dispensado, camarada — disse ela.

— Certo, chefe.

Paxton se afastou; tinha andando uns três metros quando Dakota berrou:

— Ei!

Ele se virou. Ela se aproximou, meio saltitante.

— Eu me esqueci. Meu cérebro está igual a gelatina agora. O cara que você pegou? Dobbs o tem interrogado. Ele deu nomes. Então Dobbs interrogou os nomes. E descobrimos como as pessoas burlavam as pulseiras.

— Puta merda, sério?

— Você nunca vai adivinhar.

— Não adivinhei. Esse é o problema.

Dakota sorriu, prolongando o suspense, tornando o momento dramático:

— Você sabe que os relógios são sincronizados com o usuário, certo? Parece que essa função foi desabilitada, tipo, duas atualizações atrás. Os nerds do TI nem notaram. Um monte de gente está perdendo o emprego por isso. Uma pessoa podia tirar o NuvRelógio e colocar em um cúmplice. Como tudo de que o relógio precisava registrar era calor corporal, o alarme não soava. A pessoa sem o relógio fazia o que tinha de fazer e retornava. Você também estava certo em outra coisa: eles o faziam no meio da multidão porque achavam que ninguém notaria a queda do sinal por alguns segundos.

Paxton balançou a cabeça, incrédulo.

— Isso é... ridículo. Não acredito que era simples assim.

— Eles estão trabalhando em uma solução — revelou Dakota. — Talvez seja necessário mais que uma atualização de software. Talvez precisem atualizar o hardware. Vai sair caro. Mas, ei, pelo menos agora sabemos.

Paxton riu.

— Caramba.

— E é por isso — começou Dakota — que Dobbs está tão satisfeito com você. Continua assim, homem de ideias.

ZINNIA

Inclinando o fundo da garrafa de vodca em direção ao teto, esvaziando o que restava do líquido ardente na garganta, Zinnia se perguntou se devia desistir.

Ela não via nenhuma brecha através das múltiplas camadas de segurança até o interior da área restrita. Fora que seria complicado matar alguém que estaria escoltado por guarda pesada. Não quando nem conseguia abrir uma única porta dali até lá.

Não fazia sentido. Não tinha nada a ver com matar Paxton. Nada. Quanto mais repetia, mais acreditava naquilo.

Ela balançou a garrafa vazia de vodca e a colocou na mesa de cabeceira. Ligou a TV no site da Nuvem para ver se podia comprar mais. E, na verdade, não, não era possível encomendar álcool pela Nuvem. Que babaquice incrível.

Ela queria beber mais, no entanto seu desejo estava sendo minado por sua total falta de vontade de se levantar, colocar as calças e encontrar outras pessoas. Por isso se sentou, calculou que seria melhor partir em breve. Não tinha certeza de como, exatamente. Talvez alugar um carro de novo e abandoná-lo em algum lugar. Mas aquilo significava recorrer a Paxton outra vez, o que poderia despertar suspeitas.

Ela podia ir caminhando. A cidade mais próxima ficava a talvez uns 160 quilômetros? Levaria alguns dias. Talvez conseguisse descolar uma carona em algum momento. Precisaria levar bastante água, por garantia. Quem sabe uma arma, pra sua segurança, depois do encontro com Ember e sua brigada hippie.

Quanto à possibilidade de seus empregadores tentarem matá-la... ela pensaria em algo. No momento, estava bêbada demais para se importar.

Seu celular vibrou. Ela encarou a parede.

Ele vibrou de novo. Ela revirou os olhos.

Ei, o que está fazendo?

Em seguida: *Quer sair?*

Zinnia olhou para os balões de texto por alguns instantes. Aquela noite era provavelmente sua última chance de se encontrar com Paxton. Sentia algo esquisito no estômago, podiam ser gases, mas também algo próximo de arrependimento. Que seja. Ela podia convencê-lo a lhe fornecer vodca e sexo oral. Aqueles eram os motivos, os únicos motivos, para que respondesse: *Vem pra cá. Traz vodca.*

Passados vinte minutos, ouviu uma batida à porta. Paxton era só sorrisos, primeiro por causa de algo mais, algo que havia acontecido naquele dia, e então ele baixou o olhar e viu que ela não vestia as calças, e o sorriso se alargou. Ele se inclinou e a beijou, e ela voltou para o apartamento, caminhando até o futon, e se jogou no colchão enquanto Paxton colocava dois copos com gelo do frigobar.

— Uau! — exclamou Zinnia. — Vai beber comigo?

— Foi um dia bom — justificou Paxton. — Sou a porra de uma estrela do rock.

Zinnia assentiu, reclinada no futon, a cabeça rodopiando um pouco. Paxton lhe passou o copo. Eles brindaram e beberam, Paxton enfiou o rosto em sua virilha, e ela perdeu um pouco o fôlego até que ele pousou a cabeça em seu colo e rolou de costas, encarando-a, querendo se aninhar como se fossem namoradinhos. Ela queria repreendê-lo, mandar que continuasse, mas ele estava sorrindo, e aquele sorriso era o que mais gostava nele.

Era um sorriso sincero.

— É gostoso — disse ele.

— O quê?

— Cair nas boas graças de novo. Isso me faz uma pessoa ruim?

Zinnia deu de ombros.

— Somos programados pra buscar aprovação. É o que todo mundo quer.

— É, mas essas pessoas destruíram a minha empresa — argumentou ele, ficando em silêncio por um instante, então continuou: — Bem, não a Dakota, nem o Dobbs. Acho que, no fim das contas, nem o Gibson. Ele não apareceu pessoalmente e... — ele acenou com o copo — fodeu com tudo. Foi o mercado. Eu fiz o meu melhor. Mas o mercado manda.

— É o que ele costuma fazer — disse Zinnia, bebericando a vodca.

Paxton franziu o cenho, encarando-a com intensidade.

— Você está bem?

Não.

— Tô — respondeu ela. — Cansada.

— Você chegou a ter alguma resposta da Coligação Arco-Íris? — perguntou ele.

— Nem um pio.

— Bem, as coisas estão se ajeitando com Dobbs, então talvez eu possa conversar com ele, transferi-la pra segurança. — Ele colocou os pés sobre a bancada, tentando se acomodar no espaço apertado. — Pelo modo como se comportou naquela cidade, com aqueles malucos, você é perfeita pro trabalho.

Zinnia bufou uma risada. Claro. Pode me transferir amanhã à tarde?

— Talvez — retrucou ela. — Não seria de todo ruim.

— Não paro de pensar neles — admitiu Paxton. — Deve ser triste. Viver na miséria. Escondendo-se em cidades entregues às moscas. Eles já devem estar fazendo isso há um bocado, certo? Dava pra notar. Pelo cheiro. Não veem um chuveiro nem uma peça de roupa limpa faz tempo. Eu sei que o que temos aqui... — Ele hesitou, olhando para a vodca, então ergueu um pouco a cabeça para tomar um gole. — Sei que o que temos aqui não é perfeito, mas é alguma coisa, né? Temos empregos.

Zinnia não sabia a quem ele tentava convencer. Mas ela preferia aquelas terras inóspitas. Estava cheia daquele lugar. A arquitetura brutalista, os espaços apertados, as balanças digitais, echarpes, livros, mata-moscas, lanternas, grampeadores e tablets. A minimaratona que corria diariamente no serviço e que fazia seus joelhos doerem quando voltava para casa. E o pior de tudo: a perspectiva de fazer aquilo todo santo dia.

Ela preferia o deserto.

— Eu estava pensando — disse Paxton.

Zinnia achou que ele ia elaborar, mas não o fez.

— No que você estava pensando? — encorajou ela.

— Eu estava pesquisando, e, se você achar estranho, podemos só esquecer isso — começou ele. — É só uma ideia. Mas, se a gente se mudasse pra um apartamento de casal, sairia um pouco mais caro, mas teríamos mais espaço, e só pensei... — Ele olhou para os pés, a única maneira de esconder seus olhos sem cobrir todo o rosto. — Achei que podia ser bacana. Você sabe. Ainda mais uma cama maior.

Zinnia tomou uma golada da vodca, e, enquanto o álcool descia pela garganta, sentiu o coração partir ao meio. Talvez os anos tentando endurecê-lo o tivessem tornado quebradiço. Talvez aquilo fosse tudo o que era necessário, um golpe de martelo bem dado.

Todo dia naquele trabalho de corno, então voltar para casa para... o quê, ler um livro? Assistir à televisão? Ficar sentada esperando pela maratona de novo? Como aquilo poderia ser "bacana"?

Zinnia tomou um gole da vodca, pensou no assunto.

Se seria bacana.

Ela havia trabalhado duro por muito tempo. Tipo, bem duro. O corpo carregava as lembranças de seu trabalho. Cicatrizes nas quais os dedos de Paxton se demoravam, mas sobre as quais ele nunca perguntou, e ela gostava de sua discrição. Daquilo e de seu sorriso. E, às vezes, ele também era engraçado.

Ela pensou nos lugares fora da Nuvem. O sol quente e a luta por água. O vazio fora das cidades e o ar condicionado circulando naquele quarto, e Zinnia tinha de dar a mão à palmatória. Havia muitas coisas das quais não gostava naquele lugar, mas pelo menos era silencioso. Como um túmulo. E, depois de anos se acostumando com as mais variadas coisas — da saraivada de tiros e vozes roucas dos interrogadores ao estrondo grave de explosões —, descobriu que aquele silêncio era outra coisa de que gostava.

Se ela ficasse, no dia seguinte teria de acordar e se apresentar no armazém, então pegaria todo tipo de merda e colocaria nas esteiras, e enviaria para quem quer que fosse.

Poderia ficar mesmo sem terminar a missão?

— Desculpa — lamentou Paxton, a voz carregada. — Eu não devia ter tocado no assunto.

— Não, não é isso — disse ela. — Eu nunca morei com ninguém antes. — Ela se inclinou e o beijou na testa. — Pensei que fosse caro.

Paxton deu de ombros.

— Ainda estou esperando a patente do ovo sair. Quando isso acontecer... vou ganhar um dinheiro vendendo pra Nuvem.

— Quer mesmo fazer isso?

Outro dar de ombros.

— Não é como se eu pudesse abrir outra empresa com o meu dinheiro.

— Ok — disse Zinnia. — Me deixa pensar um pouco sobre isso.

Paxton sorriu, estendendo o braço até o chão, onde pousou seu copo de vodca, e, em seguida, levou o rosto ao ponto exato em que Zinnia o quisera em primeiro lugar; e, conforme ela cravava as unhas em seu cabelo e arqueava as costas, pressionando-se contra ele, pensou que talvez aquele estilo de vida não fosse tão ruim. Talvez fosse uma espécie de aposentadoria.

PAXTON

Paxton voltou do banheiro e encontrou Zinnia esparramada no futon, meio embolada no lençol de cima. Ele fechou a porta, largou o roupão de Zinnia, que mal o cobriu em sua caminhada pelo corredor, e deitou no futon ao seu lado.

Aquela sensação na boca do estômago outra vez. Como se quisesse lhe confessar que a amava. Tão fácil de dizer, mas também uma declaração que não poderia ser desdita. Ele ficou observando as tapeçarias penduradas no teto. Disse a si mesmo: fique feliz que ela está considerando morar com você. E deixe as coisas assim.

Ele pensou em um apartamento que ficaria cheio com a presença dos dois, e aquilo o fez pensar no vazio em seu caderno. Morar com Zinnia não tinha só a ver com seus sentimentos por ela. Mostrava também que havia aceitado que provavelmente seu caderno continuaria vazio. De que aquele futuro teria de bastar. E, quem sabe, talvez a inspiração o atingisse, e teria outra oportunidade para tentar novamente, mas a Nuvem era o seu lugar, porque era onde Zinnia estava.

Ela se mexeu, subiu em cima de Paxton, o corpo irradiando calor, e tateou pela pia. Pegou um copo limpo no armário e o encheu com água.

— Quer? — ofereceu.

— Não — respondeu ele, admirando a curva das costas dela na penumbra. Na esperança de que ela percebesse sua admiração e se animasse para uma segunda rodada. Em vez disso, ela se abaixou para pegar o roupão e o jogou sobre os ombros, amarrando o cinto na cintura. Ela apontou para a mesinha com a cabeça.

— Me passa o meu relógio? Preciso ir ao banheiro.

Paxton esticou a mão até o carregador, pegou o primeiro que tocou. Era o seu. Ele deu de ombros e o entregou a ela.

— Ah, para— disse ela. — Nossas pulseiras nem são parecidas.

— Não importa — disse ele. — Usa a minha.

— Achei que os relógios fossem codificados para o usuário.

Paxton riu.

— É uma história engraçada. Na verdade, não são. Essa função não está funcionando. Lembra quando teve aquele problema com os contrabandistas enganando os rastreadores? Parece que tudo o que você precisava fazer era dar o relógio para outra pessoa por um tempo, então ir fazer o que precisava e voltar. O que é muito louco, né? Estão trabalhando em uma solução, mas aparentemente ainda vai levar algum tempo.

— Hmm — murmurou Zinnia. — Depois de alguns instantes, repetiu: — Hmm.

E sorriu.

— Deixa isso quieto... — instruiu Paxton. — Aliás, talvez seja melhor ir com o seu relógio... — Ele estendeu a mão para pegar o dela, mas, quando se virou, Zinnia já havia saído.

9.
LEMBRANÇA

GIBSON

É algo difícil de colocar no papel. Devo ter escrito umas seis ou sete versões. Nunca fui de falar muito sobre os Massacres da Black Friday, em grande parte porque sentia que não cabia a mim dizer alguma coisa, mas imagino que agora, conforme me aproximo do fim, deva me pronunciar.

Que dia terrível foi aquele. Eu sei, um posicionamento verdadeiramente controverso, não é? Os Estados Unidos sempre tiveram esse relacionamento desconfortável com armas de fogo. E eu entendo. Nasci em uma família orgulhosa de sua tradição de caça. Eu já sabia desmontar e limpar um rifle antes dos 10 anos, e sempre me ensinaram a ter respeito pelas armas. O mesmo vale para qualquer coisa em que atiro. Nunca fui um daqueles idiotas no Serengeti, atirando em leões para provar alguma coisa.

Não, a gente caçava alces e cervos e esquilos, então nós os comíamos e curtíamos a pele. Meu pai até mesmo talhava ferramentas com os ossos, porque parecia importante aproveitar o animal ao máximo. Sem desperdícios.

Mas, ao mesmo tempo, eu sei que o modo como encaro a questão das armas é definitivamente bem diferente do de quem vive em Detroit ou Chicago.

Todos têm uma opinião, e toda opinião é diferente. Esse é o problema. Aqui está a minha: foi um erro estúpido fazer de armas de fogo um item de uma superpromoção. Sinceramente, e me lembro de todos os detalhes, eu estava bebendo meu café e lendo o jornal e vi aquilo sendo anunciado, e a primeira coisa que eu pensei foi: Algum pobre coitado vai acabar levando um tiro.

Era um pensamento obscuro, e o afastei. Gosto de pensar o melhor das pessoas. Odeio o fato de que eu estava certo. Odeio ainda mais o quão certo eu estava. Quem poderia imaginar que aquilo aconteceria, e em tantas lojas? Quem imaginaria que tantos acabariam mortos?

Foi então que bati o pé e decidi que não venderíamos mais armas. Direito pelo qual eu havia passado anos negociando, e elas eram o único item de toda a nossa loja que precisava ser entregue por uma pessoa e recebido e assinado por outra.

Mas eu estava doente, do estômago e do coração, e sabia que alguma coisa tinha de mudar. Às vezes é preciso assumir a liderança. E veja o que aconteceu. Com as lojas físicas e tradicionais indo para o buraco, e a Nuvem comercializando todo o restante, e as pequenas lojas incapazes de competir... vinte milhões de armas costumavam ser fabricadas por ano nos Estados Unidos, e o número caiu para menos de cem mil. E, ainda assim, armas são extremamente caras, o que as deixa fora do alcance da maioria das pessoas, e, se existe uma indústria que não me sinto mal por ter afetado negativamente, foi essa.

Os Massacres da Black Friday foram o último atentado em massa na América, e sou muito feliz por ter desempenhado um papel nisso.

O mercado manda. Com isso quero dizer que os americanos votaram com suas carteiras, nos aceitando como seu principal ponto de venda, sabendo muito bem que não iríamos levar armas até as portas de suas casas.

Vou repetir, porque sei como é fácil deturpar o que as pessoas dizem: eu sinto muito por aquelas pessoas, mais do que vocês podem imaginar, mas fico feliz que, pelo menos, o incidente tenha feito os Estados Unidos, enfim, abrir os olhos para essa questão delicada.

Então, é isso. Gostaria de encorajá-los a reservar alguns minutos para vocês, façam uma boa e longa reflexão. Na Nuvem, como de costume, faremos uma cerimônia e, para os funcionários que não podem deixar o posto, um minuto de silêncio. Leremos os nomes dos mortos e continuaremos a honrar suas memórias da melhor forma possível, trabalhando duro e demonstrando compaixão pelo próximo.

A outra coisa que queria dizer, e é uma realidade dura de admitir, mas não posso mais evitá-la, é que hoje, provavelmente, será minha última visita a uma NuvemMãe. Não tenho mais como continuar. Estou dormindo muito pouco. É difícil segurar a comida no estômago. Estou tentando ao máximo, mas tem dias em que eu preciso que meu enfermeiro — um cara grandão chamado Raoul — me carregue por aí. E isso não é vida.

Então hoje será um dia muito especial para mim. Será uma outra última vez.

Minha última visita a uma NuvemMãe. A Claire e o Ray vão comigo, dar um bom passeio pela instalação, e depois o objetivo é voltarmos para casa. Vou tentar seguir escrevendo, embora nem tudo seja postado. Ainda não. Precisei que, antes, Molly desse uma olhada neste texto, ela até passou a digitar para mim pouco depois da metade. Diga oi, Molly.

Que fique registrado que Molly me deu um tapa no braço. Ela quer que eu leve isso a sério.

Então, caso tenha chegado a hora, quero agradecer a todos por me acompanharem. Queria poder encontrar cada funcionário da Nuvem antes de partir. Estou com vontade de fazer muitas coisas no momento. Coisas que vão ficar por fazer, mas a vida é assim, não é?

Acho que, a essa altura, devia me despedir com algumas palavras de sabedoria. Como se qualquer coisa que eu já disse pudesse ser considerada sábia. Mas, vocês sabem, sempre me guiei por um princípio básico: o trabalho é feito ou não, e gosto quando é feito.

Se puderem se concentrar nisso, e em suas famílias, provavelmente tudo vai dar certo.

Juro, do fundo do coração, obrigado.

Foi uma honra viver essa vida.

ZINNIA

A linha de trem está oficialmente fechada para a cerimônia do Dia da Lembrança.

Zinnia colocou seu NuvRelógio no carregador e vestiu as roupas de academia com rapidez — calça e casaco de moletom grosso, algo que disfarçaria o pulso nu. Enquanto se aprontava, ela repassou o plano na cabeça. Havia muitas partes variáveis. Dependia demais de informações que ela não tinha. Mas teria de bastar.

Ela puxou a tapeçaria do canto e subiu no teto, esgueirando-se até o banheiro. Vazio. Ela pulou para o chão e saiu; deu de cara com uma mulher no elevador, então correu para entrar antes que as portas se fechassem.

Assim que o fez, a mulher passou o pulso no sensor. Zinnia saiu no saguão e foi para a academia. Embromou até outra pessoa aparecer — um mauricinho com belos braços torneados, que lhe abriu a porta para que pudesse dar uma olhada em sua bunda de um modo nada discreto.

Dentro da academia, ela levantou alguns pesos leves até que tivesse certeza de que ninguém a observava, então enfiou uma anilha de crossfit de 4,5 quilos no bolso da frente do moletom. Saiu da academia, com uma das mãos no peso para que não caísse, e seguiu pelo corredor até o saguão, de onde podia observar a entrada do trem.

O lugar tinha esvaziado. Só havia um azul, um homem mais velho, que parecia entediado. Provavelmente todos estavam no Chegada, se preparando para Wells e para a cerimônia. Ela se encostou à parede, fora do campo de visão do homem, e esperou.

O segurança deu uma volta grande pelo lugar, sem perder o trem de vista, o que não era nada bom.

Ela pensou nos fósforos em seu bolso; talvez ateasse fogo a alguma coisa nas latas de lixo, o que chamaria a atenção do homem, mas talvez também atraísse atenção demais. Não era a melhor opção, mas funcionaria. Antes que pudesse pegar os fósforos, o guarda olhou em volta, como se temesse ser apanhado, e foi em linha reta para o banheiro.

Assim que ele estava fora de vista, Zinnia saiu do esconderijo, em direção ao trem, e passou por baixo da catraca. Ela se deitou na plataforma e esticou o braço para o vão, colocando a anilha entre a parede e o trilho, tomando cuidado para não tocar nas linhas. Era octogonal, com uma borda achatada, portanto foi capaz de equilibrá-la de lado. Ela hesitou, esperando que o sensor disparasse, mas nada aconteceu. Os trilhos provavelmente eram sensíveis ao peso para detectar detritos. Posicionar a anilha sem tocar nenhum deles provavelmente era a chave para que passasse despercebida. E provavelmente para que conseguisse descarrilar o trem.

Provavelmente, provavelmente, provavelmente. O plano era desleixado, e ela odiava desleixo, mas pelo menos era um plano.

Ela passou por debaixo do braço da catraca e voltou ao elevador. Enquanto esperava, o guarda saiu do banheiro, então ela se ocupou, olhando para o mapa da Nuvem, pulando de um pé para o outro, como se estivesse prestes a sair para uma corrida, não querendo que ele se perguntasse o que estaria fazendo parada ali.

Aquele trecho de trilho era uma linha reta, onde em geral os trens ganhavam um pouco de velocidade. Como o veículo seguiria direto até o Entretenimento, sem dúvidas estaria bem rápido.

Zinnia pensou em Paxton. Nele ao lado de Wells, e o vagão atingindo a anilha, e o descarrilamento. Corpos quebrados e membros mutilados. Muito sangue. Ela tirou aquilo da cabeça. Concentrou-se no dinheiro que ganharia. Na liberdade que aquilo lhe daria. Tudo o que poderia deixar para trás.

Um homem se aproximou do elevador, e Zinnia o seguiu. Ele aproximou o pulso no sensor, mas ia para um andar diferente do dela.

— Droga, eu esqueci uma coisa! — berrou ela e pulou para fora. Precisou fazer o mesmo duas vezes no espaço de quinze minutos até que, enfim, alguém que se dirigia para seu andar entrou.

Zinnia parou em frente a uma porta alguns quartos depois do seu, então bateu. Seu peito tremia de ansiedade. Ela havia visto Hadley naquela manhã, no banheiro, e Zinnia tinha lhe perguntado se iria à cerimônia, e a garota respondera que não. Depois de um instante, ouviu um barulho e a porta se abriu, os olhos de desenho animado de Hadley apareceram na penumbra, por trás de um emaranhado de cabelo. Ela encarava Zinnia como um gato olha para qualquer coisa, sem demonstrar qualquer emoção.

— Posso entrar? — perguntou Zinnia.

Hadley assentiu, recuando um passo. O clima do apartamento parecia carregado. Suor e comida velha. Nas paredes havia pisca-piscas pendurados, mas as luzes estavam desligadas, e havia uma persiana grossa na janela, que só deixava passar uma nesga de luz do sol. Na bancada, havia pilhas de sacos de papel de comida para viagem, amassados ao redor de embalagens vazias. Hadley foi em direção aos fundos do apartamento e se sentou no futon, encarando Zinnia com as mãos entrelaçadas. Zinnia se recostou na bancada e estava prestes a falar quando Hadley pigarreou.

— Eu andei pensando bastante no que você me disse no banheiro — disse, a voz pouco mais que um sussurro. — E você tem razão. A culpa foi minha.

— Não, não, querida, não foi isso que eu disse, de forma alguma — retrucou Zinnia, com um nó no estômago. — Não é culpa sua, o que ele fez. É dele. Mas você precisa reagir. Foi o que eu quis dizer.

— Eu estou com muita dificuldade de dormir ultimamente. Às vezes eu acordo e sinto como se ele estivesse aqui, comigo. — Ela cruzou os braços, estremecendo apesar do calor. — Eu só... preciso dormir. — Ela ergueu o olhar. — Eu quero ser forte. Como você.

Zinnia não soube o que falar por um momento. Não achava que fosse se sentir assim, com vontade de aninhar a garota em seus braços e passar a mão em sua cabeça e lhe dizer que tudo ficaria bem. Ela não conseguia se lembrar da última vez que se sentira assim em relação a alguém, o que tornava tudo ainda mais espantoso. Ela tentou imaginar Hadley como uma daquelas bonecas que falam quando você puxa uma cordinha, mas que, fora isso, era apenas um monte de plástico.

Zinnia passou a mão na pequena embalagem em seu bolso.

— Eu tenho algo que talvez ajude.

Hadley ergueu a cabeça, olhos arregalados, ansiosa. Zinnia ajoelhou ao seu lado, ofereceu o pacote de oblivion na mão estendida.

— Isso é... — começou Hadley, se interrompendo, como se não conseguisse pronunciar a palavra.

— Você vai dormir como um bebê — assegurou Zinnia.

— Preciso trabalhar. Depois da cerimônia.

— Você precisa dormir. Fala que você está doente.

— Mas a minha avaliação...

— Que se foda a sua avaliação — disse Zinnia. — É só um número. Vai cair um pouco, e então você vai trabalhar duro e ele sobe de novo. Vai ficar tudo bem. Precisa de um pouco de sono profundo, sem sonhos. Confia em mim. Parece que você vai surtar a qualquer instante.

Hadley olhou para a caixinha de plástico por um longo tempo. Zinnia já temia ter de agarrar a garota e enfiá-lo por sua garganta quando Hadley assentiu.

— Como se toma?

Zinnia abriu a caixinha e olhou com atenção para as tiras de filamento. Hadley precisa disso. Ela precisa desconectar a mente do corpo e relaxar, pensou ela.

Zinnia disse para si mesma de um modo que quase acreditou naquilo.

— É só colocar na língua — explicou Zinnia.

— Tá bem — disse Hadley. — Tá bem.

Ela colocou a língua para fora, em seguida a recolheu, envergonhada, como se estivesse constrangida por ter presumido que Zinnia colocaria a droga em sua boca. Zinnia sabia que uma garota daquele tamanho, que jamais havia experimentado drogas, apagaria com apenas uma tira. Ela separou quatro, estendeu-as juntas e assentiu com a cabeça para a boca de Hadley. A garota a abriu, e Zinnia colocou os quadrados esverdeados em sua língua. Hadley fechou os olhos, como se estivesse concentrada. Zinnia a recostou contra o futon.

A respiração de Hadley ficou mais calma, os músculos relaxaram. A cabeça tombou para o lado. Zinnia pressionou os dedos contra a carótida da menina, apenas para se certificar de que ainda estava viva. O pulso mostrava que seu corpo estava inspirando profunda e significativamente.

Em seguida, Zinnia começou os trabalhos. Tirou a camiseta, vestiu a polo marrom de Hadley. Ficou apertada, mas dava para usar. Ela cogitou trocar as pulseiras de seus NuvRelógios, mas se deu conta de que as duas eram parecidas — o fúcsia da de Zinnia lembrava o rosa da de Hadley. Ela revirou o restante das roupas de Hadley e encontrou um boné velho e surrado; prendeu o cabelo em um rabo de cavalo e o vestiu. Deu uma olhada no espelho atrás da porta. Ela colocou o relógio de Hadley, que pediu uma digital, então Zinnia pegou a mão da garota e pressionou o polegar na tela. A carinha feliz apareceu.

Tudo pronto.

PAXTON

Era impossível contar a multidão. Um arco-íris de cores se estendia por todo o prédio da Chegada. Havia amplos trechos de chão desobstruídos: desde o lado de fora, em direção à parte de trás do palco, por onde o ônibus de Gibson passaria, e então continuando depois do palco e se encaminhando para a linha do trem onde ele pegaria sua carona até o Entretenimento.

Paxton atravessou o palco. Olhos abertos, como Dakota instruiu. Os azuis andavam pela multidão, mas era bom ter outro ângulo de visão. Ele não tinha certeza do que estava procurando. Todo mundo era só sorrisos e agitação antecipada.

Os vídeos da Nuvem retumbavam na tela monumental atrás de Paxton. Os vídeos exibidos durante a orientação, misturados com testemunhos de clientes. Um grupo de pessoas etnicamente diversificado comentava como a vida havia sido facilitada pelas pessoas que os assistiam. Bem perto dos alto-falantes, o diálogo crepitava.

Obrigado, Nuvem.
Nós te amamos, Nuvem.
Você salvou a minha vida, Nuvem.

De tempos em tempos, ele olhava para a boca aberta que era o portão de entrada, um retângulo de luz branca e ofuscante, por onde o ônibus entraria. Em breve, o veículo estacionaria atrás do palco, e Gibson Wells, em carne e osso, sairia e subiria as escadas. Paxton estaria entre o grupo de pessoas ao seu redor. Tão perto que poderia tocá-lo.

Paxton sentiu um nó no estômago. Pensou mais uma vez em confrontar o homem. Com certeza perderia o emprego na hora, mas aquela sensação incômoda de andar pela cidade em ruínas do dia da entrevista, a sensação de se candidatar a um emprego que acreditava ser muito abaixo de sua experiência, fazia com que desejasse, se não uma resposta ou um pedido de desculpas, o reconhecimento. Queria que Gibson o visse, soubesse o que havia acontecido.

— Está pronto? — perguntou Dakota, subitamente ao seu lado, berrando para se sobrepor aos alto-falantes.

Paxton assentiu, muito embora não estivesse certo do que o gesto significava.

— Ótimo — disse Dakota, lhe dando um tapinha nas costas. — Porque aí vem ele.

O ônibus apareceu, primeiro um ponto escuro na luz brilhante, e então entrou no prédio, avançando devagar pela multidão. As pessoas se empilhavam nas barreiras de ambos os lados, gritando e aplaudindo e acenando.

O ônibus era grande e grená, com detalhes em dourado. Vidros escuros, para que ninguém pudesse ver o interior. Parecia ter acabado de ser encerado. Mesmo dentro da instalação, parecia refletir uma eterna luz do sol. Paxton ficou olhando enquanto o veículo estacionava com calma na vaga indicada, atrás do palco, por entre pessoas de cáqui e de azul, e sua cabeça parecia cheia de hélio, prestes a se desprender dos ombros.

ZINNIA

Zinnia entrou pelas portas de vaivém nos fundos do NuvBurguer. Havia alguns funcionários de verde, atarefados, apesar de não haver ninguém comendo nas mesas, já que todos estavam na cerimônia. Os verdes operavam o maquinário de aço inox impecável em uma coreografia de utensílios estalando e óleo de fritura, preparando-se para a correria que viria mais tarde. Alguns deles lançaram-lhe olhares, mas não mais que isso.

Zinnia sempre achou engraçado como as pessoas pensavam que essa linha de trabalho tinha a ver simplesmente com dispositivos e merdas do tipo. A regra mais básica do disfarce era se comportar como se pertencesse a determinado lugar, poucas vezes alguém contestaria você.

Isso não queria dizer que podia demorar. Ela correu os olhos por cada superfície, sem saber o que procurava ao certo, mas torcia para encontrar. A cozinha era maior do que imaginava, com alguns cantos e curvas que eventualmente a levaram até uma pesada porta de correr, destoando de tudo naquele lugar. Ou seja: era ali onde ela precisava entrar.

Ela percebeu a câmera ali tarde demais, visível apenas sob a aba de seu boné. Ela não olhou para cima, a fim de preservar seu rosto. Havia um painel de entrada ao lado da porta, e ela passou seu NuvRelógio, murmurando uma prece silenciosa em sua cabeça.

Ding. O disco ficou verde. Ela deslizou a porta para o lado. Era grande e pesada, e Zinnia precisou fazer força para que se movesse. A porta se abriu para uma pequena estação de metrô, com um pequeno vagão de trem, cujo tamanho era talvez metade de um vagão comum.

E tinha um cheiro forte. Alvejante, e, no fundo, o doce perfume da podridão. Como se alguém tivesse tentado neutralizá-lo, mas sem sucesso. No vagão, havia tiras de nylon soltas. Aqueles carros transportavam carga, não pessoas. Ela fechou a porta, foi até a frente e achou os controles. Nem precisou examinar o painel. Havia dois botões, um deles com a palavra Partida. Eles realmente gostavam de simplificar as coisas por ali.

Ela apertou o botão, e o trem começou a se mover, devagar a princípio, em seguida mais rápido, zunindo por corredores escuros, chacoalhando como um elevador de serviço. Ela se segurou em uma das alças para não cair. As tiras chicoteavam à sua volta, e algumas vezes precisou se desviar para fugir de uma fivela errante que ameaçava acertá-la na perna. Não era um trilho de levitação magnética. Era mais velho. Metal contra metal, o guincho agudo ferindo seus tímpanos no túnel escuro.

A viagem durou cerca de cinco minutos, ao longo dos quais revisou o desfecho do seu plano. Mesmo com a confusão da batida, ainda haveria caminhões circulando. Tinha de haver. A Nuvem não podia suspender as entregas por muito tempo. E os caminhões de entrega eram automatizados, então tudo o que precisava fazer era se esconder em um, e a possibilidade de ser encontrada seria mínima.

Mas estava com a sensação de que esquecia alguma coisa.

Então se deu conta: Hadley. Queria ter certeza de que a garota estava bem.

Talvez pudesse mandar uma mensagem de texto para Paxton. Pedir que passasse no quarto da menina.

Mas era arriscado manter uma linha de comunicação aberta. E o que ela diria depois?

Tchau! Até nunca mais!

— Sua idiota — disse a si mesma. — Sem sentimentalismo.

Quando o trem parou, antes que a porta se abrisse, a pele de Zinnia se arrepiou e o hálito condensou à sua frente. Ela saiu em uma sala refrigerada, repleta de caixas estocadas em pallets de madeira, as paredes de aço polido, cobertas por camadas de gelo, mais espesso nos cantos, lembrando neve. Ela queria estar usando algo mais quente.

Não havia câmeras ali. Ela perambulou pelos pallets, procurando uma saída, e avistou uma porta do outro lado da sala. No caminho, abriu uma das caixas. No interior, encontrou esferas de carne moída em papel encerado. NuvBurguer.

O que era estranho. Tudo, inclusive a comida, entrava pelo Chegada. Paxton havia comentado sobre o assunto. Se ela estava nas instalações de processamento, por que estavam estocando a carne moída ali? Pelo que sabia, a Nuvem controlava os meios de produção, por isso que o preço da carne era acessível. Talvez tivessem pastos além do campus. Um lugar onde as vacas ainda podiam vagar e comer em segurança, e aquele era o ponto de acesso mais próximo. Ela não havia visto nada nas imagens de satélite, mas também não estivera procurando precisamente aquilo.

Irrelevante. Zinnia seguiu para a saída, abriu a porta, deparou com um corredor deserto. Na outra extremidade, havia outra grande porta de correr.

Ela foi até lá, fez um movimento com o pulso. Assim que o painel ficou verde, ela deslizou a porta e um fedor a atingiu como uma onda do mar. Penetrou seu nariz, rasgou sua garganta, dominou Zinnia, como se tivessem enfiado sua cabeça em uma privada entupida.

PAXTON

O ônibus parou, motor desligado. A multidão, que havia sido afastada e não tinha uma posição vantajosa, começou a cantar, devagar a princípio, de modo disperso, mas ganhando força. O coro cresceu até Paxton sentir a vibração em seu peito.

Gib-son.

Gib-son.

GIB-SON!

Cartazes pontilhavam a multidão — escritos à mão com marcador preto de ponta grossa.

Nós te amamos, Gibson!

Obrigado por tudo!

Não nos deixe!

Paxton permanecia em seu posto, em cima do palco, olhando para trás, a fim de se certificar de que o espaço continuava seguro. De onde estava, não via a porta do ônibus, que ficava do outro lado, fora de sua visão, mas parecia haver movimentação e atividade. Pessoas desapareciam e reapareciam. Andavam de um lado para o outro.

Paxton precisou olhar para baixo para ter certeza de que seus pés ainda estavam no chão. Que ele não havia levitado.

Estavam plantados no chão. Ele ainda estava ali. Exatamente ali.

Ergueu o olhar e viu o rosto da pessoa que estivera aguardando. Gibson Wells.

O homem estava cercado por uma ampla comitiva. Pessoas andando com as mãos estendidas, como se prontas a ampará-lo. Ele era menor do que Paxton o imaginara. Um homem que havia mudado tanta coisa, que havia remodelado o mundo do modo como fizera, tinha de ser maior.

Uma imagem de Gibson apareceu na tela acima deles, um trecho do vídeo de orientação, e quase não parecia a mesma pessoa, como se o câncer o tivesse eviscerado. O cabelo começara a rarear, mas agora não tinha quase nada, a careca brilhante sob as luzes. Pele flácida ao redor do pescoço; rugas que marcavam o rosto. Ele andava com passos arrastados. Sorria e acenava para as pessoas ao seu redor, e aquilo parecia um esforço hercúleo. Como se a qualquer momento ele pudesse virar poeira, e a única coisa o sustentando fosse apenas sua força de vontade.

Atrás de Gibson, havia um punhado de pessoas. Um homem latino alto e musculoso, que parecia rodeá-lo. Claire, a quem Paxton reconheceu do vídeo, embora o cabelo não exibisse o mesmo tom vibrante de ruivo, parecia um pouco mais desbotado. E um homem que suspeitava ser Ray Carson. Dakota havia lhe dito para prestar atenção ao zagueiro de futebol americano. O que era uma descrição precisa. Carson tinha sobrancelhas grossas, franzidas sob a cabeça careca. Ombros largos uma barriga protuberante. Não demonstrava felicidade em estar ali, mas também parecia ser o tipo de pessoa que não ficava feliz em lugar nenhum.

Gibson Wells, o homem mais rico e poderoso do mundo, chegou ao pé da escada, segurou o corrimão em busca de apoio e olhou para cima, trocando olhares com Paxton.

ZINNIA

Zinnia vomitou, jorrando todo conteúdo do estômago no piso de metal gradeado; o jorro caía em pedaços nas canaletas abaixo. Ela se forçou a levantar. Quando ficou de pé, vomitou de novo. Ela viu uma série de máscaras químicas penduradas em ganchos na parede, pegou uma delas, então a colocou e inspirou profundamente. O interior da máscara cheirava a merda e borracha e ao próprio vômito, mas também a bengalas de açúcar. Ela odiava bengalas de açúcar.

As lentes da máscara distorciam um pouco sua visão, mas ela viu outra porta no fim do corredor. Conforme se aproximava, uma mulher magra, usando uma polo cor-de-rosa, entrou. Zinnia hesitou por um momento, então prosseguiu, não querendo passar a impressão de que havia sido flagrada. As duas se cruzaram no corredor, Zinnia dando um passo para o lado para abrir espaço. A mulher assentiu e continuou andando.

Rosa. Zinnia nunca havia visto uma camisa cor-de-rosa antes.

Ela atravessou mais alguns corredores e teve a sensação de que caminhava pelo interior de um navio. Corredores circulares, sem janelas, feixes de canos ao longo das paredes. Ela viu outra porta e presumiu que dava em outro corredor, então pensou em voltar e procurar um ponto de entrada melhor, mas, do outro lado da porta, viu um laboratório enorme. Estações de trabalho, equipamento zumbindo, luzes. Luzes por toda parte. Havia um mezanino dentro da sala — uma grande caixa de vidro, com uma escada ligando os andares. Dentro dela, havia mesas, onde homens e mulheres em jalecos e máscaras químicas agitavam tubos e frascos com líquido.

No andar de baixo, onde Zinnia estava, os poucos funcionários andando de um lado para o outro não usavam máscaras, então tirou a sua e a pendurou em um gancho vazio na parede. Ainda sentia gosto de vômito em sua boca, mas o cheiro do lugar era adocicado. Artificial, como se o ar fosse filtrado e tratado. Ela foi andando pela sala. Algumas pessoas — umas de branco, a maioria de cor-de-rosa — lhe lançavam olhares discretos, mas algumas se demoravam em seu rosto, perguntando-se se a conheciam, mas logo retornavam ao que quer que fosse que estivessem fazendo.

Os olhares estavam deixando-a nervosa. Ela espiou a porta, na esperança de que levasse a outro corredor, mas não. Em vez disso, se abria para um pequeno cômodo, onde um asiático esbelto, com cabelos pretos como azeviche repartidos ao meio, se inclinava sobre um microscópio. Ele olhou para cima, registrou a cor de sua polo e fez que não com a cabeça.

— Eu não chamei ninguém do TI. — Depois de um instante, ele se virou para ela. — Sabe, você nem devia estar aqui dentro.

Zinnia não gostou do tom do homem. Como se quisesse denunciá--la. O instinto a dominou, e ela avançou e o segurou contra a mesa, derrubando o microscópio. Olhou em volta para se certificar de que estavam sozinhos e de que não havia câmeras na sala.

— O que diabos você está fazendo? — perguntou o homem, a voz trêmula.

Ela não sabia o que responder. Ainda estava enjoada. O homem se debatia debaixo dela, mas Zinnia tinha tanto a vantagem quanto a força, então, depois de alguns minutos, ele desistiu.

— Onde estamos? — perguntou Zinnia. — O que é esse lugar?

O homem virou a cabeça para encará-la.

— Você... você não sabe?

— Sei o quê?

— Nada. Não é nada. Aqui é só... só o processamento. Você não devia estar aqui.

— Processamento? Processamento do quê?

O homem hesitou, então Zinnia aplicou um pouco mais de pressão em sua garganta.

— Lixo — grunhiu ele.

Ela pensou na primeira sala. As carnes dos hambúrgueres. Sua mente entrou em curto, então se encheu com um grito silencioso.

— O quê?

— Olha, eles nos garantiram, ok? Eles juraram que vocês nunca iriam perceber pelo paladar. É totalmente seguro.

Uma imagem começou a se formar na mente de Zinnia.

— Perceber o quê?

— Nós extraímos a proteína — respondeu ele, meio embolado, como se aquilo pudesse salvá-lo. — Bactérias produzem proteína, a gente só coleta e trata com amônia, pra esterilizar. A proteína é reconstituída com trigo e soja e beterraba pra dar cor. Juro, é proteína com baixo teor de gordura. Totalmente limpa.

Ela sabia a resposta, mas perguntou mesmo assim:

— O que é proteína com baixo teor de gordura?

Silêncio. Então um sussurro.

— O NuvBurguer.

Zinnia achava que tinha esvaziado todo o conteúdo do estômago, mas havia mais; virou para o lado e vomitou um pequeno jato de bile no chão. Ela pensou em todos os inúmeros NuvBurguer que tinha devorado desde que chegara ali, e quis vomitar até que não restasse nada no estômago. Até não ter mais estômago.

— Você quer dizer que a carne é só merda humana reaproveitada? — perguntou ela.

— Quando você entende a ciência por trás do processo, não é tão ruim assim — argumentou ele. — Eu... eu também como. Juro.

Ele estava mentindo quanto à última parte. Enquanto isso, Zinnia tentava respirar pelo nariz, tentando não pensar na carne grelhada chiando. Quantas vezes ela comia lá? Duas por semana? Três? Ela queria socar a nuca do homem, mas não o fez. Não era culpa dele.

Ou era? Ele viabilizava o processo.

Ela afastou aquele pensamento.

— As camisas rosa. São pra quê? Eu nunca vi camisas dessa cor nos dormitórios.

— Nós... o processamento de lixo tem o próprio dormitório.

— Vocês ficam totalmente separados da gente, então?

— Somos apenas algumas centenas. Somos isolados da maioria das instalações, sim. O salário é melhor. Os apartamentos mais... bacanas. É um sacrifício.

Ela o soltou, mas fez questão de bloquear o caminho da porta. Ele levantou as mãos e foi para os fundos da sala, procurando proteção, um lugar para se esconder, mas não encontrou nada. Zinnia olhou em volta, em busca de algo com que pudesse amarrá-lo, o cérebro trabalhando, tentando processar tudo aquilo.

Zinnia se forçou a ver o lado bom: se seus empregadores queriam derrubar a Nuvem, aquilo valia um belo de um bônus. Provavelmente até daria conta de todo o serviço. Qualquer bruxaria que estivesse alimentando a energia daquele lugar não seria tão ruim quanto hambúrgueres de merda humana.

Ela necessitava encarar a situação assim, como uma moeda de barganha de valor potencial. Aquilo a ajudava a não pensar em quantos NuvBurguer tinha comido.

Na oleosidade da carne.

Ela estremeceu.

— Me fala exatamente como eu chego à usina de processamento de energia — disse ao homem, que tinha as mãos erguidas para proteger o rosto.

PAXTON

Gibson parou, como se estivesse se preparando mentalmente para o percurso de oito degraus até onde Paxton estava. Não havia ninguém entre os dois no momento. Todos tinham se colocado atrás do homem, permitindo que liderasse, e Paxton era o comitê de boas-vindas.

De repente, uma recordação de seu primeiro dia como CEO da Ovo Perfeito veio à sua mente; de preencher a papelada para a patente, para abrir o negócio, de se sentar à mesa, sozinho e com medo, mas também livre. Não precisava mais acordar às 6:15 da manhã, dirigir por uma hora e meia para vagar por blocos de celas, onde criminosos berravam e choravam e rangiam os dentes.

Gibson levantou o pé até o primeiro degrau, a cabeça baixa, concentrado. Alguém esticou a mão para ajudá-lo — Paxton não conseguia ver a quem a mão pertencia no tumulto —, mas Gibson a dispensou.

Aquele primeiro protótipo oficial do produto final do Ovo Perfeito, o primeiro pronto para comercialização, quebrou a impressora 3D. Os testes foram todos bem-sucedidos, mas ele alterou a calibragem e, de repente, a coisa toda parou de funcionar, encalhou a um terço do fim de um bloco de plástico, apenas o topo do aparelho em formato de ovo terminado. Naquele momento, ele estava convencido de que havia cometido um erro.

Gibson estava no meio da escada agora. O homem mais poderoso do mundo. Seus braços tremiam. Daquela distância, sua pele tinha um tom levemente amarelado. Seu pescoço, o dorso das mãos e a parte visível dos braços estavam cobertos por manchas hepáticas.

Os pés de Paxton formigavam. Queria correr. Queria esticar a perna e fazer o homem tropeçar. Queria agarrá-lo e sacudi-lo e perguntar *Você sabe quem eu sou? Você me enxerga?*.

Gibson chegou ao último degrau respirando com dificuldade, a cabeça baixa. Paxton recuou, para dar um pouco de espaço ao homem, e então Gibson olhou para cima. Seus olhos eram os olhos de um jovem. Neles, independentemente de qualquer coisa, havia vitalidade. Energia. Como quando você olha para alguém e vê as engrenagens girando sem parar e se pergunta como a pessoa dorme.

Gibson sorriu e cumprimentou Paxton com um aceno de cabeça.

— E qual é seu nome, jovem? — perguntou.

Ele estendeu a mão enrugada.

Paxton a segurou. Reflexo involuntário. A coisa educada a se fazer. Eles trocaram um aperto de mãos, e a mão de Gibson parecia fria e úmida ao mesmo tempo.

— Paxton... senhor.

— Por favor, Paxton, me chame de Gibson. Me diga, você gosta de trabalhar aqui?

— Eu... — Seu coração parou de bater por um instante. Teve certeza. Parou de verdade. Mas, então, recomeçou. Ele tentou dizer o que havia ensaiado, mas as palavras pareciam coladas dentro da boca. Enfim disse: — Eu gosto, senhor.

— É isso aí, garoto — disse Gibson, assentindo, contornando Paxton em direção ao palco, e um estrondo irrompeu da multidão, tão alto que parecia ondas quebrando nas pedras, e Dakota se juntou a Paxton, inclinando-se, o hálito quente na orelha do parceiro, e gritou, mal se fazendo ouvir.

— Não acredito que ele apertou a sua mão.

E Paxton ficou ali parado, encarando os pés. Congelado no lugar. No tempo. O barulho em sua mente mais alto que o da multidão.

ZINNIA

Zinnia saltou do trem que ligava as três instalações de tratamento, indo para o núcleo de processamento de energia elétrica, ainda tentando ignorar o NuvBurguer, o que seria praticamente impossível pelo resto de sua vida.

O saguão exibia o mesmo concreto polido e ângulos pontiagudos como todos os outros lobbies e halls da Nuvem, com telas de vídeo veiculando anúncios e testemunhos de clientes, se ramificando em corredores ligados ao interior do prédio.

Também estava deserto.

A maioria dos lugares pelos quais havia passado naquele dia estava deserta, por conta da cerimônia, mas aquele parecia diferente. Havia algo estranho. Não conseguia descobrir o quê, mas talvez tivesse a ver com o próprio nervosismo de finalmente estar ali, à beira do precipício.

Depois de um instante, Zinnia se deu conta de que o espaço não estava completamente desprovido de vida. Havia uma pequena mesa no outro extremo do saguão e, sentada, uma jovem voluptuosa de camisa azul, o cabelo castanho preso em um penteado em formato de colmeia, com óculos de armação grossa de plástico vermelho. Ela não desviou o olhar do livro que estava lendo.

Zinnia atravessou o saguão na direção da mesa, os tênis rangendo no piso, o som ecoando pelas paredes, e, quando chegou mais perto, a mulher ergueu o olhar e Zinnia viu que estava lendo um exemplar surrado de *A de Álibi,* de Sue Grafton.

— Esse é bom — disse Zinnia.

A mulher semicerrou os olhos, como se estivesse confusa, como se Zinnia não devesse estar ali. Aquilo deixou Zinnia nervosa, e ela vasculhou a mente em busca de desculpas plausíveis para sua presença, então a mulher abriu um sorriso.

— Li todos umas cinco, seis vezes. Estou começando do início do alfabeto. A vantagem de serem tantos é que sempre esqueço o culpado quando volto ao começo da série.

— Mas isso é bom, né? — perguntou Zinnia. — Você é surpreendida outra vez.

— Hmm. — Ela segurava o livro aberto contra o peito volumoso. — Posso ajudá-la, querida?

— Sim, só tenho que entrar e falar com alguém.

Os olhos da jovem se estreitaram, de um jeito que fez Zinnia pensar que tinha dito a coisa errada.

— Falar com quem?

— Tim.

— Tim...

Ihh.

— Esqueci o sobrenome dele. Algo polonês. Nenhuma vogal.

A mulher encarou Zinnia por um segundo, os cantos da boca voltados para baixo. Ela pousou o livro na mesa, aproximou o pulso da boca e pressionou a coroa do relógio.

— Temos um problema no processamento de energia.

Zinnia deu um salto, agarrou o braço da mulher.

— Ei! — gritou ela, o livro caindo no chão.

Zinnia continuou segurando a mulher que se debatia na mesa, em seguida a levou para o chão.

— O que você acha que está fazendo? — perguntou a mulher.

— Desculpa — disse Zinnia, enquanto pegava o pacote de oblivion no bolso com o dedão. Tinha vantagem suficiente para imobilizar a mulher com um dos braços, e com a outra mão, abriu a caixinha e separou uma pastilha. Então, enquanto a mulher gritava por socorro, ela enfiou a droga em sua boca. A mulher mordeu com vontade o dedo de Zinnia, que o puxou com força para soltar a mão, mas, depois de um instante, a mulher relaxou.

Ela esperou uma resposta da segurança surgir no NuvRelógio da mulher. Nada. Ótimo. Era provável que todos ainda estivessem ocupados com as festividades do dia.

Mas então o relógio apitou, voltando à vida.

— Que tipo de problema?

Zinnia se levantou e fugiu.

PAXTON

— Obrigado, obrigado.

Gibson ficou se repetindo, tentando acalmar a multidão para que pudesse discursar. Quando tinha falado com Paxton, sua voz soara trêmula, mas parado ali no palco, na frente de todas aquelas pessoas, ele havia acessado uma reserva secreta de energia. Havia um tom grave em sua voz. Ele absorvia a energia da multidão.

— Muito obrigado pela recepção calorosa — agradeceu ele, quando os aplausos diminuíram. — Vejam bem, eu vou ser sincero com vocês. Não posso falar muito. Mas eu só queria subir aqui e agradecer a vocês. Do fundo do coração. Foi um privilégio e uma honra construir esse lugar, ver tantos rostos sorridentes por aí. É... — Ele hesitou, a voz embargada. — É uma lição de humildade. De verdade. Agora, vou me sentar ali — ele gesticulou para uma série de cadeiras preparada para ele e sua comitiva — para a leitura dos nomes. E, depois, quero dar uma volta, antes de ir. Essa é uma época muito importante e especial para nos lembrarmos da sorte que temos de estar aqui, uns com os outros — disse ele, e olhou para Carson e para a filha. — Da sorte que temos por estarmos vivos.

Gibson levantou uma das mãos, e a multidão urrou novamente. Então foi para os assentos, onde o restante do grupo o encontrou, e ninguém se sentou até que ele o fizesse primeiro, com força, largando o corpo sobre a cadeira. Uma mulher de camisa polo branca se dirigiu ao microfone, o silêncio tomou a multidão, e ela começou a ler os nomes.

Josephine Aguerro
Fred Arneson
Patty Azar

Paxton sentiu um aperto no peito. Sempre sentia naquela data. Os Massacres da Black Friday davam a sensação de ser uma coisa real e encenada ao mesmo tempo. Era fácil se esquecer deles, muito embora as pessoas sempre insistissem que isso não deveria acontecer. E não era como se esquecesse de verdade, não de verdade, mas aquilo havia se tornado um ruído de segundo plano na vida de todos. Paxton se lembrava de assistir ao episódio no noticiário quando aconteceu. Todos aqueles corpos. O sangue vermelho sobre o piso de linóleo branco, brilhando sob as luzes fluorescentes. Mas aquilo se tornou parte do cenário. Um fato histórico, e como tudo mais na história, depois de um tempo começou a acumular poeira.

Dias como aquele eram uma chance de refletir sobre o fato. Lembrar o que fez aquilo se destacar tanto em primeiro lugar. Ele queria poder desligar. Pensar em outra coisa. Mas não conseguia. Por isso, ficou parado ali, as mãos entrelaçadas, a cabeça baixa.

Depois de todo aquele tempo, ainda reconheceu alguns nomes.

Quando a cerimônia acabou, Gibson e seu pequeno grupo se levantaram com calma e começaram a se organizar antes de descerem a escada do outro lado do palco, na direção do trem que os levaria em um passeio pelo campus. Dessa vez, Gibson permitiu que Claire o ajudasse nos degraus.

Carson, no entanto, ficou para trás, deixando todos o ultrapassarem. Olhou em volta, observando a multidão, abrindo e fechando o punho.

Chegou ao ponto em que ficou tão para trás que Paxton se preocupou que aquilo atrasasse o trem. Foi até ele.

— Senhor? — perguntou.

Carson balançou a cabeça, saiu do transe.

— Nada, nada. — Ele acenou com a mão sem encarar Paxton, e seguiu os outros.

Paxton assumiu a retaguarda do grupo enquanto Gibson seguia pelo caminho vazio que tinha sido isolado. O homem parava a cada poucos metros, se dirigia até a barreira de fita retrátil, apertava mãos e sorria. Ele se inclinava, colocava a mão em concha no ouvido para que pudesse escutar o que diziam. Seu pessoal tenso com o gesto, como se Gibson estivesse se aproximando de uma matilha de cães selvagens com um filé suculento. Eles se entreolhavam, chegando mais perto, alguns se moviam como se fossem se colocar entre Gibson e a multidão, mas depois se afastavam, incertos quanto à melhor postura naquele cenário.

Gibson procurou Claire algumas vezes, indicando que se aproximasse. A filha parecia mais feliz em seu canto, o braço esquerdo solto, a mão direita sobre o cotovelo esquerdo, em um abraço. Nas primeiras vezes, Gibson sorriu, mas logo ficou irritado. Não que deixasse transparecer. Era a mão. Começou com acenos amigáveis, mas logo sua mão virou uma lâmina, cortando o ar.

Quando Claire enfim se juntou a ele, ela trocou apertos de mãos, arregalou os olhos, sorriu e assentiu, daquele modo que as pessoas fazem quando querem deixar bem claro que estavam escutando. Em toda oportunidade, ela voltava a se abraçar enquanto Gibson era praticamente engolido pela multidão, esticando o braço ao máximo, a fim de encontrar o maior número de mãos oferecidas, o tempo todo com um sorriso no rosto que brilhava como o sol.

Conforme se aproximavam da plataforma do trem, o celular de Paxton vibrou. Ele ameaçou pegar o aparelho, mas se lembrou de que não deviam mexer nos celulares pessoais. Fosse quem fosse, não era importante.

Mas, então, o telefone vibrou de novo.

Àquela altura, ele estava na retaguarda do grupo, todos os olhos voltados para a frente. Até os de Dakota e de Dobbs. Como ninguém o observava, virou o corpo, tirou o celular do bolso, apenas o bastante para ver a tela: uma mensagem de Zinnia.

Não entra no trem.

Então:

Por favor.

ZINNIA

Zinnia correu pelos corredores, entrou nos escritórios, checou os banheiros e a sala de servidores e não encontrou ninguém. Nem uma única pessoa em toda a instalação, e, além disso, o lugar estava silencioso, como imaginava que a superfície da lua seria.

Não a surpreendia que a mulher na recepção a tinha desmascarado. Zinnia pedira para ver alguém quando não havia ninguém ali para ser visto.

Mais que apenas um lugar vazio, nada parecia estar funcionando ali. Ela parou algumas vezes, em um computador, ou banco de servidores, procurando por um piscar de luzes, mas não encontrou nada. Ela encostou as mãos no equipamento, em busca de calor ou vibração, porém tudo estava frio e morto.

Ela já imaginava que muita gente estaria na cerimônia, mas alguns funcionários tinham de ter ficado de plantão. A NuvemMãe não era uma máquina de café; não dava para simplesmente dar as costas e deixar que fizesse o trabalho sozinha. Mas parecia que todo mundo tinha sido abduzido de seus lugares. Tudo estava destrancado, algumas das portas até mesmo abertas. Quanto mais ela adentrava o lugar, mais rápido corria, na esperança de vencer o pavor borbulhando em seu estômago.

Ainda assim, apesar da atmosfera deserta do prédio, ela sentiu algo. Um campo eletroestático no ar, como formigas rastejando sobre sua pele. Aquilo a atraía cada vez mais para o interior do prédio. Ao se deparar com uma escadaria, ela desceu. A atração parecia vir de baixo.

Enquanto prosseguia, pensou em Paxton.

Se tudo ocorresse conforme o plano, eles logo estariam no trem. O veículo atingiria a anilha e descarrilaria, e muitas pessoas acabariam feridas ou mortas. Inclusive, talvez, Paxton. Ela imaginou a cena. Os corpos. O sangue. Ele, todo retorcido no meio de tudo, a cara de pateta estraçalhada.

Ela afastou o pensamento. Ignorou o suave *eeeeeeeeeeeeeeee* zunindo em seus ouvidos. Quem era Paxton? Um cara qualquer. Quem se importava? Pessoas morrem. Era o que faziam. Pessoas não passavam de sacos de carne recheada. Parte do recheio as fazia se mover e falar. Mas, no fim, eram apenas carne.

E, de todo modo, o mundo já tinha muita gente. A superpopulação que os colocara naquela bagunça, em que não podiam nem sair, então talvez reduzir um pouco os números fosse uma coisa boa. Alguns sacos de carne emitindo dióxido de carbono e exaurindo recursos a menos.

A sensação na pele ficou mais forte. Ela parou. Os pelos dos braços arrepiaram. Ela estava perto. Não sabia do quê, mas podia sentir. Uma vibração.

À sua frente, uma porta de metal com uma trava giratória no centro. Zinnia correu até ela, passou o pulso pelo painel de controle.

Vermelho.

Tentou de novo. Vermelho.

Ela não podia passar porque marrons não tinham acesso ou porque os seguranças estavam se aproximando? Como exatamente estava fodida? Ela não sabia, mas independentemente da resposta, estava ficando sem tempo, então jogou o corpo para trás e enfiou o calcanhar no painel, com tanta força que a pancada reverberou pela perna. Uma, duas. Na quinta tentativa, o disco soltou da parede, ficando dependurado por um conjunto de fios coloridos.

Adeus, sutileza. Ela tentou várias combinações entre os fios, tentando ativar o circuito da porta, e, depois de três choques, o disco ficou verde. Ela girou a trava para abrir a porta. Chegou à metade. Pensou em Paxton outra vez.

O modo como a abraçava.

O modo como perguntava sobre seu dia, como se importava.

O modo como estava disponível, como um par de chinelos e um cobertor quente.

— Merda — disse ela. — Que merda do cacete.

Ela bateu com a palma na porta.

Pegou o celular. Abriu a última conversa com ele.

Não entre no trem.

Enviar.

Então:

Por favor.

Enviar.

Seu celular fez um som de *vuum*, e Zinnia sentiu um tremendo alívio invadi-la, como se estivesse carregando um saco de areia no ombro e tivesse acabado de soltá-lo. Aquilo fora, muito provavelmente, um erro, mas na escala dos erros, esperava que fosse um dos bons. Ela terminou de girar a trava, abrindo a porta.

PAXTON

Paxton encarou seu celular, depois ergueu os olhos e observou enquanto Gibson e sua comitiva embarcavam no trem. Quando todos entraram, o carro estava quase lotado. Todos riam, como se aquilo fosse uma grande brincadeira. Quantas pessoas podiam se espremer ali dentro? Não importava o quanto já estivesse cheio, as pessoas na porta continuavam a convidar retardatários para acompanhá-las.

Dakota olhou para ele parado na plataforma e franziu o cenho. Em seguida, levantou as sobrancelhas e fez um gesto de reprovação com a boca ao notar o telefone em sua mão. Ela se virou para Paxton, punhos cerrados.

O que diabos aquilo significava?

Por que Zinnia não o queria dentro do trem?

Dakota acenou com a mão, na altura do quadril para que ninguém pudesse ver o gesto. Ele não sabia dizer se ela queria que ele entrasse no trem ou somente guardasse o celular.

Era idiotice, mas pensou naquilo mesmo assim: a mensagem de texto tinha um tom. Desespero? Medo? Não sabia como uma mensagem podia ter um tom, mas aquela tinha. Zinnia estava preocupada com ele. Por que ela estaria preocupada com ele?

Ela só lhe pediria para ficar longe do trem se houvesse algo errado com o veículo.

Dakota se aproximava, erguendo as mãos, como se para arrancar o telefone de Paxton. Ele cogitou consultá-la, mas parecia que as pessoas no trem estavam, enfim, satisfeitas com a quantidade de passageiros a bordo do vagão, e prontas para partir.

— Espera — pediu Paxton.

— Qual é a porra do seu problema? — perguntou Dakota.

— Espera! — repetiu Paxton, empurrando Dakota, acenando para a porta aberta do vagão, para as pessoas ali dentro.

Todos no trem se entreolharam, confusos.

Todos, exceto Carson. Ele e Paxton trocaram um olhar, e seu rosto se contraiu, como se tentasse resolver um problema matemático de cabeça. Então, seus olhos se arregalaram, e seu queixo caiu, e ele foi abrindo caminho entre o grupo, o rosto vermelho, berrando com as pessoas para que saíssem da frente, como se estivesse abandonando um navio prestes a naufragar.

ZINNIA

Zinnia foi atingida por uma corrente de ar frio. Mais fria que o frigorífico. Frio de queimar o septo. A porta dava para um enorme cômodo quadrado — quatro andares no mínimo, as paredes de concreto entremeadas por um ziguezague de escadas e caminhos para pedestres.

E estava completamente vazio. Exceto por uma caixa, do tamanho e formato de um refrigerador, centrada de maneira perfeita no meio do chão.

Ela entrou e o zunido penetrou em sua cabeça. As paredes pareciam pulsar. O piso debaixo de seus pés estava lascado e irregular. Aquela sala já tinha abrigado máquinas — maquinário pesado. O concreto estava desbotado por conta das manchas de óleo. Havia ranhuras e marcas de onde coisas tinham sido arrastadas e buracos onde antes havia parafusos.

O que quer que fosse aquilo, era importante, e a sala estava sendo reaproveitada para acomodá-lo. Em um canto, viam-se alguns andaimes, emaranhados de fios e suportes de metal esperando para serem montados.

O refrigerador era cinza-chumbo. Ela se aproximou devagar, esperando que os alarmes disparassem, ou que algo caísse do teto, ou que ela desmaiasse, mas nada aconteceu. A temperatura do ar mudou. Parecia mais frio, mas também curiosamente mais úmido.

Ela esticou a mão e pressionou os dedos na caixa, tão fria que lhe queimou a pele. Havia uma janela na lateral, mas Zinnia não conseguia ver nada por conta do gelo acumulado no lado de dentro.

Seria essa a fonte de energia da Nuvem?

A cabeça de Zinnia ficou dando voltas. Não era possível... sem chance. O lugar era uma cidade, e todo aquele aparato cabia na caçamba de uma caminhonete.

Com as mãos trêmulas, ela pegou o celular no bolso e começou a tirar fotos. De todos os ângulos, de todos os lados daquela coisa. As paredes e os pisos. O material de construção no canto. As paredes e o teto. Zinnia tirou fotos da janela da caixa, apesar de não conseguir ver nada. Mais de uma vez, as mãos trêmulas afrouxaram, e o polegar tapou as lentes e ela precisou tirar outras fotos. Ela clicou e clicou e clicou, e torceu para que fosse o bastante.

Quando terminou, Zinnia saiu da sala e viu, no fim do longo corredor, uma porta se abrindo e um vislumbre de rosa. Ela se certificou de que o telefone estava seguro no bolso e disparou por outro corredor, procurando por qualquer coisa que parecesse uma saída.

Zinnia acabou em um cômodo longo e curvo. Cubículos abraçavam a parede da direita, com painéis de vidro fosco à esquerda. Ela chegara a uma parede externa. Cogitou pegar uma cadeira e atirar pela janela, mas então ficaria em espaço aberto, um alvo fácil. E isso somente se estivesse perto o bastante do chão para conseguir aterrissar com segurança.

Não, precisava encontrar o caminho de volta a um trem. Mas já sabiam da presença dela. Eles estariam aguardando-a nos vagões ou a pegariam no caminho. Ela tentou se lembrar do mapa, se havia mais alguma coisa que poderia ser útil, que poderia ser usada como uma saída.

Talvez o trem-ambulância. Se aquele lugar estava deserto, quem sabe o trem do Assistência não estivesse tripulado. Ela só não sabia onde encontrá-lo.

Então Zinnia correu. Por corredores, por portas, atravessou um refeitório deserto, outro escritório e uma sala que parecia o interior de uma nave alienígena. Ela correu com disposição, tentando fazer a linha amarela ficar verde.

Ela chegou a um corredor vazio, carpete cinza e paredes brancas, que levava a uma encruzilhada. No fim do corredor, seis homens mal-encarados em camisas polo pretas. Homens com narizes tortos, orelhas de couve-flor e olhos selvagens. O tipo de homem que gostava de bater e de apanhar.

Zinnia parou, o estômago embrulhado.

Aqueles caras não eram da segurança. Eram algo mais... algo muito pior que os bobões de azul patrulhando o calçadão.

Pensou em recuar, mas com aquela distância, eles conseguiriam alcançá-la. Ela já podia ver a alegria estampada em seus rostos, o modo como a encaravam, como se ela fosse algo a ser saboreado.

Só havia uma saída agora.

E para chegar lá, Zinnia mergulhou na raiva e frustração e ressentimento que vinha acumulando desde que se sentou naquele teatro, para aquela entrevista estúpida. A princípio, ela teve pena das pessoas que iam trabalhar, tinha-as julgado inferiores de algum modo, ou mais fracas, mas todo aquele tempo na Nuvem a fizera compreender: aquele lugar era projetado para acabar com as suas opções de escolha. Projetado para obrigar você a se render à submissão.

De repente, ela quis que pudesse ver Ember e dizer que sentia muito.

Se é que isso fazia alguma diferença.

Os homens no fim do corredor estavam impacientes. Um cara esbelto mais à frente, cabelo grisalho cortado à escovinha e tatuagem militar no antebraço, se adiantou do bando, caminhando em sua direção com confiança deliberada.

— Ok, gracinha, o jogo acabou — disse ele.

Ela suspirou. Não seria elegante desistir sem uma luta.

— É, seu filho da puta — retrucou para o corte à escovinha. — Acho que você é o primeiro.

Os homens se entreolharam, alguns sorriam, um deles até ria. Escovinha chegou perto o bastante para esticar os braços e tentar agarrá-la, então Zinnia se reclinou, tirando o tronco de alcance, e deu um chute direto no saco do homem. Ela sentiu-as sendo esmagadas sob a ponta do tênis, e ele se curvou para a frente, então Zinnia recuou e deu um forte cruzado ao mesmo tempo que se desviava, e o nocauteou.

O restante do grupo ficou surpreso, mas ainda confiante, porque eram cinco contra uma, e o próximo que avançou em sua direção foi sozinho, o que provou ser um erro. Era um careca musculoso, cujo passatempo parecia ser brigas de bar, então Zinnia precipitou-se e se agachou, golpeando o fígado e o estômago do homem com os punhos. Uma, duas vezes. Quando ele tentou recuar, ela colocou todo o peso do corpo em um gancho, que o acertou com tanta força que ela estava certa de ter quebrado um osso da mão, a julgar pelo choque que reverberou pelo braço.

Conforme ele caía, os outros quatro atacaram, e Zinnia correu ao encontro deles, pela esquerda, na direção da parede, tentando mantê-los em fila, não permitindo que a pegassem por trás, os braços erguidos para proteger a cabeça, lançando socos para manter a distância, usando o punho como um chicote, fazendo com que tropeçassem sobre si mesmos e trombassem uns nos outros. Jogando xadrez enquanto eles jogavam damas.

Quando ela os reduziu a dois, pensou que poderia ter uma chance, mas, então, um grupo de homens e mulheres de camisa preta veio correndo da outra ponta do corredor.

Zinnia se distraiu tempo o bastante para que alguém a acertasse no queixo, o que a fez tropeçar e cair sobre um dos joelhos e, depois disso, vieram com tudo. Fez o que fez pensando somente em respirar.

10.
O CARA

PAXTON

Sentada, reta como uma vareta, Zinnia encarava a parede. Visão turva, descabelada, camisa polo marrom. Tinha um olho roxo, e havia uma mancha de sangue na testa. Alguns objetos estavam dispostos organizadamente na mesa à sua frente: um NuvRelógio, seu celular, um copo descartável. Dobbs estava sentado do outro lado da mesa, encarando Zinnia, de forma que Paxton não conseguia ver a expressão no rosto do chefe. Os braços do homem estavam cruzados; os ombros, tensos, subiam e desciam como se estivesse falando.

Zinnia encarava um ponto fixo na parede. Esporadicamente, abria e fechava os punhos, uma careta no rosto.

— Ela está bem encrencada — disse Dakota.

— O que aconteceu com ela? — perguntou Paxton, lutando para manter a voz uniforme, para não esmurrar o vidro.

— Ela entrou numa briga.

Paxton se virou e olhou para o escritório aberto, em plena atividade. Azuis e cáqui por toda parte. Carson e Wells e a filha também tinham vindo, mas haviam sido afastados discretamente.

— Nós puxamos os registros do rastreador— disse Dakota, o tom de voz baixo. — Você estava com ela na noite passada. Você esteve com ela em muitas noites.

Paxton cruzou os próprios braços enquanto Zinnia resmungava algo para Dobbs, sem desviar os olhos do ponto na parede.

— Vão fazer muitas perguntas — avisou Dakota.

— Eu sei — disse Paxton.

— Você quer me contar alguma coisa?

— Não faço ideia do que esteja acontecendo. E eu juro, eu vou...

Ele se interrompeu. Dakota invadiu seu campo de visão e o olhou nos olhos.

— O quê? — perguntou ela. — O que você vai fazer? Vou deixar passar, mas eu tomaria cuidado com o que você diz daqui pra frente.

Paxton cerrou o maxilar. Dakota o encarou, como se tentasse dissecar sua pele, em busca de alguma evidência de que mentia.

Paxton não estava nem aí se ela acreditava nele ou não. Ainda não decidira o que preferia: que Dobbs saísse, passasse a mão em sua cabeça e o mandasse para casa, ou invadir a sala e pegar Zinnia nos braços, fugir com ela para um lugar seguro.

Depois de mais alguns minutos, Dobbs saiu e acenou para Paxton. Ele o seguiu, assim como Dakota. Dobbs ergueu a mão para ela.

— Você, não.

Dakota recuou. Paxton seguiu o chefe, a cabeça baixa, olhando para o carpete cinza, sem querer olhar para cima, porque provavelmente todos ali o encaravam. Dobbs o levou até seu escritório, entrou e fechou a porta.

Paxton se sentou sem que Dobbs pedisse. Dobbs se sentou também e o encarou por um bom tempo, as mãos entrelaçadas no colo, fazendo o mesmo que Dakota estava fazendo; tentando ler Paxton como se ele tivesse a resposta de tudo aquilo estampada no rosto.

Paxton apenas aguardou.

— Ela alega que você não tem nada a ver com isso — disse Dobbs, inclinando a cabeça de leve, como se considerasse a hipótese. — Ela me contou que estava te usando pra burlar a nossa segurança e isso é tudo. Só fica falando que te enganou.

Paxton abriu a boca para falar, mas as palavras ficaram presas na garganta.

— Ela é uma espiã corporativa — revelou Dobbs, as palavras atingindo Paxton nas costelas como socos. — É contratada para se infiltrar nas empresas, roubar os segredos delas. Conseguimos traçar um perfil aproximado de quem ela é, e deixa eu te falar, você tem sorte de estar vivo. Aquela mulher é uma assassina a sangue-frio.

— Não, ela não pode... — começou Paxton.

— Agora, particularmente, não sei no que acredito, se você sabia ou não sabia sobre isso — interrompeu Dobbs. — Talvez você seja um cúmplice, talvez não. Tudo o que sei é: alguém enfiou uma anilha nos trilhos do Bordo, e os sensores não detectaram nada. Se tivéssemos embarcado naquele trem, ele teria descarrilado. Muitas pessoas acabariam feridas. Mortas, provavelmente. Então você precisa ser sincero comigo quando responder: por que você pediu que todos saíssem do vagão?

— Eu... — Ele hesitou.

— Porque se você fez parte disso...

Paxton pegou o celular, abriu o app de mensagens, os dedos mexendo na tela, e o entregou a Dobbs. O homem baixou o olhar, segurando o aparelho longe do rosto, tentando focar.

— Ela me mandou uma mensagem — revelou Paxton. — Achei que, se ela não queria que eu entrasse no trem, alguma coisa estava errada. Foi instinto.

Dobbs assentiu, colocou o celular na mesa às suas costas, fora de alcance, e cruzou os braços. Paxton se perguntou se teria seu telefone de volta.

— O que você sabe sobre ela? — perguntou ele.

— O que ela me contou — respondeu Paxton. — Seu nome é Zinnia. Ela era professora. Queria se mudar, ensinar inglês...

Paxton hesitou e se deu conta de como sabia pouco sobre ela. Sabia que ela gostava de sorvete e que roncava um pouco quando dormia, mas não podia afirmar se era mesmo professora, ou se seu nome era, de fato, Zinnia. Eram apenas as coisas que ela lhe contara.

— O que vai acontecer agora? — perguntou Paxton.

— Vamos chegar ao fundo dessa história — respondeu Dobbs. — E mais uma vez, estamos lidando com uma situação em que você tomou a decisão certa em circunstâncias problemáticas. Independentemente do que acontecer, você salvou vidas. Não vou me esquecer disso.

Havia um tom funesto naquela afirmação, do qual Paxton não gostou.

— Eu a amava — confessou Paxton.

Então enrubesceu. Ele se sentiu constrangido de revelar aquilo. Sentia-se ainda mais envergonhado pela maneira como Dobbs o encarava agora, como uma criança que tinha feito xixi nas calças. Dobbs colocou a mão no queixo, em seguida disse:

— Olha, filho, a gente precisa que você refaça os seus passos nos últimos dias, ok?

Paxton se perguntou se as coisas ficariam muito ruins caso recusasse. Com certeza, seria demitido. Mas aquilo era o pior que podiam fazer. Demiti-lo. Ainda havia empregos no mundo lá fora. Não muitos que não fossem relacionados à Nuvem, mas não importava. Ele acharia um modo de sobreviver.

Valia a pena proteger Zinnia?

Ela o usara.

Ele a tinha convidado para morar com ele. Quase lhe confessara que a amava. Ela estava rindo dele? Será que ao menos estava arrependida?

Claro, ela salvara sua vida de uma armadilha que ela mesma havia preparado. O que significava que, em algum momento daquele dia, ela tinha contemplado a possibilidade de sua morte e decidido que valia a pena.

— É muito importante que coopere conosco, Paxton — disse Dobbs.

Paxton balançou a cabeça, devagar, de um lado para o outro.

— Sabe quem você está protegendo?

Paxton deu de ombros.

— Olha pra mim, filho.

Paxton não queria, mas se sentiu compelido a encarar Dobbs, cujo rosto parecia inexpressivo e impenetrável.

— Que tal isso — sugeriu Dobbs. — Que tal ir lá dentro conversar com ela?

— Tem certeza de que é uma boa ideia?

Dobbs se levantou, arqueou as costas como se fizesse algum esforço e deu a volta na mesa. Ele se apoiou no móvel, o joelho tocando o de Paxton, que se esquivou do contato. Dobbs pairava sobre ele, olhando-o de cima.

— Ajuda a gente a te ajudar, filho.

ZINNIA

O dedo estava definitivamente quebrado. Toda vez que cerrava o punho, sentia um choque. Suas entranhas pareciam um saco de batatas que tinha sido espancado com canos de chumbo.

A porta se abriu, e ela viu a última pessoa que esperava ver, ou talvez não devesse ter se surpreendido afinal. Paxton parou na soleira, encarando-a como se Zinnia fosse um animal selvagem em uma jaula frágil. Como se ela pudesse se espremer entre as barras e atacá-lo.

Aqueles filhos da puta.

Paxton foi até a mesa, puxou a cadeira, os pés da cadeira guinchando no chão. Ele se sentou com cuidado, como se ainda pudesse irritá-la.

— Desculpa — disse Zinnia.

— Querem que eu pergunte como você fez aquilo. Não foram muito claros quanto à definição de "aquilo". Mas eles querem um relatório de tudo o que você fez desde que chegou, para que possam entender como você conseguiu.

Ele falava de forma mecânica, como um computador ditando um texto. Zinnia se perguntou quem ele protegia assim. Ela deu de ombros.

— Eles me falaram que você me usou, para ter acesso às coisas. — Ele a encarou. — É verdade?

Zinnia inspirou fundo, ponderando o que responder. Ela não conseguia pensar em nada que não a fizesse soar como uma filha da puta.

Paxton baixou o tom de voz:

— Eles acham que eu te ajudei.

Zinnia suspirou.

— Me desculpa por isso. De verdade.

E ela nem estava mentindo.

— Qual é seu nome de verdade? — perguntou Paxton.

— Eu não me lembro.

— Não seja espertinha.

Ela suspirou.

— Não importa.

— Importa pra mim.

Zinnia desviou o olhar.

— Está bem. O que você estava fazendo aqui? — perguntou Paxton.

— Fui contratada.

— Pra quê?

— Pra um trabalho.

— Para com isso, por favor — disse Paxton, os olhos se enchendo de lágrimas. — Eles disseram que você é uma assassina.

— Eles vão falar o que for preciso pra fazer você se virar contra mim — argumentou Zinnia.

— Então não é verdade.

Ela estava prestes a dizer não, mas hesitou. Paxton percebeu, uma expressão de derrota no rosto, e ela se deu conta de que nem valia a pena. A hesitação foi resposta suficiente.

— Não podia deixar você embarcar no trem — disse ela.

— Você quase deixou.

— Mas não deixei.

— Por quê?

— Porque... — Ela emudeceu. Olhou em volta. Lançou um olhar demorado para a janela, para as pessoas do outro lado. Ela olhava para eles quando disse: — Eu me importo com você. — Então se virou e encarou Paxton. — Essa é a verdade. Me importo. Nem tudo que contei a você é verdade, mas isso é.

— Você se importa comigo — repetiu Paxton, saboreando as palavras, como se escondessem algo afiado. — Você se importa comigo.

— Juro.

— Eles querem saber como você fez — disse ele. — O que quer que tenha feito. Dobbs disse que você não abriu a boca de jeito nenhum. Eles acham que posso fazê-la falar. — Paxton ergueu os ombros, deixou-os cair. — Nem sei o que diabos aconteceu.

Zinnia ergueu uma sobrancelha na direção do vidro.

— É melhor que não saiba.

— O que isso quer dizer?

— Porque eu acho que sei o que está acontecendo. — Zinnia suspirou profundamente. — E, se o que eu descobri for verdade, não tem como eu sair viva desse lugar.

Paxton congelou. O jogo virou, e, por um instante, a raiva se dissipou.

— Não — disse ele. — Não. Eu não iria... eu...

— Você não tem nada a ver com isso, e vou repetir em alto e bom som quantas vezes for necessário — disse ela, olhando para a janela.

Paxton parecia querer dizer alguma coisa, mas não sabia o quê. Seu rosto se contraiu e relaxou. Raiva, medo, tristeza e algo mais, que vinha do fundo do peito, deixando sua pele vermelha e o fazia parecer um menino; cada espasmo fazendo o coração de Zinnia doer. Em sua vida, já havia sido baleada, esfaqueada, torturada. Havia caído de grandes alturas e quebrado diversos ossos em diferentes lugares. Ela passara a reconhecer a dor como uma boa amiga, aprendeu a internalizá-la, perder-se em sua sensação e aceitá-la.

Mas aquilo doía como da primeira vez.

Paxton estava prestes a dizer alguma coisa quando se levantou. Ele se demorou um pouco, antes de se encaminhar para a porta.

Zinnia quis contar a ele. Tudo. Por que estava ali, o que estava fazendo, até seu nome verdadeiro. Mas Paxton estava protegido pela própria ignorância. Não podia arrastá-lo com ela. Ele não merecia.

Tampouco podia permitir que aquela fosse a última interação de ambos.

— Espera — disse então.

— Por quê?

— Por favor. — Ela gesticulou para a cadeira. — Eu quero dizer uma coisa. Depois disso, pode fazer o que tiver que fazer.

Ele se jogou na cadeira. Ergueu uma das mãos, encorajando Zinnia a continuar.

— Sabe no que eu não consigo parar de pensar? — perguntou ela.

— Algo que Ember disse na livraria.

— O quê? — perguntou ele, em um sussurro.

— Ela mencionou uma história que li quando era criança — respondeu ela, remexendo-se na cadeira. — Era sobre esse lugar. Uma utopia. Sem guerras, sem fome. Tudo simplesmente perfeito. Só que, pra preservar esse *status quo*, uma criança tinha de ser mantida prisioneira em um quarto escuro, sendo constantemente negligenciada. Não sei o motivo. É só... como as coisas funcionavam. Sem luz, sem calor, sem bondade. Até mesmo as pessoas que levavam sua comida eram instruídas a ignorar a criança. E todos aceitavam aquilo porque era como as coisas funcionavam. Era tipo uma lei mágica pra manter as coisas do jeito que eram. Todo mundo que vivia ali tinha tudo do bom e do melhor, em troca do sofrimento dessa única criança, e o que é uma vida em comparação com a de bilhões, né?

Paxton fez que não com a cabeça.

— Aonde você tá querendo chegar com isso?

— Essa história sempre me irritou. Eu pensava, as pessoas nunca viveriam assim. Por que ninguém ajudaria a criança? Sempre pensei em reescrevê-la com um novo final, em que uma pessoa corajosa invadia o lugar e pegava a criança e lhe dava o amor que tinha sido negado. — Ela ofegou nas últimas palavras, como se a terra debaixo de seus pés tivesse sido revirada, revelando a coisa enterrada ali. — Na história, as pessoas que descobriam sobre a criança e não conseguiam conviver com a situação só se afastavam. Não tentavam salvar a criança. Simplesmente se afastavam. — Ela riu. — É o título da história. *Os que se afastam de Omelas*. De Ursula K. Le Guin. Você devia ler.

— Eu não ligo pra essa história — rebateu Paxton. — Você mentiu pra mim.

— Esse é o problema. Não vê? Ninguém liga.

— Para com isso.

— Você nunca mentiu pra ninguém?

— Não desse jeito.

— Você nunca fez merda?

Ele pronunciou cada palavra.

— Não desse jeito.

Ela suspirou. Assentiu.

— Eu espero que você tenha uma boa vida.

— Vou ter — disse ele. — Vou ter uma boa vida. Bem aqui.

A boca de Zinnia ficou seca.

— Você vai ficar do lado deles?

— Eles não são perfeitos, mas pelo menos aqui eu tenho um emprego e um lugar pra morar. Talvez essa seja a melhor maneira de fazer as coisas. Talvez o mercado tenha mandado, hein?

Zinnia sorriu.

— Ou você pode só sair daqui.

— E ir pra onde?

Ela abriu a boca, como quem diz: *Você não vê? Não percebe?* Ela queria contar a ele o que tinha visto, e o que descobrira, e como se sentia, e o que aquele lugar havia feito a ele, e a ela, e a todo mundo. A droga do mundo inteiro.

Mas ela também não queria que ele morresse, então disse:

— Lembre-se, a liberdade é sua até que você abra mão dela. — E esperava que fosse o bastante.

Paxton arrastou a cadeira e levantou, foi para a porta.

— Posso te pedir um favor? — disse Zinnia.

— Sério?

— Dois, na verdade — continuou ela. — Tem uma marrom, o nome dela é Hadley. Ela mora no meu andar. Quarto Q. Fica de olho nela. E se cuida. — Ela deu de ombros, sorriu. — É isso. É só isso.

PAXTON

Paxton tropeçou para fora da sala, para o grupo de pessoas espremido contra o vidro, assistindo, seus pulmões e coração e pele prestes a entrar em erupção com a pressão. Abriu caminho e entrou na sala de interrogação seguinte, que estava vazia. Ele se sentou na cadeira e pousou a cabeça nas mãos.

A porta se abriu. Paxton ouviu o som de passos, mas não queria erguer o olhar. Queria gritar para quem quer que fosse que o deixasse em paz. Imaginou que era Dobbs ou Dakota.

A cadeira à sua frente guinchou.

Ele olhou para cima e viu Gibson Wells.

O sorriso que havia exibido no palco, o qual parecia um traço permanente de seu rosto, sumira. Seus ombros estavam curvados, o que lhe lembrava uma ave de rapina. Ele se sentou e inspirou fundo, então expirou. Ainda assim, apesar de tudo — da doença, do estresse daquele dia —, havia uma força inerente a ele. O câncer deve ter sido muito forte para derrubar um homem daqueles.

Gibson entrelaçou os dedos no colo, olhou Paxton de cima a baixo.

— Dobbs me disse que você é um bom homem. Confiável.

Paxton apenas o encarou. Não sabia o que dizer. Esqueceu as palavras. Ele tinha medo do que diria se ousasse abrir a boca. Conversar com Gibson Wells era como conseguir uma audiência com Deus. O que se falava para Deus?

Ei, como você tá?

— Conheço um pouco o Dobbs — disse Gibson. — A cada um ou dois anos, faço uma reunião com os xerifes das NuvensMãe no meu rancho. Para conhecê-los melhor, já que são os alicerces que sustentam esse lugar. Gosto bastante do Dobbs. Ele é da velha guarda, como eu. Leva o trabalho a sério. Não brinca em serviço. Mantém as estatísticas bem baixas. Eu acho que essa é a NuvemMãe mais segura que temos. Agora, se ele me disse que você é confiável, é o bastante pra me fazer acreditar. Mas quis me sentar com você em particular por um instante. Entender o que está acontecendo. Então, filho, me diga. Você é confiável?

Paxton assentiu.

— Fale em voz alta — disse Gibson.

— Eu sou confiável, senhor.

Gibson voltou a sorrir. Um sorriso calculado.

— Ótimo. Agora, vou contar a você o que está acontecendo. E vou confiar que isso vai ficar entre amigos.

O modo como pronunciou a palavra *amigos* fez Paxton sentir frio e calor ao mesmo tempo.

— O que aconteceu foi que — começou Gibson — todos aqueles grandes varejistas, os que ainda continuam no negócio? Talvez você não saiba disso, mas todos fazem parte da mesma companhia. Red Brick Holdings. Depois da Black Friday, quando as lojas presenciais começaram a ir para o buraco, muitos negócios faliram. Então a Red Brick entrou em ação, salvando o dia e as unindo sob a mesma estrutura. Está me acompanhando?

— Sim — respondeu Paxton, em alto e bom som.

— Ótimo. Então, os donos dessa companhia, eles não gostam de mim. Você parece um jovem esperto, e aposto que sabe o porquê disso.

O que eles fizeram foi, eles contrataram aquela garota pra invadir o nosso centro de processamento de energia e ver como a gente gera a nossa energia. Você sabe como a nossa energia é gerada?

— Não — respondeu Paxton.

— Bem, vamos só dizer que é revolucionário e realmente especial, e vai resolver os problemas desse planeta — disse ele. — Você não tem filhos, tem?

— Não.

Gibson assentiu de leve.

— Se tiver filhos, e você ainda é jovem, tem tempo, quando eles tiverem os próprios filhos, essas crianças, seus netos, vão poder brincar lá fora de novo. Mesmo no verão. É aonde pretendemos chegar. Bem bacana, não é mesmo?

Paxton quase não conseguia acreditar. Aquilo parecia absurdo demais para ser verdade. Por anos, as pessoas vinham especulando sobre como salvar o planeta, mas nenhuma teoria havia funcionado.

— Sim, senhor, é.

— Claro que é. Então, essa mulher foi contratada pra roubar informações confidenciais de nós. E, pior ainda, alguém pagou a ela pra me matar. Como se isso não fosse acontecer de qualquer forma em algumas semanas. Então ela tentou me matar, e está trabalhando pro inimigo. — Gibson se inclinou para a frente. — Eu sei que é difícil. Mas quero que você entenda. Como isso tudo se encaixa. É importante que você tenha um panorama completo.

— Ok — disse Paxton.

— É isso? "Ok"? — perguntou Gibson, o tom incrédulo, como um pai atônito com uma resposta do filho.

— Bem, não, não está ok. Sei que não está ok, é só que...

Gibson ergueu as mãos.

— Sei que é demais. Escuta, eu quero que entenda algo. Você salvou a minha vida. Não subestimo a importância disso, e você será recompensado. Emprego garantido pra vida. Sua avaliação? Pode ignorar isso. Você agora tem cargo vitalício na Nuvem. Pela maneira como Dobbs falou, sinto que ele tem grandes planos para você. Sua vida será um pouco mais fácil depois disso. — Ele colocou a mão na mesa. — Mas, em troca, preciso da sua ajuda com uma coisa.

Paxton prendeu o fôlego.

— Tira tudo o que aconteceu da sua cabeça — disse Gibson. — O que aconteceu aqui, esquece. Você passa por aquela porta direto pra uma vida confortável. Você nunca mais toca nesse assunto. Nem mesmo com o Dobbs. — Ele baixou o tom de voz até um grunhido. — Preciso que entenda como é importante pra mim que nada disso tenha acontecido.

Gibson disse aquilo com um sorriso no rosto. O sorriso não transpareceu em sua voz.

— O que vai acontecer com ela? — perguntou Paxton.

— Você realmente se importa? Depois de tudo que ela fez você passar? Filho, essa é a pergunta errada a me fazer no momento — zombou Gibson.

Paxton pensou na noite anterior. Quase confessando que a amava. O modo como sua pele parecia quente e macia, e o modo como ela o abraçou, seus lábios, e, enquanto isso, ela planejava traí-lo o tempo todo.

Eles não iriam matá-la. Não podiam matá-la. Era ridículo sequer pensar naquilo.

— Então, ficamos combinados — disse Gibson. — Vou sair por aquela porta, resolver o assunto considerando que você aceitou a minha proposta. Antes de eu partir, você quer me falar ou pedir alguma outra coisa? — Ele olhou em volta da sala vazia e sorriu. — Pouca gente tem uma chance dessas.

Eu sou o CEO do Ovo Perfeito. O sonho da minha vida era ter o meu próprio negócio, e tive, mas a Nuvem me faliu. Tive de desistir do meu sonho e vir trabalhar para você. Eu era um CEO e agora sou um segurança incensado. A mulher que amo me traiu, e tudo o que tenho para almejar em meu futuro é uma vida solitária, patrulhando o calçadão da NuvemMãe. Essa é minha recompensa.

— Não, senhor — disse Paxton, unindo as mãos com tanta força que impediu o sangue de circular por elas.

Gibson assentiu.

— Bom garoto.

ZINNIA

Gibson Wells entrou, e Zinnia teve a sensação de que, se estreitasse os olhos, poderia ver a sombra da morte em seu encalço. Ele cheirava a morte — a pele frágil, o brilho se esvaindo de seus olhos. Ele estava por um fio. Ela ficou impressionada que sequer estivesse de pé.

— Cadê o Paxton? — perguntou ela.

Gibson a olhou de cima a baixo, um brilho predatório nos olhos, como se ele se perguntasse, naquele momento, do que ele poderia sair impune. Depois de um segundo, ele se sentou à sua frente, devagar, como se pudesse quebrar caso não fosse cuidadoso, e uniu as mãos no colo.

— Paxton está bem — respondeu.

Zinnia tinha muitas perguntas, mas a primeira e mais importante era:

— Temos uma plateia?

Gibson fez que sim com a cabeça.

— Assistindo, não ouvindo.

Sentiu um nó no estômago. Estava no meio de um oceano imenso e escuro. Nenhuma terra à vista, e algo beliscava seus calcanhares. Então ela começou a nadar, em busca de um colete salva-vidas.

— Você que me contratou, não foi? — perguntou Zinnia.

Os lábios de Gibson se contraíram. Em seguida, ele se remexeu na cadeira, como se procurasse uma posição mais confortável.

— Como você descobriu?

— Deveria ter adivinhado desde o início, pela quantia que estava me pagando. — Ela riu. — Quem mais poderia bancar algo assim?

Ele assentiu.

— Já ouviu falar de Jeremy Bentham?

— Esse nome não me é estranho.

Gibson se reclinou e, com grande esforço, colocou a perna sobre o joelho.

— Bentham foi um filósofo inglês. Morreu em 1832. Sujeito esperto. Ficou famoso com a ideia do panóptico. Você sabe o que é?

Outro som familiar, enterrado em algum canto da memória de Zinnia, mas ela fez que não com a cabeça.

Gibson levantou as mãos, como se desenhasse algo.

— Imagine uma prisão. Nessa prisão, um único guarda consegue vigiar todos os prisioneiros. Mas os prisioneiros não sabem se estão sendo vigiados ou não. A melhor maneira de visualizar isso é, pense que você está parada em uma sala redonda, onde todas as celas são viradas para o interior, como em uma colmeia. E no centro, está a torre de vigia. De dentro da torre, você pode ver todas as celas, porque a torre tem uma visão de 360 graus. Mas, quando os prisioneiros olham pra torre, só conseguem ver a estrutura. Não conseguem ver o guarda, apenas sabem que ele talvez esteja lá. Entendeu?

— Acho que sim — respondeu Zinnia. — Parece mais um experimento psicológico que uma cópia heliográfica.

— No tempo de Bentham era exatamente isso. Uma ideia para controlar o comportamento das pessoas. Se as pessoas estivessem sempre sob vigilância, seu pensamento seria: se eu fizer algo ruim, posso não me safar, então o melhor é não fazer nada. Era uma ideia muito boa, mas não daria muito certo naquela época. — Gibson sorriu e agitou um dedo no ar, como um mágico entediado. — Mas hoje em dia é bem diferente. Temos câmeras de vigilância e GPS. Mas veja a população das NuvensMãe, é maior que a de algumas cidades. Custaria uma fortuna equipar esse lugar com um departamento de polícia digno de tantos cidadãos.

Gibson se recostou e inspirou fundo, como se tentasse repor as energias.

— A questão é que não preciso — disse ele. — Quando examinar nossas estatísticas de homicídio, estupro, assalto, furto, vai ver que são comparativamente bem menores que as de uma cidade do mesmo tamanho. Entende a importância dessa conquista? Eu devia ganhar o maldito Nobel da Paz.

— Você é mesmo um filantropo.

Ele ergueu uma sobrancelha, ignorando a ironia.

— Eu criei algo aqui. — Ele acenou com as mãos para a sala simples e pequena. — Um modelo melhor do que o que tínhamos. Construí cidades do nada. — Seu rosto se contorceu em um sorriso terrível, então relaxou. — Dito isso, de tempos em tempos, é preciso calibrar os pneus e trocar o óleo. É verdade. Não gosto de câmeras de vigilância. É, de fato, desagradável ver uma câmera toda vez que a gente olha pra cima. E elas também são caras. E comecei a pensar, se as pessoas usassem um relógio rastreável o tempo todo, então, inconscientemente, saberiam que não teria muito do que poderiam se safar. É como um sistema integrado. Por que gastar dinheiro duas vezes? — Ele deu de ombros. — Esse é o meu trabalho. Pegar algo, simplificá-lo e aperfeiçoá-lo. Mas isso significa que, de vez em quando, tenho de testar o sistema. O que você encontrou é sem precedentes. E eu precisava saber que estava seguro até que eu estivesse pronto para revelá-lo.

— Você não facilitou, devo admitir. Até eu chegar à garota no saguão do processamento. Aquilo foi um tiro no pé.

— Deixamos muita gente comparecer à cerimônia da Black Friday, o que foi um erro. Mas também estávamos fazendo nossas apostas. Eu nunca achei que você fosse chegar tão longe. Como descobriu sobre a linha de trem saindo do NuvBurguer?

— Vou contar, mas é um pouco complicado. — Ela se inclinou para a frente; ele fez o mesmo, ansioso por descobrir. Mas em vez de confessar, ela disse: — Vai se foder. Você e seus hambúrgueres de merda.

— Por favor — disse ele, o ar saindo do nariz em uma risada força-da. — Esse linguajar não combina com uma dama tão bonita. Você fez um excelente trabalho. Excelente. — Ele acenou com a mão. Gostava de acenar com a mão, como se aquilo fosse suficiente para fazer tudo o que o incomodava desaparecer. Como se tudo mais no mundo não passasse de uma nuvem de fumaça para ele. — E, quanto aos ham-búrgueres, bem, as pessoas nunca entenderiam. Nós economizamos muito reciclando lixo em termos ambientais. Reduzimos drasticamente o metano ao diminuir os rebanhos bovinos. E nem uma única pessoa reclamou. As pessoas comem mais no NuvBurguer que em qualquer outro restaurante da Nuvem.

O estômago de Zinnia gorgolejou. Ela tinha certeza de que havia vomitado tudo o que tinha em seu interior, mas ficaria feliz em golfar um pouco mais na mesa à sua frente, só para ver aquele velho recuar.

— Agora chegamos à pergunta que de fato importa — disse Gib-son. — Por que tentou me matar? Porque, com certeza, isso não fazia parte do acordo inicial.

— Faço uma troca — sugeriu Zinnia. — A caixa. Na instalação de processamento de energia. O que é?

Gibson inclinou a cabeça, pousou novamente o pé no chão. Alisou as calças. Zinnia chegou a achar que se recusaria a responder, mas então ele a encarou.

— Acho que não faz diferença — disse Gibson.

Aquilo fez seu coração saltar para a garganta e se alojar ali.

— Fusão a frio — continuou ele. — Você sabe o que é isso?

— Só por alto.

— Fusão — disse Gibson, inclinando-se para a frente, apoiando os cotovelos na mesa — é uma reação nuclear. Geralmente, acontece nas estrelas, sob uma pressão gigantesca. Milhões de graus de calor. Mas cria uma quantidade de energia fantástica. Agora, por muito tempo, os cientistas vêm tentando desvendar a fusão a frio. Que é o mesmo processo, mas à temperatura ambiente ou algo próximo disso. Essa instalação — ele indicou a sala com a mão —, toda a instalação, funciona com o equivalente a algumas centenas de galões de combustível por ano. Estamos a um passo da produção em massa.

— Isso... transformaria o mundo — argumentou ela, uma pequena faísca de esperança se acendendo em seu âmago, para então apagar quando se deu conta de que, mesmo que o mundo fosse reparado, ela não estaria viva para ver isso.

— Isso vai mudar o mundo — afirmou Gibson. — Por mais que tenhamos evoluído com energia verde, ainda existem bolsões de gás e carvão. E esse é o projétil mágico que dará o tiro de misericórdia na cabeça de todas essas indústrias. Nunca fiquei tão feliz de colocar as pessoas no olho da rua.

— Então por que manter em segredo?

Ele se reclinou na cadeira, encarou-a como se dissesse *Você está falando sério?*.

— Porque é energia quase ilimitada. Como você monetiza uma coisa dessas? Se bem que, na verdade, estou pensando grande. Acho que está na hora de sacrificar esse governo esquisito e ultrapassado. E é assim que vou conseguir.

— Isso parece essas babaquices de supervilão — disse Zinnia. — Você vai dominar o mundo?

— Não, querida, vou oferecer a fusão a qualquer país interessado, livre e transparente, em troca da privatização da maioria de seus serviços, colocando-os sob nossa gestão. Provei junto à FAA que podemos fazer um trabalho melhor. Sinceramente, quer mesmo colocar tecnologia inovadora nas mãos dos palhaços no Congresso? O que eles vão fazer? Sentar em cima. Vão regulá-la até dizer chega. Ou tentar derrubá-la, porque interfere com os lobbies do óleo e do combustível. Não. Cabe a mim fazer isso.

— Por quê?

O rosto de Gibson se esticou em um sorriso tão largo que Zinnia pensou que lhe rasgaria a pele.

— Porque eu sou excepcional.

Ele pronunciou as palavras com orgulho, mas os olhos percorriam a sala, como se aquilo fosse uma tara que tivesse escondido do mundo, ocultado de todos por muito tempo, e, enfim, houvesse encontrado alguém com quem partilhá-la, exatamente do modo que queria. Zinnia descobriu tudo o que precisava saber sobre ele naquelas três palavras.

— Veja o que construí — continuou ele. — Estou fazendo do mundo um lugar melhor e estou cansado de assistir enquanto outras pessoas tentam frustrar os meus esforços. Toda essa palhaçada de leis e regulamentações contraditórias, atrapalhando o caminho do progresso de verdade, no caminho da salvação. — Seu tom de voz se elevou, e o rosto ficou vermelho. — Meu único arrependimento é que não estarei vivo para testemunhar isso. Mas Claire, sim. Claire vai supervisionar a maior expansão da Nuvem até então. Descobrimos um modelo que funciona. Chegou a hora de todo mundo adotá-lo também. Vamos pegar a última coisa que não funciona no mundo e consertá-la.

Ele fechou os olhos, tomou fôlego. Colocou uma das mãos no peito.

— Desculpa, eu me empolgo falando disso — disse Gibson. — Mas é natural. Sabia que atualmente oferecemos mais assistência médica que os hospitais? Mais crianças são matriculadas nas escolas da Nuvem que nas escolas comuns? Poxa, a CIA armazena dados nos nossos servidores. É natural que essa seja a próxima etapa.

— Está de sacanagem? — perguntou Zinnia, o tom de voz aumentando, e Gibson afundou um pouco no assento. — Você tem saído ultimamente? No mundo todo, pessoas estão morrendo. Nesse exato momento, crianças estão morrendo, e você tem a chance de consertar isso, mas vai protelar até conseguir algo em troca?

Gibson deu de ombros, feliz e travesso.

— Vamos conseguir o que queremos, e esse mundo será um lugar melhor. Agora, acho que me deve uma resposta. Quem quis me matar?

Zinnia assentiu, feliz de responder à altura.

— Você.

A expressão de Gibson se anuviou.

— Recebi novas instruções há mais ou menos uma semana para eliminá-lo — continuou ela. — Claro que não as questionei, porque àquela altura não sabia que era você. Imaginei que fosse uma concorrente. Então acho que, se quiser saber quem o quer morto, vai ter de perguntar ao mediador — Zinnia fez uma pausa dramática. — Talvez não seja tão amado como pensa.

O semblante de Gibson murchou. Ele olhou para as mãos no colo, uma pilha de ossos envolta por pele seca, marcada por veias, e suspirou com todo o corpo.

— Aquele filho da puta... — Depois de um instante, ele se controlou, olhou para Zinnia com aquele brilho no olhar. — Obrigado e adeus — disse ele.

— Espera — pediu Zinnia. — O que acontece agora?

Gibson riu, levantou-se e foi até a porta.

— O que acontece comigo?

Gibson parou. Deu meia-volta. Examinou Zinnia mais uma vez.

— Quando adestradores de elefante capturam um filhote de elefante na natureza, eles o amarram a uma árvore. O filhote luta e se debate, mas não consegue se libertar. Em poucos dias, ele desiste. Mesmo quando cresce, o elefante não acredita que é capaz de partir a corda. Então você tem um elefante adulto amarrado a uma árvore por um pedaço de corda que ele poderia romper com um simples golpe de perna. Isso se chama desamparo aprendido. Tudo aqui é construído por pessoas que não acreditam que a corda possa ser rompida. O que significa que a coisa mais perigosa do mundo pro meu modelo de negócio é alguém que reconheça que a corda é, na verdade, frágil.

Ele deu uma piscadela, e a porta se fechou ao sair. Ela ainda sentia uma presença, e, depois de alguns minutos, Zinnia se deu conta de que era a sombra da morte. Ela o seguira, mas não tinha saído com ele.

PAXTON

— Onde ele está?

O urro irrompeu das entranhas de Gibson de um jeito que parecia capaz de estilhaçar seu corpo frágil. Paxton deu um pulo do assento no cubículo vazio onde Dobbs o mandara aguardar e seguiu a gritaria; assim como quase todos no escritório. Logo Paxton lutava contra a multidão, levando cotoveladas nas costelas, tentando encontrar a fonte da comoção.

Depararam-se com Gibson de pé sobre Carson, que protegia a cabeça com as mãos. Era uma cena cômica, aquele homem forte se encolhendo sob o escrutínio de alguém que poderia ser levado por um vento mais forte.

Mas Paxton, na mesma hora, compreendeu. Tendo sentado à frente do homem, falado com ele, Paxton entendia. E, naquele instante, algo se encaixou. A maneira como Carson havia entrado em pânico quando ele pediu que saíssem do trem. O modo como empurrou as pessoas para desembarcar. Como se soubesse o que estava por vir.

— Foi você, não foi? — acusou Gibson.

— Eu não sei do que você está falando — retrucou Carson.

— Você é um mentiroso. O que isso significa? Vingança ou o quê?

Carson se levantou, mas devagar, com cuidado, olhando em volta como se alguém pudesse vir em seu auxílio, mas ninguém o fez.

— Você não vê que o que está tentando fazer é loucura? Você não é o deus que pensa ser, Gib.

Gibson deu um passo adiante, parou colado ao nariz de Carson.

— E Claire? O que você ia fazer? Matar ela também?

— Ela é uma criança. Eu teria dado conta dela.

— Ei!

Uma voz de mulher. Claire se destacou da multidão e deu um forte tapa no rosto de Carson. Ele absorveu o golpe, dando uns passos para trás, e se virou para Gibson.

— Nem mais uma palavra. Não aqui.

— Tudo bem. — Gibson se dirigiu a Dobbs: — Tira ele daqui. Pode colocá-lo com a mulher.

Dois azuis saíram da multidão e pegaram Carson pelos braços. Então o arrastaram para longe. Ele mostrou resistência, mas Dobbs avançou e deu um soco forte no estômago do homem. Carson encolheu o corpo e gemeu, em seguida, olhou para cima.

— Você sabe que eu tenho razão, Dobbs. Você sabe que tenho razão.

Dobbs tirou a lanterna pesada do cinto e atingiu o rosto de Carson com a base. Ouviu-se um baque, e quase todos os presentes estremeceram com o som do impacto. Menos Gibson. Ele sorriu. A cabeça de Carson pendia do pescoço, como se algo tivesse sido desconectado, sangue pingando do nariz quebrado.

Os azuis o levaram embora enquanto Dobbs se virava para a plateia.

— Sala de reunião B. Agora. — Todos se entreolharam como se não tivessem compreendido a ordem, e Dobbs gritou mais alto: — Agora!

A multidão se dispersou e seguiu para o corredor que levava à sala de reunião, mas Paxton ficou para trás e pegou Dobbs pelo braço.

— A gente tem que conversar antes de entrar — disse Paxton.

Dobbs se livrou com um safanão e parecia prestes a recusar, mas então guiou Paxton até uma sala de interrogatório vazia, o lugar mais próximo em que poderiam conversar discretamente.

— Seja rápido — disse Dobbs, quando entraram.

— Ela acha que vão matá-la.

— Quem acha o quê?

— Zinnia. Ela acha que vão matá-la pra ela não falar nada.

Dobbs semicerrou os olhos e encarou Paxton, como se não pudesse acreditar no que estava ouvindo. Então riu.

— Isso não é um filme. Nosso negócio não é matar pessoas.

Paxton já sabia que não era verdade, que Zinnia estava sendo irracional, mas, ainda assim, era bom ouvir. Ele se perguntou se havia algo mais que pudesse dizer, algo mais que pudesse fazer.

— Sei que tudo isso é difícil, filho — disse Dobbs. — Temos que fazer um controle de danos, mas tudo vai acabar bem, está me escutando? Você deve estar abalado, por que não vai pra casa e descansa um pouco?

Paxton inspirou fundo, tomando coragem para fazer a pergunta que sabia que não devia fazer.

— Posso falar com ela? Uma última vez?

Dobbs fez que não com a cabeça.

— Sem chance, filho.

Paxton se sentia preso ao chão. Queria brigar, mas estava irritado consigo por querer brigar. Mais ainda, estava irritado consigo por sequer pedir. Estava irritado consigo mesmo por tanta coisa. Então ele disse:

— Entendo — E deu meia-volta.

Saindo do Admin, no caminho para os elevadores, andando pelo calçadão, no saguão do Carvalho; todo o tempo, sua cabeça parecia um grande cômodo vazio, como se devesse estar cheia de coisas, mas não estava. Conforme se encaminhava para o elevador, ele se lembrou do que Zinnia tinha dito e voltou ao Bordo, subiu até o andar dela e parou em frente ao quarto Q, se perguntando o que, de fato, devia a ela.

Uma mulher que havia mentido para ele e o manipulado. Que tirara vantagem de sua posição.

Como se você nunca tivesse feito merda.

Não, nunca desse jeito.

Todo mundo erra. Paxton já tinha errado bastante.

Mas não daquele jeito.

Ele repetia como um mantra.

Estendeu a mão e bateu à porta. Não ouviu nada do outro lado. Cogitou dar meia-volta. Mas alguma coisa no tom de voz de Zinnia o tinha deixado preocupado, então bateu outra vez. Ele olhou de um lado para o outro e, quando viu que o corredor estava vazio, passou o NuvRelógio no sensor. O disco ficou verde, e Paxton entrou.

O apartamento fedia a comida estragada. Havia uma silhueta encolhida sob o cobertor no futon, e Paxton ponderou se devia ir embora, já que a pessoa estava dormindo, mas ela não havia se mexido desde que entrou, quando a luz do corredor bateu na cama. Ele observou o amontoado, desejando que se mexesse, torcendo para que o fizesse, mas nada, nenhum movimento. Ele atravessou o quarto e se deparou com uma garota bonita de cabelo comprido, encolhida sob o cobertor, e ele não precisou tocá-la, nem precisou verificar seu pulso, para saber que estava morta.

Ele levantou o braço do relógio para reportar o ocorrido, pressionou a coroa e deveria ter dito algo, mas não o fez. Não tinha mais energias para nada. Não lhe restara mais nada. Não naquele dia.

Sua bolha estourou, tudo sobre ele, tudo dentro de si escorrendo para o chão em uma bagunça escorregadia. Então deu meia-volta e saiu, voltou ao Carvalho, foi para o seu quarto, se jogou no futon e ficou encarando o teto.

E pensou sobre a outra coisa que Zinnia havia lhe dito.

Sobre liberdade.

11.
STATUS SOCIAL

UM PRONUNCIAMENTO ESPECIAL DE CLAIRE WELLS

É com grande pesar que comunico que, às 9h14 da manhã de hoje, meu pai faleceu em sua casa, no Arkansas, rodeado por amigos, família e seus amados cachorros. Fico feliz que ele tenha morrido com um sorriso no rosto, em um quarto cheio de amor. Pelo menos há algum conforto nisso.

Meu pai era considerado um dos grandes gênios de sua geração, um pensador e idealizador sem precedentes. Sua influência se estendeu aos quatro cantos do planeta.

Mas ele também era meu pai.

Há muito que digerir no momento, inclusive a incrível responsabilidade de assumir a Nuvem. E sinto como se viesse me preparando para esse momento a minha vida inteira, ao mesmo tempo, eu não me sinto pronta. Mas em um cargo como esse, não existe essa coisa de "pronta". Você entra de cabeça e faz o melhor que pode.

Estou feliz em anunciar que o primeiro grande ato de minha administração será nomear Leah Morgan como minha VP. Ela é mestre em negócios por Harvard, e integrante respeitada de sua comunidade; mais importante, é uma amiga de longa data. Estou certa de que meu pai teria apoiado essa decisão de coração, pois sempre teve muita consideração por Leah.

Tenho mais um anúncio a fazer. E é um dos grandes.

Gostaria de tê-lo feito antes, mas o projeto ainda estava nas etapas finais. Foi o último projeto ao qual meu pai se dedicou, e do qual tinha mais orgulho: NuvEnergia. Por anos, a Nuvem vem investindo milhões de dólares pesquisando novas formas de energia limpa, e estamos felizes de divulgar que desenvolvemos um processo para a produção de uma quantidade de energia enorme com zero emissão de poluentes. Até o fim do ano, todas as NuvensMãe estarão funcionando por esse novo sistema, quando estaremos implementando uma parceria com o governo dos Estados Unidos — o primeiro, esperamos, de muitos governos mundiais — para levar essa tecnologia para todo o país.

Prometemos oferecer a nossos clientes taxas competitivas e assistência na construção das usinas de processamento de energia, e acreditamos que, dentro de poucas décadas, o planeta inteiro funcionará à base de NuvEnergia — um passo decisivo para curar nosso meio ambiente devastado.

Esse é o legado do meu pai, e eu não poderia estar mais orgulhosa.

A essa altura, sei que devia falar algo inspirador, mas era meu pai quem tinha o dom da oratória na família, eu me contentava em ouvir. Sempre achei que fosse a melhor maneira de aprender. Então é o que vou fazer. Vou escutar e aprender enquanto me agarro aos valores que fizeram dessa empresa um sucesso.

Os valores que meu pai incutiu em mim.

PAXTON

Paxton virou o resto da vodca, o gelo tilintando no dente. Sua terceira. Ou quarta; ele não se importou em contar. Ele pegou o celular e abriu as mensagens de texto, como se talvez tivesse alguma a sua espera. Não encontrou nada, então acenou para o barman, pedindo outra rodada.

Viu Dakota aparecer em sua visão periférica, uma silhueta na contraluz da entrada do bar. Ela estava procurando alguma coisa. Ele, imaginou. Podia ter levantado a mão para chamar sua atenção, mas nem fez o esforço, porque havia pouca gente no bar, então não faria diferença. E uma pequena parte de si esperava que ela não o avistasse. Mas, depois de um tempo, seu olhar o encontrou, e ela seguiu em sua direção, sentando no banquinho vago ao seu lado. O banco oscilou, então Dakota segurou no balcão do bar para se equilibrar.

Ela pediu um gim-tônica e tomou três goles antes de perguntar:

— Como você está?

Paxton deu de ombros.

Eles preencheram o silêncio com álcool, observando o espelho atrás da fileira de garrafas de bebidas alcóolicas.

— Dobbs me pediu para falar com você — disse ela. — Me certificar de que estava tudo certo.

Outro dar de ombros. Paxton decidiu que, daquele momento em diante, se comunicaria com os ombros.

— Ele liberou aquela mulher — disse ela, virando-se, olhando para os fundos do bar, sequer arriscando encontrar o olhar de Paxton no espelho. — Eu sei que você gostava dela, e sem sacanagem, ela era gata. Estou orgulhosa de você. Mas ela foi demitida. Você quer seguir os passos dela?

Paxton se virou um pouco na direção de Dakota.

— Isso é uma ameaça?

— Não de Dobbs — esclareceu ela. — Minha. Sou eu sendo sua amiga. Essa coisa toda. — Ela pegou o copo, tomou um gole demorado. Ainda não tinha acabado, mas já pediu outro ao barman. Enquanto ele preparava o drinque, ela se aproximou de Paxton. — Essa coisa toda é grande. Mas eles querem abafar isso a todo custo. Só estou dizendo, como amiga, fica na sua e a vida continua boa, entendeu?

— Você chama isso de boa? — perguntou Paxton.

— Você tem saído ultimamente? Aqui está bem melhor.

Paxton assentiu, querendo discordar mas sem poder. Ele virou a vodca e pediu outra. Como se, ao beber muitas, fosse capaz de conjurar Zinnia. Era algo idiota de se pensar, mas melhor que as coisas que queria ignorar.

— Eu queria te dar isso — disse Dakota.

Ela pousou a mão sobre o bar, deslizou-a para perto de Paxton. Olhou em volta para se certificar de que estavam sozinhos e a ergueu para revelar uma caixinha de plástico de oblivion. Ela recolocou a mão em concha sobre a droga e esperou, como se ele fosse pegar, mas, quando não o fez, ela a enfiou no bolso da calça dele.

Paxton deixou que o fizesse, mas perguntou:

— Você está de sacanagem com a minha cara? Depois de tudo que aconteceu?

— Isso aqui é coisa nova — explicou ela. — Oblivion dois-ponto-zero.

— O que diabos isso quer dizer?

— Desenvolvida para que as pessoas caguem em vez de terem overdose. — Paxton se virou para Dakota e viu um sorriso estampado em seu rosto. — Não importa a quantidade ingerida. O organismo atinge o ponto de saturação e elimina o excesso. Não existe isso de exagero.

— Sério, isso é uma pegadinha? — perguntou Paxton, querendo tirar a caixinha do bolso e devolvê-la, mas temeroso de que alguém visse. — Quer que eu seja demitido? Plantando drogas em mim?

— Essa é a beleza de tudo — disse Dakota. — É nosso. Nós comandamos.

Paxton levou as mãos à cabeça, as peças se encaixando.

A força-tarefa que não era uma força-tarefa. Ficar de olho em Warren, mas sem incomodá-lo demais. Procurar a carga, mas deixar os traficantes de lado.

— Não estávamos fechando a operação. Apenas realocando o produto.

— Não vem com uma de superior pra cima de mim, Paxton. As pessoas se drogariam de qualquer jeito, independentemente de quem fornecesse o produto. Estamos mantendo o negócio no lugar e suprindo uma demanda, enquanto cuidamos da segurança da Nuvem. Vidas são salvas, e ganhamos um trocado no processo. Todo mundo ganha.

— O Dobbs está envolvido?

Ela franziu os lábios.

— O que você acha?

Paxton pegou sua vodca, virou, o álcool queimando a garganta, mas menos do que desejava.

— Por que você está me contando tudo isso? — perguntou ele.

Dakota aceitou o novo drinque, terminou o primeiro e pousou o copo no balcão para que o barman levasse. Quando ele estava mais afastado, ela se inclinou e baixou o tom de voz.

— Porque agora sabemos que podemos confiar em você. Você fez a escolha certa. Escolheu a gente. Falei que ia ter vantagens. Agora não me faça pensar duas vezes, ok, Paxy?

Paxton queria tirar a caixa do bolso. Queria jogá-la nela. Queria gritar. Ele queria correr e saltar da varanda do Entretenimento, mergulhar do terceiro andar no chão duro, onde, com certeza, quebraria o pescoço. Queria fazer qualquer coisa exceto o que decidiu fazer: levantar e sair do bar; quando chegava à porta, Dakota o chamou.

— Continue fazendo a coisa certa, senhor funcionário exemplar!

PAXTON

Paxton acordou, vestiu a polo azul, olhou o celular e, quando não viu nenhuma mensagem de Zinnia, foi para o Admin arrastando os pés, onde bateu o ponto, e saiu em patrulha, caminhando por todo o calçadão para a frente e para trás, até se cansar. Em algum momento, se cansou e sentou-se por um instante, mas logo depois continuou até o fim de seu turno, quando parou no bar e tomou uma cerveja, e depois voltou ao quarto e tentou dormir, tentando não pensar no pacote de oblivion na gaveta perto da pia, digitando e deletando mensagens que não mandou para Zinnia.

PAXTON

Paxton acordou, vestiu a polo azul, olhou o celular e, quando não viu nenhuma mensagem de Zinnia, foi para o Admin arrastando os pés, onde bateu o ponto, então saiu em patrulha, andando por todo o calçadão, para a frente e para trás, até se cansar, em seguida parou para comer no NuvBurguer, e continuou até o fim de seu turno, quando voltou ao quarto e assistiu à televisão e tentou reunir energia para se levantar e andar até a gaveta ao lado da pia, para pegar a caixinha de oblivion e jogar na pia, mas, em vez disso, pegou no sono.

PAXTON

Paxton acordou, vestiu a polo azul, olhou o celular e, quando não viu nenhuma mensagem de Zinnia, foi para o Admin arrastando os pés, onde bateu o ponto, então saiu em patrulha, andando por todo o calçadão, para a frente e para trás, até se cansar; se sentou por um instante, mas logo depois continuou até o fim de seu turno, quando foi ao cinema e fingiu que Zinnia ocupava o assento ao lado do seu e, como ficou olhando para a frente o tempo todo, quase acreditou. Voltou para o quarto e ligou para ela, mas o número estava fora do ar.

NOTIFICAÇÃO DO INSTITUTO DE PATENTES DOS EUA

De acordo com a Lei 16-A de normas do Escritório de Patentes dos Estados Unidos, apresentamos em anexo uma cópia da notificação de recusa provisória, relativa ao Ovo Perfeito, sob a alegação de que outra entidade corporativa comercializa e anuncia um produto similar, NuvOvo. Para entrar com um recurso, por favor, contrate um advogado de patentes, que pode registrar uma queixa através das vias legais.

NUVOVO!

Uma jovem está parada em sua cozinha, em preto e branco. Azulejos de metrô, bancadas de mármore, panelas de cobre penduradas no teto.

À sua frente, há uma tigela. Ela está quebrando e descascando ovos cozidos, mas de modo desajeitado, enfiando os dedos na clara, despedaçando-os, pedaços voando, cascas para todo lado.

Ela olha para a câmera, afobada.

Mulher: Tem de ter um modo mais fácil!

A tela vai de preto e branco para cores vibrante. Imagem congelada.

Narrador: E tem!

Um dispositivo oval em um pedestal giratório. Maior que um ovo, com uma fissura no meio.

NA: Conheçam o NuvOvo!

A mulher pega o utensílio, abre, coloca um ovo ali dentro e leva ao micro-ondas.

NA: O NuvOvo cozinha seu ovo no ponto perfeito todas as vezes.

Corta para uma panela com água fervente. Uma alarme soa, e um círculo vermelho com um traço diagonal aparece.

NA: Nada mais de bagunça com métodos imprecisos de cozimento. E quando o ovo estiver pronto...

Corta para a mulher tirando o utensílio do micro-ondas e o abrindo, a casca saindo perfeitamente, a clara branca, lustrosa, brilhando como uma pedra preciosa.

NA: Limpar é moleza!

Corta para uma longa fileira de utensílios ovais em um arranjo de cores primárias.

NA: Já disponível na loja da Nuvem!

PAXTON

Paxton acordou, vestiu a polo azul e seguiu para o Admin arrastando os pés, onde bateu o ponto, então saiu em patrulha, andando por todo o calçadão, de um lado para o outro, até se cansar, em seguida voltou ao quarto e abriu a gaveta ao lado da pia e pegou a caixa de oblivion e colocou uma tira igual a um selo postal na língua, depois uma segunda, depois uma terceira, depois mais outra, até que sua boca ficasse com um gosto artificial de cereja. Tropeçou em direção à cama, onde mergulhou em seu abraço aconchegante e continuou a mergulhar como se não houvesse chão.

PAXTON

Paxton acordou com a sensação de que não pertencia a seu corpo. Seguiu aos tropeços até a pia, onde encontrou o pacote de oblivion, agora vazio; ele não tinha consciência de que havia tomado tanto. Por um instante, se considerou sortudo por estar vivo, mas então se lembrou de que aquela era a versão dois-ponto-zero, e se perguntou se sabia disso quando enfiou a droga garganta abaixo na noite anterior.

Ele escovou os dentes, tirando o gosto de cereja da boca, e ficou feliz que a oblivion acabara, mas ao mesmo tempo se perguntou se deveria conseguir mais. Pensar naquilo desviava sua atenção da carta do escritório de patentes.

Antes que pudesse decidir que atitude tomar em relação à oblivion, seu relógio apitou, avisando-o de que estava prestes a se atrasar para seu turno. Paxton colocou a polo azul, músculos doloridos, e seguiu até o Admin.

No escritório, Dakota o chamou.

— Ei!

Paxton se virou e a viu andando em sua direção com o novo uniforme, cáqui. A roupa a fazia parecer alguns centímetros mais alta. Ele se perguntou se o sorriso vinha com o uniforme. Jamais a vira sorrir assim Ele esperou que Dakota o alcançasse.

— Faz um favor pra mim?

Ele deu de ombros.

— Claro.

Ela lhe estendeu um pequeno envelope branco.

— Leva isso para o centro de processamento de lixo. Já foi pra aqueles lados?

— Não.

— Programei seu relógio para te levar até lá. — Dakota deu um tapa em seu braço. — Obrigada, parceiro. Aqui, que tal você e eu tomarmos um drinque uma hora dessas, hein? — Ela sorriu, mexeu no próprio uniforme. — Continue assim, e você será o próximo.

— Claro, seria ótimo — disse Paxton, sem nenhuma intenção de aceitar a oferta.

Ele se virou e foi para o elevador, feliz de se afastar dela, do centro de comando, ansioso por deixar a mente divagar enquanto andava, porque, quando fazia isso, pelo menos podia ficar sozinho.

Ele pegou o trem para o Chegada e seguiu para o de processamento, que estava vazio, e saltou na parada do lixo, em um saguão de concreto simples, onde um jovem asiático em uma polo azul que sentava a uma mesa acenou para ele.

Paxton balançou o envelope no ar.

— Entrega.

— Você está no sistema — disse o homem, olhando para seu relógio. — Pode seguir.

Paxton olhou o próprio relógio. *Segundo andar, sala 2B.* Ele pegou o elevador e atravessou os sinuosos corredores até que chegou a uma sala com um velho sentado à mesa, que grunhiu quando Paxton largou o envelope na escrivaninha. Em seguida, Paxton saiu, pegou o corredor, de volta ao elevador.

Na outra extremidade do corredor estava um homem com uma camisa polo verde, varrendo lentamente o piso brilhante.

Havia algo de familiar no homem.

A porta do elevador se escancarou, e Paxton cogitou entrar, mas deixou as portas se fecharem e deu meia-volta. O homem ergueu o olhar. Levou um segundo. O cabelo estava mais comprido, e havia deixado crescer uma barba falhada, mas Paxton o reconheceu.

Rick, o homem que tinha atacado Zinnia no hospital.

O homem também reconheceu Paxton, porque largou a vassoura e disparou pelo corredor. Paxton foi correndo atrás dele, fazendo uma curva fechada à esquerda, e viu Rick olhar para trás com medo antes de aproximar o pulso pelo sensor de uma escadaria. Paxton chegou ao painel e passou seu NuvRelógio, mas a luz ficou vermelha.

Ele passou de novo. Ainda vermelha. Ele chacoalhou a maçaneta antes de bater com a palma da mão contra a porta. Uma, duas, três vezes, até ficar dormente. Quando se deu conta de que não atravessaria a porta, segurou a raiva, mantendo-a acesa em seu peito, e foi andando batendo pé até o Admin, onde nem se importou em bater à porta de Dobbs.

Dobbs conversava com um jovem azul e ficou muito puto de ter sido interrompido, mas, quando viu a expressão no rosto de Paxton, se acalmou, como se soubesse o que o esperava. Ele dispensou o novo recruta com um aceno.

Paxton esperou até que o jovem saísse e fechou a porta.

— Você me disse que ele tinha sido demitido — disse ele.

Dobbs inspirou fundo, soltou o ar, juntou a ponta dos dedos.

— Você concordou em convencer a sua mulher a fazer vista grossa. Fizemos o mesmo. Mais prático assim.

— Prático — ecoou Paxton. — Você me deu a sua palavra.

Dobbs se levantou, e Paxton deu um passo para trás.

— Agora, escuta aqui. Ele está em um trabalho de merda, praticamente sem contato com o resto das pessoas. Está resolvido.

— Por quê?

— Paxton...

— Você me deve uma explicação.

— Não devo...

— Não vou sair daqui até você me contar.

Dobbs suspirou. Olhou ao redor, esperando que surgisse uma saída. Quando não apareceu nenhuma, ele disse:

— Porque eu preciso de um motivo para demitir ele. Se eu registrasse a causa como agressão, precisaria preencher um relatório, e então teria de responder por que houve outro incidente na minha unidade. Tivemos meses movimentados por aqui, e as estatísticas não estão a meu favor. Não podemos nos dar ao luxo de juntar mais merda à pilha que já temos.

— Então, o quê, acobertamos? Deixamos pra lá?

— Olha — disse Dobbs, dando a volta na mesa e se aproximando, até estar tão perto que Paxton sentiu o perfume de sua loção pós-barba. — Sei que você tá com um status brilhante agora, mas isso não significa muito pra mim. Não posso demitir você, mas posso te transferir pros escâneres indefinidamente. Porra, posso te colocar no paraíso do câncer de pele. Você tem tido espírito de equipe até agora, filho. Não me decepciona agora, ok?

Paxton queria se irritar. Queria censurar Dobbs, dizer alguma coisa que atingiria o velho como um dedo no olho.

Era o que queria, mas não o que sentia. Ele estava desesperado para que Dobbs cedesse, para que o homem o chamasse "filho" da forma que fazia antes, porque do jeito que falara agora, parecia mais uma alfinetada.

Paxton saiu, os punhos tão cerrados que as unhas cortavam as palmas, então procurou por Dakota, para mais alegria com sabor de cereja.

PAXTON

Paxton vagou pelo calçadão, pensando em todas as coisas que o irritavam, mas, sobretudo, pensou no gosto de cereja que permanecia em sua língua. O gosto não esmaecia, como também não esmaeciam as coisas que Paxton queria esquecer.

Ele se perguntou que dia seria e adivinhou que fosse domingo, mas descobriu no relógio que era quarta-feira. Ele foi andando, mas depois se esquecera de por onde andara. Um novato lhe perguntou o caminho para o Entretenimento, e só depois de o rapaz já ter ido embora percebeu que lhe tinha indicado a direção errada. Ao se aproximar do fim de seu turno, ele parou no NuvBurguer e, enquanto comia, imaginou que aquele devia ser o ponto alto de seu dia. Que percebeu que já havia esquecido outra vez.

Quarta-feira.

Saindo do restaurante, cruzou com uma pequena figura. A cabeça careca, a pele de mármore e a baixa estatura a faziam parecer um alienígena. Ela usava uma polo vermelha, e o modo como se portava transmitia nervosismo. Olhos perdidos, músculos contraídos. Ele pensou que podia ser a droga corroendo seu cérebro, mas conforme via a mulher se afastar, ele se deu conta: não, você não esquece uma pessoa que lhe aponta uma arma.

Ember não o notou, e ele se irritou com isso. Que agora ela nem se dignasse a olhar para ele. O quão insignificante era? Não era a melhor reação, mas era como se sentia, então ele a seguiu, tocando o objeto em seu bolso para se certificar de que continuava ali.

Ela embarcou no trem, e, pela porta oposta, ficando no meio da multidão, como se dissesse *Me veja*, mas ela mantinha a cabeça baixa, escondendo o rosto.

Ela saltou no Admin, entrou na fila de um quiosque, uma dúzia de pessoas a sua frente. Paxton parou ao seu lado. Ela o olhou de esguelha e congelou, olhando fixamente para a frente. Fechou os olhos, como se tentasse fazê-lo sumir com a força do pensamento.

— Oi — cumprimentou Paxton.

Era uma coisa ridícula a se dizer, mas foi tudo em que conseguiu pensar.

Ela suspirou lenta e profundamente. A postura derrotada.

— É claro — disse ela. — Mas é claro, merda.

— Até que enfim passou na entrevista — ironizou Paxton.

— De todas as pessoas. Todos os recursos que investimos...

Paxton colocou a mão em seu braço, cravando os dedos com bastante pressão para segurá-la, mas sem causar uma cena.

— Vamos — disse ele.

Ele pensou que talvez ela resistisse, mas não o fez. Paxton reconheceu a expressão em seu rosto. Era a mesma que via no espelho a cada manhã: derrota completa e total. Como uma boneca, ela permitiu que ele a guiasse pelo caminho, até o elevador, e os dois subiram até as salas da segurança.

Paxton saltou, ainda segurando o braço de Ember. No fim do longo corredor, ficava a porta aberta do escritório, azuis passando para lá e para cá do batente.

Havia seis escritórios entre o elevador e o centro. No momento, um deles estava vazio, pois em geral era usado por outros departamentos em ações conjuntas com a equipe de segurança.

Terceira porta à esquerda.

Ember se remexeu ao seu lado.

— Bem?

Paxton cogitou levá-la até o centro de comando. O olhar que Dakota e Dobbs lhe dariam quando se dessem conta do que ele havia feito. Capturado uma praga. Talvez Dobbs voltasse a chamá-lo de "filho" de novo. Talvez o fizesse porque queria.

Percorreram metade do corredor, e Paxton parou em frente ao escritório vazio e aproximou o relógio do sensor para abrir a porta. Ele a segurou para ela, que entrou na sala — uma mesa com um tablet preso ao tampo e cadeiras de ambos os lados.

Um cartaz na parede dizia em letra cursiva: VOCÊ FAZ COM QUE TUDO SEJA POSSÍVEL!

Ember assimilou o ambiente e, enquanto Paxton fechava a porta e ligava a luz, foi até um canto, mãos erguidas em defesa, subitamente mais preocupada de estar presa em uma sala sem janelas com um homem desconhecido. Um homem que ela já havia ameaçado.

— Sente-se — mandou Paxton.

Ela arrastou os pés até a mesa, sem tirar os olhos de Paxton, e se sentou como se a cadeira pudesse esconder uma bomba acionada por pressão. Ele se sentou à sua frente. O medo se transformou em dúvida, e ela o encarou como se ele fosse uma pintura abstrata. Algo a ser desvendado.

— Você parece diferente — disse ela. — Não de um jeito bom.

Paxton respondeu com um dar de ombros.

Ember olhou em volta.

— A mulher que estava com você. Onde ela está?

— Você estava enganada — declarou Paxton.

— O quê?

— Sobre os livros. Temos exemplares de *Fahrenheit 451*. Temos *O conto da aia*. A Nuvem não controla os títulos; ninguém os encomenda. Eles não têm estoque daquilo que as pessoas não querem. É só... só bom negócio, certo? É o mercado mandando.

Ember começou a falar, em seguida parou. Como se pensasse: *Que diferença faria?*

— Acho que não faz diferença se você estava certa ou errada — argumentou ele. — A questão é que as pessoas não ouvem. Não porque não têm a informação. Mas porque não dão a mínima.

Ember se remexeu na cadeira.

— Por que essa unidade? — perguntou Paxton. — Você já tentou se infiltrar aqui antes. Não deu certo. Por que não escolher outra NuvemMãe?

— O que é isso? — retrucou Ember. — Sessão de terapia? Interrogatório? Quer ouvir minha história de vida?

— Responde à pergunta.

Ember suspirou.

— Meus pais eram donos de um café a algumas cidades daqui. Um lugar agradável. Cresci lá. Quando a Nuvem chegou, todas as cidades na vizinhança enfraqueceram e morreram. O café dos meus

pais também. Eles também. — Ela olhou para as mãos em seu colo.
— Acho que isso é pessoal, esse lance. Talvez muito pessoal. — Ela
encarou Paxton. — O que estamos fazendo aqui?

— Qual é o seu plano?

— Não importa mais.

— Me diga. Onde está o fósforo? — perguntou ele, sem rodeios.

— Não trouxe.

Paxton riu.

— Você tá brincando, né? Finalmente você se infiltrou e não trouxe
o fósforo?

— Você está doido? E ser pega com aquilo na entrada? Sabe o que
teria acontecido comigo? Venho tentando encontrar um meio de con-
trabandeá-lo. Fora isso, só tenho procurado oportunidades de causar
algum estrago. Ela suspirou e desviou o olhar. — Mas não rolou. Essa
porra de lugar é impenetrável.

Paxton levou a mão ao bolso. Conferiu que, sim, ainda estava ali.
Ele pegou o pen drive e o girou nas mãos, passando os dedos pelo
plástico liso. Os olhos de Ember se arregalaram. Ela prendeu o fôlego.

Ele não sabia por que o havia guardado. Ele pretendia jogá-lo pela
janela do carro. Não tinha sido detectado quando voltou à NuvemMãe
— como vestia azul, mal olharam para a tela quando ele passou pelo
escâner. Vantagens do ofício. Quando chegou ao quarto, se deu conta
de que ainda estava com aquilo, e, como era um pen drive e tinha algum valor, ele o havia colocado na gaveta ao lado da pia, não no lixo.

Era apenas um pedaço de plástico. E, mesmo assim, gostava de
tê-lo na gaveta ao lado da pia, e, depois que encontrou Rick, passara
a carregá-lo no bolso, apalpando-o sempre que precisava se acalmar
e se concentrar.

Apenas o queria perto. Carregar um objeto que podia conter tanto
poder, aquilo fazia Paxton sentir alguma coisa. *Bem* não era a palavra.
Não conhecia a palavra. Ele só sabia que o pen drive era mais pesado
do que parecia.

Ele o colocou na mesa, mas para perto de si que dela.

— O que isso faz? — perguntou ele.

Ember se inclinou, como se para pegar o pen drive, mas Paxton o cobriu com a mão.

— É um vírus — respondeu ela. — Vai disparar propulsores nos satélites da Nuvem. Desviá-los de órbita. Só alguns graus. Ninguém vai notar, até daqui a algumas semanas, quando saírem de órbita e perderem o sinal. A Nuvem vai parar de funcionar. Informações de remessa, navegação dos drones, sistema de funcionários, banco. Não vai ser um golpe fatal, mas vai enfraquecê-los por um bom tempo. Talvez o bastante para alguém mais se estabelecer.

— Muita gente sofreria — argumentou Paxton. — Muita gente perderia seus empregos. Suas casas.

Ember fez sua cara de blefe. Olhos semicerrados, lábios apertados, um pouco de bravura voltando à sua postura.

— O sistema está quebrado. Só tem um jeito de consertar isso. Queimar tudo e começar do zero. Não é pra ser agradável.

— E se não funcionar?

Ember deixou escapar um sorriso.

— Pelo menos teremos tentado. Melhor que não fazer nada, né?

Os pés de Paxton doíam. As costas também. O estômago parecia inchado, empanzinado de NuvBurguer. O gosto de cereja não se dissipava. Ele nem gostava de cereja.

Paxton deslizou o pen drive na direção de Ember, e ela o pegou, em seguida o conectou ao tablet. Tocou na tela, que estava bloqueada. Paxton se inclinou sobre a mesa e passou o relógio para ativá-la.

— Vai em frente — disse ele, em um quase sussurro.

Ember tocou a tela do tablet enquanto Paxton ficou sentado ali, querendo que a porta se abrisse, que Dobbs entrasse, que visse tudo, e ele não sabia se era porque queria que alguém os impedisse ou porque apenas queria ser visto fazendo aquilo.

Paxton observava. Minutos se passaram.

Enfim Ember se reclinou e exalou pesadamente.

— É isso? — perguntou Paxton.

Ela sorriu para ele, um sorriso genuíno, o sorriso de alguém que sentia uma emoção profunda e relevante, e Paxton queria engarrafar aquele sorriso e carregá-lo no bolso.

— Você é um herói por fazer isso — disse ela.

— Não — retrucou ele baixinho. Mas então ergueu o tom de voz.

— Não. Não sou.

— Podemos discutir depois, agora temos de ir — avisou ela.

Ela se levantou, foi em direção à porta. Paxton a seguiu. Ele não sabia o motivo, mas o fez. Parecia certo, naquele momento, segui-la. Ela sabia que ele a seguia, mas não o impediu, permitindo que ele a acompanhasse até os elevadores, onde Paxton passou o relógio no painel e os dois ficaram ali, aguardando. Ember alternava o peso do corpo entre os pés, como se quisesse sair correndo. Paxton estava de olho na outra extremidade do corredor, torcendo para que ninguém saísse e o visse.

As portas se abriram, e Dakota e Dobbs saltaram.

Os dois ficaram ali, parados em seus uniformes cáqui, como duas tábuas de pedra. Eles assentiram para Paxton, quase em sincronia, depois se viraram para Ember, examinando-a de cima a baixo, como se pudessem reconhecê-la.

Paxton ficou mudo de tão chocado. Ele não sabia o que dizer. Ele sentiu como se estivesse observando a cena de fora, parado ali com Ember, Dakota e Dobbs, eles sabiam, simplesmente sabiam o que tinha acontecido.

A casa caiu. Hora de ir. Seguir os passos de Zinnia.

Dakota ia dizer alguma coisa, mas Paxton tossiu, forçando a garganta a funcionar de novo.

— Nova recruta. Se perdeu. Estou escoltando-a de volta pro saguão.

Dobbs assentiu.

— Volta aqui quando terminar. Quero falar uma coisa com você.

Paxton assentiu, prendendo a respiração, e não a soltou até que ele e Ember tivessem entrado no elevador, portas fechadas, e que chegassem ao trem.

De pé na multidão multicolorida, Paxton se sentiu como se estivesse iluminado por um holofote, como se a qualquer momento todos os olhares fossem se voltar para ele, mas nada aconteceu. Era apenas outra camisa se deslocando de um lugar para o outro. Ember ficou parada, compenetrada, quase vibrando, como se estivesse se esforçando para não ser pega.

Eles embarcaram no trem e seguiram até o Chegada, e, como Paxton estava de azul, ninguém prestou atenção aos dois enquanto caminhavam até o retângulo de luz branca, para o mundo exterior, o calor irradiando em ondas e distorcendo a paisagem conforme se aproximavam, até que alcançaram o limiar entre a escuridão e a luz do sol. Era agosto, fácil de esquecer caso não se saísse da NuvemMãe, então, quando o sol bateu na parte exposta do braço de Paxton, queimou sua pele.

Ele sentiu o beijo gelado do ar saindo do interior do prédio, junto com tudo o que uma pessoa poderia desejar, disponível ao alcance de um botão.

Uma cama e um teto e um emprego vitalício.

À sua frente, a extensão vasta e plana do mundo, cheia de cidades abandonadas, nenhuma esperança ou promessa, exceto a de morrer de sede na jornada para a incerteza.

Talvez fosse tão simples quanto ir embora. Talvez fosse esse o primeiro passo. O fósforo para acender o fogo, e, com tempo e oxigênio o suficiente, a coisa toda se reduziria a cinzas.

Poderia uma coisa tão grande ser tão frágil?

Ember parou na luz e se virou, encarando-o. Era o tipo de olhar que fazia você se sentir grande e pequeno ao mesmo tempo. Um olhar que o fazia reconhecer o erro cometido, mas o enchia com a esperança de que ainda havia tempo para consertar as coisas.

— Você vem? — perguntou Ember.

Mas Paxton mal podia ouvi-la com a voz de Zinnia sussurrando em seu ouvido.

AGRADECIMENTOS

Coloquem os cintos. Há muita gente a quem agradecer. Em primeiro lugar, meu agente, Josh Getzler. Este é o projeto que nos uniu. Ele acreditou em mim quando eu não tinha nada mais que a primeira seção e uma proposta solta. Sua orientação tem sido incrível. Muito obrigado também a seu brilhante assistente, Jonathan Cobb (que fez minha observação favorita do livro), assim como a todo mundo na HSG Agency, com aplausos especiais a Soumeya Roberts, por seus esforços incansáveis para vender este livro por todo o mundo, e Ellen Goff, defensora dos contratos estrangeiros.

Obrigado ao meu editor, Julian Pavia, um mestre na arte de contar histórias, que me desafiou para além do que este livro era e na direção do que poderia ser. E à sua assistente, Angeline Rodriguez, que me brindou com sua fantástica percepção, além de lidar, diligentemente, com o fardo de todos os assistentes — certificando-se de que tudo seria feito. Tenho muita sorte de trabalhar com uma equipe tão talentosa e impetuosa como a da Crown — um agradecimento imenso a Annsley Rosner, Rachel Rokicki, Julie Cepler, Kathleen Quinlan e Sarah C. Breivogel. E, embora eu seja grato a todos os agentes e editores ao redor do mundo que apostaram neste livro, gostaria de agradecer especialmente a Bill Scott-Kerr e ao time da Transworld.

Agradeço, ainda, a minha agente cinematográfica, Lucy Stille, por me guiar em um processo eletrizante e vertiginoso. E a Ron Howard, Brian Grazer e toda a equipe da Imagine Entertainment, por acreditar neste livro, com um agradecimento especial a Katie Donahoe por seus conselhos e ajuda.

Obrigado a meus pais e a meus sogros. Não posso superestimar o quanto seu amor e apoio — inclusive por vender meu trabalho para amigos e parentes, e os constantes serviços de babá — me ajudaram a me dedicar a minha carreira de escritor.

Talvez o mais importante, minha mulher merece um agradecimento em um nível que temo não ser capaz de expressar de modo mundano. Amanda me ofereceu sua mente aguçada e apoio incansável desde o primeiro dia, e ela fez sacrifícios reais por minha carreira de escritor. Continuo, desde o dia em que a conheci, pasmo com sua inteligência, seu humor e sua elegância.

Obrigado a minha filha, que me desafia todos os dias a ser uma pessoa melhor, a querer um mundo melhor para seu futuro e a escrever o tipo de livro que espero nos levar na direção certa.

Finalmente, uma breve nota sobre a dedicatória: Maria Fernandes trabalhou em meio período em três diferentes unidades da Dunkin' Donuts de Nova Jersey. E, em 2014, enquanto dormia em seu carro entre os turnos, morreu por ingestão acidental de monóxido de carbono. Ela lutava para pagar um aluguel de $550 de um apartamento no porão. Naquele mesmo ano, de acordo com o *Boston Globe*, o então CEO da franquia Dunkin', Nigel Travis, faturou $10,2 milhões. Mais do que qualquer um ou qualquer coisa, a história de Maria pulsa no coração deste livro.

Este livro foi composto na tipografia
Palatino LT Std, em corpo 11/16, e impresso
em papel off-white no Sistema Cameron da
Divisão Gráfica da Distribuidora Record.